DANI SCARPA

DER
FALL
SAN MARINO

PAOLO RITTER
ERMITTELT

ROWOHLT POLARIS

Originalausgabe
Veröffentlicht im Rowohlt Taschenbuch Verlag, Hamburg, Juni 2023
Copyright © 2023 by Rowohlt Verlag GmbH, Hamburg
Copyright © 2023 by Dani Scarpa
Redaktion Carsten Polzin
Covergestaltung HAUPTMANN & KOMPANIE Werbeagentur, Zürich
Coverabbildung Shutterstock
Satz aus der Apolline bei CPI books GmbH, Leck
Druck und Bindung GGP Media GmbH, Pößneck
ISBN 978-3-499-01012-5

Die Rowohlt Verlage haben sich zu einer nachhaltigen Buchproduktion verpflichtet. Gemeinsam mit unseren Partnern und Lieferanten setzen wir uns für eine klimaneutrale Buchproduktion ein, die den Erwerb von Klimazertifikaten zur Kompensation des CO_2-Ausstoßes einschließt. www.klimaneutralerverlag.de

Noti a noi, ignoti agli altri.
(Uns bekannt, anderen unbekannt.)

ALTES LEITMOTTO SAN MARINOS

PROLOG

Cervia
Freitag, 21. September 2012

Als sich das Handy trillernd meldete, brauchte er nicht auf das Display zu sehen. Er wusste bereits, wer anrief.

Mit leisem Widerwillen nahm er das Gespräch entgegen, lauschte einen Moment in die Stille.

«*Pronto*», hauchte er dann.

«Wo bist du?», sagte die Stimme am anderen Ende.

«Zu Hause ... im Hotel. Und du? Bist du schon in ...»

«Keine Namen, keine Orte», mahnte der Anrufer. «Wir können nicht wissen, ob die Verbindung sicher ist. Ist das Paket bei dir angekommen?»

Er sah zum Schreibtisch, auf das würfelförmige, in braunes Papier geschlagene Päckchen.

«*Sì.*»

«Gut. Pack es aus und bewahre es auf. Kannst du das bitte für mich tun?»

«Natürlich. Ich verstehe nur immer noch nicht ...»

«Es ist nicht wichtig, dass du verstehst. Im Gegenteil – je weniger du weißt, desto besser ist es für dich. Du musst das Ding einfach nur für mich aufbewahren. Mein Leben könnte irgendwann davon abhängen.»

«Ich ... verstehe.» Er nickte widerstrebend. Dann, in einer Aufwallung von Widerstand, wie er sie lange nicht verspürt hatte: «Verdammt, ist das wirklich alles, was ich tun kann? Es muss doch einen anderen Weg geben, wie ...»

«Keinen», sagte die Stimme am anderen Ende unbarmherzig. «Wir haben darüber gesprochen. Es ist die einzige Lösung.»

«Ich verstehe», wiederholte er, während sich seine Hände so fest um das Smartphone krallten, dass dessen Gehäuse leise knackte.

«Es ist entscheidend, dass ich mich auf dich verlassen kann. Auf deine deutsche Gründlichkeit», fügte der Anrufer in einem so spontanen wie unpassenden Anflug von Humor hinzu.

«Das kannst du, aber nicht deswegen. Sondern weil wir Freunde sind. Die besten.»

«*Lo so bene*», kam es zurück.

Im nächsten Moment hatte der Anrufer bereits aufgelegt.

KAPITEL 1

*Cervia, Emilia-Romagna
Mitte Juli 2022*

Das Leben war gut.
Jenes neue Leben, das Paolo Ritter begonnen hatte, entgegen seinem übervorsichtigen, auf Sicherheit bedachten Wesen und ausgerechnet in dem Land, das er schon als Kind nicht besonders gemocht hatte und in das er niemals wieder hatte zurückkehren wollen.

Italien.

Dabei waren die letzten drei Jahre auch im Land der blühenden Zitronen nicht gerade einfach gewesen: zuerst der Umbau und die Renovierung des Hotels, in deren Zuge das Geld so knapp geworden war, dass Paolo gezwungen gewesen war, seine Münchener Wohnung zu verkaufen. Der Erlös hatte zwar ausgereicht, um alle Umbaumaßnahmen zu Ende zu bringen, die Paolo und seine Partnerin Lucia sich vorgenommen hatten. Doch damit waren sie mit ihren Rücklagen nahezu am Ende gewesen – und Rücklagen hätten sie wirklich gut brauchen können, als kurz nach Fertigstellung des *Il Cavaliere*, wie das von Paolos verstorbenem Bruder übernommene Hotel hieß, die Covid-Pandemie über die Welt hereingebrochen war und ihren hochtrabenden Plänen einen argen Dämpfer versetzt hatte: Die erste Saison nach der Eröffnung war ganz ausgefallen, in der zweiten hatten sie nicht mehr als eine leise Ahnung von dem bekommen, was theoretisch möglich wäre.

Bereits kurz nach Einstellung waren sie gezwungen gewesen, einigen ihrer Mitarbeiter wieder zu kündigen, die laufenden Kosten für den Unterhalt des Gebäudes hatten sie an den Rand des Bankrotts gebracht. Sowohl Paolos als auch Lucias Ersparnisse waren nun tatsächlich aufgebraucht worden, sogar ihren Firmenwagen, den perlweißen Fiat Talento mit dem Logo des Hotels, hatten sie zeitweise in Zahlung geben müssen. Im vergangenen Herbst schließlich hatte es so ausgesehen, als ob sie das Hotel verkaufen müssten, doch dann war eine Bank eingesprungen und hatte einen Überbrückungskredit gewährt. In Deutschland, da gab sich Paolo keinen Illusionen hin, wäre der Traum längst ausgeträumt gewesen und ein Insolvenzverfahren eingeleitet worden. In Italien gab es dagegen stets noch Dinge und Positionen, über die man verhandeln konnte, und das hatte Lucia mit ihrem ganzen Temperament und bewundernswerter Energie getan. Ihrem Einsatz war es zu verdanken, dass das Hotel *Il Cavaliere* überhaupt noch existierte – und damit auch ihr gemeinsamer Traum.

Seit diesem Frühjahr hatte es nun endlich den Anschein, als würde sich die Lage stabilisieren. Die Besucherzahlen in Cervia waren deutlich gestiegen und mit ihnen auch die Zahl der Hotelbuchungen, und seit einigen Wochen war das *Cavaliere* zum ersten Mal nach seiner Renovierung bis auf das letzte Zimmer ausgebucht, sodass sich sogar beim eher pessimistisch veranlagten Paolo so etwas wie Hoffnung einstellte. Ein Silberstreif war am Horizont zu sehen, der sich beispielsweise dadurch bemerkbar machte, dass das *ristorante* des Hotels am Morgen nicht mehr einsam und verlassen dalag, sondern von Gästen überquoll, die mit Ringelnatz'scher Morgenwonne ihrem Appetit nach Frühstück und Leben frönten und ihn mit Unmengen von *cappuccini* und *cornetti* zu stillen suchten. Letztere lieferte schon am frühen Morgen eine ebenfalls in Cervia ansässige *pasticceria*, die auch früher schon Felix' Betrieb versorgt hatte. Zusammenschlüsse wie diese, Absprachen und Kooperationen waren es, die einen guten Teil der italienischen Gastronomie- und Hotelbetriebe durch die Krise gerettet hatten. Dennoch war längst nicht allen das Glück beschieden, in diesen Tagen wieder so gut im Geschäft zu sein.

«*Buongiorno*», grüßte Paolo nach allen Seiten, während er sich einen Weg durch das Meer der kleinen Vierertische bahnte, an denen Paare oder Familien mit Kindern saßen und ein geradezu babylonisches Sprachengewirr herrschte. Lucia hatte ihn überzeugt, dass Urlauber in Italien immer in der Landessprache begrüßt werden wollten – auch dann, wenn der Hotelbesitzer ein schnöder *tedesco* war. Anfangs war Paolo das zu gekünstelt vorgekommen, und er war – zumindest gegenüber deutschen Besuchern – bei seiner Sprache geblieben. Allerdings hatte er bald eingesehen, dass selbst einem noch so fröhlich geplärrten «Guten Morgen» nicht annähernd der Charme und die lebensbejahende Freude eines *Buongiorno* innewohnten. Und so hatte er sich geschlagen gegeben.

Von der anderen Seite des Speisesaals winkte ihm eine schlanke Gestalt im bunten Kleid und mit hochgestecktem blondem Haar fröhlich zu – Chiara, Lucias beste Freundin, die als Rezeptionistin und mitunter auch als Aushilfskellnerin im Hotel arbeitete und dafür so dankbar war, dass sie sich jeden Tag mit einem breiten Lächeln revanchierte. Lucia und sie stammten aus derselben Gegend Süditaliens und waren beinahe wie Schwestern; als Chiara vor drei Jahren in Rimini unter Mordverdacht geraten war, hatten Paolo und Lucia ihr aus der Patsche geholfen. An Chiaras legendär schlechtem Geschmack Männer betreffend hatte sich dadurch zwar nichts geändert, und die etwas schrille Art der jungen Italienerin ging Paolo noch immer auf die Nerven; aber er musste auch zugeben, dass ihre Tätigkeit an der Rezeption gerade bei den männlichen Gästen sehr gut ankam.

Durch die mit einem runden Bullauge versehene Schwingtür betrat Paolo die Küche. Dies war Lucias Reich. Zu Stoßzeiten – etwa, wenn das Abendessen der Hotelgäste zubereitet wurde oder wenn sie eine Lieferung für den Catering-Service vorbereitete, den sie nach wie vor betrieb und der zu Krisenzeiten die einzige noch verbliebene Einnahmequelle gewesen war – wagte er sich erst gar nicht hinein. Nicht nur, weil Lucias Temperament bisweilen mit ihr durchging und umherfliegende Küchenutensilien dann keine Seltenheit waren. Sondern auch, weil ihre Aufgabenbereiche im Hotel klar getrennt waren: Paolo war als Geschäftsführer für die Finanzen und das Organisatorische zuständig; Lucia kümmerte sich um das Restaurant und die praktischeren Aspekte des Hotelbetriebs, um es so zu nennen. Paolo war – gewissermaßen – der Kopf des Betriebs, Lucia war Herz und Hand.

«*Buongiorno, bello mio*», begrüßte sie ihn heute allerdings strahlend, in ihrer weißen Schürze am Herd stehend und *frittate* für die Gäste zubereitend.

«Sag so was doch nicht hier», verbat er sich errötend und sah sich verstohlen nach allen Seiten um. Doch Giuseppina, ihre Küchenhilfe, die an der Anrichte stand und ihnen den Rücken zuwandte, hatte offenbar nichts gehört. Oder vielleicht tat sie auch nur so.

«Warum so *freddo*?», fragte Lucia und zog einen Schmollmund, während sie ihn aus ihren großen dunklen Augen ansah. «Vorhin unter der Dusche bist du ganz anders gewesen ...»

Paolo wurde nur noch röter.

Aber auch wenn er sich lieber die Zunge abgebissen hätte, als es offen zuzugeben – Lucias offene, unbekümmerte und bisweilen etwas frivole Art tat ihm gut. Sie sorgte dafür, dass es stets Überraschungen gab. Und wenn er Regelmäßigkeit auch schätzte und sie in gewissem Maße brauchte, wollte er dieses lieb gewonnene Quäntchen Chaos nicht mehr missen. Ein von Gleichförmigkeit und festen Regeln bestimmtes Leben hatte er in München gehabt, als er noch mit Julia zusammen gewesen war und für das bayerische LKA gearbeitet hatte. Das alles hatte er hinter sich gelassen und neu begonnen. Hier, an der italienischen Adriaküste, unter sengender Sonne, auf heißem Sand und umgeben von lärmenden Touristen. Genau die Dinge also, die er sein Leben lang voll vermeintlicher Überzeugung verabscheut hatte. Nun ertappte er sich immer häufiger dabei, dass er all das nicht nur mochte, sondern auf eine ziemlich schräge Art und Weise sogar brauchte ...

In einer spontanen Geste beugte er sich vor und küsste Lucia auf den Mund.

«*Allora*», sagte sie, nun ihrerseits überrascht. «Was war das?»

«Schweigegeld.»

«Schweige ... *cosa c'è?*»

Er musste grinsen. Die Gelegenheiten, bei denen es ihm gelang, sie mit den Kuriositäten der deutschen Sprache zu verblüffen, waren seltener geworden. Ihr Deutsch war gut und fließend, die italienischen Brocken, mit denen sie es gerne versetzte, mehr eine lieb gewonnene Eigenheit. Im Gegenzug hatte sich auch Paolos Italienisch im Lauf der vergangenen drei Jahre deutlich verbessert. Improvisieren musste er inzwischen nur noch selten, und sogar sein anfangs so harter deutscher Akzent war dabei, sich allmählich zu verlieren, wie Lucia ihm bestätigte.

Was nichts daran änderte, dass sie ihn bisweilen noch immer ihren *so-tutto-io tedesco* nannte ... ihren deutschen Besserwisser.

«Alles okay mit dem Frühstück?», erkundigte er sich, jetzt ganz der Manager.

«*Tutto bene*», versicherte sie, während sie den Eierfladen in der Pfanne gekonnt wendete. «Aus irgendeinem Grund haben heute Morgen alle Appetit auf *frittata al basilico*.»

«Herdentrieb», mutmaßte Paolo und streckte provokant eine Hand nach dem Fladen aus – wofür sie ihm mit dem Pfannenwender auf die Finger drosch.

«*E quindi?*», fragte sie grinsend. «Hast du nichts zu tun?»

«Doch, natürlich», versicherte er, sich die schmerzenden Fingerspitzen reibend. «Ich muss raus zum Pool und die Handtücher entfernen, mit denen unsere deutschen Gäste die Liegestühle schon vor dem Frühstück reserviert haben.»

«Dann tu das», bestätigte sie mit zuckersüßem Lächeln. «Und wenn du damit fertig bist, vergiss bitte nicht, die Sachen für die *asta di beneficenza* ...»

«Richtig, die Wohltätigkeitsauktion.» Eine Hand hob er zur Beschwichtigung, mit der anderen massierte er sich die Nasenwurzel. Lucia hatte ihn schon mehrfach an die Veranstaltung erinnert, die am Sonntag auf dem Platz vor dem Rathaus stattfinden und deren Erlös solchen Betrieben zugutekommen sollte, die durch die Pandemie in Not geraten waren. Der Zusammenhalt der Einheimischen war etwas, das Paolo sehr beeindruckte, und er hatte zugesagt, auch ein paar Stücke beitragen zu wollen – blöderweise nur hatte er keine Ahnung, was das sein sollte ...

«*Che cosa?*» Sie sah ihn durchdringend an. «Hast du es etwa vergessen?»

Paolo seufzte – Lucia wusste sehr genau, dass er ein episodisches Gedächtnis hatte und infolgedessen gar nichts vergessen *konnte*. Die Frage war also rein rhetorischer Natur. Außer natürlich, sie unterstellte ihm, dass er es willentlich verdrängt hatte ...

«Ich wollte mich darum kümmern», versicherte er, «ich weiß nur ehrlich gesagt nicht, was ich spenden soll.»

«*Allora*, das ist doch nicht so schwer!» Die *frittata* war fertig, Lucia ließ sie aus der Pfanne auf einen großen Teller gleiten. Der Fladen duftete herrlich und sah zum Anbeißen lecker aus. Lucia hieb auf die Glocke, die neben dem Herd bereitstand, worauf Chiara erschien und den Teller mitnahm, um ihn zu servieren. Lucia schlug derweil schon die nächsten Eier auf.

«In deinem Büro steht doch jede Menge altes Zeug, das kein Mensch mehr braucht», erläuterte sie dabei. «Dieses hässliche Glasding zum Beispiel, das immer nur Staub fängt!»

Paolo nickte. Er wusste nur zu gut, welches Ding sie meinte – eine Kugel, gefüllt mit Flüssigkeit und Glitter. Schüttelte man die Kugel, so wurde der Glitter durcheinandergewirbelt und ging dann kitschig auf einen Felsen nieder, auf dem drei winzig kleine Türme standen und der den Monte Titano von San Marino darstellen sollte. Eigentlich hatte Paolo nicht viel übrig für derlei Nippes, aber die Kugel gehörte zu den wenigen persönlicheren Dingen, die ihm von seinem Bruder Felix geblieben waren ... dem auch dieses Hotel einst gehört und mit dem er sich alles andere als gut verstanden hatte.

«Die Kugel ist ein Glücksbringer», erklärte er ein wenig unbeholfen.

«Und sie hat uns Glück gebracht», bestätigte Lucia. «Das Hotel ist voll belegt, die Geschäfte laufen wie geschmiert. Außerdem, seit wann bist du denn abergläubisch?»

«*Gläu*bisch. Und das bin ich nun wirklich nicht», fügte er hinzu, schließlich bildete er sich durchaus etwas darauf ein, mehr Verstandes- als Gefühlsmensch zu sein und der Ratio gegenüber dem Bauch stets den Vorzug zu geben. Allerdings gab er damit auch zu, dass es eine lausige Ausrede gewesen war, die Lucia natürlich sofort durchschaut hatte.

«Ist es ... seinetwegen?», fragte sie und sah ihn sanft dabei an. «Wegen Felix?»

Paolo schürzte die Lippen. Lucia gehörte zu den wenigen, die sowohl von seiner Nischenbegabung als auch von seiner Vergangenheit wussten – vom schlechten Verhältnis, das er zu seinem Bruder gehabt, und von den Ereignissen, die dazu geführt hatten. Auch sie hatte Felix gut gekannt, hatte schon im *ristorante* des *Cavaliere* gekocht, als es noch ihm gehört hatte. Vielleicht war das auch der Grund gewesen, warum Paolo sich ihr anvertraut hatte, damals, vor drei Jahren, als er zum ersten Mal nach langer Zeit wieder nach Cervia gekommen war. Es war der Beginn ihrer ganz speziellen Beziehung gewesen, für die eine passende Bezeichnung wohl erst noch erfunden werden musste ...

«Du kennst mich zu gut», gab er zu.

«*Sì*», räumte sie ein. «Und deshalb weiß ich, dass du keine Glaskugel brauchst, um dich an deinen Bruder zu erinnern, schließlich hast du ein Gedächtnis, das nicht vergessen kann.»

Paolo nickte, auch das stimmte.

Menschen mit dem sogenannten hyperthymestischen Syndrom waren in der Lage, sich von einem bestimmten Zeitpunkt ihres Lebens an – in Paolos Fall war dies der 11. August 1982 – an jeden einzelnen Tag und jedes Ereignis zu erinnern. Der Filter, der im Gedächtnis gewöhnlich veranlagter Menschen dafür sorgte, dass sie nach und nach als unwichtig kategorisierte Dinge vergaßen, griff bei Leuten mit episodischem Gedächtnis nicht. Und so war es Paolos spezielle Fähigkeit, gewissermaßen seine Superkraft, sich im Nachhinein an jede einzelne Situation, die er durchlebt, an jede Emotion, die er empfunden, und an jedes Gespräch, das er geführt hatte, genau erinnern zu können. Und in gewisser Weise war es auch sein Fluch – denn für Menschen, deren Erinnerung derart scharf war, blieb die Vergangenheit stets lebendig.

Auch die weniger schönen Zeiten ...

«Du hast recht», sagte er nur.

Dann ging er, um die Handtücher von den Liegen zu sammeln.

KAPITEL 2

Sein eigenes Frühstück pflegte Paolo nur selten im Hotel einzunehmen. Gewöhnlich ging er dafür in eine der benachbarten Kaffeebars, wo er auch die Zeitung las.

Hatte er sich im ersten Jahr in Italien stets noch um eine einigermaßen aktuelle Ausgabe einer deutschen Tageszeitung bemüht, war er inzwischen dazu übergegangen, den *Corriere Romagna* in der Lokalausgabe für die Region Rimini zur Hand zu nehmen. Gerade in Zeiten der Pandemie hatte es sich als wichtig erwiesen, über die politischen und wirtschaftlichen Entwicklungen vor Ort im Bilde zu sein, und über die Monate war es Paolo zur festen Gewohnheit geworden, von der er nicht mehr lassen wollte.

Nach der Zeitungslektüre allerdings rief ihn sein Pflichtbewusstsein zurück ins Hotel. Nach einem Rundgang durch den Garten, über die Terrasse und vorbei am Pool, in dem dann schon die ersten Gäste planschten, widmete er sich gewöhnlich der Arbeit im Büro, das sich im Erdgeschoss unweit der Rezeption befand. Da er Hitze noch immer nicht besonders gut leiden konnte, hatte er sich eine Klimaanlage einbauen lassen, die zwar treu ihren Dienst versah, im Hochsommer jedoch, wenn die Temperaturen auf weit über dreißig Grad kletterten, regelmäßig kapitulierte. Paolo hatte deshalb entschieden, dass die besten Stunden für Büroarbeit die des frühen Vormittags sowie des späten Abends waren.

Seine erste Aufgabe bestand stets darin, die Post durchzusehen. Wie üblich waren auch heute ein paar Rechnungen dabei sowie haufenweise Werbung. Und ein Brief aus Deutschland, bei dessen Absender Paolo stutzte.

Julia Wagner stand dort, mit druckreifer Handschrift geschrieben.

Die Zeit, in der schon das Lesen ihres Namens genügt hatte, um sein Herz schneller schlagen zu lassen, war vorbei. Die Beziehung zu seiner ehemaligen Vorgesetzten beim LKA, die immerhin ernst genug gewesen war, dass Paolo Julia einen Heiratsantrag gemacht hatte, lag nicht nur drei Jahre zurück, sondern war auch Teil eines anderen Lebens gewesen.

Und sie war nicht gut ausgegangen.

Paolo öffnete den Brief. Er enthielt nicht wirklich eine Nachricht, nur eine Fotografie von Julia und ihrem inzwischen zweieinhalbjährigen Sohn. Die Aufnahme war wohl in einer Eisdiele gemacht worden, die beiden saßen einander gegenüber und löffelten aus einem großen Becher Schokoladeneis, und allem Anschein nach war gerade etwas schiefgegangen, denn Julia hatte reichlich davon auf der Nase, und das Gesicht des Dreikäsehochs, der mit einem langen Dessertlöffel herumfuchtelte, war puterrot vor Lachen.

Julia sah anders aus auf diesem Bild. Ihr Haar, das sie sonst stets streng zurückgekämmt hatte, trug sie offen, in ihren Augen lag eine Heiterkeit, die Paolo früher nur selten bei ihr gesehen hatte. Und auf ihrer einstmals so makellos weißen Bluse waren braune Schokoladeneisflecke, was sie aber nicht im Geringsten zu stören schien.

Es war nicht das erste Mal, dass sie Paolo ein solches Bild schickte, alle paar Monate lag eins im Briefkasten. Warum Julia das tat, war ihm ein Rätsel. Dass er nicht der Vater des Knaben war, hatte sie ihm unmissverständlich klargemacht. So, wie sie ihm klargemacht hatte, dass in ihrem Leben kein Platz für ihn war. Warum also diese Briefe? Diese Fotos? Wollte sie ihm eine Freude damit machen? Ihn womöglich ärgern? Paolo wusste nicht, was er davon halten sollte – was Lucia davon halten würde, war ihm dafür nur zu klar. Deshalb sorgte er stets dafür, dass sie die Bilder erst gar nicht zu sehen bekam ...

«*Buongiorno?*»

Paolo fuhr vom Schreibtisch hoch.

Im ersten Moment fühlte er sich ertappt, dann wurde ihm klar, dass ihm die Stimme gänzlich unbekannt war und sie zudem mit einem seltsamen Akzent sprach ...

Ein Gesicht hatte sich durch den Spalt zwischen Türblatt und Rahmen gezwängt und lugte in das kleine Büro. Die Züge waren schmal und ebenmäßig und erweckten einen fast aristokratischen Anschein, wozu auch der gepflegte Oberlippenbart beitrug. Das Haar des Mannes war von Grau durchzogen, dennoch stylish zurückgegelt. Ein dunkles Augenpaar sah Paolo ebenso fragend wie auffordernd an.

«*Permesso di disturbare per un momento?*», fragte der Fremde mit demselben eigenwilligen Akzent wie zuvor.

Paolo hätte eigentlich lieber verneint und entgegnet, dass er im Augenblick ganz und gar kein Verlangen nach Smalltalk verspürte. Aber von einem Hotelmanager wurde nun einmal erwartet, dass er zu jeder Zeit ein offenes Ohr für die Wünsche und Anliegen seiner Gäste hatte.

«Aber natürlich», sagte er deshalb auf Italienisch und rang sich ein – wenn auch etwas gequältes – Lächeln ab.

Der andere stieß die Tür auf, sodass auch der Rest seiner bis auf einen leichten Bauchansatz recht drahtigen Erscheinung sichtbar wurde, die in beigefarbenen Lederslippern, grauen Stoffhosen und einem dunkelblauen Zweireiher mit Goldknöpfen steckte.

«Entschuldigen Sie, ich möchte wirklich nicht stören», versicherte er, was ihn nicht daran hinderte, vollends einzutreten. «Gestatten Sie, dass ich mich vorstelle, mein Name ist Bernasconi. Lauro Bernasconi aus dem Tessin, ich bin Gast in Ihrem Hotel.»

«Ich weiß, Signor Bernasconi», erwiderte Paolo in Erinnerung an die aktuelle Gästeliste. Die Schweizer Herkunft erklärte auch die etwas andere Betonung des Italienischen. «Ich hoffe, es gefällt Ihnen in unserem Haus?»

«Durchaus», versicherte der andere und atmete demonstrativ ein und aus. «Das herrliche Wetter, die wunderbare Luft ... all das weckt Erinnerungen.»

«Sie sind schon öfter in Cervia gewesen?»

«Früher», bestätigte Bernasconi in einem, wie es schien, Anflug von Melancholie. «Damals», fügte er leiser hinzu, «ist vieles hier noch ganz anders gewesen.»

«Hier?», hakte Paolo nach. «Sie meinen, hier im Hotel?»

«Ja, im *Cavaliere* ... Als ich das letzte Mal zugegen war, führte auch ein Herr aus Deutschland die Geschäfte. Aber alles sah noch ganz anders aus, und es gab keinen Pool im Garten ...»

«Sie meinen meinen Bruder, Felix Ritter», entgegnete Paolo und fühlte einen leisen Stich im Herzen.

«Natürlich! Felix!» Sich jäh erinnernd, schlug sich der andere vor die Stirn.

«Sie haben meinen Bruder gekannt?»

«Flüchtig.» Bernasconi nickte.

«Wann sind Sie das letzte Mal hier gewesen?» Paolo wusste selbst nicht, warum er das fragte. Schon an Felix zu denken, bereitete ihm ein gewisses Unbehagen, geschweige denn, mit anderen Leuten über ihn zu sprechen. Noch dazu, wenn sie wildfremd waren.

«Lassen Sie mich nachdenken, das ist schon eine Weile her. Wenn ich mich recht entsinne, müsste es 2011 gewesen sein ...»

2011, echote es in Paolos Kopf. Zu dieser Zeit hatte er selbst bereits jeden Kontakt zu seinem Bruder abgebrochen. Seine Diagnose musste Felix da aber bereits gekannt haben ...

«Hören Sie», meinte Bernasconi mit jovialem Lächeln, «ich will mich keinesfalls aufdrängen, sicher haben Sie in diesen Tagen alle Hände voll zu tun. Aber vielleicht wollen wir uns abends ja mal an der Bar Ihres schönen Hotels treffen und ein wenig in Erinnerungen schwelgen?»

«Natürlich, warum nicht?», hörte Paolo sich sagen und setzte ein unbestimmtes Lächeln auf, während er gleichzeitig hoffte, dass die Sache im sprichwörtlichen Sande verlaufen würde.

Bernasconi empfahl sich, und Paolo blieb allein zurück, zusammen mit einem Haufen Papier, das nach Bearbeitung verlangte – und einem noch viel größeren Haufen Erinnerungen.

Zugleich konnte er hören, wie es draußen dumpf donnerte.

Ein Blick aus dem Fenster zeigte ihm dunkle Wolken, die von Westen heranzogen, aus dem Landesinneren. Etwas war anders an diesem Julimorgen, Paolo konnte es fühlen.

Ein Sturm zog auf.

KAPITEL 3

Er hatte die Nummer gewählt.
Jene Nummer, die er sich merken musste und die er nicht unter den Kontakten auf seinem Smartphone speichern durfte. Sein Auftraggeber hatte darauf bestanden.

Endlos scheinende Augenblicke verstrichen, während nur ein leises Tuten aus dem Gerät drang.

Dann ein Klicken am anderen Ende.

«Und? Was hast du?» Der elektronische Verzerrer ließ die Stimme wie immer dumpf und unheimlich klingen, so als dringe sie aus tiefsten Tiefen. Der Anrufer schauderte.

«Ich denke, wir haben ihn», stieß er hervor.

«Du denkst? Sicher bist du dir nicht?»

«Wie könnte ich? Aber ich habe ihn beobachtet, und es spricht einiges dafür, dass er ...»

«Einiges ist mir zu wenig. Ich brauche absolute Gewissheit, ehe ich etwas unternehmen kann. Also klemm dich gefälligst dahinter und bring mir Fakten, mit denen ich etwas anfangen kann, und keine lauen Vermutungen.»

«J-ja», entgegnete der Anrufer eingeschüchtert.

«Die Gegenleistung, die du für deine Arbeit erhältst, rettet deine Haut, nicht meine», konterte die Stimme. «Also tu gefälligst auch etwas dafür!»

«Natürlich.» Auch wenn der andere ihn nicht sehen konnte, nahm der Anrufer unbewusst eine unterwürfige Haltung an. «Ich verstehe.»

«Ich bezweifle sehr, dass du verstehst, ich bezweifle es wirklich sehr … Ich riskiere viel bei dieser Sache, um nicht zu sagen, alles. Also bring mir verdammt noch mal die Informationen. Finde heraus, ob dieser Mann hat, wonach ich suche. Oder du wirst es bitter bereuen.»

KAPITEL 4

Der Tag verlief anders, als Paolo – und wohl auch die meisten der Gäste, die im *Cavaliere* abgestiegen waren – ihn sich vorgestellt hatte.
Nach dem Gewitter, das sich am Morgen über der Region entladen hatte, gelang es der Sonne noch eine ganze Weile nicht, sich durch den Wolkenwust zu wühlen, der vom Land herangezogen war und nun zäh über der Küste hing. Zwar war es sommerlich warm, doch lag feiner Sprühregen in der Luft, der die Gäste dazu zwang, im Hotel zu bleiben. Nur ein paar Kinder planschten dem Wetter zum Trotz im Pool, während ihre Eltern auf den nassen Liegestühlen hockten und mit missbilligend verkniffenen Mienen zeigten, was sie vom aktuellen Wetter hielten. Es war durchaus schon vorgekommen, dass sich Gäste an der Hotelrezeption eingefunden und über das schlechte Wetter beschwert hatten, so als ob strahlender Sonnenschein zum Arrangement gehörte. Aber auch wenn sich an diesem Vormittag niemand offiziell beklagte, wurde es in der Lobby doch ziemlich eng und laut. Nur wenige hatten das Glück, einen Platz an der kleinen Bar zu ergattern, wo sie einen Cappuccino nach dem anderen bestellten; die übrigen Gäste saßen auf bunten Luftmatratzen und riesigen aufgeblasenen Tieren, während sie sehnsüchtig durch die großen Fenster nach draußen blickten und darauf hofften, dass der Regen bald enden möge.
Paolo war froh, sich in sein kleines Reich an der Rezeption zurückziehen zu können, wo er wenigstens halbwegs seine

Ruhe hatte. Die Büroarbeit nahm er dafür billigend in Kauf, auch wenn es wie immer einen Wust an Papieren gab, durch den er sich zu wühlen hatte. Abrechnungen, Buchungen, Stornierungen, dazu Korrespondenz mit der Gemeinde, der Bank, dem Amt für Tourismus und noch einem halben Dutzend weiterer Behörden und Dienststellen, von deren Existenz er früher, als er noch kein Hotel betrieben hatte, nicht einmal etwas geahnt hatte.

Cervia war eine lebendige und umtriebige Gemeinde. Sich der Bedeutung bewusst, die der Tourismus nicht nur für die Stadt, sondern für die gesamte Region hatte, waren Bürgermeister und Verwaltung stets auf der Suche nach neuen Möglichkeiten, die Ortschaft attraktiver zu machen und die Touristen zurück an den Strand zu locken. Angesichts der durchlaufenen Krise war dies auch bitter nötig, das *Cavaliere* war bei Weitem nicht der einzige Betrieb, der in finanzielle Schieflage geraten war. Aber so, wie sich der Sommer bislang entwickelte, war endlich wieder Licht am Ende des Tunnels zu …

Paolo schreckte aus seinen Gedanken, als jemand an die Bürotür klopfte.

«Ja?»

Die Tür ging auf – und Paolo blickte zum zweiten Mal an diesem Tag in die fein geschnittenen Gesichtszüge Lauro Bernasconis.

«Ich schon wieder», erklärte der Mann mit dem adretten Menjou-Bärtchen entschuldigend.

«Kein Problem», behauptete Paolo. «Wie kann ich Ihnen helfen?»

«Ändern Sie das Wetter», erwiderte der andere und lachte wohlwollend über seinen eigenen Scherz.

«Sie sind sehr komisch», versicherte Paolo.

«Eigentlich bin ich hier, um Ihnen ein Kompliment auszusprechen, Signor Ritter – ich erkenne das Hotel kaum wieder. Es hat sich wirklich viel geändert, seit ich das letzte Mal hier gewesen bin. Sie haben etwas aus dem alten Kasten gemacht, Ihr Bruder wäre stolz auf Sie.»

«Danke.» Paolo zwang sich zu einem Lächeln.

«Alles, was noch fehlt, ist eine Ritterrüstung im Eingang.»

«Wie belieben?»

«Na, wegen des Ritters im Namen des Hotels», wurde Bernasconi deutlicher. «Das würde doch passen, oder nicht? Ein wackerer Rittersmann, der sich auf sein Schwert stützt, ein wenig rostig vielleicht, aber stets bei der Sache, das Visier des Helmes geschlossen und blauweiße Federn obendrauf!»

«Wenn Sie meinen», erwiderte Paolo, um einen sachlichen Tonfall bemüht. Er war schon innerlich zusammengezuckt, als Lucia im Eingangsbereich zwei Gemälde aufgehängt hatte, die kitschige Sonnenuntergänge zeigten, hatte ihr die Freude daran aber nicht nehmen wollen. Ein rostiger Blechkamerad im Eingangsbereich war so ziemlich das Letzte, was ihm zu seinem Glück noch fehlte ...

«Ihr Bruder war anderer Ansicht», wusste Bernasconi zu berichten. «Ihn versuchte ich auch schon von einem eisernen Wächter am Eingang zu überzeugen, und er fand die Idee weit weniger schrecklich als Sie.»

«Was Sie nicht sagen.»

«Ich weiß noch, dass ich Ihrem Bruder bei meiner Abreise ein Geschenk gemacht habe. Für eine Ritterrüstung hat es zwar nicht gereicht, aber ich freue mich, dass es offenbar doch einen so bleibenden Eindruck hinterlassen hat.»

«Einen so bleibenden ...?» Paolo war nicht sicher, ob er richtig verstanden hatte. «Wovon genau sprechen Sie?»

«Von einem der Gegenstände dort hinter Ihnen», eröffnete Bernasconi und deutete auf das weiße Regal, das sie bei IKEA im benachbarten Savignano gekauft hatten. Ein paar Ordner standen darin, den Rest hatte Paolo mit ein paar persönlichen Stücken aufgefüllt – weniger zur Dekoration, als um über die Tatsache hinwegzutäuschen, dass das Hotel noch keine sehr lange Geschichte hatte. Auch Sachen aus dem Nachlass von Felix waren dabei.

«Diese Glaskugel dort», erklärte Bernasconi, «habe ich Ihrem Bruder damals geschenkt. Als kleine Aufmerksamkeit für einen wunderbar erholsamen Aufenthalt.»

«Ist das wahr?» Paolo war nicht wenig verblüfft.

Der andere lächelte. «Falls Sie mir nicht glauben – an der Unterseite müsste nach wie vor der Preis vermerkt sein, mit rotem Filzstift geschrieben. Neun Euro neunundneunzig, wenn ich mich recht entsinne ...»

Die Neugier packte Paolo, und er war schon dabei, nach der Schüttelkugel zu greifen, in deren Innerem die Türme von San Marino eisern auf ihrem Felsen ruhten. Kurzerhand drehte er sie herum – tatsächlich.

€ 9,99 hatte jemand mit rotem Edding und flüchtiger Hand auf der Unterseite des kitschigen Kleinods notiert.

«Punkt für Sie», musste Paolo neidlos anerkennen.

«Nicht wahr?» Bernasconi nickte eifrig – und errötete dabei. «Offen gestanden», eröffnete er dann, «hat dieses kleine Wiedersehen in mir eine gewisse Wehmut geweckt. In diesen unruhigen Zeiten sehnen wir uns ja alle ein wenig nach der heilen Vergangenheit, nicht wahr? Verspüren alle den Hang zu einer gewissen Sentimentalität ...»

«Ich nicht», versicherte Paolo.

«Nein?» Ein Schatten schien sich für einen Moment über die

Gesichtszüge des anderen zu breiten. «Ich muss gestehen, dass ich mich in letzter Zeit immer öfter dabei ertappe, vielleicht ist das auch der Grund, weshalb ich meinen Urlaub hier am Meer verbringe, in Ihrem Hotel ... und ich wollte Sie fragen ... ich meine, natürlich nur, wenn es Ihnen nichts ausmacht ...»

«Nun?», hakte Paolo nach.

«Gelegentlich sehnen wir uns danach, die Vergangenheit festzuhalten, und wäre es nur ein kleines Stück davon ... Würden Sie erwägen, mir diese Glaskugel zu verkaufen?»

«*Diese* Glaskugel?» Paolo hatte das gute Stück immer noch in der Hand.

«Ganz recht. Natürlich würde ich mich auch dafür erkenntlich zeigen», fügte Bernasconi hinzu und war bereits dabei, seine Geldbörse zu zücken.

«Darum geht es nicht», versicherte Paolo in Erinnerung an den Wortwechsel, den er am Morgen mit Lucia geführt hatte, «ich fürchte nur, dass es noch weitere Interessenten gibt.» Er hatte es halb im Spaß hinzugefügt und eigentlich mehr, um das seltsame Gespräch zu beenden. Doch zumindest in dieser Hinsicht schien Bernasconi keinen Spaß zu verstehen.

«Weitere Interessenten?» Der Blick des Schweizers wurde nervös, wenn nicht gar gehetzt. «Dann ist es wohl eine Frage des Preises», mutmaßte er und schlug seine Geldbörse auf, die offenbar recht gut bestückt war. Ein paar hellgrüne Hunderter lugten daraus hervor.

«Nein, eigentlich nicht», wehrte Paolo ab. «Hören Sie», gestand er dann leise ein, «die Kugel ist nicht zu verkaufen. Um die Wahrheit zu sagen, war das Verhältnis zu meinem Bruder ziemlich kompliziert, und diese Kugel gehört zu den wenigen Dingen, die mir von ihm geblieben sind. Also ...»

Bernasconi sah ihm prüfend ins Gesicht, wie um zu erkennen, ob er es tatsächlich ernst meinte. «Ich verstehe», sagte er schließlich. «Sie sind ein Romantiker. Genau wie Ihr Bruder.»

Auch das war eine ziemlich unzutreffende Feststellung, denn ein Romantiker war er ganz sicher nicht. Und was Felix betraf, so war dieser wohl eher ein Abenteurer gewesen, ein Glücksritter und Frauenheld. Paolo entschied sich dennoch, auch diesmal nicht zu widersprechen, in der Hoffnung, das eigentümliche Gespräch nun wirklich bald zu beenden. Und diesmal hatte er damit Erfolg.

«Dann ist wohl nichts zu machen», meinte Bernasconi mit einer teils versöhnlichen, teils resignierenden Geste, klappte die Geldbörse zusammen und steckte sie wieder ein.

«Ich bedaure. Trotzdem noch einen schönen Tag.»

«Den wünsche ich Ihnen auch, Signor Ritter. Den wünsche ich Ihnen auch.»

Bernasconi machte auf dem Absatz kehrt und verließ das kleine Büro. Nur die intensive Duftnote seines Rasierwassers blieb zurück. Paolo tippte auf Valentino.

Mit leisem Klicken fiel die Türe hinter ihm ins Schloss.

Paolo schüttelte die Glaskugel in seiner Hand und stellte sie auf den Schreibtisch, sah gedankenverloren zu, wie der Glitter im Zeitlupentempo auf San Marino niederging – und verspürte dabei ein seltsames Gefühl von Einsamkeit.

«Felix?», fragte er leise in die Stille des kleinen Büros.

Doch die Erinnerung an seinen Bruder schwieg.

KAPITEL 5

Der Rest des Tages war Routine – oder vielmehr das, was man unter Routine verstand, wenn man während der Hochsaison einen Hotelbetrieb an der Riviera Romagnola führte.

Gegen Mittag hörte es endlich zu regnen auf. Die italienische Sonne setzte sich wieder durch und ließ Sonnenschirme und Liegestühle rasch trocknen, sodass am Nachmittag der Badebetrieb wieder einsetzen konnte. Mit ihren Luftmatratzen und Gummitieren zogen die Sonnenhungrigen zum Strand, die Mienen wieder fröhlich. Diejenigen, die es gerne weniger trubelig hatten, blieben im von Kiefern und Platanen beschatteten Hotelgarten und bevölkerten die Liegestühle rund um den Swimmingpool. Für das Personal gab es dennoch viel zu tun.

Als eine ältere Dame aus Castrop-Rauxel einen gellenden Schrei ausstieß, fürchtete Paolo schon, jemand könnte im Pool ertrunken sein. Tatsächlich hatte sie aber nur die goldene Brosche verloren, die ihre Schwimmhaube zierte, sodass das Becken für eine halbe Stunde gesperrt werden musste, bis der pfiffige Sohn einer Familie aus Innsbruck das gute Stück wieder vom Grund herausgefischt hatte. Zur Belohnung ließ die Dame einen ganzen Euro springen, worauf dem Knaben anzusehen war, dass er die Brosche am liebsten wieder in den Pool zurückgeworfen hätte.

Am späten Nachmittag kam es zwischen Hotelgästen aus Deutschland und den Niederlanden zu einem handfesten

Streit um den letzten freien Liegestuhl, wobei vermutlich auch eine Rolle spielte, dass das Handtuch, das die Holländer über die Liege breiten wollten, orangerot war, während das der deutschen Gäste in den Farben der deutschen Fußballnationalmannschaft erstrahlte. Paolo löste den Streit salomonisch, indem er noch einen der Ersatzliegestühle aus dem Keller holen ließ – wie gut, dass er auf deren Anschaffung bestanden hatte.

Beim Abendessen schließlich, das um 19.30 Uhr im *ristorante* des Hotels serviert wurde, kam es noch zu einem weiteren Zwischenfall, als ein Gast aus Verona Lucias vortreffliches *Coniglio alla reggiana* etwas zu hastig hinabschlang und sich an einem Knöchelchen verschluckte. Einem beherzten Heimlich-Manöver Giuseppinas war es zu verdanken, dass die Sache glimpflich abging: Das Knöchelchen fand seinen Weg zurück auf den Teller, und der hungrige Gast schlich beschämt, aber wohlbehalten auf sein Zimmer.

Nach dem Dessert – der für die Region typischen Zabaione – begaben sich die Gäste an die Hotelbar oder unternahmen noch einen Spaziergang zur Strandpromenade oder in den Ortskern Cervias; für das Personal indes war der Tag noch längst nicht zu Ende. Die Abrechnungen mussten gemacht und die Ankünfte des kommenden Tages vorbereitet werden; die Küche musste gereinigt, der Speisesaal gewischt und die Tische für das Frühstück eingedeckt werden. Gegen 23 Uhr allerdings war Feierabend; nur Bar und Rezeption blieben dann noch besetzt, und es hatte sich eingespielt, dass diejenigen, die dann freihatten, sich noch am Strand trafen.

Das *Bagno Tinino* gehörte guten Freunden: Mamma Gianna und ihr Sohn Tino betrieben ihr Strandbad mit mindestens ebenso großem Enthusiasmus wie Paolo und Lucia ihr Hotel, und natürlich waren das *Tinino* und das *Cavaliere* in enger Kooperation verbunden. So war es schon gewesen, als das Hotel noch in Felix' Besitz gewesen war, Paolo hatte gewissermaßen nicht nur den Betrieb, sondern auch die besten Freunde seines Bruders geerbt.

Zwischen dem Strand und dem Bürgersteig des Lungomare verlief eine etwa hüfthohe steinerne Mauer, auf der sie zu sitzen pflegten, erschöpft von der Arbeit des Tages, aber noch zu aufgekratzt, um gleich zu Bett zu gehen. Lucia pflegte dann die Schuhe auszuziehen und die Füße in den kühlen Sand zu stecken, während Paolo seine Schuhe lieber anbehielt. Zwar versetzte ihn der Gedanke, mit bloßen Füßen durch den Sand zu gehen, inzwischen nicht mehr in Panik, aber ein Fan kratzender Körner auf empfindlicher Haut war er noch immer nicht. Er bevorzugte es, auf der Mauer zu sitzen und mit kleinen Schlucken an den Drinks zu nippen, die Tino ihnen servierte – Miniaturausgaben neuer Cocktailrezepte, die er fleißig ausprobierte. Irgendwo spukte in seinem Kopf nämlich der Wunsch umher, dereinst in Cervia eine schicke Bar zu eröffnen, was seine Mutter jedoch stets mit denselben Worten abzuschmettern wusste: «Wir haben ein Bad und keine Bar.»

Da saßen sie also: Mamma Gianna und ihr Tino, Lucia und Paolo sowie Giuseppina, die auch noch mitgekommen war. Kennengelernt hatten sie die ebenso robuste wie joviale Mittsechzigerin im Zuge des mysteriösen Mordfalls in Rimini, an dessen Aufklärung Paolo vor drei Jahren beteiligt gewesen war. Spontan hatte er Giuseppina, die die Haushälterin des Mordopfers gewesen war, versprochen, als Küchenhilfe in seinem neuen Hotel arbeiten zu können, und genauso war es auch gekommen.

Wie Lucia hatte auch Giuseppina die Schuhe ausgezogen

und massierte ungeniert ihre von der Hitze aufgedunsenen Füße. Der Geruch, der dabei aufstieg, überlagerte den der Limette in Paolos Getränk.

«*Che giornata*», sagte sie, und alle pflichteten ihr bei.

Was für ein Tag.

Viel mehr wurde erst mal nicht gesprochen, und es war auch gar nicht nötig. Jeder hing seinen eigenen Gedanken nach, war zu erschöpft, um zu erzählen, und so starrten sie alle nur in die Dunkelheit, die jenseits des Strandes lag, und lauschten dem Rauschen der Brandung. Bei aller Redseligkeit und Lautstärke, die Paolo früher als typisch südländisch bezeichnet hätte, hatte er die Erfahrung gemacht, dass seine italienischen Freunde durchaus auch die Kunst beherrschten, im rechten Moment zu schweigen.

Wenn auch in unterschiedlichem Maße ...

«Nun, wie geht es dir?», wollte Mamma Gianna irgendwann von Paolo wissen und grinste über ihr ganzes rundes Gesicht.

«Gut, danke», versicherte Paolo.

«Wie oft hast du es inzwischen schon bereut, ein Hotel in Italien zu betreiben?»

Während Paolo einen Schluck nahm, um sich die Antwort zu überlegen, ergriff Tino für ihn das Wort.

«Nicht ein einziges Mal», sprang er für Paolo in die Bresche. «Paolo ist doch inzwischen schon ganz und gar Italiener!»

Paolo schürzte die Lippen. Ihm war klar, dass es als Kompliment gedacht war – aber entsprach es auch der Wahrheit? Es gab immer wieder Momente, in denen ihm nur allzu klar wurde, wie deutsch er im Grunde seines Herzens war – und andere, die sich besonders dann einstellten, wenn sich Gäste von jenseits der Alpen im Hotel danebenbenahmen, in denen sich der Italiener in ihm empörte. Vermutlich, sagte er sich, war es das Schicksal eines jeden Auswanderers, sich ein wenig wie ein Grenzgänger zwischen den Welten zu fühlen. Denn genau das war er.

Ein Auswanderer.

Genau wie Felix vor ihm ...

«Und wie geht es sonst so?», hakte Mamma Gianna weiter nach. In ihren dunklen Augen blitzten gleichermaßen Schalk und Wissbegier.

«Danke, ganz ausgezeichnet», versicherte er abermals.

«Gibt es denn schon ... Pläne für den Winter?»

Paolo sah sie von der Seite an. Seit wann, fragte er sich, interessierte sie sich so für das Hotel?

«Nein, keine Pläne», begann er zögerlich. «Die Renovierung ist abgeschlossen, und bis wir die nächsten Baumaßnahmen ergreifen können, müssen wir erst mal ein paar Jahre ...»

Er unterbrach sich, als Giuseppina geräuschvoll durch die Nase blies.

«Was?», fragte er.

«*Sei un testone*», beschied sie ihm trocken und ungeachtet der Tatsache, dass er immerhin ihr Arbeitgeber war.

«Ich bin ein Holzkopf?», hakte Paolo entrüstet nach. «Wieso?»

«Mamma Gianna hat nicht nach dem Hotel gefragt», ergriff Lucia erstmals das Wort. Bislang hatte sie nur müde dagesessen und an ihrem Strohhalm genippt.

«Nicht? Was dann? Ich meine ...» Ein wenig ratlos sah Paolo in die Gesichter reihum: in Mamma Giannas neugieriges Mondgesicht, in Tinos sonnengebräunte, aber leicht verlegen wirkende Züge; schließlich ins rotwangige, ungeniert grinsende Antlitz Giuseppinas.

Nur Lucia, die rechts neben ihm saß, vermied es, ihn anzusehen. Sie starrte weiter hinaus in die Dunkelheit, den Strohhalm zwischen den Lippen und die Füße im kühlen Sand.

Und endlich begriff er …

«Ach, das meint ihr!» Er schlug sich vor die Stirn und lachte laut und spöttisch auf, so absurd und abwegig war seiner Ansicht nach die Frage. «Nein, in dieser Hinsicht gibt es nun wirklich nichts zu berichten. Keine Pläne, nicht mal einen Gedanken! Für eine Hochzeit hätten wir ja gar keine Zeit, nicht wahr, Lucia?»

Jetzt wandte sie doch den Blick und sah ihn an. Und es lag ein seltsamer Ausdruck darin. «Ist das so?»

«Aber natürlich! Erst unlängst hast du doch gesagt, dass es so viel zu tun gibt mit dem Hotel und der Renovierung und …»

«Das war vor zwei Jahren», sagte sie.

«Nein», widersprach Paolo reflexhaft. «Das ist noch nicht lange her, lass mich kurz …» Er verstummte, während er sein episodisches Gedächtnis befragte, wann das betreffende Gespräch mit Lucia stattgefunden hatte.

Das Ergebnis war … überraschend.

«Ist wohl doch schon eine Weile her», musste er zugeben.

«Eine Hochzeit ist also kein Gedanke?», hakte sie nach.

«Na ja, i-ich weiß nicht», stammelte Paolo, den das Thema auf dem völlig falschen Fuß erwischte. «Ich meine, was meinst du? Ich denke …»

«Hier», sagte Giuseppina, die auf seiner anderen Seite hockte, und hielt ihm einen Fächer aus den Tarotkarten hin, die sie stets dabeihatte. «Zieh eine.»

«Also wirklich.» Paolo schnaubte und schüttelte den Kopf – das Letzte, was er jetzt noch brauchen konnte, war eine Küchenhilfe mit Hang zur Wahrsagerei. «Ich werde bestimmt nicht …»

«Los doch», forderte nun auch Lucia ihn auf.

Paolo biss sich auf die Lippen und verkniff sich einen vernichtenden Kommentar.

Dann zog er eine Karte.

Giuseppina nahm sie entgegen, betrachtete sie und nickte nur, so als hätte sie nichts anderes erwartet. «*Il matto*», sagte sie nur und zeigte die Karte den anderen.

Der Narr.

«Sehr witzig», grunzte Paolo, für den das alles nur fauler Hokuspokus war. Insgeheim fragte er sich, ob Giuseppina womöglich lauter gleiche Karten in ihrem Deck hatte, denn der Narr schien häufiger gezogen zu werden als jede andere. «Schön, da habt ihr's, ich bin also ein Trottel», betätigte er sich selbst in der hohen Kunst der Kartenleserei.

«Nein.» Die resolute Haushälterin schüttelte den Kopf. «Der Narr bedeutet manchmal auch einfach nur Unwissenheit. Er besagt, dass du am Anfang einer Reise stehst, einer Veränderung. Wohin sie dich führt, entscheidest du selbst.»

«Ganz wunderbar.» Paolo verdrehte die Augen und warf einen Blick auf seine Uhr. Er wollte gerade verkünden, dass es schon spät geworden sei und ganz gewiss zu spät für derlei tiefschürfende Gedanken, als Lucias Handy trillerte.

Paolo hielt den Atem an. Wenn man nach Mitternacht angerufen wurde, dann war das selten ein gutes Zeichen. Vor allem, wenn man ein Hotel betrieb ...

Lucia nahm den Anruf entgegen und lauschte.

Es dauerte nur ein paar Sekunden.

«Es war Chiara», berichtete sie atemlos. «Im Hotel hat es einen Einbruch gegeben.»

KAPITEL 6

Gemeinsam eilten sie zurück zum *Cavaliere* – auch Tino, der es sich nicht nehmen ließ, seine Freunde zu begleiten, während seine Mutter zurückblieb, um das Strandbad zu schließen. Ebenso wie Giuseppina, die sich beschwerte, dass ihre geschundenen Füße sie ohnehin nicht mehr tragen würden, und die einfach sitzen blieb.

Chiara hatte auch gleich die Polizei verständigt, und da es von der Piazza Garibaldi, wo die *Polizia Municipale* ihr Quartier hatte, zum Hotel nicht allzu weit war, bog der Streifenwagen gerade in die Viale Christoforo Colombo ein, als auch Paolo und seine Freunde am Hotel eintrafen.

Paolo rechnete es den Polizisten hoch an, dass sie darauf verzichteten, mit eingeschalteter Sirene vorzufahren – andernfalls hätten wohl nicht nur die Gäste des *Cavaliere*, sondern auch die der anderen umliegenden Hotels aufrecht in ihren Betten gesessen. So jedoch blieb es ruhig in der Lobby; die Gäste waren bereits zu Bett gegangen, nur Chiara hockte an der Rezeption. Sie schien verzweifelt, Tränen rannen ihr über die Wangen, sodass sich Paolo beinahe an die Sache in Rimini erinnert fühlte. Aber wenigstens, dachte er, gab es diesmal keine Leiche …

«*Stellina*», ging Lucia auf ihre Freundin zu und schloss sie in die Arme. «Um Himmels willen, was ist passiert?»

«*Fraudo*», stieß Chiara unter Tränen hervor.

«Ein Einbruch? Wo? Und wie konnte das passieren?», wollte Paolo wissen.

«Hinten ... das Büro. Ich war nur für einen Moment auf der Toilette, und schon ... Es tut mir leid, so unendlich leid!»

«Ist schon gut», tröstete Lucia sie.

Paolo schlüpfte hinter die Theke der Rezeption, von wo ein kurzer Gang mit zwei Türen abzweigte. Auf der einen stand *privato*, auf der anderen *ufficio*.

Man brauchte kein Spezialist zu sein, um zu sehen, dass sich an letzterer Tür jemand zu schaffen gemacht hatte. Jemand, der entweder zu ungeschickt gewesen war, um das Schloss mit einem Dietrich zu öffnen, oder dem es schlicht und ergreifend egal gewesen war, wenn er Spuren hinterließ. Er hatte eine Brechstange oder etwas Ähnliches angesetzt und die Tür kurzerhand aufgehebelt. Sowohl Schloss und Türblatt als auch der Rahmen waren dabei erheblich beschädigt worden und nicht mehr zu gebrauchen.

«*Che schifo!*», schimpfte Tino.

Es war ein brutaler, roher Einbruch. Ohne Finesse oder Umsicht ausgeführt. Es hatte wohl besonders schnell gehen müssen ...

Inzwischen waren auch die Polizisten zur Stelle, ein Mann und eine Frau in den dunkelblauen Uniformen der städtischen Ordnungshüter. Ihren Abzeichen nach bekleidete der Mann den Rang eines *Agente*, was bedeutete, dass er noch nicht sehr lange dabei war. Die Frau dagegen war *Agente Capo* und begann sofort mit der Befragung.

«Wer hat uns angerufen?», wollte sie wissen.

«Das ... war ich», meldete Chiara sich zu Wort. Mit Lucias Beistand hatte sie sich wieder ein wenig gefangen. Die Beamten nahmen ihre Personalien auf und stellten ihr einige Fragen darüber, wann und wie sie den Einbruch bemerkt hatte. Dann wandten sie sich an Paolo.

«Sie sind der Inhaber des Hotels?»

«In der Tat. Chiara hat meine Partnerin angerufen und über den Einbruch informiert ...»

Die Polizistin erwiderte nichts darauf. Stattdessen wies sie ihren jüngeren Kollegen an, Fotos von der aufgebrochenen Tür zu machen. Das Blitzlicht einer kleinen Digitalkamera tauchte die Lobby in flackernden Schein.

«Können Sie schon sagen, was gestohlen wurde?», erkundigte sich die Beamtin dann.

«Wir konnten ja noch gar nicht nachsehen.» Paolo schüttelte den Kopf. «Und wir wollen schließlich auch keine Spuren verwischen.»

Sie schickte ihm ein Lächeln, von dem er nicht recht wusste, ob es Anerkennung oder Spott ausdrücken sollte. Dann gab sie der beschädigten Bürotür einen Stoß, sodass sie knarrend nach innen schwang, betätigte den Lichtschalter und trat ungeniert ein.

Zu ihrer aller Verblüffung war der Raum unverändert.

Weder waren Unterlagen durchwühlt worden, noch waren Schubladen herausgezogen oder gar aufgebrochen worden. Auch den Computer hatte der Einbrecher offenbar in Ruhe gelassen. Alles war noch genauso, wie Paolo es verlassen hatte.

«Wie lange bist du weg gewesen, Chiara?», wollte er wissen.

«Nur ein paar Minuten», beteuerte sie.

«Das erklärt, warum der Einbrecher es so eilig hatte beim Öffnen der Tür. Aber nicht, warum er nichts mitgenommen hat. Alles scheint noch genauso zu sein, wie ich es zurückgelassen habe.»

«Vielleicht hat er nicht gefunden, wonach er suchte», schlug Tino vor, der aus dem Hintergrund alles mit großen Augen verfolgte – aufgrund seiner Körpergröße konnte er problemlos über die anderen hinwegsehen. «Oder es war nur ein Scherz.»

«Ein teurer Scherz.» Lucia verdrehte genervt die Augen.

«Es fehlt also nichts?», erkundigte sich die Polizistin. «Es wurde nichts gestohlen?»

«Nun», erwiderte Paolo, während er sich weiter suchend in dem kleinen Büro umblickte, «soweit ich es auf den ersten Blick beurteilen kann, würde ich sagen ... Einen Moment!»

Er erstarrte.

Eines der Fächer des IKEA-Regals hinter dem Schreibtisch war leer. Nur noch der Staub war zu sehen, der sich im Lauf einiger Wochen rings um einen kreisrunden Gegenstand angesammelt hatte.

Jenen Gegenstand, der jetzt fehlte ...

«Die Glaskugel!», stieß er hervor.

«Was?», fragte Lucia.

«Das kitschige Ding aus Felix' Nachlass, weißt du nicht mehr? Es ist weg!»

«Aber ...»

«Es war dieser Bernasconi!», platzte Paolo heraus.

«Sie haben einen Verdacht?» Die Polizeibeamtin hob eine Braue.

«Allerdings, ein Hotelgast ... er hatte sich nach der Kugel erkundigt und mir dafür sogar Geld geboten. Aber ich wollte mich nicht davon trennen.»

«Ist sie denn wertvoll?»

«Nein, das sicher nicht, aber ...» Paolo brach ab. «Signor Bernasconi ist Gast auf Zimmer 211. Warum wecken wir ihn nicht einfach und fra...»

«Aber er hat ausgecheckt», eröffnete Chiara unvermittelt.

«Was?»

«Er ist kurz nach dem Abendessen abgereist, obwohl sein Zimmer noch bis nächste Woche gebucht war.»

«Ist etwas vorgefallen?», wollte die Beamtin wissen.

«Nicht dass ich wüsste.» Chiara schüttelte den Kopf. «Ich meine, er hat sich über nichts beschwert oder so ... er beteuerte nur, dass er dringende Dinge zu erledigen hätte und sofort abreisen müsse.»

«Das kommt ja wohl einem Schuldeingeständnis gleich», folgerte Paolo, an die Polizisten gewandt. «Aber sehr weit kann er noch nicht gekommen sein.» Er trat ans Regal, um den entsprechenden Ordner herauszuziehen. «Ich habe hier eine Kopie von seinem Ausweis, die ich Ihnen gerne zur Verfügung ...»

«Jetzt warte doch mal!», rief Lucia energisch dazwischen.

Paolo hatte den Ordner schon in der Hand. «Worauf?»

«Bernasconi ist es nicht gewesen.»

«Woher willst du das wissen?»

«Weil ich es weiß.»

«Aber wie kannst du es wissen? Es *muss* Bernasconi gewesen sein, wer sonst sollte ...»

«Ich habe die Kugel genommen», gestand sie achselzuckend und mit betretenem Blick.

«Wie bitte?» Paolo glaubte, nicht recht zu hören. Kraftlos ließ er den Ordner sinken.

«Also sind Sie in dieses Büro eingebrochen?», hakte die Polizistin nach.

«Nein, Unfug.» Lucia schüttelte den Kopf, dass ihr schwarzer Pferdeschwanz nur so flog. «Ich habe die Glaskugel an mich genommen und sie Monica vom Tourismusbüro gegeben», fügte sie an Paolo gewandt hinzu. «Für die Wohltätigkeitsauktion, weißt du noch? Du wolltest üben, loszulassen.»

«A-aber ...»

Paolo wusste nicht, was er erwidern sollte. Zu sagen hätte es manches gegeben, aber sicher nicht vor ihren Freunden und zwei wildfremden Polizisten.

Die Beamtin atmete hörbar ein und aus. «Und außer dieser Kugel fehlt nichts?», erkundigte sie sich, nun etwas indigniert.

«Von der Beschädigung der Tür abgesehen – nein», musste Paolo einräumen.

«Dann steht es Ihnen frei, Anzeige wegen Sachbeschädigung zu erstatten. Aber ich sage Ihnen gleich, dass das wenig Aussicht auf Erfolg haben wird.»

«Das kommt ganz auf die Untersuchung an», konterte Paolo. Er war nervlich angegriffen, und in diesem Zustand pflegte er sich gerne mal mit Ordnungshütern anzulegen. Das war keine Neuerung, seit er in Italien lebte, sondern auch schon in Deutschland so gewesen. «Werden Sie wenigstens Fingerabdrücke nehmen?»

«Wozu der Aufwand, wenn nichts gestohlen wurde?», lautete die ebenso erschöpfende wie logische Antwort.

«Vergessen Sie's», seufzte er resignierend.

Die Polizisten verabschiedeten sich und verließen das Hotel, Tino kehrte zu Mamma Gianna ins Strandbad zurück. Im Garten begegnete er noch der demonstrativ humpelnden Giuseppina, die genau zu erfahren wünschte, was vorgefallen war. Lucia blieb noch bei Chiara, um sie ein wenig zu trösten und ihr – auch in Paolos Namen – zu versichern, dass ihr Job im *Cavaliere* durch den Vorfall in keiner Weise gefährdet sei.

Paolo gab vor, hundemüde zu sein, und begab sich zu Bett.

Doch das war nur die halbe Wahrheit.

In Wirklichkeit hatte ihn der Zwischenfall mehr aufgewühlt, als er gerne zugeben wollte, und er brauchte Ruhe, um seine Gedanken zu ordnen. Denn auch wenn nichts gestohlen worden war – *irgendjemand* war gewaltsam in das Hotelbüro eingedrungen und hatte dafür auf exakt den Zeitpunkt gewartet, an dem Chiara ihren Posten an der Rezeption verlassen hatte. Er hatte im Verborgenen gelauert, sie beobachtet und zum geeigneten Zeitpunkt zugeschlagen. Das war eine Tatsache, die sich nicht leugnen ließ.

Es war ein Rätsel.

Und aus irgendeinem Grund verursachte es ihm eine Gänsehaut.

KAPITEL 7

Paolo schlief schlecht in dieser Nacht, und nicht der Julihitze wegen.

Träume plagten ihn, in denen ein gewisser Hotelgast die Hauptrolle spielte, ein distinguiert wirkender Herr aus dem Tessin, der allerdings das orangefarbene Trikot der niederländischen Elftal trug. Zunächst gab er vor, bei seinem letzten Besuch vor zehn Jahren eine goldene Brosche verloren zu haben, die er unbedingt wiederhaben wolle, dann brach er in den Swimmingpool ein und wurde von einem Polizisten aus Innsbruck verhaftet, mit dem Chiara ein Verhältnis hatte. Irgendwie hatte das alles auch noch mit Felix zu tun, und wie so oft in Träumen schien es perfekten Sinn zu ergeben. Kaum hatte Paolo am anderen Morgen allerdings die Augen aufgeschlagen, konnte er nur noch den Kopf schütteln über all den Unfug, den sein Unterbewusstsein aus den Bildern und Eindrücken des Vortags gesponnen hatte. Die Fragen, die ihn vor dem Einschlafen beschäftigt hatten und die vermutlich für dieses irrwitzige Panoptikum verantwortlich waren, blieben allerdings bestehen, und anders als ein Traum ließen sie sich auch nicht ohne Weiteres abschütteln.

Wer war in das Büro des *Cavaliere* eingebrochen?

War es tatsächlich Bernasconi gewesen?

Wenn ja, musste ihm doch klar gewesen sein, dass der Verdacht sofort auf ihn fallen würde, nachdem er erstens kurz zuvor noch versucht hatte, die Schüttelkugel käuflich zu erwerben, und dann zweitens auch noch unmittelbar vor dem Einbruch ausgecheckt hatte? Welcher halbwegs vernunftbegabte Mensch würde so etwas tun?

Andererseits bestand vielleicht auch gar kein Zusammenhang – wer würde schon eine Straftat wegen eines kitschigen Staubfängers begehen, den man für ein paar Euro beim Souvenirshop um die Ecke erwerben konnte? Es sei denn natürlich, es handelte sich um ein ganz besonderes Souvenir ... Aber wie Paolo es auch drehte und wendete, er konnte sich nicht vorstellen, um was für eine Besonderheit es sich handeln sollte, dass sie ein solch plumpes Vorgehen rechtfertigte. Hätte sich das gute Stück noch in seinem Besitz befunden, hätte er der Sache vielleicht auf den Grund gehen können, aber so ...

Durch bloßes Nachdenken ließ sich das Geheimnis nicht lüften, auch seine spezielle Gabe konnte Paolo dabei nicht helfen. Er überlegte, Monica Terrana von der örtlichen Tourismusbehörde anzurufen, die die Auktion veranstaltete. Er hätte behaupten können, dass Lucia sich geirrt hatte und die Glaskugel in Wirklichkeit gar nicht gespendet werden sollte. Aber so, wie er Monica kannte, würde sie auf einer Erklärung bestehen, und die wollte Paolo der sehr mitteilungsfreudigen Dame nicht geben, weil dann im Handumdrehen die gesamte Hotelbranche von Cervia von der Angelegenheit erfahren hätte. Und den zwar gutmütigen, aber doch enervierenden Spott, der dann über ihn, den sparsamen *tedesco*, hereinbrechen würde, wollte Paolo sich gerne ersparen ... und Lucia auch.

So schwer es ihm auch fallen mochte, er würde wohl damit leben müssen, dass dieses Rätsel ungelöst blieb.

Und vielleicht, sagte er sich, war das ja auch eine gute Übung, um sich von alten Gewohnheiten zu verabschieden – schließlich hatte er als Manager eines Hotelbetriebs Wichtigeres zu tun, als einmal mehr den Detektiv zu spielen. Der Einbruch war glimpflich verlaufen, und es schien nichts entwendet worden zu sein. Der Schaden hielt sich in Grenzen, und vielleicht war es besser, einfach nichts zu tun.

Paolo traf die für seine Verhältnisse revolutionäre Entscheidung, die Dinge auf sich beruhen zu lassen und eventuell noch bestehende Fragen mit einem morgendlichen Cappuccino hinunterzuspülen, das alles in der Hoffnung, dass der neue Tag besser verlaufen würde als der vorangegangene. Und zumindest zu Beginn des Wochenendes schien diese Hoffnung auch durchaus berechtigt zu sein.

Es gab zahlreiche Anreisen, und da der Wetterbericht für das Wochenende gut war, hatten sich einige Gäste aus der Region eingebucht, vorwiegend aus Bologna und Modena, die die Gelegenheit zu einem Ausflug ans Meer nutzten. Die Saisonkräfte, die sich um die Zimmer kümmerten, waren inzwischen ein eingespieltes Team, sodass alles wie am Schnürchen lief – die einen Gäste checkten aus, andere trafen ein. Es war ein lebhaftes Kommen und Gehen, die Lobby war erfüllt von freundlichen Willkommensgrüßen und heiterem Gelächter, aus den Lautsprechern säuselte Laura Pausini. Dazu lag über allem ein magischer Duft, eine Mixtur aus Sonnenöl und frischem Kaffee, die Paolo sehr an seine Kindheit erinnerte, und das nicht einmal unangenehm.

Seine Vergangenheit war nicht das Einzige, zu dem er eine neue Einstellung hatte finden müssen. Da es zu seinen Aufgaben als Hotelmanager gehörte, die neu ankommenden Gäste zu begrüßen, hatte er seine Scheu überwunden und schüttelte hin und wieder sogar Hände (nicht ohne sie sich hinterher – wenn auch sehr dezent – nach alter Gewohnheit zu desinfizieren).

Zudem pflegte er die Gäste bei Ankunft zu kategorisieren:

in solche, die einfach nur froh waren, dem Alltag zu entfliehen, und die in Cervia eine schöne und sorgenfreie Zeit erleben wollten; und in solche, auf die man ein besonderes Auge haben musste, weil ihre gehobenen Ansprüche bei Nichterfüllung leicht in gewisse Unleidlichkeit münden konnten, die für alle Beteiligten anstrengend war. Zu Beginn seiner Tätigkeit als Manager hatte Paolo es sich nicht nehmen lassen, solchen Gästen – und besonders seinen Landsleuten – in aller Deutlichkeit die Meinung zu sagen. Sowohl deren Bewertungen auf TripAdvisor als auch Lucias temperamentvolle Einlassungen hatte ihm allerdings klargemacht, dass solche Ehrlichkeit dem Fortkommen des Hotels nicht unbedingt förderlich war, und er hatte sein Verhalten geändert.

Heute war es eine Familie aus Mailand, die seine Aufmerksamkeit erregte – nicht so sehr die beiden Kinder, sondern vielmehr deren Eltern, die schon die erste Beschwerde äußerten, noch bevor sie ihren Fuß über die Schwelle gesetzt hatten. Ein welkes Blatt hatte sich von einer Platane gelöst und schwamm im Pool, was den Familienvater dazu veranlasste, generelles Missmanagement im Hotel zu vermuten. Paolo war ganz froh darüber, dass Chiara für den Empfang der italienischen Gäste zuständig war, so waren Überreaktionen von seiner Seite ausgeschlossen.

Auf diese Weise verlief der Samstag ohne größere Zwischenfälle und endete mit dem traditionellen Barbecue, das Lucia an jedem Wochenende im Garten des Hotels veranstaltete – diesmal mit gegrilltem Schwertfisch und mit Kräutern gewürzten und knusprig gerösteten Polentaküchlein, für die Lucia selbst von den anspruchsvollen Mailändern überschwängliches Lob erhielt.

Eigentlich hatte Paolo den Vorfall mit dem Einbruch und

dem rätselhaften Signor Bernasconi schon in die für weniger wichtige Erinnerungen zuständigen Regionen seines Gedächtnisses gedrängt – bis er am frühen Sonntagmorgen unsanft geweckt wurde.

Es war Lucia, die in das Schlafzimmer des kleinen Apartments stürmte, das sich im Erdgeschoss des Hotels befand und ihnen als gemeinsame Wohnung diente. Es bestand aus zwei zusammengelegten Hotelzimmern und hatte neben einem Wohnraum und einem Schlafzimmer auch eine kleine Küche anstelle des zweiten Bads. Für mehr Wohnraum hatte es bislang nicht gereicht, weder finanziell noch vom Zeitaufwand her. Lucia, die sich stets um die Vorbereitung des Frühstücks kümmerte und deshalb früher auf den Beinen war, sagte nur ein einziges Wort. Doch es genügte, um Paolo sofort hellwach werden zu lassen.

«*Polizia!*»

Er schoss in die Höhe. «Was wollen sie?»

«Haben sie nicht gesagt. Sie wollen mit dem *direttore* sprechen. Also mit dir», fügte sie überflüssigerweise hinzu.

Paolo war bereits aufgestanden. «Womöglich haben sie den Kerl geschnappt, der bei uns eingebrochen hat.»

Lucia machte ein zweifelndes Gesicht. «Glaub ich nicht», sagte sie – und sollte recht behalten.

So schnell es ihm möglich war, brachte Paolo sich in einen leidlich vorzeigbaren Zustand. Es widerstrebte ihm, ohne morgendliche Dusche in seine Kleider zu schlüpfen, von dem Bartschatten in seinem Gesicht ganz zu schweigen, er musste sich nun aber damit abfinden. Nur auf ein frisches Hemd wollte er nicht verzichten, zusammen mit dem hellen Sommeranzug und den Wildlederschuhen ergab sich so doch noch ein einigermaßen vertretbares Erscheinungsbild.

«Wie kann ich helfen, meine Herren?», trat er den beiden Polizisten entgegen, die an der Rezeption warteten. Zu seiner Überraschung trugen sie weder die Uniformen der *Polizia di Municipale* noch jene der *Carabinieri*. Stattdessen waren sowohl ihre Einsatzkleidung als auch die dazugehörigen Schirmmützen dunkelblau, und Paolo brauchte einen Moment, um zu erkennen, dass es gar keine italienischen Staatsdiener waren, die da vor ihm standen. Sondern solche aus dem nicht weit entfernten San Marino …

«Sind Sie der Inhaber des Hotels?», wollte der Ältere der beiden wissen, ein vierschrötiger Mann mit Kinnbart.

«Paolo Ritter», bestätigte Paolo nickend.

«Signor Ritter», sagte der andere Polizist, wobei beide ihre Ausweise zeigten, «wir sind hier im Auftrag der Gendarmerie der Republik San Marino. Ist Ihnen ein gewisser Lauro Bernasconi bekannt?»

Die Nennung des Namens löste so viele Gedankenketten in seinem Kopf aus, dass er sich über die Stirn fuhr, um sie zu vertreiben. «Was ist mit ihm?», wollte er wissen.

«Ist er Ihnen bekannt oder nicht?»

«Durchaus», versicherte Paolo. «Er war Gast in unserem Hotel, aber …» Er brach ab. Er hatte doch darauf verzichtet, Anzeige zu erstatten. Und wieso waren es Gesetzeshüter aus San Marino, die sich nach Bernasconi erkundigten? Das ergab nicht wirklich Sinn …

«Wann genau war er hier Gast?»

«Soweit ich weiß, hat er am vergangenen Dienstag eingecheckt und ist bis Freitag geblieben», entgegnete Paolo. «Darf ich fragen, warum das von Belang ist?»

«Ganz einfach, Signor Ritter», entgegnete der Ältere der beiden, «weil Lauro Bernasconi tot ist.»

Paolo glaubte, nicht recht zu hören.

Lucia, die neben ihm stand, wurde kreidebleich. «Das ... das ist schrecklich», flüsterte sie.

«Sein Leichnam wurde in den frühen Morgenstunden in San Marino aufgefunden», fügte der Gendarm erklärend hinzu.

«Wie ...? Ich meine ...» Paolo schüttelte den Kopf und versuchte, seine Gedanken zu ordnen. «War es ein Unfall, oder ...?»

«Die Ermittlungen dauern noch an. Außerdem sind wir nicht befugt, Ihnen Auskünfte zu erteilen.»

«Also starb er keines natürlichen Todes», folgerte Paolo, der die Erfahrung gemacht hatte, dass sich die italienischen Gesetzeshüter genau derselben Floskeln bedienten wie die deutschen, wenn es darum ging, heikle Sachverhalte zu umgehen, ohne explizit die Unwahrheit sagen zu müssen.

«Wie ich schon sagte, wir sind nicht befugt ...»

«Schon gut.» Paolo winkte ab. «Aber wenn Sie mir nichts erklären wollen, warum sind Sie dann hier?»

«Wie sind Sie überhaupt auf diese Adresse gekommen?», fügte Lucia berechtigterweise hinzu.

«Durch das Armband, das der Tote am Handgelenk trug», gab der jüngere der beiden Gendarmen zumindest diese Auskunft. Paolo und Lucia sahen sich an. Sie wussten nur zu gut, von welchem Armband er sprach – das, welches jeder Gast des *Cavaliere* am Handgelenk trug. Anfangs hatte Paolo die Dinger für überflüssig und affektiert gehalten, schließlich waren sie kein All-inclusive-Club an der Côte d'Azur. Bis er festgestellt hatte, dass Personen von außerhalb ungeniert den Pool des Hotels genutzt und sich in einem besonders dreisten Fall sogar ausgiebig beim Frühstück bedient hatten. In dieser Saison waren die Bändchen hellblau, mit dem Logo und der Adresse des Hotels darauf.

«Verstehe», sagte Paolo.

«Signor Bernasconi war also hier Gast. Hat er etwas zurückgelassen? Gepäckstücke womöglich?»

«Nein, er hat sein Zimmer geräumt und ausgecheckt.» Paolo runzelte die Stirn. Die Fragen kamen ihm seltsam vor, und der Polizist hätte sie sicher nicht gestellt, wenn Bernasconi friedlich in seinem Bett entschlummert wäre. Der Verdacht, dass mehr dahinterstecken musste, drängte sich förmlich auf.

Paolo fragte sich, ob die beiden von dem Einbruch und der fallengelassenen Anzeige wussten ... Trotz der diversen Abkommen, die es zwischen Italien und San Marino bezüglich der grenzüberschreitenden Polizeiarbeit gab, würde die *Gendarmeria* für diese Ermittlung auf italienischem Hoheitsgebiet ja um Erlaubnis gefragt haben müssen. Hatten die italienischen Kollegen also Informationen weitergegeben? Auch wenn es nicht zur Anzeige gekommen war, würde die Tatsache, dass die Polizei zum Hotel gerufen worden war, ja fraglos im Computer gespeichert sein. Andererseits wusste Paolo aus der Zeitung, dass die *Gendarmeria* nicht mit der örtlichen Polizei, sondern vor allem mit den italienischen *Carabinieri* kooperierte, die ähnlich strukturiert und organisiert waren. Vielleicht wusste hier also eine Behörde schlicht nichts von dem, was die andere tat ...

Für einen Moment erwog er, den Gendarmen selbst von der Sache zu berichten, aber er sah nicht wirklich einen Grund dafür. Vermutlich, weil auch die Polizisten so überaus geizig mit Informationen waren und er noch keine Ahnung hatte, worum es hier eigentlich ging. Auch Lucia behielt die Sache für sich, wofür er ihr dankbar war.

«Können wir das Zimmer dennoch sehen?», fragte wieder

der Jüngere der beiden, und etwas an seinem Tonfall ließ ahnen, dass es nicht wirklich eine Bitte war.

«Haben Sie denn eine richterliche Anordnung oder etwas Entsprechendes?», erkundigte sich Paolo, dem der herrische Tonfall des anderen missfiel.

Doch noch ehe der Gendarm antworten konnte, ging Lucia dazwischen, die Paolo mit einem tadelnden Blick bedachte und den Polizisten gegenüber dann ihr freundlichstes Lächeln aufsetzte. «Natürlich können Sie das Zimmer sehen, das ist kein Problem. Inzwischen wird es allerdings von anderen Gästen bewohnt, die im Augenblick noch schlafen. Es sind Gäste aus Mailand, ein Anwalt und seine Ehefrau, soweit ich weiß ... Wenn Sie es wünschen, können wir ihn gerne am frühen Sonntagmorgen für Sie wecken und ihn sein Zimmer räumen lassen, das ist wirklich überhaupt kein Problem ...»

Die beiden Uniformierten tauschten Blicke, worauf der forsche Jungpolizist betreten zu Boden sah und schwieg.

«Das», meinte der ältere, nachdem er sich verlegen geräuspert hatte, «wird wohl nicht nötig sein.»

Paolo kam einmal mehr nicht umhin, Lucia aufrichtig zu bewundern, sowohl für ihre Menschenkenntnis als auch dafür, bei ihren Landsleuten stets den richtigen Ton zu treffen.

«Jedoch möchten wir Sie bitten, sich im Lauf des Vormittags unter dieser Adresse einzufinden», fuhr der Polizist fort und übergab Paolo eine Visitenkarte.

Paolo überflog sie kurz.

«Das ... ist in San Marino», stellte er fest.

«Ganz recht. Sie werden gebeten, dort zur Zeugenbefragung zu erscheinen. Sollten Sie sich dieser Einladung entziehen, wird eine gerichtliche Vorladung erfolgen.» Er verzog sein bärtiges Gesicht zu etwas, das wohl ein Grinsen sein sollte. «Die italienischen Kollegen sind sehr hilfsbereit und zuverlässig, wenn es darum geht, solche Maßnahmen durchzusetzen.»

«Was Sie nicht sagen.» Paolo erwiderte das Grinsen, allerdings recht freudlos.

Er wusste selbst nicht, warum er so unlustig war, die Fragen der Polizei zu beantworten, schließlich hatte er nichts zu verbergen. Es war sicher nicht mehr als eine vage Ahnung, aber irgendetwas beschäftigte ihn. Natürlich, der plötzliche Tod eines Hotelgasts war für sich genommen schon schockierend. Aber da war auch noch etwas anderes. Etwas, das vielleicht mit dem Vorfall von vorletzter Nacht zu tun hatte. Vielleicht aber damit, dass Bernasconi Felix gekannt hatte. So unbegründet und irrational es auch sein mochte, diesen Zusammenhang herzustellen, es machte die Sache irgendwie ... persönlich.

Und schließlich war da noch die Tatsache, dass die Gendarmen kein Wort über die Todesursache verloren.

Entweder sie kannten sie tatsächlich nicht, oder Lauro Bernasconis Leben hatte ein gewaltsames Ende genommen. Ob er selbst sich diese Gewalt angetan hatte oder ein anderer, wusste Paolo nicht, aber etwas stimmte nicht, das verrieten ihm nicht nur sein Instinkt, sondern auch eine Gestalt, die sich drüben auf einem der Barhocker zu materialisieren begann, ganz undeutlich noch und schemenhaft, aber er ahnte bereits, worauf es hinauslaufen würde ...

Lucia und er versprachen, im Lauf des Vormittags nach San Marino zu kommen und ihre Zeugenaussagen zu machen. Damit waren die Polizisten zufrieden und zogen ab. Paolo sah ihnen nach, als sie durch den Garten gingen und in den Dienstwagen stiegen, den sie draußen an der Straße geparkt hatten. Es war ein weißer Fiat Punto mit der nüchternen Aufschrift GENDARMERIA, mit dem sie schließlich davonfuhren.

«Das ... ist das erste Mal, dass ein Hotelgast gestorben ist», sagte Lucia leise und auf Deutsch. Sie schien ehrlich betroffen.

«Eigentlich war er nicht mehr unser Gast», wandte Paolo ein.

«Du weißt, was ich meine.»

Er nickte. «Tut mir leid.»

«Schon gut, wir haben ihn ja kaum gekannt. Es ist nur ...»

«Ich weiß, was du meinst», versicherte Paolo. «Wusstest du übrigens, dass er Felix gekannt hat?»

Lucia sah ihn überrascht an.

«Er war wohl schon mal hier im Hotel gewesen. Muss allerdings schon ziemlich lange her sein, zehn Jahre mindestens.»

Lucia zuckte mit den Schultern. «Das war dann wohl vor meiner Zeit im *Cavaliere*. Damals hat Felix noch selbst im *ristorante* gekocht.»

«Dann ist es allerdings ein Wunder, dass der gute Bernasconi nicht schon damals verschieden ist», versetzte Paolo im Bemühen, die Stimmung ein wenig aufzuhellen – dass seine Bemerkung reichlich geschmacklos war, gab ihm Lucia mit einem Ellbogenstoß zu verstehen. «*Scusi*», fügte er hinzu.

«Warum hast du ihnen nichts gesagt?», wollte sie wissen.

«Von dem Einbruch?» Er zuckte mit den Schultern. «Ich weiß es nicht. Vermutlich, weil wir nicht sagen können, ob er es wirklich gewesen ist oder nicht.»

«Er ist tot», brachte Lucia in Erinnerung, und natürlich war dieser Einwand nur zu berechtigt.

Ganz offenbar hatte etwas zu Lauro Bernasconis vorzeitigem Ableben geführt. Und womöglich hatte dieses Etwas auch mit dem erfolglosen Einbruch zu tun ...

«Hören wir uns erst mal an, was die Polizei von San Marino zu sagen hat», schlug Paolo vor. «Wir können immer noch behaupten, das mit dem Einbruch wäre uns erst nach dem Besuch der Gendarmen eingefallen.»

«Gut.» Lucia nickte. In diesem Moment öffnete sich mit leisem Klingeln der Aufzug, und die ersten Gäste traten in die Lobby, hungrig nicht nur nach dem neuen Tag, der sich draußen mit hellen Sonnenstrahlen ankündigte, sondern auch auf Frühstück. «Ich muss zurück in die Küche», raunte sie Paolo zu, während sie schon auf dem Weg war. «Wir sehen uns nachher.»

«*D'accordo*», sagte er nur. Er wünschte den Hotelgästen einen guten Morgen und wollte sich wieder in das Apartment zurückziehen, um seine Gedanken – und vor allem seine Erinnerungen – zu ordnen. Doch an der Gestalt, die am Tresen der Hotelbar saß und inzwischen vollständig Form angenommen hatte, kam er nicht vorbei.

Es war Bernasconi.

Im blauen Zweireiher mit Goldknöpfen, mit gegeltem Haar und keckem Bärtchen. Genau so, wie er ihm im Gedächtnis geblieben war.

«Sie ahnen es bereits, oder?», sprach er Paolo an.

«Was sollte ich ahnen?»

Der tote Schweizer, der seinen Weg aus Paolos episodischem Gedächtnis geradewegs an den Tresen gefunden hatte, wandte sich vollends zu Paolo um und sah ihn aus seinen dunklen Augen an – und wann immer dies geschah und die Geister der Vergangenheit derart lebendig wurden, bedeutete das vor allem eines: dass sich um ihr Ableben offene Fragen rankten ...

«Streiten Sie es nicht ab», erwiderte Bernasconi und musterte Paolo dabei so durchdringend, dass diesem ganz unwohl wurde. «Sie wissen genau, was ich meine. Ich spreche davon, dass ich ermordet wurde.»

KAPITEL 8

Die Wissenschaft mochte es schlicht als hyperthymestisches Syndrom bezeichnen – Paolo hatte jener Eigenschaft, die ihn seit Kindheitstagen begleitete, schon ganz verschiedene und sehr viel fantasievollere Namen gegeben.

Er nannte sie seine Gabe.

Seinen Fluch.

Seine Superkraft.

Welche Bezeichnung gerade zutraf, hing stets von der Perspektive ab, mit der er darauf blickte; je nachdem, ob seine Fähigkeit ihm gerade dazu verholfen hatte, etwas zu bewerkstelligen, das normalbegabte Menschen im Leben nicht zustande gebracht hätten, oder ob sie ihm mal wieder unmissverständlich klar machte, dass er anders war … spleenig und voll seltsamer Gewohnheiten, ein Einzelgänger.

Als Kind hatte er darunter gelitten, als Jugendlicher versucht, damit zurechtzukommen. Als Erwachsener war er sogar der Meinung gewesen, dass es ihm halbwegs gelang – dabei hatte er sich nur etwas vorgemacht.

Gewiss, mit bestimmten Methoden ließ sich das Chaos in seinem Kopf, die Flut der Bilder und Assoziationen, die pausenlos durch sein Bewusstsein strömten, einigermaßen begrenzen; und auch die unzähligen Stimmen, die aus der Vergangenheit zu ihm sprachen, hatte er mit diesen Mechanismen, die sich für andere als spinnerte Eigenheiten darstellten, halbwegs einzudämmen gelernt. Das Desinfizieren der Hände gehörte ebenso dazu wie das Meiden öffentlicher Verkehrsmittel, das Fernhalten von lauten Menschenmengen sowie ein Dutzend weiterer Angewohnheiten, die er mit verschrobener Akribie gepflegt und die ihm ein Gefühl von Sicherheit vermittelt hatten – in Wirklichkeit war es ein Gefängnis von Ticks und Eigenartigkeiten gewesen, aus dem er sich nicht befreien wollte, aus Angst vor der Vergangenheit.

Es war Julias Verdienst gewesen, ihn mit all diesen Eigenheiten zu akzeptieren und eine Zeit lang wohl auch zu lieben, bis sie es irgendwann nicht mehr ertrug ... doch es war Lucia gewesen, die ihn aus diesem Gefängnis befreit hatte. Durch ihre ehrliche, unkonventionelle und mitunter auch anstrengende Art hatte sie ihm ein neues, schöneres und bunteres Leben gezeigt, als er es sich früher je hätte vorstellen können.

Zugegeben, ein paar seiner Eigenheiten waren ihm geblieben. Öffentliche Verkehrsmittel und große Versammlungen mochte er noch immer nicht, und das Fläschchen mit dem Desinfektionsmittel trug er nach wie vor bei sich (was im Zuge der Pandemie aber nicht mehr weiter auffiel).

Nachdem gegen halb zehn die letzten Gäste ihr Frühstück beendet hatten, überließ Lucia die Küche Giuseppina und zog sich kurz zurück, um sich frisch zu machen und umzuziehen. Als sie wiederkam, trug sie eins der sommergeblümten Kleider, die Paolo so an ihr mochte – diesmal das schwarze mit den roten Blüten –, und hatte ihr Haar zu einem Zopf geflochten. Der Duft, der sie umgab, war betörend – nur Lotion, wie Paolo inzwischen wusste. Lucia benutzte kein Parfüm.

«*Che cosa?*», fragte sie, als sie zu ihm in den Wagen stieg – auf den Fahrersitz, da er ja keinen Führerschein hatte.

Erst jetzt wurde ihm bewusst, dass er sie angestarrt hatte. «Verzeih», sagte er, «es ist nur ...»

«*Sì?*» Sie federte auf dem Sitz auf und ab, wie sie es immer tat, während sie sich anschnallte. Dabei sah sie ihn erwartungsvoll an.

«*Niente*», versicherte er und winkte ab. «Lass uns losfahren. Wir sind spät dran.»

Das stimmte nur zum Teil.

Sicher, wären sie Touristen gewesen, hätten sie jetzt gar nicht mehr aufzubrechen brauchen. Zwar hatte San Marino ein großes Herz für Besucher und hielt zahlreiche Parkplätze bereit, doch waren diese an Sommertagen – und noch dazu an Wochenenden – meist von den Morgenstunden an voll belegt. Vor dem Hauptquartier der Gendarmeria, in das sie so höflich gebeten worden waren, würde es hingegen wohl auch zu späterer Stunde sicher noch Parkgelegenheiten geben.

In Ermangelung eines anderen Fahrzeugs nahmen sie den Fiat Talento mit dem Firmenlogo, der inzwischen wieder ganz und gar ihnen gehörte. Und genauso fuhr Lucia ihn auch.

Des sonntäglichen Ausflugsverkehrs wegen vermied sie es, auf die Autobahn zu fahren, der sie ohnehin nur ein kurzes Stück hätten folgen können, und versuchte es stattdessen über die *strada statale* 16. Doch da diese auch gen Rimini führte und als Zubringer zu den Stränden fungierte, dauerte es nicht lange, bis sie in einer zähfließenden Kolonne feststeckten. Sehr zum Missfallen Lucias, die gerne beherzt fuhr, unter häufigem Einsatz von Gaspedal und Hupe …

«*Che cosa vuoi, idiota?*», rief sie einem Motorradfahrer hinterher, der sie überholte und dessen einziges Vergehen wohl darin bestand, dass er schneller am Ziel sein würde als sie.

Paolo drehte die Klimaanlage im Wagen höher und stellte das Radio an. Er hatte die Erfahrung gemacht, dass sie das ein wenig beruhigte – allerdings nicht heute.

Ohne es eigentlich zu wollen, hatte er Radio San Marino eingeschaltet. Und da es kurz nach elf war, kamen gerade Nachrichten.

«... wurde der Leichnam eines etwa sechzigjährigen Mannes von offenbar schweizerischer Nationalität am Fuß des Berges aufgefunden. Die Polizei geht von einem Unfall aus. Etwaige Zeugen des Vorfalls werden gebeten, sich unter ...»

Paolo und Lucia sahen sich an.

«Bernasconi», sagte er nur.

«*Dio mio*», stieß Lucia hervor. «Hast du gehört, was die Frau im Radio gesagt hat?»

«‹Am Fuß des Berges›», zitierte Paolo wörtlich. «Fragt sich nur, welchen Berg sie meint.»

«Da gibt es in San Marino eigentlich nur einen», erwiderte Lucia. Sie nahm eine Hand vom Lenkrad und deutete in südwestliche Richtung, wo sich majestätisch und weithin sichtbar der breite Rücken des Monte Titano aus der grünen Landschaft hob, gekrönt von den Türmen der Stadt.

«Mein Gott», sagte jetzt auch Paolo.

Um dem Ausflugsverkehr zu entgehen, bogen sie von der SS16 ab und folgten der Via Tolemaide nach Südwesten. Und mit jedem Kilometer, so kam es Paolo vor, wuchs der Felsen von San Marino noch ein wenig größer und eindrucksvoller vor ihnen empor.

Die Strecke selbst war nicht sehr reizvoll: Einkaufszentren und Industriebauten säumten die Straße, die fast schnurgerade verlief und dabei irgendwann die Autobahn kreuzte. Hier gesellten sich Lagerhäuser und moderne Logistikzentren der Architektur hinzu und machten Paolo einmal mehr bewusst, dass dies nicht mehr das verschlafene Italien seiner Kindheit war.

Wenn es ein solches überhaupt je gegeben hatte.

Die *strade provinciali* 49 und 258 brachten sie ihrem Ziel ein gutes Stück näher, und endlich zeigte sich die Umgebung so, wie Paolo sie sich vorgestellt hatte: malerische, von grünen Äckern überzogene Hügel, dazwischen Baumreihen, bisweilen kleine Wälder und im traditionellen Stil gedeckte, rustikal wirkende Landhäuser, die sich harmonisch in die Landschaft fügten. Und mittendrin der Titano.

Je näher sie ihm kamen, desto mehr nahm die Besiedlung wieder zu, und desto dichter wurde der Verkehr. Das Gelände stieg an, und die Straße begann sich in ein schlangenhaftes Ungetüm aus Kurven und Kehren zu verwandeln, was Lucia aber nicht davon abhielt, den Talento weiter mit viel Elan und beträchtlichem Tempo zu steuern. Mehr noch, ihren leuchtenden Augen und vor Eifer glänzenden Wangen konnte Paolo entnehmen, dass es ihr geradezu Spaß machte, den Wagen über den sich abenteuerlich windenden Asphalt zu lenken, während er der Fahrt nicht allzu viel abgewinnen konnte. Im Gegenteil, das Wissen, dass all diese Autos, die sich über die Serpentinen ein wildes Rennen zu liefern schienen, auf den Gipfel dieses Berges wollten, wo der Platz naturgemäß begrenzt sein würde, erfüllte ihn mit einer gewissen Unruhe, die er aber für sich behielt und mit einem Lächeln überspielte. Lucia sollte sich lieber auf den Verkehr konzentrieren.

Die Ausblicke, die sich boten, wurden dafür mit jeder Kehre spektakulärer. Wann immer man glaubte, den ultimativen Blick auf den Felsen und die ihn krönenden Türme erheischt zu haben, wurde man eine Kurve weiter eines Besseren belehrt, so trutzig und imposant ragten die Bauwerke in den azurblauen Himmel.

Steil ging es hinauf. Paolo fielen die Ohren zu, er wandte den Tauchertrick an, um sie vom Druck zu befreien – und musste daran denken, dass es Felix gewesen war, der ihm diesen Trick beigebracht hatte. Wie oft, fragte er sich, war sein Bruder wohl hier oben gewesen? Wie oft hatte er diese Ausblicke genossen? Für einen Moment bedauerte er, dass sie es niemals gemeinsam getan hatten.

Das *commando centrale* der Gendarmerie, in das sie bestellt worden waren, befand sich am Ende der Via John F. Kennedy, in einem beeindruckenden, elfenbeinfarbenen Bau, in dem in schöner Symbiose auch der örtliche Kursaal untergebracht war. Zu Beginn seiner Zeit in Italien war Paolo noch jedes Mal erschrocken, wenn er dieses urdeutsche Wort an mediterranen Fassaden vorgefunden hatte. Bis ihm irgendwann klar geworden war, dass dieses aus K.-u.-k.-Zeiten datierende Relikt in italienischen Ohren nach Glanz und Glamour klang. Im vorliegenden Fall schien die Lokalität besonders praktisch gewählt, denn wenn die Gäste des Kursaals mal über die Stränge schlugen, waren die Ordnungshüter wenigstens nicht weit.

Lucia stellte den Fiat auf einem für die Polizei reservierten Parkplatz ab. Es war heiß, beinahe stechend, das frische Lüftchen, das stets am Meer zu wehen pflegte, fehlte hier. Paolo war froh, als sie in den Schatten des Torbogens traten. Eine Treppe führte hinauf zum Eingang der Kommandantur, aus einer mit Fenstern versehenen Auswölbung blickten die strengen Augen des wachhabenden Unteroffiziers auf die Besucher herab. Dort prangten die nüchterne Aufschrift «Gendarmeria» sowie noch ein zweiter Schriftzug, der Paolo überraschte: «National Central Bureau».

Darüber erkannte er das Emblem von Interpol.

Paolo fragte sich noch, was die internationale Polizeibehörde im Hauptquartier der Gendarmerie von San Marino zu suchen hatte, als die Tür am oberen Ende der Treppe bereits geöffnet wurde und ein Mann erschien: Anfang vierzig, sportlich und – jedenfalls wenn Paolo Lucias Blick richtig deutete – durchaus gut aussehend. Sein dunkles Haar war kurz getrimmt, ebenso wie der hippe Kinnbart. Seine Kleidung war leger und bestand aus Jeans, Turnschuhen und einem weißen Hemd, dessen Ärmel er aufgekrempelt hatte. Er trug seine Dienstwaffe im Gürtelholster, und an der Brusttasche seines Hemdes flatterte einer jener in durchsichtige Folie gepackten Ausweise, die Leute immer und überall wichtig aussehen lassen.

«Signor Ritter?», erkundigte er sich.

«So ist es.» Paolo nickte.

«Lucia Camaro», stellte Lucia sich vor.

«Freut mich außerordentlich», sagte er und lächelte dieses Lächeln, das so nur Italiener zustande bringen und das Gruß, Flirt und Lebenseinstellung zugleich ist. Paolo hatte es einmal versucht, heimlich vor dem Spiegel – und frustriert wieder aufgegeben.

«Danke, dass Sie gekommen sind», fuhr der Beamte fort. «Wenn Sie mir bitte folgen möchten, dann können wir gleich mit der Befragung beginnen. Ich möchte Ihre wertvolle Zeit nicht länger als notwendig in Anspruch nehmen.»

Paolo sandte Lucia einen Blick – sie lächelte immer noch. Offenbar war sie sehr angetan von dem freundlichen Empfang, was Paolo ein wenig ärgerte. Gemeinsam gingen sie die Treppe hinauf, und schon bei der Hälfte der Stufen tauchten sie in den Odem eines Eau de Toilette ein, das Paolo sofort erkannte. Einer von Julias Kollegen beim LKA hatte dieselbe Marke benutzt: *James Bond*. Nur dass der junge Polizist hier dazu auch noch die Ausstrahlung und den Charme eines jungen Sean Connery hatte, zu Lucias Freude und Paolos Missfallen ...

Jenseits der Tür befand sich ein gläserner Anmeldeschalter.

Der Unteroffizier mit dem strengen Blick versah dahinter seinen Dienst. Der Sportliche wechselte einige Worte mit ihm, worauf ein Türsummer erklang und die eigentliche Pforte sich öffnete.

Der andere Beamte drückte sie auf und hielt sie, damit Paolo und Lucia eintreten konnten. Im Vorbeigehen erheischte Paolo einen Blick auf den Ausweis an der breiten Brust:

S. GIROTTI
SQUADRA OMICIDI

Paolo kam es vor, als würde eine kalte Hand in seine Eingeweide fahren. Denn übersetzt bedeutete dies nichts anderes als «Mordkommission».

Nicht, dass er es nicht geahnt hätte.

Die Erinnerung an Bernasconi hatte es ihm gesagt, und auch die Fragen der Gendarmen hatten darauf hingewiesen. Es jedoch nun bestätigt zu finden, noch dazu auf so beiläufige Weise, erschütterte ihn dennoch.

In einer Wolke aus männlich-markantem Rasierwasserduft folgten sie dem Polizisten den Gang hinab, bis er schließlich eine der Türen öffnete. Dahinter befand sich ein kleines Büro, das mit einem Schreibtisch, einem Computer und ein paar Regalen zweckmäßig eingerichtet war. Durch das Fenster ergab sich allerdings nicht der spektakuläre Ausblick auf das Umland, den man hätte erwarten sollen. Es war – wie bisweilen in Polizei- oder Regierungsgebäuden üblich – satiniert, sodass man nicht hinaussehen konnte.

«Bitte nehmen Sie Platz», sagte der Sportliche und wies ihnen die beiden Besucherstühle an, ehe er selbst sich in den abgewetzten Ledersessel hinter dem Schreibtisch fallen ließ.

Er bat beide um ihre Ausweise und notierte die Nummern, dann lehnte er sich in seinem Sessel zurück. «Nochmals vielen Dank, dass Sie den Weg auf sich genommen haben. Gestatten, Tenente Girotti vom ...»

«... Morddezernat», ergänzte Paolo knapp.

«Nun.» Der andere lächelte schwach. «Eigentlich wollte ich National Central Bureau von Interpol sagen, aber ...»

«Interpol?», fiel ihm diesmal Lucia ins Wort.

«So ist es.» Girotti nickte. «Vielleicht sollte ich Ihnen das kurz erklären. San Marino ist ein sehr kleines Land. Bei der Wahrung von Hoheitsrechten und polizeilichen Aufgaben sind wir auf Hilfe von außen angewiesen. In den meisten Fällen finden wir sie bei unseren italienischen Partnern, bei internationalen polizeilichen Ermittlungen greifen wir hingegen auf die Erfahrung und das Netzwerk Interpols zurück, das in San Marino ein von Beamten verschiedener Abteilungen beschicktes NCB unterhält.»

«Auch von der Mordkommission?», fragte Paolo.

Girotti nickte. «Auch das. Gelegentlich unterstützen wir die Kollegen auch bei Ermittlungen vor Ort, so wie in diesem Fall.»

«Also ... ist es wahr.» Lucia sah ihn entsetzt an. «Signor Bernasconi ist wirklich ermordet worden.»

«Jedenfalls sieht es ganz danach aus.» Girotti kniff die Lippen zusammen.

«Im Radio hieß es, die Polizei gehe von einem Unfall aus», wandte Paolo ein.

«Sehen Sie», der andere brachte wieder sein entwaffnendes Lächeln zum Einsatz, «für Laien mag das etwas unverständlich sein. Aber um den Fortschritt der Ermittlungen nicht zu gefährden, können wir es manchmal nicht riskieren, alle uns zur Verfügung stehenden Informationen an die Presse weiterzugeben. Ich hoffe, Sie haben dafür Verständnis.»

«Natürlich», versicherte Paolo. Girotti wusste also nicht, wer er war, und hielt ihn für einen Laien. Die Mordfälle in Parma und Rimini, bei deren Aufklärung er mitgewirkt hatte, waren seinerzeit in den Medien ziemlich breitgetreten worden. Offenbar war im Lauf der letzten drei Jahre doch ein wenig Gras darübergewachsen.

Gut so ...

«Wie können wir Ihnen helfen, Tenente?», fragte Lucia jetzt. Der sechste Sinn, den sie zwischenmenschliche Dinge betreffend hatte, verriet ihr wohl, dass zwischen dem Interpol-Mann und Paolo eine leichte Spannung in der Luft lag.

«Im Grunde mit allem, was Sie wissen», bat Girotti.

«Das ist nicht viel», erwiderte Paolo. «Signor Bernasconi ist schließlich nur vier Tage lang Gast in unserem Hotel gewesen. Wir haben ihn also kaum gekannt.»

«Haben Sie sich mit ihm unterhalten?»

«Flüchtig.» Paolo nickte.

«Worüber?»

«Nun, worüber ein Hotelmanager eben mit den Gästen spricht. Smalltalk, weiter nichts.»

«Verstehe.» Girotti wandte sich dem Terminal auf seinem Schreibtisch zu und tippte ein paar Angaben in seinen Bericht. «Ist Ihnen in der kurzen Zeit seines Aufenthalts irgendetwas Verdächtiges aufgefallen? Oder gab es einen Vorfall, der eine besondere Erwähnung wert wäre?»

Paolo überlegte einen Moment. «Nein», sagte er dann. «Nicht wirklich.» Er merkte, wie sich auch Lucias Blick auf ihn richtete, aber er reagierte nicht darauf.

Und sie schwieg.

«Machte er vielleicht einen etwas seltsamen Eindruck auf Sie? Wirkte er verstört, oder hatten Sie das Gefühl, dass er sich vor etwas oder jemandem fürchtet?»

«Vor wem hätte er sich denn fürchten sollen?»

«Ich frage nur, das ist alles.»

«Nein», antwortete Lucia an Paolos Stelle. «Es war alles ganz normal.»

«Alles normal», wiederholte Girotti und tippte wieder.

«Ist es wahr, dass man ihn am Fuß des Monte Titano aufgefunden hat?», fragte Lucia, was sie am meisten zu beschäftigen schien. «Ist er wirklich …?»

«Zu Tode gestürzt, ja.» Der Mann von Interpol schickte ihr einen mitfühlenden Blick. «Eine Frau, die am frühen Morgen ihre Hunde spazieren führte, ist auf den Leichnam gestoßen, am Fuß der Ostflanke des Berges. Eine Identifikation war zunächst schwierig, sie gelang uns einerseits über das Armband, das der Tote am Handgelenk trug und das auf Ihr Hotel hinwies. Und andererseits über ein Kleidungsstück, das oben auf dem Berg gefunden wurde, auf einem der Aussichtspunkte des Hexenpasses. Es handelte sich um einen blauen Zweireiher mit goldfarbenen Knöpfen. Bernasconis Ausweis und Brieftasche befanden sich darin. Und eine Tüte Gummibärchen.»

Paolo nickte. Natürlich erinnerte er sich genau an Bernasconis etwas mondän wirkendes Jackett. Es waren immer diese kleinen Details, die Fälle persönlich machten …

«Ein Raubüberfall ist es also wohl nicht gewesen.»

«Nein.» Girotti schüttelte den Kopf. «Allerdings deuten die Fußspuren, die wir an jenem Aussichtspunkt gefunden haben, auf einen Kampf hin, jedenfalls auf ein Handgemenge, das für Bernasconi tödlich endete. Ist ein verdammt tiefer Fall von dort oben.»

«Und der Leichnam? Er wurde doch sicherlich obduziert?»
«Die Untersuchungen dauern noch an. Aber ich glaube nicht, dass wir hier noch weitere Aufschlüsse erhalten werden.»
«Warum nicht?», wollte Paolo wissen.

Girotti lächelte. «Signor Ritter», sagte er dann im selben Tonfall, mit dem man Kindern erklärt, dass es den Osterhasen nicht gibt, «die Ostflanke des Monte Titano besteht in der oberen Hälfte aus nacktem, beinahe senkrecht abfallendem Felsen, der Rest ist von üppiger Vegetation bewachsen. Ohne Ihre Fantasie und die der anwesenden Dame zu sehr strapazieren zu wollen – können Sie sich vorstellen, wie ein Leichnam aussieht, der von dort oben herabstürzt, dabei mehrmals hart gegen das Felsgestein schlägt, schließlich in das Geäst stürzt und sich dabei unzählige Male überschlägt?»

«Schon gut», murmelte Paolo – die Frage war dämlich gewesen.

«Blutergüsse, Platzwunden, gebrochene Knochen, abgerissene ...» Mit einem demonstrativen Blick in Lucias Richtung brach Girotti ab und schüttelte den Kopf. «Festzustellen, ob vorher noch ein Handgemenge stattgefunden hat, ist schlicht nicht mehr möglich.»

«Dann gehen Sie nur wegen dieser Fußspuren davon aus, dass es sich um Mord handelt?»

Der Interpol-Mann schüttelte den Kopf. «Nicht nur deshalb. Sondern auch, weil wir einigen Grund zu der Annahme haben, dass ...»

Girotti zögerte, er schien nicht sicher zu sein, ob er diese Informationen preisgeben durfte, entschied sich dann aber doch dazu. «... dass Signor Bernasconi in Schwierigkeiten steckte. Und dass er möglicherweise nicht der war, der er vorgab zu sein.»

KAPITEL 9

«Wie meinen Sie das?» Paolo sah zuerst sein Gegenüber, dann Lucia an. Auch sie war verblüfft.

«So, wie ich es sage», entgegnete Girotti, und die blaugrauen Augen des Interpol-Mannes schienen Paolo förmlich zu durchbohren. «Nichts, das mit Lauro Bernasconi zu tun hat, reicht weiter in die Vergangenheit als zehn Jahre.»

«Was soll das nun wieder heißen?»

«Dass einfach alles an ihm verdächtig neu war – sein Ausweis, sein Führerschein, seine Kreditkarten ...»

«Das kann auch ein Zufall sein», wandte Lucia ein.

«... sowie seine Bankkonten und Versicherungen, ebenso wie der Mietvertrag für eine Wohnung am Stadtrand von Locarno», fuhr Girotti fort und ließ damit gleichzeitig erkennen, dass er seine Hausaufgaben gemacht hatte. «Nichts davon datiert vor 2012 – man könnte meinen, der Mann wäre gerade mal zehn Jahre alt gewesen.»

Paolo brauchte einen Moment, um das zu verarbeiten. Nicht, weil man nun wirklich kein hyperthymestisches Gedächtnis brauchte, um sich zu erinnern, dass der Lauro Bernasconi, mit dem er sich noch vor wenigen Tagen im *Cavaliere* unterhalten hatte, deutlich älter gewesen war als zehn Jahre. Sondern, weil Bernasconi angegeben hatte, zuletzt im Jahr 2011 im *Cavaliere* gewesen zu sein.

Also noch vor diesem Zeitraum ...

«Sie vermuten also, dass es sich um einen künstlichen Lebenslauf handelte. Um eine Legende.»

«Das ist anzunehmen. Allerdings eine ziemlich laienhaft zusammengeschusterte, Profis würden so nicht arbeiten.»

«Haben Sie schon bei den Schweizer Behörden nachgefragt? Bernasconi hatte immerhin einen eidgenössischen Pass ...»

«Das werden wir ganz sicher noch tun», versicherte der Interpol-Mann und schickte sein gewinnendes Lächeln wieder in Lucias Richtung, die es offenbar nur allzu gern erwiderte. «Aber ich will Sie nicht mit Problemen langweilen oder gar behelligen, die Sie nicht betreffen. Vielmehr würde mich interessieren, ob es vielleicht noch Dinge aus Bernasconis Besitz gibt, die sich in Ihrem Hotel befinden und die womöglich Rückschlüsse auf seine wahre Identität zulassen könnten. Gegenstände etwa, die er im Hotelsafe zur Verwahrung abgegeben hat oder ...»

«Leider nein.» Paolo schüttelte den Kopf. «Ihre Beamten hatten sich auch schon danach erkundigt.»

«Suchen Sie denn etwas Bestimmtes?», fragte Lucia.

«Nein», erwiderte Girotti, für Paolos Geschmack etwas zu schnell. «Ich frage nur, weil wir offen gestanden vor einem Rätsel stehen. Wir wissen nicht einmal, wo Bernasconi gewohnt hat, nachdem er Ihr Hotel verlassen hatte. Die Rechnung beim Check-out war die letzte, die über seine Kreditkarte bezahlt wurde. Danach verliert sich seine Spur.»

«Vielleicht ist das ja genau der Punkt», gab Paolo zu bedenken. «Vielleicht musste er auf die Schnelle untertauchen, daher auch seine überstürzte Abreise. Wenn seine Legende wirklich so amateurhaft gestrickt war, wie Sie sagen, ist sie womöglich aufgeflogen.»

«Natürlich. Sie dürfen sicher sein, Signor Ritter, dass unsere Überlegungen bereits in diese Richtung gehen. Und noch in einige andere.»

«Interpol, zehn Jahre», überlegte Paolo laut weiter – er konnte nicht anders, etwas an der selbstgefälligen Art des Tenente löste das einfach aus, wie einen Reflex. «Fällt das nicht in die Zeit, in der San Marino begann, allmählich ernst zu machen? Bis dahin war Ihr Land, wenn ich mich recht entsinne, eine beliebte Anlaufstelle für Leute, die» – er brach ab und suchte nach einer Formulierung – «keinen besonderen Sinn darin sahen, Steuern zu bezahlen.»

«Das ist wahr», gab Girotti zu. «San Marino genoss lange Zeit den Ruf einer Steueroase und zog damit aus allen Himmelsrichtungen Gelder an, durchaus auch solche von höchst zweifelhafter Herkunft. 2009 beschloss der damalige Finanzminister Italiens, ein gewisser Signor Tremonti, den Sumpf trockenzulegen, und ließ die Republik auf die schwarze Liste setzen. In den Folgejahren kam es zu weitreichenden polizeilichen Untersuchungen. Es gab mehrere Verfahren und Verurteilungen wegen Steuerhinterziehung und anderer Delikte, worauf die Banken San Marinos beinahe die Hälfte ihrer Einlagen verloren. Die Wirtschaftsleistung ging zurück, was bis heute zu spüren ist ... es war ein Erdbeben, das dieses Land tief erschüttert hat.»

«Vielleicht hat es ja auch Bernasconi tief erschüttert», folgerte Paolo. «Vielleicht war das der Grund dafür, dass er damals untertauchen musste – und dass jetzt Interpol in seiner Sache ermittelt.»

«Wie gesagt, wir helfen den Kollegen vor Ort nur aus», entgegnete Girotti. «Aber seien Sie versichert, dass wir all diese Dinge auf dem Schirm haben und natürlich auch in diese Richtung ermitteln werden, sollten wir auf entsprechende Hinweise stoßen. Bis dahin darf ich Sie bitten, über dieses Gespräch und seinen Inhalt absolutes Stillschweigen zu bewahren. Kann ich mit Ihrer uneingeschränkten Unterstützung rechnen, Signorina Camaro?»

«Selbstverständlich», beteuerte Lucia und sah Paolo auffordernd von der Seite an. «Nicht wahr?»

«*Certo*», versicherte dieser ungleich grimmiger.

Dass Girotti ihnen nicht alles auf die Nase band, was er wusste, nahm Paolo ihm nicht übel – er war lange genug Mitarbeiter beim LKA gewesen, um zu wissen, dass ermittelnde Beamte einen Informationsvorsprung brauchten. Die künstliche und zugleich etwas herablassende Art des Interpol-Mannes allerdings konnte Paolo nicht leiden. Eine seltsame Mischung aus Unlust und Widerwillen gärte in ihm, und er sah keine Veranlassung, Girotti alles zu verraten, was er seinerseits wusste, von dem kitschigen Souvenir und dem rätselhaften Einbruch. Und dass Bernasconi vorgegeben hatte, schon einmal zu Gast im *Cavaliere* gewesen zu sein. Zumindest wollte Paolo wissen, was für eine Art Information er da eigentlich hatte, ehe er sie aus der Hand gab. Zumal, wenn sie *sein* Hotel betraf …

Er war Lucia dankbar, dass auch sie einmal mehr nichts sagte, auch wenn sie Girottis Charme offenbar mehr abgewinnen konnte als er. Der Tenente pflückte einen Zettel von einem Stapel Haftnotizen und schrieb eine Handynummer darauf – die er wohlweislich nicht Paolo, sondern Lucia gab.

«Sollte Ihnen noch etwas einfallen, was Sie mir erzählen möchten – Hinweise zu diesem Fall oder was auch immer –, zögern Sie nicht, diese Nummer zu wählen, Tag oder Nacht, ganz egal.»

«Danke», sagte Lucia und nahm den Zettel entgegen.

«Ist die Befragung damit beendet?», wollte Paolo wissen.

«Das ist sie, ich begleite Sie nach draußen.» Der Interpol-

Mann erhob sich aus seinem Sitz, und durch den kühlen, dunklen Hausgang der Gendarmeriezentrale brachte er sie wieder hinaus in die grelle Mittagssonne.

«Autsch», machte Paolo, kaum dass sie sich verabschiedet hatten, und setzte seine Sonnenbrille auf.

«È davvero brutto», tadelte Lucia, während sie zum Wagen gingen, dessen weiße Lackierung in der Hitze gleißte. «Warum bist du so komisch gewesen?»

«Wie denn?», stellte er sich unwissend.

«Du weißt, was ich meine.»

Es klickte, als sie den elektronischen Wagenschlüssel betätigte. Paolo war froh, dem Sonnenlicht zu entgehen, und stieg ein. Im Inneren des Lieferwagens herrschten jedoch Saunatemperaturen. Zudem lag eine Note von Fisch in der heißen Luft, mutmaßlich vom letzten Lebensmitteltransport …

«Warum hast du ihm nicht gesagt, was du weißt?», fragte Lucia, während sie auf dem Fahrersitz Platz nahm.

«Weil ich genau genommen *gar nichts* weiß.»

«*No*, das ist nicht der Grund.» Sie sah ihn streng an. «Sondern weil du den Tenente nicht leiden kannst. Du hältst ihn für einen *cretino*.»

«Das ist zu viel gesagt», wehrte Paolo ab. Es war wirklich unerträglich heiß in dem Wagen. Warum fuhr sie nicht endlich los, damit die Klimaanlage ansprang?

«Und dir gefällt wohl nicht, wie er mich angesehen hat.»

«Das ist lächerlich.»

«Ist es das?» Sie ließ den Wagen an. Schnurrend sprang der Motor an, und die Klimaanlage nahm aus allen Rohren blasend ihren Dienst auf.

«Und ob», versicherte Paolo. «Ich meine, wir sind in Italien, richtig? Das ganze Land ist hier am Flirten, es ist so was wie ein Volkssport, ganz besonders im Sommer.» Er atmete tief ein und aus, endlich wurde es etwas kühler.

«Uuund?», fragte Lucia gedehnt, während sie schwungvoll ausparkte und in die Straße einfuhr.

«Und ich hasse es», gab er seufzend zu Protokoll.

Darüber lachte Lucia laut und triumphierend, und er gönnte ihr den Sieg. Sie kannte ihn inzwischen eben ziemlich gut.

«Ernsthaft, warum hast du ihm nichts erzählt?», fragte sie schließlich, während sie die Serpentinen wieder talwärts fuhren. «Es hätte wichtig sein können.»

«Hätte es», gab er zu, «und vielleicht mache ich das auch noch. Aber diese ganze Sache ...» Er verstummte und schüttelte den Kopf. «Irgendwie habe ich das Gefühl, dass es etwas mit uns zu tun hat.»

«*Con noi?*»

«Mit dem Hotel, mit dem *Cavaliere*», präzisierte er. «Bernasconi hat behauptet, im Jahr 2011 das letzte Mal dort Gast gewesen zu sein. Wenn diese Angabe korrekt ist, war das, bevor er seine Identität aus irgendeinem Grund änderte.» Paolo schnitt eine Grimasse. «Wenn es im Hotel noch Aufzeichnungen aus dieser Zeit gäbe, könnten wir die Gästelisten durchgehen. Aber Felix war leider nicht sehr sorgfältig, was das betrifft.»

«Ist das der Grund, warum es dich so beschäftigt? Weil es um eine Zeit geht, in der das Hotel noch Felix gehörte?»

«Nein», beteuerte Paolo schnell. «Das heißt Ja ... ich weiß es nicht», gestand er schließlich.

Lucia setzte den Blinker und fuhr kurzerhand rechts ran auf eine Bushaltestelle.

«Was wird das?», wollte sie wissen. «Eine neue Ermittlung? Ein neuer Fall für Paolo Ritter?»

«Nein», versicherte er, «das ist nicht, ich ...»

«Wir wollten damit aufhören, *sì*?», hakte sie nach. «Wir haben uns entschlossen, ein Hotel zu führen und kein Detektivbüro zu eröffnen, *giusto*?»

Er kannte den Blick, den sie ihm sandte, und den Ausdruck in ihrem Gesicht, die kleinen Falten, die sich immer dann auf ihrer Stirn bildeten, wenn sie sich ernstlich Sorgen machte.

«Alles richtig», bestätigte er deshalb, «du brauchst dir deswegen wirklich nicht den Kopf zu zerbrechen. Der Fall interessiert mich gar nicht.»

«Nein?» Sie lächelte unsicher. «Und was ist mit deinen Erinnerungen? Ist Bernasconi dir bereits ... erschienen?»

«Nur einmal ... und auch nur ganz kurz», beschwichtigte Paolo und war froh, dass niemand sonst ihre Unterhaltung mitbekam. In den Ohren eines Außenstehenden musste das alles recht bizarr klingen.

Bestenfalls ...

Lucias Antwort war ein Schnauben.

«Wirklich», beteuerte Paolo. «Und er hat nichts gesagt, was die Polizei nicht bereits wüsste. Du hast recht, Girotti ist für meinen Geschmack ein bisschen zu glatt, aber er scheint zu wissen, was er tut.»

«Aber ...»

«Aber ich würde gerne wissen, woran ich bin», räumte Paolo nickend ein. «Da ist nur diese eine Sache, die ich in Erfahrung bringen will, dann ziehe ich mich aus den Ermittlungen zurück.»

Lucia sah ihn forschend, beinahe durchbohrend an.

«*Va bene*», erklärte sie sich schließlich einverstanden, «und was für eine Sache ist das?»

«Diese Schüttelkugel», rückte Paolo heraus. «Wenn Bernasconi wirklich hinter ihr her war, muss es irgendetwas damit auf sich haben, und ich will wissen, was das ist.»

«Aber, mein Herz ... ich habe es dir doch schon gesagt», erwiderte Lucia und wirkte ehrlich zerknirscht. «Ich habe die Kugel zu den Sachen für die Auktion gegeben. Es tut mir ja so leid! Wenn ich gewusst hätte, dass sie so wichtig ist ...»

«Wann findet diese Auktion statt?», wollte Paolo wissen.

«Heute Nachmittag.»

Paolo warf einen Blick auf seine Armbanduhr.

«Dann gib Gas, Lucia», hörte er sich selbst sagen.

Er hasste schnelle Autofahrten.

KAPITEL 10

Durch Lucias temperamentvolle Fahrweise, aber auch dank der Tatsache, dass die Sonne hoch am wolkenlosen Himmel stand und der sonntägliche Rückreiseverkehr vom Meer noch nicht eingesetzt hatte, schafften sie es rechtzeitig zurück nach Cervia.

Obwohl die Wurzeln des Städtchens wegen der unweit der Stadt gelegenen Salinen und des damit verbundenen Salzhandels bis in römische Zeit zurückreichen, ist das eigentliche *centro storico* um die Piazza Garribaldi von vergleichsweise jungen, dem 18. Jahrhundert entstammenden Gebäuden umgeben: dem eindrucksvollen Rathaus mit dem breiten Balkon und dem Uhrenturm, von dem sich jetzt Schnüre mit bunten Wimpeln spannten, auf der einen Seite; und von der Kathedrale Maria Assunta, deren Fassade tatsächlich nie vollendet worden war, auf der anderen.

Der sich dazwischen erstreckende Platz, auf dem Kaffeebars Tische und Schirme unterhalten und auf dem an warmen Sommerabenden Künstler aller Couleur ihre Waren feilbieten und Musikanten hübsche Serenaden veranstalten, hatte Paolo schon immer gut gefallen. Die Stimmung, die hier am Abend herrschte, fasste für ihn in mancher Weise zusammen, warum er das Leben hier dem in Deutschland inzwischen vorzog. Sie strahlte *tranquilità* aus, jene ganz besondere Form der Ruhe, die nicht nur einen äußerlichen Zustand meinte, sondern auch noch eine tiefere Entsprechung hatte, die mit Zufriedenheit und innerem Frieden einherging und die Paolo nördlich der

Alpen nie gefunden hatte ... wobei ihm auch lange Zeit gar nicht bewusst gewesen war, dass er nach ihr suchte.

Im Augenblick allerdings war der Platz von jener magischen Ruhe weit entfernt. Ein Podium war in der Mitte errichtet und Stuhlreihen davor aufgestellt worden. Lediglich die Bühne wurde von einem Sonnensegel überspannt, ansonsten gab es kaum Schatten; den meisten Leuten, die dort saßen, machte es offenbar nichts aus, in der prallen Nachmittagssonne auszuharren, obwohl die Damen lange Kleider und die Herren weiße Hemden und Anzughosen trugen. Nur hier und dort waren ein paar paradiesvogelbunte Flecke auszumachen – Touristen in Strandkleidung, die ihren Weg zufällig hierhergefunden hatten und die wohl eher die Neugier trieb als die Absicht, tatsächlich etwas zu ersteigern.

Paolo wunderte sich darüber, wie viele Menschen trotz der frühen Uhrzeit und des herrlichen Wetters der Einladung der Gemeinde und des örtlichen Tourismusbüros gefolgt waren; vermutlich war es wegen des guten Zwecks, den die Auktion verfolgte – der Erlös würde Betrieben zugutekommen, die durch die Pandemie in finanzielle Not geraten waren. Sie alle, die sie in der Fremdenverkehrsbranche tätig waren, hatten in den vergangenen beiden Jahren die Totenglocke ihres Metiers läuten gehört, hatten gemeinsam gezittert und sich nach besseren Zeiten gesehnt. Und so etwas schuf, bei aller gesunden Konkurrenz, auch Gemeinschaft.

In der vorletzten Reihe fanden Paolo und Lucia noch zwei freie Stühle – am Rand, was Paolo wichtig war. Sie hatten kaum Platz genommen, als auch schon die Turmuhr schlug und die Auktion begann, mit einer Pünktlichkeit, die ein deutscher Veranstalter sicher nicht besser hinbekommen hätte.

Der Bürgermeister trat auf die Bühne und sprach ein paar

Worte, grüßte die anwesenden Honoratioren und dankte all jenen, die etwas für die Auktion gespendet hatten.

«Gern geschehen», kommentierte Lucia halb laut und auf Deutsch, «und das kaufen wir jetzt wieder zurück.»

Paolo hörte nur halb zu.

Sein Mund war trocken, und seine Handflächen schwitzten, auch wiederholtes Desinfizieren half nicht dagegen. Gelang es ihnen nicht, die Kugel wieder in ihren Besitz zu bringen, würde Paolo nie erfahren, ob es einen Zusammenhang mit Bernasconis Tod gab und worin er bestanden hatte. Und wie sollte er dann jemals wieder die Gestalt im blauen Doppelreiher und mit dem Menjou-Bärtchen loswerden, die in diesem Augenblick dort drüben an einem der kleinen Tische saß und Espresso trank, während sie auffordernd zu ihm herüberblickte …

Die Versteigerung begann. Die Rolle des Auktionators hatte Monica Terrana vom Tourismusbüro übernommen, die keinen Zweifel daran aufkommen ließ, dass dies hier nicht Sotheby's war: Es ging ungleich humorvoller und ungezwungener zu, und die zum Verkauf stehenden Gegenstände waren beileibe nicht nur Schmuckstücke.

Der erste Posten, der zum Aufruf kam, konnte sich durchaus noch sehen lassen – eine Kommode im Louis-XVI-Stil, natürlich kein Original, aber mit hübschen Intarsien versehen. Vermutlich hatte sie irgendwo in einer Lobby gestanden und Staub gefangen, hier wurde sie wenigstens einem guten Zweck zugeführt.

Es folgte ein etwas ramponiert aussehendes *lettino*, eine Strandliege, auf die – angeblich – Federico Fellini einst seinen müden Rücken gebettet hatte, als er im benachbarten Milano Marittima zu Gast gewesen war. Ob der Käufer den Unfug glaubte oder nicht, in jedem Fall legte er dafür 1500 Euro hin.

Es folgten ein Kaffeeservice aus dem Besitz der Familie des Bürgermeisters, eine Plattensammlung mit italienischen Schlagern und ein sehr extravaganter Sonnenhut für Damen, der mühelos auch als Feuerwehrhelm hätte durchgehen können. Antiquitäten, die die Bezeichnung halbwegs verdienten, wechselten sich ab mit Kuriositäten aller Art und diese wieder mit handfestem, bisweilen hanebüchenem Kitsch. Und in diese Kategorie gehörte auch der nächste Posten, der von der Auktionatorin aufgerufen wurde – ein, wie es hieß, «wunderbares Ensemble dreier Glaskugeln, gefüllt mit Glitzer und den Erinnerungen an drei berühmte Sehenswürdigkeiten: den Dom von Florenz, das Kolosseum von Rom und den Titano von San Marino».

Lucia stieß Paolo aufgeregt mit dem Ellbogen an und deutete auf die Glaskugel, die jetzt vorn auf dem Beistelltisch neben der Auktionatorin stand – allerdings nicht allein, sondern zusammen mit zwei weiteren Schüttelkugeln, von denen eine den Dom von Florenz und eine weitere das Kolosseum beherbergte. Offenbar hatte es noch weitere edle Spender gegeben ...

«Das Mindestgebot für diese form- und geschmackvollendete Trilogie beträgt 150 Euro», verkündete Monica nicht ohne Ironie, was im Publikum durchaus für Gelächter sorgte.

Außer bei Paolo.

«Das ist Wucher», eiferte er sich.

«Für einen guten Zweck», brachte Lucia in Erinnerung.

«Wucher bleibt Wucher.»

In diesem Moment hob eine Dame auf der anderen Seite der Stuhlreihen die Hand.

«Wir haben 150», kommentierte Monica mit rauchigem Alt. «Höre ich 160?»

Paolo zögerte.

«Was ist?», raunte Lucia ihm zu. «Willst du nicht mitbieten?»

«Doch», räumte er ein, «aber nicht für drei von diesen Scheußlichkeiten. Die eine genügt mir vollkommen.»

«Es heißt aber nun mal alles oder nichts», konterte sie – und hob ihrerseits die Hand.

«160 sind geboten, danke, Lucia», rief Monica. «Bietet jemand 170? Bitte bedenken Sie, meine Damen und Herren, dass es sich hierbei um kunsthistorisch ausgesprochen bedeutsame Gegenstände handelt.»

Wieder Gelächter, und jemand ließ sich prompt erweichen.

«Wir haben 170! Bietet jemand 180?»

Die Dame vom Anfang hob wieder die Hand, und ein kleines Wettbieten entbrannte daraufhin, dem Paolo nur mit vor Staunen offenem Mund beiwohnen konnte: 190 ... 200 ... 210 ...

Immer weiter schraubte sich der Preis nach oben, zum Vergnügen der versammelten Menge. Die beiden Bieter schienen wild entschlossen, sich gegenseitig zu übertrumpfen, und schließlich gesellte sich auch noch ein dritter hinzu, der das Gebot endgültig in Sphären katapultierte, die jeder Vernunft entbehrten. Vor allem, wenn man bedachte, dass sicherlich alle diese verdammten Glaskugeln all die Jahre in feuchten Kellern gelegen hatten, still und unbeachtet und beinahe vergessen ...

«490!», verkündete Monica entzückt. «Die Dame mit dem Hut hat 490 geboten! Sagt jemand 500? Höre ich 500 ...?»

«Paolo?», flüsterte Lucia.

«Wucher», schmollte er.

«490 zum Ersten ...»

«Willst du die Kugel nun oder willst du sie nicht?»

Paolo kniff die Lippen zusammen.

«490 zum Zweiten ...»

Lucia hatte recht. Er wollte das blöde Ding. Schon weil er andernfalls nie herausfinden würde, was es in Wahrheit damit auf sich hatte ...

Er hob die Hand.

«500!» Das Mikrofon übersteuerte. «Wir haben ein Gebot über 500! Laut den vereinbarten Bietschritten läge das nächste Gebot nun bei 550 Euro! 500 sind geboten, bietet jemand 550?»

Ihr suchender Blick glitt über die Menge, in der es mucksmäuschenstill geworden war. Paolo sah zu den anderen Interessenten, hielt bang den Atem an ... doch keine Hand hob sich mehr. Auch nicht die der Dame mit dem Hut.

«Verkauft für 500 Euro an Paolo Ritter!», rief Monica und ließ ihr Hämmerchen niedergehen.

Applaus brandete daraufhin über der Piazza Garibaldi auf, allenthalben drehten sich Leute auf ihren Stühlen um und nickten Paolo zu – ob nun aus Anerkennung oder Mitleid, war nicht festzustellen.

«*Le mie congratulazioni*», meinte Lucia und hauchte ihm einen Kuss auf die Wange. Dann erhoben sie sich und gingen, noch immer von Applaus begleitet, zu dem Wohnwagen, der auf der anderen Seite der Piazza stand und in dessen klimatisiertem Inneren das Geschäftliche geregelt wurde. Ehe ihm die Ware ausgehändigt wurde, musste Paolo allerdings noch einen Umweg zum nächsten Bankomaten machen, denn wie sich zeigte, galt bei dieser Auktion der alte Grundsatz, dass nur Bares wirklich Wahres war.

Auf den Prosecco, zu dem der Kassierer Paolo und Lucia überschwänglich einlud, verzichtete Paolo dankend. Aus dem mit Holzwolle gefüllten Karton, der ihm feierlich übergeben wurde, entnahm er die Glaskugel mit dem Felsen von San Marino – den Rest ließ er stehen mit dem Hinweis, ihn doch der Dame mit dem Hut zu geben, die so eifrig mitgeboten hatte.

«Das war nett von dir», sagte Lucia, nachdem sie den Wohnwagen verlassen hatten.

«Was meinst du?»

«Der Dame die anderen beiden Kugeln zu überlassen.»

«Sie hat maßgeblich dazu beigetragen, den Preis in die Höhe zu treiben», konterte Paolo mit freudlosem Grinsen. «Ein wenig Strafe muss also sein.»

«Das ist er wieder», meinte Lucia.

«Wer?»

«*Umorismo tedesco*», versetzte sie trocken.

Deutscher Humor.

Paolo fackelte nicht lange.

Von einer der breiten Straßen, die von der Piazza abzweigten, bog er in eine Gasse ab, wo es schattig war und ruhig und sie einigermaßen ungestört waren. Hier nahm er die Glaskugel in Augenschein.

«Da ist sie nun also», meinte Lucia sichtlich ergriffen und fast ein wenig andächtig. «Ich bin so froh, dass du sie wiederhast. Bist du jetzt zufrieden?»

«Ja ... und nein», gab Paolo zu, während er das gute Stück von allen Seiten betrachtete. Der mit rotem Filzstift notierte Preis stand noch auf der Unterseite. Paolo drehte die Kugel in seinen Händen, sodass die kleinen Flocken darin aufwölkten und den Monte Titano in Glitter hüllten. Paolo befühlte das Glas und den Sockel, klopfte sie ab, aber sosehr er sich auch mühte, es ließ sich nichts Auffälliges daran feststellen.

«Ist jetzt alles wieder gut?» Ein wenig verunsichert sah Lucia ihn von der Seite an. Sie hatte sich seine Reaktion auf den erfolgreichen Kauf wohl etwas anders vorgestellt.

«Sì», bestätigte Paolo und nickte ihr lächelnd zu – nur um das gute Stück schon im nächsten Moment auf das nackte Bodenpflaster der Gasse zu schmettern.

Klirrend ging die Kugel zu Bruch und sprang in Dutzende Scherben. Die Flüssigkeit aus dem Inneren kroch in einem dünnen Rinnsal in Richtung eines Gullis, dabei eine glitzernde Spur hinterlassend.

«*Ma ... che cosa hai fatto??*»

Lucias entsetzter Blick ging von den Scherben zu Paolo und wieder zurück.

Paolo erwiderte nichts. Stattdessen bückte er sich und wühlte in den Scherben von Glas und Sockel.

«Warum hast du das gemacht?» Lucia konnte sich noch immer nicht beruhigen. «Du hast gerade 500 Euro dafür bezahlt! Ich dachte, du wolltest ...?»

«Wollte ich auch», versicherte Paolo, während er unbeirrt weitersuchte. Und zwischen Bruchstücken des Sockels und dem kleinen Modell des Monte Titano fiel ihm plötzlich etwas auf ...

«Du hast es nur gekauft, um es kaputt zu machen?», fragte Lucia verständnislos. «Wie verrückt ist das? Ich dachte, es ginge dir um Felix und ...»

Sie verstummte, als er sich wieder erhob und plötzlich etwas in der Hand hielt, das er aus den Scherben geborgen hatte. Es war ein winzig kleiner Gegenstand, in ein Plastiktütchen eingeschweißt.

«Was ist das?», fragte sie verblüfft.

«Ein Schlüssel», stellte er fest.

«Wozu?»

«Das weiß ich nicht», gab Paolo offen zu. «Aber ich würde sagen, dass es dieser Schlüssel war, den Bernasconi gesucht hat.»

Er packte den Schlüssel aus und betrachtete ihn. «Der Form des Bartes nach würde ich sagen, dass er zu einem Sicherheitsschloss gehört. Der Halm ist ziemlich dick, und ein Wort oder Name ist darin eingeprägt – Nania.»

«Nania?» Lucia zog die Nase kraus. «Das sagt mir nichts.»

«Dann sind wir schon zu zweit.» Paolo nickte grimmig. «Auf der Reide steht außerdem eine mehrstellige Nummer ...» Er musste an das denken, was Girotti ihm über San Marino und seine problematische Rolle in der Vergangenheit erzählt hatte. «Womöglich die Nummer eines Bankschließfachs.»

«Und du meinst, Bernasconi wusste davon?» Lucia hatte sich gebückt und war dabei, die Scherben vom Boden aufzulesen. Ihr Verantwortungsbewusstsein ließ es nicht zu, sie einfach liegen zu lassen, schließlich waren in den Gassen auch Kinder unterwegs, bisweilen sogar barfuß – daran hatte Paolo in seinem Eifer gar nicht gedacht.

«Vielleicht hat er es nur vermutet», überlegte er weiter, «aber es kann kein bloßer Zufall sein. Für mich ist damit erwiesen, dass es Bernasconi war, der in unser Büro eingedrungen ist. Hättest du die Kugel nicht vor ihm in Sicherheit gebracht, hätten wir von dem Schlüssel nie erfahren.» Er beugte sich vor und küsste sie, so wie sie dastand, in ihrem schwarzen Kleid, mit den triefenden Scherben in den Händen.

«*Grazie*», fügte er hinzu.

«*Prego.*» Sie nickte ein wenig unbeholfen. «Und das war der Grund, warum Signor Bernasconi sterben musste?»

Paolo biss sich auf die Lippen.

Lucia hatte recht, das lag auf der Hand.

Offenbar ging es hier um etwas, an das Bernasconi hatte herankommen wollen, vermutlich etwas von beträchtlichem Wert, hinter dem wohl auch andere her gewesen waren ... aber wieso hatte er den Schlüssel im Sockel dieser Schüttelkugel versteckt? Und wie, in aller Welt, war ausgerechnet Felix in ihren Besitz gelangt? Es hatte vorher schon keinen Sinn ergeben. Nun, da Paolo erste Details kannte, ergab es noch viel weniger Sinn.

Es sei denn …

«Wir müssen dieser Sache nachgehen, Lucia», erklärte Paolo. Er hatte ruhig und beherrscht klingen wollen, konnte aber nicht verhindern, dass seine Stimme vor Aufregung zitterte. «Ich habe das Gefühl, dass Felix darin verwickelt ist, irgendwie.»

«Ich kann nicht», versicherte sie. «Ich muss jetzt zurück ins Hotel und mich um das Abendessen kümmern. Und morgen kann ich auch nicht, da hat Giuseppina ihren freien Tag.»

«Schon gut.» Er nickte. «Aber ich muss das tun. Ich hoffe, du verstehst das.»

«Sì, ich verstehe.» Sie nickte, wenn auch zögernd. «Aber das wird nicht wieder ein Solo für dich, *no*?»

«Keine Sorge», versicherte er. «Falls ich auf etwas stoßen sollte, das tatsächlich von Belang ist, werde ich es der Polizei übergeben.»

«Obwohl du Tenente Girotti nicht leiden kannst.»

«Darüber sehe ich professionell hinweg.»

«Versprochen?», fragte sie auf Deutsch.

«*Promesso*», bestätigte er auf Italienisch – und in diesem Moment hatte Paolo Ritter wirklich die allerbesten Vorsätze, dieses Versprechen zu halten.

KAPITEL 11

Am Montagmorgen mit einem Taxi nach San Marino zu fahren, hatte mit einer herkömmlichen Autofahrt nur wenig gemein. Paolo fühlte sich eher an einen Ritt beim Rodeo erinnert, so wie der Fahrer sein Vehikel die mehrspurige, sich in Serpentinen windende Straße hinaufscheuchte – und wie er selbst dabei im Fond des Fahrzeugs hin und her geworfen wurde, dem Gesetz der Fliehkraft ausgeliefert. Lucias Fahrstil mutete dagegen geradezu sanftmütig an.

Wie am Vortag ging es vorbei an Büros, Geschäften und Dienstleistungszentren, und obwohl im Juli viele Betriebe geschlossen hatten, herrschte beträchtlicher Berufsverkehr. Hier und dort konnte man auch schon Touristenbusse und ausländische Pkws in der morgendlichen Blechlawine ausmachen. Einige von ihnen folgten der Beschilderung in Richtung *funivia* – das war die Seilbahn, die vom vorgelagerten Borgo Maggiore auf den Monte Titano führte. Über eine Distanz von nur rund 350 Metern ging es dafür umso steiler hinauf, allein der Anblick der beiden Gondeln, die im exakten Wechsel verkehrten und einander über dem steil abfallenden Gelände passierten, nötigte Paolo dazu, die Augen zu schließen. Dass Lucia ihn damals überredet hatte, mit dem großen Riesenrad von Rimini zu fahren, bedeutete nicht, dass er seine Höhenangst gänzlich verloren hatte.

Paolo ließ sich von seinem Taxi an der Porta San Francesco absetzen, an einem Zebrastreifen, vor dem ein gestrenger, in helles Orange gekleideter Ordnungshüter seinen Dienst versah – und gerade dabei war, einen Besucher aus der Schweiz in die Schranken zu weisen, der zwar pflichtschuldig angehalten hatte, dessen glänzend schwarzer SUV deutscher Herkunft jedoch rund fünfzig vorwitzige Zentimeter in den Fußgängerüberweg hineinragte. Paolo bezahlte den Taxifahrer und stieg aus und hatte nun eigentlich zum ersten Mal Gelegenheit, sich umzusehen, ohne dabei erbarmungslos waltender Fliehkraft ausgesetzt zu sein.

Die Szenerie war eindrucksvoll.

Wie alle Straßen, die sich von Borgo Maggiore den Titano hinaufschlängelten und dann in engen Windungen um ihn herumführten, schmiegte sich auch die Via Piana direkt an den Berg, was bedeutete, dass sich zu einer Seite ein atemberaubender Ausblick auf das hügelige Hinterland eröffnete; auf der anderen Seite hingegen ragten die aus hellem Sandstein errichteten Mauern von San Marino auf. Über- und hintereinandergestaffelt wirkten sie auf Paolo wie ein riesiges, zum Leben erwachtes 3-D-Panorama aus einem dieser Aufklappbücher: hier eine aus Natursteinen gefügte Fassade, die weißen Läden vor den Fenstern geschlossen; dort ein Glockenturm, darüber von mittelalterlich anmutenden Zinnen gekrönte Mauern. Wären nicht die Antennen und Handymasten gewesen, die Verkehrsschilder und Reklametafeln, hätte Paolo das Gefühl gehabt, ein paar Hundert Jahre in der Zeit zurückgereist zu sein.

Obwohl es nicht einmal halb neun war, war die Hitze bereits beträchtlich. Paolo verzichtete darauf, in sein Sommerjackett zu schlüpfen, und hängte es sich stattdessen über die Schulter, und er war dankbar für den Borsalino auf seinem Kopf. Es war immer noch der, den er damals in seiner Not in Parma erstanden hatte und der ihm seither zum unverzichtbaren Begleiter geworden war. Paolo verließ das Hotel eigentlich nie für längere Zeit ohne ihn. Zusammen mit der Sonnenbrille und dem Fläschchen Desinfektionsmittel in der Tasche des Jacketts stellte er gewissermaßen das Mindestmaß an Schutz dar, das Paolo brauchte.

Es war seine Überlebensausrüstung.

Sein Superheldenanzug.

Unter den wachsamen Augen des Verkehrspolizisten überquerte Paolo die Straße und passierte das große, mittelalterlich anmutende Tor, das nach der unweit entfernten Kirche San Francesco benannt war und auf eine mehr als sechshundertjährige Geschichte blickte. Die Räumlichkeiten des einst dazugehörigen Klosters dienten heute als Museum.

Der Informationsstand des Tourismusbüros, der sich auf der anderen Seite befand, war um diese frühe Zeit noch nicht besetzt. Dennoch waren schon zahlreiche Besucher von außerhalb in den Straßen unterwegs, erkennbar an ihrer bunten Kleidung, den Rucksäcken und der Neigung, sich vor pittoreskem Hintergrund allenthalben selbst zu fotografieren. Paolo hatte den Drang, sich selbst abzulichten, nie so recht nachvollziehen können. Wenn Gäste im Foyer des *Cavaliere* auf ihn zukamen und ihn zu einem Selfie mit ihnen nötigten, dann machte er gute Miene zum in seinen Augen sinnlosen Spiel.

Paolo erfuhr, dass flache, parallel zum Hang verlaufende Straßen in San Marino eher die Ausnahme waren – die meisten der stilecht steingepflasterten Wege führten mehr oder weniger steil bergauf. Bisweilen waren sie so eng, dass kaum Sonnenlicht hineinfiel, was zumindest für angenehmen Schatten und Kühle sorgte. Zwischen den Gassen erstreckten sich unzählige Treppen und Terrassen, von denen wiederum Eingänge in Wohnhäuser oder Geschäfte führten. Es war ein faszinierendes Labyrinth, ein eigener kleiner Kosmos aus Stein,

Licht und Schatten, in dem ein Besucher sich förmlich verlieren konnte.

Der Via Basilicius folgend, gelangte Paolo tiefer in den Ortskern. Wie er feststellen konnte, machten die San Marineser das, was jeder halbwegs vernünftige Mensch an ihrer Stelle getan hätte: Sie schlugen Kapital aus der einzigartigen Geschichte ihres kleinen Landes, aus der nicht weniger besonderen Geografie und der sich daraus ergebenden Architektur. Das Mittelalter, so die Botschaft, war hier noch lebendig, freilich in einer recht romantisierten Form. Und so gab es in Ergänzung zum ohnehin vorhandenen Baubestand nicht nur zahlreiche Geschäfte, in denen Wappenschilde, Schwerter, Ritterfiguren und andere mittelalterlich anmutende Souvenirs verkauft wurden, sondern auch Museen, die sich einigen recht ungewöhnlichen Themen widmeten. So gab es nicht nur ein Museum, das genüsslich mittelalterliche Verhör- und Foltermethoden präsentierte, sondern auch eines, das recht gruselig Vampiren, Werwölfen und anderen finsteren Kreaturen gewidmet war.

Außerdem schien in San Marino irgendeine Festivität bevorzustehen, denn an allen Ecken und Enden waren Handwerker im Einsatz, die Fahnenmasten, Verkaufsstände und Zuschauertribünen errichteten. Paolo achtete nicht weiter darauf, er hatte sich daran gewöhnt, dass so ziemlich jeder Ort im Sommer mit irgendeiner Art von Feier aufwartete – Cervia machte da keine Ausnahme. Es gab dort das Gartenstadt-Festival, das die ganze Saison über stattfand, ein Literaturfest, das Romagna-Festival, das erst im vergangenen Monat über die Bühne gegangen war, und natürlich die *notte rosa*, die am ersten Freitag im Juli als «Silvester des Sommers» an den Stränden der Riviera Romagnola gefeiert wurde.

Über die Contrada del Pianello gelangte er hinauf zur Piazza della Libertà, wo sich auch der *Palazzo Pubblico* befindet, jenes berühmte, dem Alten Palast von Florenz nachempfundene Gebäude mit dem malerischen Uhrenturm, das zugleich auch Sitz der Regierung San Marinos ist. Die morgendliche Wachablösung war gerade im Gang, in grüne Paraderöcke und rote Hosen gekleidete Soldaten mit von rotweißen Federbüschen gezierten Helmen lösten einander im perfekten Gleichschritt und nach einem exakten militärischen Protokoll ab, zur Freude einiger Touristen, die sich rund um die den Platz beherrschenden *statua della libertà* versammelt hatten und eifrig filmten und Fotos schossen.

Zwar öffneten die meisten Banken im Süden um 8.30 Uhr, jedoch hatte Paolo beschlossen, sich vorher noch den Tatort anzusehen – jenen Platz, von dem aus Lauro Bernasconi seine Reise ohne Wiederkehr angetreten hatte.

Bei einem weiß livrierten Kellner, der dabei war, Tische für den Mittag einzudecken, erkundigte er sich nach dem *passo delle streghe*, den Tenente Girotti erwähnt hatte. Wie sich zeigte, war dieser «Hexenpass» nicht schwer zu finden: Es war der Pfad, der vom ersten der drei San Marino überragenden Türme – dem *Castello della Guaita* – zum nächsten führte, in dem das *Museo delle Armi Antique* untergebracht war. Schilder wiesen darauf hin, dass die Ausstellung derzeit geschlossen sei, aber auf altertümliche Waffen hatte Paolo es ohnehin nicht abgesehen – sie waren es wohl nicht, die Bernasconi zum Verhängnis geworden waren.

Der Pfad, der über die alten Bollwerke und Zinnen führte, war reizvoll angelegt. Aber nicht unbedingt etwas für Menschen, die an Höhenangst litten. Denn zwar gewährte er atemberaubende Ausblicke nicht nur auf San Marino, sondern auch auf die im Westen liegende Landschaft, hinter der man im fernen Dunst das Meer erahnen konnte; jedoch fiel jenseits des gepflasterten Pfades der Fels fast senkrecht in ungeahnte Tiefen ab, sodass Paolo es peinlich vermied, hinunterzusehen. Zumal er fand, dass die Brüstung geradezu abenteuerlich niedrig war, was seinen Puls in ungeahnte Höhen trieb.

Den Schauplatz des Verbrechens brauchte er nicht lange zu suchen. Ein Absperrband aus weißer Plastikfolie mit der schlichten Aufschrift «*Polizia*» war an eine Straßenlaterne gebunden worden, die an einer Weggabelung stand. Wo das andere Ende festgemacht gewesen war, war nicht mehr festzustellen, es flatterte im Wind wie das Banner eines mittelalterlichen Kämpen.

Paolo folgte dem nach links abzweigenden Pfad und gelangte auf einen Aussichtspunkt, der müde Besucher zum Verweilen einladen sollte. Aus steinernen Bruchstücken war eine Sitzgruppe angelegt worden, die Paolo ein wenig an die Trickfilmwelt der Familie Feuerstein erinnerte, deren Abenteuer Felix und er als Kinder im Fernsehen verfolgt hatten. Von den Spuren, die sich einst im sandigen Boden abgezeichnet haben mochten und die Girotti zufolge auf einen Kampf hindeuteten, war inzwischen nichts mehr zu sehen. Die Sitzgruppe stand nur ein paar Schritte vom gähnenden Abgrund entfernt. Lediglich ein kurzes Mauerstück trennte sie davon, das nahtlos in einen Wulst von Felsgestein überging, das allerdings leicht bestiegen werden konnte – was vermutlich auch schon unzählige Touristen auf der Suche nach einem spektakulären Selfie getan hatten. Paolo kostete es einige Überwindung, sich bis an die Mauer zu wagen und einen Blick darüber hinaus zu werfen.

Die Tiefe verschlang ihn fast, so steil ging es hinab, zunächst über nackten Fels, dann über eine mit dichter Vegetation bewachsene Böschung. Erst sehr viel weiter unten waren wieder Wiesen und Dächer von Häusern zu erkennen. Paolo spürte, wie sich alles in ihm verkrampfte. Der Gedanke, dass jemand von dieser Klippe in den Tod gestürzt war, war wirklich ...

«Erschütternd, oder?»

Dankbar für einen Anlass, nicht mehr in den gähnenden Abgrund blicken zu müssen, wandte Paolo sich um. Er war nicht überrascht, die quicklebendige Erinnerung an Lauro Bernasconi zu erblicken, trotz der Hitze im blauen Zweireiher, das Bärtchen frisch getrimmt und das schwarzgraue Haar mit Gel gestylt.

«Ein wenig, ja», gab Paolo zu.

«Hat wehgetan», versicherte Bernasconi.

«Ich nehme an, dass man bei Stürzen aus solcher Höhe irgendwann das Bewusstsein verliert», entgegnete Paolo.

«Ich weiß, das haben Sie mal gelesen.» Bernasconi nickte. «Aber das ist ein Mythos, glauben Sie mir. Ich für meinen Teil war ziemlich lange bei Bewusstsein, eigentlich bis zum Schluss.»

Paolo schnitt eine Grimasse. Er mochte es nicht, wenn seine Erinnerungen all jenen Ängsten und Befürchtungen Ausdruck verliehen, die er wie jeder andere Mensch gerne versteckte. Es war unangenehm ... und es war unnötig.

«Was wollen Sie von mir?», fragte er unvermittelt.

Bernasconi zuckte mit den Schultern und setzte sich auf einen der steinernen Hocker. «Ihnen dabei helfen, die Wahrheit herauszufinden. Warum ich nicht mehr unter den Lebenden weile. Und natürlich», fügte er mit rätselhaftem Lächeln hinzu, «was es mit jenem ominösen Schlüssel auf sich hat, den Sie in der Glaskugel gefunden haben.»

«Was daran war Ihnen so wichtig?», fragte Paolo, ohne eine Antwort zu erwarten. Es fiel mehr in die Kategorie Selbstreflexion ... «Was kann so bedeutend sein, dass jemand wie Sie bereit ist, dafür einen Einbruch zu begehen?»

«Jemand wie ich?»

«Ein distinguierter Mann im besten Alter, kultiviert und wohlhabend ...»

Bernasconi lachte nur und erhob sich von dem steinernen Sitz, spazierte die wenigen Schritte zu den Felsen, die dort sanft anstiegen, um dann jäh in tödliche Tiefe abzufallen.

«Gehen Sie nicht zu weit vor», warnte Paolo reflexhaft.

«Was denn?» Bernasconi sandte ihm einen belustigten Blick über die Schulter. «Haben Sie Angst, dass ich runterfallen könnte?»

Ein wenig beschämt biss Paolo sich auf die Lippen.

«Was glauben Sie, *wie* es passiert ist?», fragte Bernasconi.

«Nun, angesichts der Tatsache, dass es im Sand wohl Spuren einer Auseinandersetzung gab, würde ich annehmen, dass Sie nahe an der Ummauerung standen, als es geschah. Sie reicht ihnen nicht einmal bis zu den Hüften, ein beherzter Stoß dürfte genügt haben, Sie über den Rand zu befördern.»

Bernasconi erwiderte nichts. Er hatte sich Paolo wieder zugewandt und sah ihn nur an, schweigend und beinahe vorwurfsvoll, so als trüge er zumindest einen Teil der Schuld.

«Ich nehme an, Sie standen mit dem Rücken zur Mauer», fuhr Paolo in seinen Überlegungen fort. «Möglicherweise sprachen Sie mit Ihrem Mörder, ehe er Sie angegriffen hat.»

«Ich bin kein Trottel, Signor Ritter», brachte Bernasconi ein wenig indigniert in Erinnerung. «Warum sollte ich nicht die Flucht ergriffen haben?»

«Das stimmt allerdings», musste Paolo zugeben. «Womöglich haben Sie Ihren Mörder gekannt ...»

«Und woraus schließen Sie das?»

«Erstens: Sie haben nicht mit einem Angriff gerechnet und den Täter nah an sich herangelassen, ohne etwas zu argwöhnen.

Zweitens: Girotti erwähnte, man habe Ihr Jackett hier oben gefunden. Er sagte nichts davon, dass es beschädigt gewesen sei, also wurde es Ihnen nicht vom Leib gerissen, zumal sich der Angreifer später offenbar nicht mehr dafür interessierte. Sie selbst haben es ausgezogen, vermutlich, weil Ihnen nach dem Aufstieg hierher warm gewesen ist. Vielleicht haben Sie es sich über die Schulter gehängt, vielleicht haben Sie es auch dort drüben auf den Tisch gelegt.»

«Denken Sie? Aber warum habe ich es nicht bei mir behalten?»

«Vermutlich, weil Sie eine Weile geblieben sind. Oder weil Sie ...»

«Nun?», hakte der andere nach, als Paolo stutzte.

«Sie haben auf jemanden gewartet, nicht wahr? Sie waren zu einem Treffen verabredet – dem Treffen mit Ihrem Mörder.»

«Klingt reichlich dramatisch, wie Sie das sagen – aber so könnte es gewesen sein.» Bernasconi trat ein Stück vom Abgrund zurück. «Sehr gut. Ich wusste doch, dass ich mich auf Sie verlassen kann.»

«Versuchen Sie das nicht!», sagte Paolo schroff. «Setzen Sie mich nicht unter Druck! Und tun Sie verdammt noch mal nicht so, als ob ich Ihnen etwas schuldig wäre! Sie waren ein paar Tage lang Gast im Hotel, das ist alles. Darüber hinaus gibt es nichts, das uns verbindet, verstehen Sie? Rein gar nichts!»

«Wenn das so ist», wandte Bernasconi ein, «warum regen Sie sich dann so auf? Und warum haben Sie den Schlüssel zu meinem Bankschließfach in der Tasche?»

«Uns verbindet gar nichts!», beschied Paolo ihm noch einmal barsch, obwohl es die Frage in keiner Weise beantwortete. Noch einmal ließ er den Blick über den einerseits so spektakulären und andererseits doch so unscheinbaren Tatort schweifen. Dann machte er auf dem Absatz kehrt und ging zurück zum Pfad. Bernasconi blieb irgendwo hinter ihm zurück.

Aber natürlich würde er ihm dennoch folgen. Er war eine Erinnerung, nichts weiter. Und wenn Paolos spezielle Gabe auch dafür sorgte, dass sie sehr lebendig wirkte, durfte er sich von ihr nicht aus der Ruhe bringen lassen. Es ging nur um den Schlüssel. Er wollte dieses eine Rätsel lösen und die Sache spätestens dann der Polizei übergeben.

Er hatte es Lucia versprochen.

Über steil abfallende Treppenstufen gelangte er vom Burgfelsen zur Salita alla Rocca. Noch entschlossener als zuvor, dem Geheimnis auf den Grund zu gehen, kehrte er in den Ortskern zurück. Er war bereit, eine Bankfiliale nach der anderen aufzusuchen, auch wenn man ihn dort vermutlich seltsam ansehen würde – schließlich war er weder der Inhaber eines Schließfachs, noch kannte er den Namen, auf den es registriert war. Nach dem auf den Schlüssel geprägten Wort «Nania» hatte er natürlich auf sämtlichen ihm bekannten Suchmaschinen gefahndet in der Hoffnung, dass sich dadurch vielleicht ein nützlicher Hinweis ergeben würde.

Vergeblich.

Nicht einmal das allwissende Internet wusste mit dem Wort etwas anzufangen, sodass Paolo nichts anderes übrig blieb, als in der wirklichen Welt mühsam, aber systematisch vorzugehen. Er beschloss, sein Glück zunächst bei der Cassa di Risparmio zu versuchen, die eine große Filiale im Zentrum der Altstadt unterhielt. In den Straßen war jetzt schon bedeutend mehr los als am frühen Morgen. Paolo war entschlossen, sich davon weder aufhalten noch einschüchtern zu lassen – ebenso wenig wie von der eindrucksvollen, mit ihren gläsernen Schaukästen an ein Museum erinnernden Schalterhalle der Bank.

Noch von den durchtrainiert wirkenden Hünen, auf deren schwarzen Overalls das Wort «Security» prangte.

Aufgrund der frühen Stunde war es noch ruhig in der Schalterhalle, in der es nach Putzmitteln und altem Gemäuer roch. Die Einrichtung war eine Mischung aus Moderne und Mittelalter und spiegelte damit in gewisser Weise den Stil San Marinos wider.

«Kann ich Ihnen helfen?»

Ein Mann im Anzug lächelte ihm hilfsbereit von einem der Schalter entgegen. Paolo gab sich einen Ruck und ging zu ihm, den Schlüssel hatte er schon in der Hand.

«Vielleicht», erwiderte er ausweichend. «Es geht um einen Gegenstand, den ich im Nachlass meines verstorbenen Onkels gefunden habe ...» Er legte den Schlüssel hin.

Der Bankangestellte, der Anfang dreißig sein mochte, warf einen knappen Blick darauf. «Tut mir leid, Signore», sagte er dann, «dieser Schlüssel gehört nicht zu unserer Bank.»

«Sind Sie sicher?»

«Absolut.»

Paolo nickte. «Haben Sie vielleicht eine Ahnung, von welcher Bank er stammen könnte?»

«Tut mir leid. Einen Schlüssel wie diesen habe ich noch nie gesehen.»

«Aber Sie vermuten auch, dass er von einem Bankschließfach stammt?»

«Wie gesagt, ich habe so einen Schlüssel noch nie gesehen.» Ein wenig Ungeduld schwang jetzt in der Stimme des Mannes mit, zumal sich hinter Paolo bereits eine kleine Schlange am Schalter gebildet hatte.

Paolo bedankte sich, steckte den Schlüssel wieder ein und verließ die Cassa di Risparmio, fest entschlossen, sich von einer Bankfiliale zur nächsten zu arbeiten, dabei jedes Mal den Schlüssel vorzuzeigen und die Geschichte vom verstorbenen Onkel zu erzählen.

Doch dazu kam es nicht.

Denn unvermittelt stach ihm ein Schriftzug ins Auge, der ihn dazu veranlasste, abrupt stehen zu bleiben:

Il Cavaliere.

KAPITEL 12

Es waren altertümlich anmutende Lettern, mit weißer Farbe auf ein schmiedeeisernes Schild gemalt. Dieses hing über einem aus Natursteinen gemauerten Eingang mit niedrigem Sturz, der in ein altes, abenteuerlich anmutendes Gewölbe führte. Rechts davon hing eine Speisekarte an der Wand, die *piatti medievali* anpries – mittelalterliche Gerichte.

Aber es war nicht nur der Name des Restaurants, der Paolo so verblüffte. Jeder konnte schließlich auf den Gedanken kommen, seinen Betrieb so zu nennen. Sondern auch die Tatsache, dass am Ende des Ganges, vom einfallenden Tageslicht gerade noch beleuchtet, eine Ritterrüstung – sozusagen – eisern Wache hielt.

Es war einer jener Plattenharnische, die gemeinhin als Synonym für die Ritterzeit gelten, obwohl sie eigentlich erst im 15. Jahrhundert aufgekommen waren, in der Spätzeit der berittenen Kämpen. Die Rüstung war gleichmäßig von braunem Rost überzogen, ansonsten jedoch vollständig erhalten, von den Eisenschuhen bis zur Halsberge. Der Helm war ein wahres Ungetüm und sah mit dem geschlossenen Visier ziemlich furchterregend aus. Darauf prangte ein üppiger Busch aus weißen und hellblauen Federn, den Farben San Marinos. Vor sich hatte der Ritter ein großes, nicht weniger rostiges Schwert, auf das er sich müde zu stützen schien. Und unwillkürlich erinnerte sich Paolo an Bernasconis Worte:

Alles, was noch fehlt, ist eine Ritterrüstung im Eingang, hatte Bernasconi gesagt. *Wegen des Ritters im Namen des Hotels ... Ein wackerer Rittersmann, der sich auf sein Schwert stützt, ein wenig rostig vielleicht, aber stets bei der Sache, das Visier geschlossen und blauweiße Federn auf dem Helm.*

Paolo spürte, wie ihn trotz der Hitze eine Gänsehaut befiel. Konnte es bloßer Zufall sein, dass Bernasconis Beschreibung der Rüstung, die er am liebsten im Foyer des Hotels in Cervia aufgestellt hätte, exakt dieser hier entsprach?

Natürlich war das möglich. Aber im Lauf seiner Arbeit für das LKA hatte Paolo die Erfahrung gemacht, dass gerade vermeintliche Zufälle ihre Ursache oft im menschlichen Unterbewusstsein hatten ...

Womöglich hatte Bernasconi diese Rüstung gesehen. Ihr Bild hatte sich in seinem inneren Auge festgesetzt, und als er mit Paolo Smalltalk betrieb, hatte seine Erinnerung darauf zugegriffen. Und wenn das so war, bedeutete das, dass Bernasconi bereits zuvor hier in San Marino gewesen sein musste, nicht erst in der Mordnacht. Von der Straße aus jedoch war die Ritterrüstung kaum zu sehen, geschweige denn die Farben der Helmzier zu erkennen.

War Bernasconi also womöglich hier gewesen?

In diesem Restaurant?

Paolo warf einen Blick auf die Uhr. Den *orari di apertura* zufolge, die auf der Speisekarte vermerkt waren, öffnete das Lokal erst mittags. Andererseits stand die Tür sperrangelweit offen.

Kurz entschlossen trat Paolo ein.

Er musste den Kopf einziehen, um ihn sich nicht am niederen Türbalken zu stoßen, erst dahinter konnte er sich wieder aufrichten. Es war kühl in dem Gang, der Geruch allerdings ein wenig modrig ... mittelalterlich eben. Neben der Rüstung, die stumm und eisern über den Eingang wachte, führte eine schmale Treppe hinunter in etwas, das in alter Zeit ein Weinkeller gewesen sein mochte. Nun beherbergten die auf steinernen Säulen ruhenden Gewölbe ein Restaurant, das sich ganz offenbar darauf verlegt hatte, Gäste für die Dauer ihres Aufenthalts ins finstere Mittelalter zu entführen.

Es gab kein Oberlicht, durch das noch ein wenig Sonnenschein in den Keller gedrungen wäre; schmiedeeiserne Wandleuchter, in denen effektvoll flackernde Glühbirnen Kerzenlicht simulierten, spendeten die einzige Beleuchtung. Dafür war es angenehm kühl in dem Schankraum, unter dessen Gewölbebogen sich aus dunklem Holz gezimmerte Tische und Stühle duckten. Wappenschilde hingen an den Wänden, dazu Schwerter, Hellebarden und Morgensterne.

Bei all dem Wert, den die Betreiber auf ein stimmiges Ambiente zu legen schienen, wunderte es Paolo beinahe, dass der junge Mann, der auf ihn zukam, mit Jeans und T-Shirt angetan war statt mit mittelalterlichem Ornat. Das schulterlange, zum Pferdeschwanz gebundene Haar und der Vollbart wirkten dagegen recht stimmig.

«Tut mir leid, aber wir haben noch nicht geöffnet», beschied er Paolo flüchtig, er schien beschäftigt zu sein.

«Ich weiß, ich habe auch nur ein paar Fragen», versicherte Paolo. «Vielleicht können Sie mir ja weiterhelfen.»

«Inwiefern?», fragte der andere, den Paolo auf Mitte zwanzig schätzte. Vermutlich war er der Kellner hier, vielleicht auch nur als Nebenjob während der Semesterferien. Personal war nicht leicht aufzutreiben in diesen Tagen.

Paolo nahm sein Jackett von der Schulter und griff in die Innentasche, zog das Blatt Papier hervor, das er aus dem Buchungsordner des Hotels entnommen hatte, und entfaltete es. Es war die Fotokopie von Lauro Bernasconis Reisepass, die Chiara wie bei jedem ausländischen Gast angefertigt hatte.

«Haben Sie diesen Mann in letzter Zeit gesehen?», fragte Paolo und hielt dem Jüngeren das Blatt hin. «Eventuell war er in letzter Zeit Gast in diesem Lokal.»

Im schummrigen Schein der Wandbeleuchtung betrachtete der Kellner das Bild.

«Ich werde meinen Chef holen», kündigte er dann an.

«Vielen Dank», sagte Paolo. «Ich warte so lange.»

Der Jüngere zog sich in die Tiefe des Gewölbes zurück und hinter den Schanktisch, der aus vier Weinfässern und einer dicken, quer darübergelegten Eichenholzplatte bestand. Dort gab es einen durch einen Vorhang verhüllten Durchgang, der vermutlich in die Küche führte. Einige Momente verstrichen, ehe ein anderer Mann erschien.

Er mochte in Paolos Alter sein, war groß und hager, mit einer Halbglatze und einer auffallenden Zahnlücke zwischen den vorderen Schneidezähnen. Darüber wucherte ein Schnauzbart.

«Oliviero Pavesi», stellte er sich vor, während er sich die Hände an seiner Schürze abwischte, «*il padrone di casa.*»

«Angenehm», versicherte Paolo und zeigte auch ihm das Bild. «Bitte verzeihen Sie die Störung, Signor Pavesi – aber können Sie mir vielleicht sagen, ob dieser Mann unlängst Gast in Ihrem Restaurant gewesen ist?»

Auch der Wirt betrachtete es. Er ließ sich mehr Zeit als der Jüngere und schien dabei angestrengt nachzudenken. «Möglich», erklärte er schließlich, «durchaus möglich ... aber wollen Sie nicht erst einmal etwas essen?»

Paolo war klar, dass es hier nicht um Gastfreundschaft ging. Es war Pavesis Art, ihm auf unverfängliche Weise mitzuteilen, dass er seine Auskunft nicht kostenlos erhalten würde.

«Ich wusste nicht, dass Sie schon geöffnet haben», hielt Paolo ihm lächelnd entgegen.

«Für besonders geschätzte Gäste machen wir gerne eine Ausnahme, zumal der Koch schon seit den Morgenstunden bei der Arbeit ist. Sie können wählen aus …»

Es folgte eine detaillierte Beschreibung der beiden Gerichte, die der Koch offenbar auch schon um halb elf Uhr vormittags aus seiner Mütze zaubern konnte und die Pavesi zufolge ihre kulinarischen Wurzeln im Mittelalter hatten: *Tagli brasati con polenta* – Schmorstücke vom Jungrind, die an traditionellem Maisbrei angerichtet wurden, und *Pollo alla birra* – Hähnchenfleisch, das in einer speziellen Biersoße gegart wurde. Paolo seufzte und entschied sich für Ersteres, auch wenn er bezweifelte, dass es vor Kolumbus schon Mais in Italien gegeben hatte.

Pavesi wies ihm einen Platz an einem der Tische an. «*Qualcosa da bere?*», fragte er.

«*Acqua naturale*», bestellte Paolo. Alles andere verbot sich in Anbetracht der frühen Uhrzeit und der draußen herrschenden Hitze.

«*Un'acqua*», bestätigte der Wirt nicht eben begeistert und verschwand. Ob er den Mann auf dem Bild erkannt hatte, ob er überhaupt etwas Erhellendes beitragen konnte, blieb fürs Erste ungeklärt. Paolo hatte gelernt, dass die Uhren im Süden ein wenig anders tickten, als er das aus Deutschland gewohnt gewesen war. Aber während er früher dagegen angekämpft hatte, hatte er mittlerweile gelernt, die Vorteile darin zu sehen und das Nützliche mit dem Angenehmen zu verbinden. Bis das Essen kam, desinfizierte er sich in aller Ausführlichkeit die Hände.

Als der *brasato* schließlich vor ihm auf dem Teller lag, erlebte Paolo eine positive Überraschung, denn er schmeckte wirklich ganz ausgezeichnet. Das über viele Stunden bei niedriger Temperatur gegarte Rindfleisch zerging auf der Zunge, und der würzige Geschmack der Soße harmonierte wunderbar mit dem *polenta*, der eine wunderbar sämige Konsistenz hatte. Wie authentisch das Gericht war, blieb fraglich, aber Paolos Gaumen war damit überaus zufrieden.

«Und?», fragte er irgendwann, nachdem er die Künste des Kochs ausgiebig gelobt hatte. «Hatten Sie schon Gelegenheit, über das Bild nachzudenken, das ich Ihnen gezeigt habe, Signor Pavesi?»

Der Wirt, der es sich nicht hatte nehmen lassen, Paolo persönlich zu bedienen, sah diesen prüfend an. «Und Sie sind ...»

«Verzeihen Sie, ich habe mich noch gar nicht vorgestellt.» Paolo wischte sich die Mundwinkel mit der Serviette und erhob sich für einen Moment. «Mein Name ist Paolo Ritter. Ich bin Besitzer eines Hotels unten in Cervia», fügte er hinzu, weil er festgestellt hatte, dass die Leute Ortsansässigen grundsätzlich größeres Vertrauen entgegenbrachten als Touristen. Selbst dann, wenn sie mit deutschem Akzent sprachen.

«Ist das so?», fragte der andere.

«In der Tat – es trägt übrigens denselben Namen wie Ihr Lokal, *Il Cavaliere*», erwiderte Paolo lächelnd. Lucia hatte ihm beigebracht, dass es immer gut war, das Eis zu brechen ...

«Sind Sie deshalb hier?» Pavesi klang plötzlich ablehnend, beinahe feindselig. Seine Augen verengten sich misstrauisch. «Ich sage es Ihnen gleich, ich werde nichts bezahlen, keinen Cent. San Marino ist ein eigenes Land mit eigenen Gesetzen, und ich glaube nicht, dass Sie den Namen für sich gepachtet haben.»

«Darum geht es doch gar nicht», versicherte Paolo und hob beschwichtigend die Hände. «Nichts dergleichen.»

«Nein?»

«Nein», versicherte Paolo, worauf der andere sich tatsächlich wieder ein wenig zu beruhigen schien. «Sie können Ihr Restaurant nennen, wie Sie wollen. Mich interessiert nur, ob jener Gast hier gewesen ist oder nicht.»

«Und wenn er es war?»

«Würde ich wissen wollen, wann genau das gewesen ist. Oder muss ich vorher erst einen Kaffee bestellen?»

«Aus welchem Grund interessiert Sie das?»

Paolo zögerte. Aber wenn er Informationen bekommen wollte, würde er wohl selbst mit ein wenig mehr herausrücken müssen ... «Er ist tot», eröffnete er also.

«Tot?»

Zum ersten Mal hatte Paolo den Eindruck, dass Pavesi die Kontrolle über seine schmalen Gesichtszüge entglitt. Überraschung spiegelte sich darin, und ein Anflug von Entsetzen, wenn auch nur für einen Augenblick.

Paolo nickte. «Haben Sie ihn besser gekannt?»

«Wer schickt Sie?», wollte Pavesi seinerseits wissen. «Die Polizei?»

«Nein. Ich sagte es Ihnen schon, ich bin Besitzer eines Hotels. Signor Bernasconi war mein Gast, und ...»

«Wie war der Name?»

«Bernasconi ... Lauro Bernasconi», erwiderte Paolo. Die Frage kam ihm seltsam vor, sein kriminalistisches Misstrauen erwachte. «Kennen Sie ihn womöglich ... unter einem anderen Namen?»

Es war nur eine Vermutung, ein Schuss ins Blaue, aber er schien etwas bei Pavesi zu bewirken. Ob es Bestürzung war oder nur Verwirrung, war allerdings nicht klar zu erkennen.

«Kann ich das Bild noch einmal sehen?», bat der Wirt.

«Natürlich.» Paolo griff abermals in sein Jackett, entfaltete die Kopie und legte sie ihm hin.

«Ja, der war hier», bestätigte Pavesi nun. «Hat hier zu Mittag gegessen.»

«Wann?»

«Wieso ist das wichtig?»

«Würden Sie mir die Frage bitte beantworten?»

Pavesis hohe Stirn legte sich in Falten. «Letzten Mittwoch, denke ich. Könnte auch Donnerstag gewesen sein.»

«Denken Sie.»

«Ja, verdammt. Glauben Sie, ich führe Buch über jeden Gast, der hier über die Schwelle kommt? Er fiel mir nur auf, weil ...»

Pavesi zögerte wieder, in seinem Blick lag plötzlich etwas Gehetztes. «Na ja, weil ... er ein seltsamer Kauz war, mit dem gegelten Haar und dem vornehmen Zwirn, den er trug. Nicht die Sorte Kundschaft, die ich normalerweise hier bediene. Und er hat sich sehr still verhalten, wollte den letzten Tisch dort in der Reihe.» Er deutete zur anderen Seite des Lokals, wo sich im hintersten Winkel ein kleiner Nischenplatz befand.

Paolo schürzte nachdenklich die Lippen.

Es war ein idealer Platz für jemanden, der nicht unbedingt gesehen werden, jedoch den ganzen Schankraum im Blick behalten wollte. Der ideale Platz für jemanden, der Angst vor Entdeckung hatte. Oder vor Verfolgern ...

«Sonst wissen Sie nichts über ihn?», fragte Paolo nach. «Was er beruflich machte oder ...?»

«Woher sollte ich das wissen? Er war Gast hier, nicht mehr und nicht weniger.»

«Hat er sich vielleicht nach irgendetwas erkundigt?»

«Nicht dass ich wüsste.»

«Könnten Sie Ihren Kellner fragen? Vielleicht hatte er ja Dienst und kann sich ...»

«Auch nicht», erklärte Pavesi kategorisch. «Und ich muss gestehen, dass mir Ihre Fragerei langsam auf die Nerven geht, Signor Ritter. Ob mit oder ohne Kaffee!»

«Das tut mir leid», versicherte Paolo, «das lag nicht in meiner Absicht.»

«Hm», machte der andere, ohne dass zu erkennen war, ob ihn diese Erklärung zufriedenstellte. «Die Rechnung??»

Es war offenkundig, dass die Unterhaltung zu Ende war. «Die Rechnung», bestätigte er deshalb mit dünnem Lächeln, worauf Pavesi das Geschirr abräumte und sich entfernte. Aus den Augenwinkeln konnte Paolo sehen, wie er hinter dem Tresen einige Worte mit dem jungen Kellner wechselte.

Warum hatte Pavesi so aufgebracht reagiert? War er wirklich nur genervt gewesen von Paolos Fragen?

Der Wirt kam mit der Rechnung. Der Preis für den Schmorbraten war gehoben, dem Genuss aber angemessen. Der Betrag für das *coperto* hingegen war, in Anbetracht der schmucklosen Eichenholzplatte, auf der das Gelage stattgefunden hatte, eine Frechheit. Paolo musste zweimal hinsehen, um sich davon zu überzeugen, was auf dem kleinen Ausdruck stand. Und beim zweiten Mal fiel ihm neben dem Wucherpreis für das Gedeck noch etwas anderes auf.

Es war etwas, das er schon Hunderte Male zuvor auf Rechnungen gesehen hatte – das Wörtchen PIVA stand dort, gefolgt von einer mehrstelligen Nummer.

PIVA ...

Als Hotelbetreiber wusste er natürlich, dass dieses Kürzel für *numero di partita iva* stand, was sich im Deutschen am ehesten mit «Umsatzsteueridentifikationsnummer» übersetzen ließ ... aber das war es nicht, was seine Aufmerksamkeit erweckte. Sondern die Tatsache, dass etwas, das auf den ersten Blick wie ein

Name klang und aussah, in Wahrheit eine Abkürzung für etwas anderes sein könnte ...

«Noch eine letzte Frage, wenn Sie gestatten», sagte er deshalb, nachdem er, ohne mit der Wimper zu zucken, das Geld auf den Tisch gelegt und bezahlt hatte.

«Hatten Sie nicht schon genug Fragen für heute?», fragte Pavesi, während er die Scheine in einem riesigen schwarzen Geldbeutel verstaute. «Noch eine Nachspeise gefällig?»

«Im Preis für das Gedeck sollte noch eine Frage inbegriffen sein», entgegnete Paolo, selbst überrascht von seiner Schlagfertigkeit, und griff in die Innentasche seines Jacketts. Er holte einen Kugelschreiber hervor, dazu die Kopie von Bernasconis Ausweis. Diesmal jedoch faltete er sie nicht erst auseinander, sondern benutzte sie als Notizblock, schrieb mit großen Lettern NANIA darauf und drehte es Pavesi hin. «Ist Ihnen dieses Wort schon einmal untergekommen? Es könnte eine Abkürzung sein oder ...»

Das unwillige Schnauben, das der Wirt von sich gab, ließ ihn verstummen. «Signor Ritter, finden Sie das lustig?»

«Wie bitte?» Paolo konnte nun Ärger im Gesicht des Wirtes erkennen – auch wenn er keine Ahnung hatte, was diesen ausgelöst hatte.

«Mir ist bewusst, dass mein Land Fehler gemacht hat, ihr Italiener müsst uns nicht fortwährend mit der Nase darauf stoßen!»

«Aber ich bin gar kein ...»

«So ist das vermutlich, wenn man einen Fehler begangen hat, wird er einem ewig vorgehalten.»

«Was für einen Fehler?», konnte Paolo jetzt endlich fragen. «Wovon sprechen Sie überhaupt?»

Pavesi sah ihn verärgert an. «Als ob Sie das nicht wüssten!»

«Ich weiß es nicht», stellte Paolo klar, nun seinerseits etwas ungehalten. «Aber ich wäre Ihnen dankbar, wenn Sie mich aufklären würden.»

Pavesi zog die Oberlippe hoch, sodass die Zahnlücke zu sehen war, und schien einen Moment nachzudenken. «Aber das weiß doch jeder», meinte er dann, «NANIA ist ein Akronym, das ist ...»

«Ich weiß, was ein Akronym ist», versicherte Paolo ungeduldig. «Aber wofür stehen die einzelnen Buchstaben?»

«*Noti a noi, ignoti agli altri*», entgegnete der Wirt zögernd.

Uns bekannt, anderen unbekannt, übersetzte Paolo für sich. «Und was genau soll das heißen?», fragte er.

«Sie haben wirklich keine Ahnung.» Pavesi sah erleichtert aus. «Das war einmal so etwas wie das Leitmotto San Marinos – jedenfalls das seiner Banken.»

«*Sì, capisco*», sagte Paolo in Erinnerung an das, was Tenente Girotti ihm erzählt hatte. «*Tante grazie*», bedankte er sich und verließ das Lokal – und ihm entging nicht der forschende Blick, mit dem Pavesis junger Aushilfskellner ihn vom Tresen aus verfolgte.

KAPITEL 13

Das soll eine Spur sein?»
Bernasconis Geist war wieder da. Er folgte Paolo über die steilen Stufen des Viadukts, die dieser unter sengender Sonne hinabstieg. Er wünschte sich in die kühle, wenn auch etwas miefige Dunkelheit des Restaurants zurück.

«Es ist ein Hinweis», konterte Paolo zufrieden, «nicht mehr und nicht weniger.»

Nur versuchshalber hatte er das von Pavesi zitierte einstige Leitmotto San Marinos in sein Smartphone eingegeben – und eine verblüffende Entdeckung gemacht. Die Worte fanden sich auf dem Spruchband eines Wappens, das zur «Banca Stemma di Republicca» gehörte, einer kleinen San Marinesischen Privatbank, die die Krise der späten 2010er-Jahre offenbar schwer getroffen hatte, sodass sie nur noch eine einzige Niederlassung unterhielt. War es möglich, dass diese Bank, um die Schlüssel ihrer Schließfächer zu kennzeichnen, die Anfangsbuchstaben ihres Leitmotivs darin hatte einprägen lassen?

Eine brandheiße Spur war es nicht, da hatte Bernasconi sicher recht, aber doch etwas, dem Paolo nachgehen wollte, zumal er nicht wirklich Lust hatte, in einer Bankfiliale nach der anderen die Story von dem verstorbenen Onkel zu erzählen. Früher oder später würde das jemandem verdächtig vorkommen, und er oder sie würde die Sicherheitskräfte rufen. Und das war nun wirklich das Allerletzte, was Paolo wollte.

«Die Banca Stemma befindet sich unterhalb der Burgstadt», beschwerte sich Bernasconi, der sich offenbar mit Paolos innerem Schweinehund verbündet hatte. «Wollen Sie wirklich all diese Treppen erst hinunter- und dann wieder hinaufsteigen? Und das noch dazu bei der Hitze?»

«Ein wenig Bewegung schadet Ihnen nicht», entgegnete Paolo, was seine Mutter einst bei derlei Gelegenheiten zu sagen pflegte. «Zumal ich Sie mit einem leichten Bauchansatz in Erinnerung habe.»

«Na und? Genau wie Sie», kam es zurück – und Paolo konnte noch nicht einmal widersprechen. In Deutschland hatte er auf jedes Pfund geachtet, schon weil Julia es so gewollt hatte. Lucia sah das ein wenig anders, zudem machte die mediterrane Küche mit ihren reichhaltigen, späten Mahlzeiten die Gewichtskontrolle schwieriger als in der alten Heimat …

Die Treppe, die von der Via della capannaccia in die Tiefe führte, war tatsächlich ziemlich lang und steil und zudem der prallen Sonne ausgesetzt. Vom Fuß der Treppe aus, den Paolo mit zitternden Knien erreichte, war es immerhin nicht mehr weit bis zu der angegebenen Adresse.

Es war ein unscheinbares Gebäude, die Bausubstanz alt, die Sandsteinplatten an der Fassade allerdings neueren Datums. «Banca Stemma di Repubblica» stand in nüchternen Lettern über dem Eingang geschrieben, daneben das Wappen San Marinos, die drei weißen Türme auf hellblauem Grund. Zwei Dübellöcher darunter zeugten von etwas, das offenbar schon vor längerer Zeit entfernt worden war – Paolo tippte auf das Spruchband mit dem inzwischen außer Mode gekommenen Wahlspruch. In die Wand neben dem Eingang war ein Bankomat eingelassen, die Pforte selbst ein Stück zurückversetzt, sodass sie im Schatten lag. Das Glas war dunkel getönt.

Paolo griff in die Tasche seines Jacketts und umfasste den Schlüssel. Er fühlte, wie sich sein Pulsschlag beschleunigte.

«Und was werden Sie sagen?», verlieh Bernasconi prompt seinen Befürchtungen Ausdruck. «Doch nicht wieder diese erbärmliche Geschichte mit dem Onkel?»

«Wir werden sehen», erklärte Paolo und trat ein.

Gekühlte Luft empfing ihn in dem kleinen Schalterraum, der ebenfalls mit Platten aus Sandstein getäfelt war. Eine Theke aus poliertem Akazienholz teilte den Raum in der Mitte; dahinter verrichteten zwei Bankangestellte ihren Dienst, mit einer großen Yucca-Palme als Gesellschaft. Eine junge Frau mit Hornbrille hob den Blick, verließ ihren Schreibtisch und kam an den Schalter. Ihre makellos weiße Bluse war mit dem Signet der Bank versehen.

«Guten Tag, der Herr. Willkommen bei der Banca Stemma. Was kann ich für Sie tun?»

«Nun, ich ...» Paolo trat so nah an den Schalter, wie es die davor errichtete Absperrung zuließ. «Darf ich mit Ihrer Diskretion rechnen?»

«Natürlich, mein Herr», versicherte sie, ohne mit der Wimper zu zucken. «Unser Bankhaus hat eine lange Tradition in Sachen Diskretion. Seit 1884.»

«Eine lange Zeit.» Paolo schürzte anerkennend die Lippen. «Wären Sie in diesem Fall so freundlich ...?» Er sprach den Satz nicht zu Ende, sondern legte einfach den Schlüssel auf den Tisch.

In ihren Gesichtszügen zeigte sich keine Überraschung.

Sowohl die Form des Schlüssels als auch das in den Halm geprägte Kürzel schienen ihr vertraut zu sein – und Paolo erkannte, dass er richtig kombiniert hatte. Auf eine Entschuldigung vonseiten Bernasconis wartete er allerdings vergebens.

Der Blick der Bankangestellten ging von dem Schlüssel zu Paolo und wieder zurück, dann nahm sie den kleinen Gegenstand in die Hand und versuchte, die in die Reide eingestanzte Nummer zu entziffern. Als es ihr nicht auf Anhieb gelang, setzte sie ihre Brille ab und hielt den Schlüssel noch ein wenig näher an ihre Augen. «*Finalmente*», entfuhr es ihr dann, wie es schien, mit einer gewissen Erleichterung. Sie setzte die Brille wieder auf und wandte sich dem Terminal des Schalters zu. Flink tanzten ihre Finger über die klappernde Tastatur, wobei sich eine Falte auf ihrer Stirn bildete, die Paolo nicht gefiel.

«Ist etwas nicht in Ordnung?», erkundigte er sich.

«Einen Moment bitte», beschied sie ihm und klapperte weiter – und plötzlich hellten sich ihre Züge auf. «Ah, Signor Celi», sagte sie dann. «Sie haben den Schlüssel also doch noch gefunden?»

«*Scusa?*», fragte Paolo reflexhaft.

«Meine Kollegin, die jetzt im Urlaub ist, hat vermerkt, dass Sie vergangene Woche bereits einmal hier gewesen sind wegen des Schließfachs. Aber da Sie den Schlüssel nicht bei sich hatten, konnten wir Ihnen leider nicht helfen. Wie gut, dass Sie ihn doch noch gefunden haben!»

Sie strahlte übers ganze Gesicht, und ihre Begeisterung war so ansteckend, dass auch Paolo unwillkürlich strahlte – während er gleichzeitig zu verstehen versuchte, was hier vor sich ging. Wer war dieser Signor Celi, für den die Angestellte ihn hielt?

Die Antwort lag nahe.

Genau wie er vermutet hatte, war Bernasconi in der vergangenen Woche bereits in San Marino gewesen und hatte versucht, an den Inhalt des Schließfachs heranzukommen. Und da es noch aus der Zeit vor seinem Identitätswechsel stammte, hatte er für einen kurzen Moment die Tarnung fallen lassen und seinen früheren, vermutlich wahren Namen genannt. Womöglich, dachte Paolo beklommen, hatte er damit sein eigenes Ende besiegelt ...

«Ich bin ebenfalls froh, dass ich ihn doch noch ... entdeckt habe», bestätigte Paolo, während er einen verstohlenen Blick nach dem Kollegen der hilfreichen Bankangestellten warf, doch der schien von dem Gespräch nicht einmal Notiz zu nehmen. Paolo zögerte – sich als jemand auszugeben, der man nun einmal nicht war, war fraglos eine Straftat. Aber was konnte er dafür, wenn diese junge Dame ihn aufgrund einer glücklichen Verwechslung für jenen geheimnisvollen Signor Celi hielt ...?

«Darf ich nun das Schließfach sehen?», fragte er.

«Natürlich.» Sie gab Paolo den Schlüssel zurück. «Diskretion», fügte sie lächelnd hinzu.

«Diskretion», bestätigte er.

Sie informierte ihren Kollegen, dass sie ihren Platz für einen Moment verlassen würde, und bat Paolo, einen Moment zu warten. Sie verschwand in einem Durchgang, nur um gleich darauf wiederaufzutauchen, einen Schlüssel in Händen, der dem von Paolo zum Verwechseln ähnlich sah. Dann forderte sie ihn auf, ihr hinter die Theke und durch eine gläserne Tür in ein Treppenhaus zu folgen. Über schmale Stufen ging es steil hinab – schon wieder ein Keller, dachte Paolo missmutig.

Diesmal allerdings endeten die Stufen nicht in einer mittelalterlich anmutenden Gruft, sondern in einem kleinen Vorraum mit Betonwänden, der von Kameras überwacht wurde. Die Sonnenbrille hatte Paolo abgenommen, den Kopf hielt er jedoch so, dass die Krempe des Borsalinos sein Gesicht verbarg. Durch eine automatische Panzertür gelangten sie in den Wertschutzraum der Bank. Die Grundfläche mochte vier mal vier Meter betragen, in drei der Wände waren nummerierte Schließfächer unterschiedlicher Größe eingelassen, jedes davon mit zwei nebeneinanderliegenden Schlüssellöchern. Ein schlichter Tisch mit einer Platte aus polierter Akazie nahm die Mitte des Raumes ein.

Mit einem verbindlichen Lächeln trat die Bankbedienstete auf eines der Schließfächer zu, steckte den Schlüssel in das eine Schloss und drehte ihn mühelos herum. Dann forderte sie Paolo auf, es ihr gleichzutun. Er hatte Mühe zu verbergen, dass seine Hand vor Aufregung zitterte, als er den Schlüssel in das andere Loch schob und herumdrehte.

Es klickte leise.

Mit routiniertem Handgriff öffnete die Bankangestellte das Fach, entnahm ihm eine metallene Kassette und legte sie vor Paolo auf den Tisch.

«Nehmen Sie sich so viel Zeit, wie Sie brauchen», verkündete sie, während sie sich bereits entfernte, auf einen Knopf neben der Tür deutend. «Wenn Sie fertig sind, läuten Sie bitte.»

«Danke.» Paolo wartete, bis sie den Raum verlassen und die Tür sich wieder hinter ihr geschlossen hatte.

Dann wandte er sich der Kassette zu.

Sie war von annähernd quadratischer Form, mit einer Kantenlänge von etwa dreißig und einer Höhe von fünf Zentimetern. Das also war es, was Bernasconi gewollt hatte.

Paolos Herz schlug schneller, als er nach dem Deckel griff und ihn anhob. Was würde darunter auf ihn warten?

Es waren drei Dinge.

Sie lagen im mit dunkelblauem Samt ausgeschlagenen Inneren der Kassette.

Zuoberst ein kleines Andachtsbild aus goldfarbenem und mit filigranen Schnitzmustern versehenem Holz, das sich aufklappen und aufstellen ließ. Im Inneren des Triptychons befanden sich filigrane Ikonenmalereien, die wohl Engel darstellten.

War die Ikone echt? War sie von derart großem Wert, dass es eine Aufbewahrung im Wertschließfach einer Bank rechtfertigte, noch dazu über so lange Zeit?

Paolo vermochte es nicht zu beurteilen. Er klappte das Bild wieder zu und legte es auf den Tisch.

Als Nächstes nahm er einen Brief aus der Kassette, der zwar frankiert, aber offenbar niemals abgeschickt worden war; als Absender fungierte ein gewisser Franco Celi mit einer Postfachadresse in San Marino – und Paolo erstarrte innerlich, als er den mit Hand geschriebenen Namen des Adressaten las.

Felix Ritter.

Wohnhaft in Cervia.

Trotz der Kühle, die in dem fensterlosen Schutzraum herrschte, trat Paolo plötzlich Schweiß auf die Stirn. Er musste den Namen mehrmals lesen, um zu realisieren, dass er wirklich dort stand und es nicht nur eine Täuschung war, die ihn narrte.

Offenbar hatte Bernasconi – oder Celi, wie er wohl in Wahrheit hieß – Felix doch nicht nur flüchtig gekannt. Zumindest legte dieser Brief die Vermutung nahe ...

Paolo griff nach dem Kuvert. Sein erster Impuls war es, es einfach aufzureißen, um zu sehen, was sich darin befand, doch ein innerer Widerstand hielt ihn zurück. Zumal sein Blick inzwischen auf den dritten Gegenstand gefallen war, der in der Kassette lag und dessen Anblick ihn noch mehr verblüffte als der Name und die Anschrift seines verstorbenen Bruders auf einem Briefkuvert.

Es war ein Halsband aus dünnem schwarzem Leder, mit einem Anhänger daran. Das billige Silber war schwarz verfärbt und angelaufen, dennoch hätte Paolo dieses Schmuckstück unter Tausenden erkannt: ein stilisiertes Kreuz mit einem darüber angeordneten Kreis – das Kreuz des Südens in der Darstellung der nordafrikanischen Tuareg.

Mit zitternden Händen hob Paolo den Anhänger auf und drehte ihn herum – und war kaum überrascht, die Initialen F und R in das weiche Metall eingeritzt zu finden.

Felix Ritter. Wieder einmal.

Und ohne dass er es hätte beeinflussen können, glitten seine Gedanken zurück in die Vergangenheit. Ins Jahr 1984, genauer gesagt zum 16. August, einem Donnerstag ...

Die Brüder hatten einen Spaziergang am Strand unternommen, wo fliegende Händler aus Marokko ihre Waren aufgebaut hatten. Das Angebot reichte von bunten Strandtüchern und Schnitzereien bis zu Raubkopien von Markenprodukten wie Handtaschen, Uhren und Sonnenbrillen. Bei einem Händler mit Muschelketten, Modeschmuck und anderem Tand blieb Felix stehen.

Paolo, in langen Hosen und seinen Turnschuhen, um Kontakt mit dem verhassten Sand tunlichst zu vermeiden, hatte sich schon wieder abgewandt. Felix dagegen, lässig eingekleidet in Badehose und weites Muscle-Shirt, hatte sich in eines der Schmuckstücke verguckt, das ihm Inbegriff einer höchst männlichen Verheißung von Freiheit und Abenteuer zu sein schien ... Während Paolo in der Sonne schmorte und nur weiterwollte, hatte Felix mit dem Händler gefeilscht und das Ding schließlich für zehntausend Lire erstanden – was nach Paolos Dafürhalten noch immer hoffnungslos übertuert gewesen war.

Felix jedoch war mit dem Kauf mehr als zufrieden gewesen. Stolz hatte er sich das Lederband um den Hals gehängt und es niemals wieder abgenommen.

Jedenfalls nicht, solange sie einander gesehen hatten.

In den letzten Jahren seines Lebens freilich hatte Paolo die

Gesellschaft seines Bruders gemieden, worauf er im Nachhinein nicht sonderlich stolz war, aber so war es eben gewesen ... und nun fand er jenes Schmuckstück, das Felix einst so viel bedeutet hatte, im Schließfach eines Fremden, der noch dazu nicht mehr unter den Lebenden weilte.

Unwillkürlich nahm er wieder das Kuvert zur Hand.

Ihm war klar, dass er es früher oder später würde öffnen müssen, wenn er Antworten bekommen wollte – oder sollte er einfach das tun, was er Lucia versprochen hatte? Seine Erkenntnisse zusammen mit dem Inhalt der Kassette zur Polizei tragen? Andererseits hatte er dieses Versprechen gegeben, bevor der Name seines Bruders so überaus prominent in der Sache aufgetaucht war. Konnte er diese Gegenstände überhaupt weitergeben, ohne herauszufinden, inwiefern Felix davon betroffen war?

Abermals schweiften seine Gedanken in die Vergangenheit ab. Es wäre nicht das erste Mal gewesen, dass Felix sich mit kriminellen Elementen eingelassen hätte. Seine Unbekümmertheit und sein Hang zum Abenteurertum hatten dafür gesorgt, dass er 2003 in Italien vor Gericht stand, weil er sich von den falschen Leuten Geld geliehen hatte. Ihrem Vater, der Rechtsanwalt gewesen war, war es zwar gelungen, die Anklage abzuwenden, doch auf dem Rückflug nach Deutschland waren ihre Eltern bei einem Flugzeugabsturz in den Alpen tödlich verunglückt. Überzeugt, dass es ohne Felix' Eskapaden dazu nie gekommen wäre, hatte Paolo seinem Bruder zu dessen Lebzeiten nicht verzeihen können. Und nun, da er mit der Vergangenheit endlich halbwegs im Reinen war, gab es Anlass zu der Annahme, dass Felix ein paar Jahre später denselben Fehler noch einmal begangen hatte.

«Felix», stieß Paolo halblaut hervor, «was hast du diesmal wieder angerichtet?»

Eine Antwort bekam er nicht, es blieb still in der Kammer, vom leisen Brummen der Klimaanlage abgesehen. Es kostete Paolo Mühe, die Fassung zu wahren. Einen Moment lang zögerte er, dann ließ er die drei Gegenstände in der Innentasche seines Jacketts verschwinden. Er schloss die Kassette wieder und schob sie ins Fach in der Wand zurück, dann wandte er sich zum Gehen. Als er den Knopf drückte, um die Bankangestellte zu rufen, stand seine Entscheidung bereits fest.

Er musste wissen, wie all das zusammenhing – und was verdammt noch mal sein Bruder damit zu tun gehabt hatte.

KAPITEL 14

Auf der Nordseite der Burgstadt, wo die Contrada del Pianello in die Aussichtsplattform Belvedere mündete und sich auch die Bergstation der *funivia* befand, gab es ein kleines Hotel, das auch ein Restaurant unterhielt. Hier setzte sich Paolo an einen der Zweiertische, die entlang einer zinnenbewehrten Mauer aufgestellt waren. Nicht dass Paolo schon wieder Durst oder gar Hunger verspürt hätte. Aber er hoffte, im kühlen Schatten ein wenig Ordnung in das Durcheinander seiner Gedanken zu bringen.

Einfach war das nicht, denn er war keineswegs allein.

Zahlreiche Touristen flanierten inzwischen durch die schmalen Gassen, und wann immer sich die gläserne Pforte der Seilbahnstation öffnete, entließ sie neue Besucherscharen, und das in zehnminütigem Takt. An einem anderen Tag hätte Paolo vor einem solchen Gedränge vermutlich längst die Flucht ergriffen, doch im Augenblick fehlte ihm die Kraft dazu. Zu bestürzt und zu ratlos hatte ihn das zurückgelassen, was er im Schließfach der Bank vorgefunden hatte.

Ein untersetzter Mann im gestreiften Polohemd, offenbar der Wirt selbst, kam, um die Bestellung aufzunehmen. Obwohl es inzwischen Mittag war, begnügte sich Paolo damit, einen Cappuccino zu bestellen – sein *pranzo* hatte er ja bereits eingenommen. Der Wirt trug es mit Fassung, vermutlich hielt er Paolo für einen jener deutschen Touristen, die sich, kaum jenseits der Alpen, augenscheinlich nur noch von mit Milchschaum gekröntem Kaffee ernährten, und Paolo unternahm nichts, um diesen Eindruck zu entkräften. Tatsächlich war ihm seine eigene Reputation im Augenblick ziemlich egal, es kam ihm mehr auf die von Felix an.

Vor allem eine Frage beschäftigte ihn, seit er den Namen seines Bruders auf jenem Briefkuvert gelesen hatte: Hatte Felix es ein zweites Mal getan? Hatte er sich trotz allem, was damals geschehen war, und trotz des Todes ihrer Eltern später erneut mit zwielichtigen Figuren eingelassen? Denn zog man in Betracht, was Paolo von Tenente Girotti erfahren hatte und wie abrupt und grausam Lauro Bernasconi aus dem Leben geschieden war, dann war er wohl genau das gewesen, eine zwielichtige Figur …

Der Wirt kam und brachte den Kaffee. Normalerweise liebte Paolo das kleine Ritual, das darin bestand, einen Löffel Zucker auf die Haube aus Milchschaum zu legen und dabei zuzusehen, wie sie langsam darin versank. Es bestärkte ihn jedes Mal in dem Gefühl, dass es richtig gewesen war, die Zelte in Deutschland abzubrechen und gen Süden zu ziehen. Heute jedoch fehlte Paolo die Geduld dafür. Er wartete nicht erst ab, bis der Zucker versunken war, sondern stopfte den Löffel in die Tasse und entfesselte einen trichterförmigen Strudel.

«Sie ahnen es.»

Paolo blickte auf. Bernasconi war wieder da und hatte sich ungefragt den Sitzplatz auf der anderen Seite des Tisches geschnappt. Durch die Gläser seiner Sonnenbrille sah er Paolo an.

«Muss das sein?», fragte dieser ungehalten – und zwar nicht nur in Gedanken, wie er es normalerweise tat, wenn er sich mit den Schatten der Vergangenheit unterhielt. Am angrenzenden Tisch drehte sich eine Dame um und warf ihm einen verunsicherten Blick zu.

«Beschweren Sie sich nicht bei mir», verteidigte sich Bernasconi lächelnd. «Ich entstamme direkt Ihrer Erinnerung und wäre sicher nicht hier, wenn mich Ihr Unterbewusstsein nicht gerufen hätte.»

Paolo nickte resignierend und nahm einen Schluck seines Getränks. Der Kaffee war gut, daran lag es nicht, aber auf Paolos Lippen schmeckte er dennoch schal und bitter.

«Also», sagte Paolo, lautlos diesmal, während er die Tasse wieder auf den Unterteller zurückstellte, «was genau ist es, das ich angeblich ahnen soll?»

«Dass Ihr Bruder nicht der war, für den Sie ihn gehalten haben.»

Paolo grinste matt. «Um das zu beurteilen, müsste ich mir erst einmal darüber klar werden, wofür ich meinen Bruder eigentlich gehalten habe ...» Er überlegte.

Lebenskünstler.

Glücksritter.

Frauenschwarm.

Versager.

Viele Bezeichnungen kamen ihm in den Sinn, wenn er an Felix dachte, und nicht alle waren schmeichelhaft. Die wenigsten, wenn er es genau bedachte. Dennoch hatte Paolo seinen Frieden mit ihm gemacht, das *Cavaliere* war der beste Beweis dafür. Über den Tod ihrer Eltern und alles andere, was damals geschehen war, hatten sie sich zwar nie aussprechen können. Paolo selbst hatte das verhindert. Aber er hatte Felix in jeder Hinsicht verziehen, zumal in Anbetracht all dessen, was diesem in späteren Jahren widerfahren war. Paolo hatte nicht nur das Hotel von seinem Bruder geerbt, sondern gewissermaßen auch dessen Leben und sogar seine Freunde, zu denen Lucia gehörte. Insgeheim hatte Paolo all dies als spätes Geschenk seines Bruders betrachtet, als dessen Versuch, das Geschehene ungeschehen zu machen.

«Ich will damit sagen, dass Ihr Bruder womöglich noch ein anderes Leben führte», beharrte Bernasconi, der entschlossen schien, auf der Sache herumzureiten. «Eines, von dem Sie nichts wussten.»

«Mein Bruder war ein sehr leidenschaftlicher, aber auch leichtgläubiger Zeitgenosse», bestätigte Paolo. «Schon als Junge ließ er sich schnell für Dinge begeistern, und daran hat sich wohl später nichts geändert. Bedauerlicherweise hat ihn seine Menschenkenntnis bisweilen im Stich gelassen.»

«Versuchen Sie, mich zu beleidigen?» Bernasconi schüttelte den Kopf. «Versuchen Sie es erst gar nicht, Sie beleidigen sich nur selbst.»

«Was hatten Sie mit meinem Bruder zu schaffen?»

«Sie sind wütend», stellte Bernasconi überflüssigerweise fest. «Warum?»

«Das will ich Ihnen sagen! Weil ich glaubte, das alles hinter mir gelassen zu haben! Den Schmerz, den Zorn, das Misstrauen gegenüber meinem Bruder! Ich hatte das alles längst überwunden, und dann stehen Sie auf der Schwelle meines Büros und behaupten, Felix gekannt zu haben. Und nun stellt sich heraus, dass ...»

«... ich die Wahrheit gesagt habe», ergänzte Bernasconi.

Paolo schnaubte nur.

«Sie haben Angst», stellte sein Gegenüber fest.

«Unsinn», wehrte Paolo ab, während er nach seiner Tasse griff und sie auf dem Unterteller drehte. «Ich weiß nur nicht, wieso ich ...»

Er hielt inne.

Etwas stimmte nicht.

Sein Gedächtnis, das ungefiltert jede Einzelheit speicherte, nahm auch zur Kenntnis, wenn sich in seiner unmittelbaren

Umgebung etwas veränderte oder nicht der Norm entsprach, und das war in diesem Moment der Fall. Denn jenseits der Besucherströme, die unablässig an seinem kleinen Tisch vorbeiflossen, in Richtung des *Palazzo Pubblico*, registrierte Paolo eine Gestalt, die sich genau gegenteilig verhielt. Still und unbewegt stand sie, halb verborgen von einem Ständer mit bunten Ansichtskarten, der sie jedoch nicht wirklich zu interessieren schien.

Vom Gesicht war so gut wie nichts zu sehen, die Gestalt trug eine Sonnenbrille und eine der gebräuchlich gewordenen FFP2-Masken sowie – trotz der sengenden Hitze – einen schwarzen Hoodie. Die Kapuze war hochgeschlagen, sodass der Kerl wie ein bizarrer Mönch aussah.

Paolo ließ sich nichts anmerken.

Er trank in Ruhe seinen Cappuccino, auch wenn ihm der jetzt endgültig nicht mehr munden wollte. Dann erhob er sich und ging ins Lokal, um zu bezahlen – die Erinnerung an Bernasconi war in dem Augenblick verpufft, als Paolo den Fremden bemerkt hatte.

Als Paolo wieder ins Freie trat, setzte er seine Sonnenbrille auf, die es ihm erlaubte, sich unauffällig umzublicken, doch von dem Kerl im Hoodie war nichts mehr zu sehen.

Sollte er sich doch nur geirrt haben? Ging die Sache mit Felix ihm derart an die Nieren, dass er unter Paranoia litt?

Sich in den Strom der Touristen reihend, ließ er sich zurück zur Piazza della Libertà tragen, wo inzwischen dichtes Gedränge herrschte. Dass eine schwarz lackierte Staatskarosse mit verspiegelten Fenstern versuchte, sich einen Weg durch das Chaos zu bahnen, entbehrte nicht einer gewissen Komik – Zwergstaaten hatten eben ihre eigenen Probleme. Aber Paolo war nicht zum Schmunzeln zumute, denn das Gefühl, beobachtet zu werden, hatte er noch nicht abschütteln können. Und im nächsten Moment erheischte er wieder einen Blick auf seinen Verfolger.

Der Vermummte stand inmitten einer Reisegruppe, deren Führer in italienisch klingendem Französisch die Geschichte San Marinos erklärte. Doch auch von dort aus ließ er Paolo nicht aus dem Blick.

Der Menge folgend, ließ Paolo sich die Contrada del Collegio hinabtreiben, vorbei an ehrwürdigen Steingebäuden, in denen das Außen-, Wirtschafts- und andere Ministerien untergebracht waren, um dann abrupt nach rechts zur Piazza Titano abzubiegen. Wenn es noch eines letzten Beweises bedurft hätte, dass man ihm tatsächlich folgte, so besaß Paolo ihn jetzt, denn sein Verfolger blieb ihm weiter auf den Fersen, wenn auch mit einigem Abstand.

Die Via Eugippo hinab versuchte Paolo, den Typen abzuhängen, doch auf der langen Geraden, zu deren linker Seite sich abermals ein atemberaubender Ausblick auf das von Äckern und Hügeln durchzogene Hinterland bot, zog sich der Pulk der Touristen auseinander. Rechts von der Straße wurde fleißig gebaut und gezimmert, waren Handwerker dabei, weitere Buden und Verkaufsstände zu errichten. Zwischen dreirädrigen Apes und Kleinlastern hindurch, die kreuz und quer am Straßenrand parkten, suchte Paolo seinen Verfolger abzuschütteln, doch es gelang ihm auch diesmal nicht. Der Kerl klebte an ihm wie Sand an nassen Füßen (ein Vergleich, der Paolo erschaudern ließ).

Sie passierten die Cava dei Balestrieri, einen ehemaligen Steinbruch, der heute als eine Art Amphitheater diente und in dem ebenfalls eifrig aufgebaut wurde. In seiner Not drängte sich Paolo zwischen die Reisegruppen, die sich dort sammelten.

Den Borsalino zog er rasch vom Kopf, um nicht weiter aufzufallen.

Schweiß rann an seinen Schläfen herab, seine Oberlippe schmeckte salzig. Es war eine Weile her, seit ihn jemand verfolgt hatte, zuletzt damals in Rimini. Da hatte er den Spieß einfach umgedreht und war dem anderen seinerseits gefolgt, aber hier war das nicht möglich. Zumal es seinem Verfolger wohl kaum darum ging, ihn zu beschatten, dafür stellte er sich entschieden zu ungeschickt an. Schon eher hatte es den Anschein, dass er Paolo einschüchtern wollte.

Oder Schlimmeres.

Paolo musste daran denken, was Bernasconi widerfahren war. Im Zuge seiner Arbeit für das LKA war er schon öfter in brenzlige Situationen geraten und hatte ein Stück weit gelernt, damit umzugehen. Aber dies hier war anders. Die Polizeiarbeit hatte er hinter sich gelassen, dies hier war sein neues Leben, seine neue Existenz, die er sich geschaffen hatte. Doch plötzlich, auf eine Weise, die er selbst noch nicht verstand, schien all das bedroht zu sein.

Der Menschenstrom trug ihn weiter, zur Aussichtsplattform und der Seilbahnstation, die sich dort befand, weithin sichtbar mit ihrer modernen Dachkonstruktion, die wie ein Fremdkörper inmitten der mittelalterlich anmutenden Umgebung aufragte. Eine der beiden Gondeln, die im Wechsel verkehrten und jeweils fünfzig Passagiere fassten, war soeben angekommen und leerte sich rasch. Auf der anderen Seite des Gebäudes, vor der gläsernen Schiebetür mit der Überschrift *ingresso*, drängten sich bereits jene, die wieder zu Tal fahren wollten. Es waren deutlich mehr als fünfzig, eine Gondel würde also nicht für alle reichen …

Paolo erkannte das Unausweichliche.

Auch wenn es ihm ganz und gar nicht gefiel.

Wenn es ihm gelang, an Bord der ersten Gondel zu kommen, würde er seinen Verfolger auf ebenso elegante wie effiziente Weise loswerden – allerdings würde er sich hierzu einer ganzen Reihe von Herausforderungen stellen müssen: der Höhenangst, dem Unwohlsein in geschlossenen Räumen, der Furcht vor Menschenmengen … Gewiss, er war mit dem großen Riesenrad am Strand von Rimini gefahren, aber erstens war das drei Jahre her, und zweitens hatte die Gondel da nicht über einem gähnenden Abgrund gehangen, dem sie mit aberwitzigem Tempo entgegensank. Drittens war Lucia dabei gewesen.

Paolo hätte auch jetzt wer weiß was darum gegeben, sie an seiner Seite zu wissen, ihre unbekümmerte und stets so optimistische Art, die wie Balsam für seine Seele war. Doch Lucia war nicht hier, nur dieser Typ, der ihn verfolgte, und Paolo würde sich entscheiden müssen, welche Furcht die geringere war, die vor den Absichten des Verfolgers oder jene vor einer Fahrt mit dieser Bahn …

Ein verstohlener Blick zurück.

Der Kerl war noch immer da.

Verdammt.

Mit pochendem Herzen schritt Paolo an der Schlange der Wartenden entlang nach vorne. Besucherinnen aus Deutschland oder Österreich, die sich angeregt miteinander unterhielten, während ihre Ehemänner stoisch in der prallen Sonne standen, die Beine in Shorts und die Häupter von Anglerhüten beschirmt, dazu quengelnde Kinder mit viel Schokoladeneis um den Mund und noch mehr an den Händen sowie schweigsame Teenager, die, in innere Emigration versunken, ihre Smartphones streichelten. Immer wenn die automatische Eingangstür sich mit leisem Zischen öffnete, verschlang sie drei oder vier Personen, mitunter ganze Familien, wie ein gefräßiges Monster. Die Informationstafel mit den Abfahrtszeiten und Preisen darauf nahm Paolo kaum wahr. Ihm war es herzlich egal, wie viel die Fahrt kostete, er hätte jeden Preis bezahlt, um *nicht* mit der Seilbahn fahren zu müssen.

Doch sein Verfolger ließ ihm keine Wahl.

Wieder zischte es, die Tür zur Seilbahn öffnete sich – und mit einem hastig geraunten «*Scusami, sono di fretta*» sprang er vor und schlüpfte kurzerhand ins Innere des Gebäudes.

Die Tür schloss sich hinter ihm und sperrte nicht nur die Umgebungsgeräusche aus, sondern auch die wenig schmeichelhaften Kommentare jener, die in der Schlange warteten. Durch das getönte Glas sah Paolo wütende Gesichter und sogar eine geballte Faust – vor allem aber sah er seinen Verfolger, der nun aufgesprungen war.

Die Erkenntnis, ihm ein Schnippchen geschlagen zu haben, erfüllte Paolo mit grimmiger Genugtuung – dass er nun seinerseits eine Kröte schlucken und mit der Seilbahn fahren musste, hatte er für einen Augenblick vergessen.

Doch noch schien sein Verfolger nicht gewillt aufzugeben. Eilig überquerte er den Platz, der Oberkörper dabei hin und her pendelnd wie bei einem Preisboxer, und wollte sich seinerseits Zugang zur Seilbahn verschaffen – doch er hatte nicht mit dem Widerstand der Wartenden gerechnet, die sich eine solche Unverfrorenheit keinesfalls zweimal hintereinander bieten lassen wollten. Der Mann, der vorhin bereits die Faust geballt hatte – ein überaus kräftiger Zeitgenosse, dessen Sonnenhut ein Tarnmuster aufwies und um dessen sonnenverbrannten Nacken sich die Glieder einer massiven Halskette spannten –, verstellte ihm den Weg, und das so entschlossen, dass der Kerl im Hoodie zurückwich und im nächsten Moment, Paolo traute seinen Augen nicht, die Flucht antrat.

«*Andata e ritorno, signore?*», erklang es plötzlich hinter ihm.

Paolo fuhr herum.

Er stand vor dem Fahrkartenschalter, der junge Mann hinter dem Glas sah ihn fragend an. «Wollen Sie eine Rundfahrt? Oder nur einzeln?»

Paolo brauchte einen Moment, um sich zu besinnen. Die Panik, die er eben noch verspürt und die seinen Herzschlag in wildes Stakkato versetzt hatte, legte sich.

«Was, in aller Welt», fragte er den verblüfften Ticketverkäufer, wobei er auf die gläserne Gondel der Seilbahn deutete, «bringt Sie auf den Gedanken, dass ich mit dieser Höllenmaschine fahren möchte?»

KAPITEL 15

Als es am anderen Ende der Verbindung klickte, wappnete der Anrufer sich innerlich. Diese verzerrte, eiskalte Stimme jagte ihm Schauer über den Rücken. Vor allem dann, wenn er schlechte Nachrichten zu vermelden hatte ...

«Bericht», forderte sie prompt.

«Es war so, wie Sie vermutet haben», begann der Anrufer leise.

«Er war in einer Bank?»

«Allerdings.»

«Welche?»

«Die Banca Stemma di Repubblica», las der Anrufer von einem Zettel, auf dem er den Namen hastig notiert hatte. Er schluckte, fühlte sich an eine Prüfungssituation erinnert. Nur dass es hier nicht um Punkte oder Examina ging ...

«Dieser elende Bastard, ich wusste es.» Die verzerrte Stimme lachte, leise und voller Missgunst. «Hat er etwas mitgenommen?»

«I-ich weiß es nicht.»

«Was soll das heißen?»

«Er hatte keine Tasche oder so etwas bei sich, wenn Sie das meinen ... nur diesen albernen Strohhut.»

«Wie lange ist er in der Bankfiliale geblieben?»

«Achtzehn Minuten», las der Anrufer erneut von seinem Zettel, erleichtert, zumindest diese Frage anstandslos beantworten zu können.

«Und dann?»

«Hat er die Bank wieder verlassen und ist einen Kaffee trinken gegangen. Da habe ich getan, was Sie mir aufgetragen haben, und dafür gesorgt, dass er mich entdeckt.»

«Wie hat er reagiert?»

«Er hat versucht, mich loszuwerden. Ist momentan ein ziemliches Durcheinander wegen der Aufbauarbeiten für das Festival, aber ich habe ihn nicht aus den Augen gelassen.»

«Gut. Er soll wissen, dass es noch andere interessierte Parteien gibt.»

«Dann aber ...»

Die Stimme am anderen Ende ließ sich mit der Antwort Zeit. «Was?», fragte sie daraufhin ebenso leise wie bedrohlich.

«An der Seilbahn hat er mich abgehängt», gestand der Anrufer zerknirscht. «Ich dachte, er würde sich nur die Abfahrtszeiten ansehen, doch dann war er plötzlich drin und ...»

Wieder entstand eine Pause.

Sie war quälend lang.

«Ich fürchte», sagte die verzerrte Stimme dann, «dass wir beide den Fehler begangen haben, diesen Signor Ritter zu unterschätzen. Er weiß wohl sehr viel mehr, als es den Anschein hat.»

«Es sieht so aus.» Der Anrufer nickte beflissen, auch wenn der andere es gar nicht mitbekam. «Was soll ich als Nächstes tun?»

«Du wirst an ihm dranbleiben und ihn weiterhin wissen lassen, dass er überwacht wird. Verloren gehen kann uns der Gute ja nicht, er hat schließlich dieses Hotel in Cervia. Dort wird er in jedem Fall zu finden sein ...»

KAPITEL 16

Gegen sechzehn Uhr kehrte Paolo nach Cervia zurück, den Kopf voller Eindrücke und Fragen.

Was hatte es mit dem Ikonenbild auf sich? Wieso standen Felix' Name und Adresse auf dem Kuvert? Was hatte jenes Schmuckstück in der Kassette zu suchen, das seinem Bruder so viel bedeutet hatte? Und wer, in aller Welt, war jener Vermummte gewesen, der Paolo verfolgt hatte? Wer hatte ihn geschickt?

Es waren ein paar Fragen zu viel für seinen Geschmack, zumal er noch nicht einmal den Ansatz einer Antwort hatte. Das alles wirkte willkürlich und aus dem Zusammenhang gerissen und wäre wohl niemals ans Licht gekommen, wäre Lauro Bernasconi nicht aufgetaucht und hätte nach der Kugel gefragt. Und wäre er nicht kurz darauf auf höchst unsanfte Weise verstorben.

Während der langen Taxifahrt zurück ans Meer kam Paolo mehrmals der Gedanke, dass er womöglich Gespenster sah und sehr viel weniger dahintersteckte, als er befürchtete. Doch er brauchte nur an Bernasconis gewaltsames Ende zu denken, um sich wieder darüber klar zu werden, dass nichts an dieser Sache eingebildet war.

Im Hotel war es vergleichsweise ruhig. Die meisten Gäste waren noch am Strand und würden erst gegen achtzehn Uhr zurückkehren. Nur um den Pool verstreut lagen ein paar Sonnenhungrige, und eine Kinderschar lieferte sich johlend eine Wasserschlacht. Als Paolo vorbeiging, bekam er einen ordentlichen Guss ab, aber er war so in Gedanken versunken, dass er es nicht wirklich zur Kenntnis nahm.

Lucia war an der Bar damit beschäftigt, den *aperitivo* für die vom Strand zurückkehrenden Gäste bereitzustellen – kleine Appetithäppchen, die zu Getränken wie Crodino, Sprizz oder Negroni gereicht wurden und von dreieckigen Piadinaschnittchen über eingelegte Oliven bis hin zu mit Parmaschinken versehenen Melonenstückchen reichten. Es war eine hübsche italienische Tradition, den Abend auf diese Weise einzuleiten und sich so auf die *cena*, das eigentliche Abendessen, vorzubereiten. Und Lucia hatte dafür gesorgt, dass diese Tradition im *Cavaliere* großgeschrieben wurde. Die von ihr liebevoll zusammengestellten Köstlichkeiten sahen wirklich verführerisch aus, dennoch unterdrückte Paolo den Reflex, sich eine Olive zu greifen. Lucia konnte sehr bestimmt werden, wenn es um Dinge ging, die den Gästen vorbehalten waren.

«Du bist spät», stellte sie fest.

«Ich weiß, bitte entschuldige.» Paolo nahm Hut und Sonnenbrille ab und schob sich auf einen der Barhocker. Er war müde.

«Hat die Unterhaltung mit Girotti länger gedauert?» Sie sah ihn so forschend an, dass er ihrem Blick unwillkürlich auswich.

«Ich ... bin nicht bei Girotti gewesen», gestand er leise.

«*Cosa?* Das hörte sich gerade so an, als ob ...»

«Ich konnte es nicht», fügte Paolo halblaut hinzu. Er sah sich flüchtig um, aber bis auf einen vielleicht sechzehnjährigen Jungen, der drüben an der Rezeption stand und sich mit Chiara darüber unterhielt, in welchen Strandbädern abends am meisten los war, war niemand in der Lobby. Und die Aufmerksamkeit des Halbwüchsigen schien mehr als gefesselt zu sein, wenn auch nicht so sehr von dem, was Chiara sagte, als vielmehr vom Ausschnitt ihres Kleides.

«Wieso nicht?» Lucia nahm zwei Gläser aus dem Regal hinter ihr und stellte sie etwas energischer auf die Anrichte, als es hätte sein müssen. «Hast du nichts herausgefunden?»

«Doch», versicherte er. «Es war genau, wie ich dachte, der Schlüssel gehört zum Schließfach einer Bank.»

«Aber? Du hast versprochen, zur Polizei zu gehen!»

«Ich weiß, Lucia, doch ich denke, dass ...» Er griff in die Innentasche seines Jacketts, zog das Kuvert hervor und hielt es Lucia hin. «Das hier habe ich in dem Schließfach gefunden.»

«*Una lettera.*» Sie sah ihn fragend an.

«Sieh dir den Adressaten an.»

«Felix», sagte sie nur.

«Felix.» Paolo schnaubte. «Bernasconi sagte, dass er ihn nur flüchtig gekannt hätte. Und nun das ...»

«Was steht drin?», wollte Lucia wissen.

«Ich weiß es nicht. Ich habe es noch nicht fertiggebracht, ihn zu öffnen. Es kommt mir vor ...»

«... *come un furto.*» Sie lächelte schwach.

Paolo nickte, genau so fühlte es sich an.

Wie ein Diebstahl.

«Das hier war ebenfalls in der Kassette», fuhr er fort und zeigte Lucia das Lederband mit dem Anhänger daran.

«Was ist das?», wollte Lucia wissen.

«Das ‹Kreuz des Südens› – es hat Felix gehört.»

«*Sei sicuro?*»

«Natürlich bin ich sicher», entgegnete er ein wenig unwirsch. «Ich war schließlich dabei, als er es gekauft hat! Es war am 16. August 1984, okay?»

«Schon gut.» Sie hob beschwichtigend die Hände.

«Bitte verzeih. Es ist nur ... ich verstehe nicht, wie das alles zusammenhängt. Nur, dass Felix irgendwie in diese Sache verwickelt war.»

«Du meinst ... in verbogene Geschäfte?»

«Krumme Geschäfte», verbesserte er und nickte.

«Ist dir der Name Franco Celi schon einmal untergekommen? Oder hat Felix ihn vielleicht irgendwann mal erwähnt?»

«Nicht dass ich wüsste.» Sie schüttelte den Kopf. «Du denkst also, das ist Bernasconis richtiger Name?»

«Das nehme ich an. Jedenfalls ist das der Name, unter dem er vergangene Woche versucht hat, an sein Bankschließfach zu kommen. Aber ohne den Schlüssel ist nichts daraus geworden.»

«Franco Celi», wiederholte Lucia leise.

«Während der Rückfahrt im Taxi habe ich versucht, etwas über den Namen herauszubekommen – aber hast du eine Ahnung, wie viele Franco Celis es in Italien gibt?»

«*No.*» Lucia widmete sich wieder ihren Vorbereitungen und öffnete zwei Flaschen Sanbitter gleichzeitig, bevor sie sie, ebenso parallel, in zwei mit Eiswürfeln und Orangenzesten ausstaffierte Gläser goss.

«An die vier Millionen Einträge bei Google», erwiderte Paolo mit Resignation in der Stimme.

«Das ist viel», gab Lucia zu, versah die beiden Gläser mit Trinkhalmen und stellte sie auf das Tablett, um sie draußen am Pool zu servieren. «Und leider gibt es auch viel zu tun.»

«Ich weiß», versicherte Paolo und griff noch einmal in die Tasche. «Das hier war auch noch in dem Schließfach.»

Er klappte das kleine Triptychon auf und stellte es auf den Tresen. Lucia ließ das Tablett wieder sinken. «*E che cos'è esattamente?*»

«Eine Ikonendarstellung, Schutzengel oder so etwas», erklärte Paolo und machte eine unbestimmte Handbewegung. «Jedenfalls nehme ich das an, mit dieser Art von Kunst kenne ich mich nicht wirklich aus.»

«Ist es wertvoll?»

«Kann sein. Man müsste einen Sachverständigen aufsuchen, um ...»

«Warum gehst du nicht zu Don Andrea?», schlug Lucia vor. «Er weiß viel über solche Dinge.»

Paolo überlegte einen Moment. Don Andrea war ein langjähriger Freund Lucias, der ihr damals sehr geholfen hatte, als sie allein und praktisch mittellos aus Süditalien nach Cervia gekommen war. Nicht nur, dass er ein im Ruhestand befindlicher Priester war, er verfügte in der Tat auch über einiges Wissen in Kirchen- und Kunstgeschichte, Paolo hatte mit ihm schon viele anregende Gespräche geführt. Um an grundlegende Informationen zu gelangen, war das sicher besser, als zu einem Kunsthändler zu gehen und womöglich unnötig Staub aufzuwirbeln.

«Das ist eine gute, eine wirklich gute Idee», meinte er, ein wenig erleichtert darüber, dass sie sein nicht eingehaltenes Versprechen so gelassen zur Kenntnis nahm. Offenbar gab die Tatsache, dass Felix in die Sache verwickelt war, auch Lucia zu denken. Von seinem rätselhaften Verfolger allerdings hatte Paolo ihr bewusst nichts erzählt. Schließlich wollte er sie nicht unnötig beunruhigen.

«Ich werde Don Andrea fragen», beschloss er.

«*Va bene*», erwiderte sie, während sie sich endgültig mit dem Tablett auf den Weg machte, «aber erst morgen. Jetzt musst du dich für deinen Dienst an der Bar umziehen. In einer halben Stunde kommen die Gäste.»

KAPITEL 17

Don Andrea lebte sehr bescheiden, in einer kleinen Wohnung in der Altstadt von Cervia an der Via XX. Settembre, ein gutes Stück entfernt vom Strand und dem Rummel, der dort im Sommer herrschte.

Es war ein Altbau, ockerfarben gestrichen mit grünen Fensterläden, und natürlich hatte die Wohnung weder Balkon noch Terrasse. Don Andrea brauchte das alles nicht. Denn obwohl er schon vor einigen Jahren in den verdienten Ruhestand getreten war, spielte sich sein Leben nach wie vor eher außerhalb der heimischen vier Wände ab, bei seinen Schäfchen, die er sein Leben lang gehütet hatte und von denen er nicht lassen wollte – und sie nicht von ihm. Wann immer er seine Wohnung verließ, dauerte es gewöhnlich nicht sehr lange, bis jemand das Gespräch mit ihm suchte. Dann stand Don Andrea mit Rat und – soweit seine künstliche Hüfte und sein altersschwaches Herz es zuließen – auch mit Tat zur Seite, war nach wie vor seelsorgerisch tätig und nahm hin und wieder auch schon mal während eines ausgedehnten Spaziergangs durch den nahen Park die Beichte ab.

Wann immer Paolo Don Andrea begegnete, drängte sich ihm der Vergleich mit einem anderen italienischen Pfarrer auf, den er als Kind oft im Fernsehen gesehen hatte. Tatsächlich erinnerte ihn Don Andrea in mancher Hinsicht an «Hochwürden Don Camillo» – nicht, weil er dem Schauspieler Fernandel ähnlich gesehen hätte, sondern weil sein Zugang zum Glauben und zur Religion ähnlich pragmatisch und sein Wesen ähnlich zupackend war. Äußerlich hingegen hatte Don Andrea mehr mit Gino Cervi gemein, der in den alten Filmen die Rolle des Bürgermeisters Peppone gespielt hatte: von der fülligen Gestalt über die listig blitzenden Augen bis hin zum üppigen Schnauzer. Irgendwann, als sie bei einem Glas Rotwein beisammengesessen hatten, hatte er Don Andrea all diese Assoziationen gestanden. Der wiederum sie als Kompliment aufgefasst und ihm erklärt hatte, dass die auch in Italien sehr populären Filme tatsächlich in der Emilia-Romagna gedreht worden seien, in dem Städtchen Brescello, das bis zum heutigen Tag von seinem Ruhm zehre und wo es sogar Statuen der berühmten Kontrahenten und ein Museum zum Thema gebe.

Paolo traf Don Andrea gleich nach der Morgenmesse, die täglich um acht Uhr in der Kathedrale gelesen wurde. Der Don schlug vor, sich auf eine Bank im angrenzenden Park zu setzen, wo Paolo ihm alles erzählen könne, was er auf dem Herzen habe. Paolo bestand jedoch darauf, lieber in die nahe Wohnung des Priesters zu gehen, zu sehr steckte ihm die Sache mit dem Verfolger noch in den Knochen. Don Andrea, der schon von Berufs wegen ein aufmerksamer Beobachter war, entging denn auch nicht, dass Paolo sich immer wieder verstohlen umblickte. Er sagte aber nichts, bis sie in seiner Wohnung in der Via XX. Settembre waren.

Don Andreas vier Wände waren genauso, wie man es sich vorstellte: die Einrichtung schlicht und aus alten Möbeln bestehend, die Regale voller Bücher und Erinnerungsstücke; im Wohnzimmer gab es einen mit abgewetztem Samt bezogenen Sessel und eine Couch mit Blumenmuster sowie einen kleinen Altar mit Kerzen und einer Madonnenfigur darauf, darüber an der Wand ein schlichtes Holzkreuz. Das Licht war gedämpft infolge der geschlossenen Fensterläden, und es roch ein wenig feucht und nach kaltem Pfeifenrauch, Don Andreas einzigem bekannten Laster.

Auch jetzt steckte er sich sogleich seine Pfeife an, dann ließ er sich in den Sessel sinken, gegenüber der Couch, auf der Paolo Platz genommen hatte.

«Und du willst wirklich nichts essen? Oder etwas trinken?»

«Nein danke.»

«Also schön.» Don Andrea nickte, während er paffend kleine blaue Wölkchen ausstieß und Paolo herausfordernd ansah. «Was also kann ich für dich tun, Sohn?»

Das war auch so etwas, das Paolo an Don Camillo erinnerte – Don Andreas etwas verschrobene Angewohnheit, Männer, die jünger waren als er, grundsätzlich mit *figliolo* anzusprechen. Normalerweise hatte Paolo für derlei plumpe Vertraulichkeiten nicht viel übrig, aber aus Don Andreas Mund hatten sie nichts Herablassendes oder gar Ironisches. Der alte Pfarrer meinte es so, wie er es sagte, es war Ausdruck einer echten, tiefen Menschenfreundlichkeit. Allerdings kam Paolo sich nun ein wenig vor wie ein armer Sünder, der die Beichte ablegen sollte. Was, in aller Welt, hatte Lucia ihm nur gesagt, als sie angerufen und Paolo angekündigt hatte …?

«Es geht um dieses Bild hier», begann Paolo. Er griff in die Innentasche seines Jacketts und holte die kleine Ikone hervor, die er in eine Plastiktüte gesteckt hatte, damit sie keinen Schaden nahm. Er entfernte den Beutel, klappte das Bild auf und stellte es vor Don Andrea auf den Couchtisch.

«Sieh an», meinte der und griff nach einer Brille. «Darf ich?», fragte er, auf das Bild deutend.

«Natürlich.»

Don Andrea nahm die Ikone, und obwohl seine Hände breit und wahre Pranken waren, tat er es mit großer Behutsamkeit.

«Ich wusste nicht, dass du dich für Devotionalien interessierst», lächelte er, während er zunächst den Klappmechanismus prüfte und dann das Bild von allen Seiten betrachtete.

«Nur am Rande», versicherte Paolo. «Es ist ... ein Zufallsfund.»

«Hm», machte der Pfarrer und kaute geräuschvoll auf dem Mundstück der Pfeife. «Das größere Bild stellt den Erzengel Uriel dar, deutlich zu erkennen an der Gloriole und der Heiligen Schrift in seinen Händen.»

«Uriel?» Paolo hob die Brauen.

Don Andrea lächelte wieder. «In der katholischen Tradition ist er heute kaum noch bekannt, doch in der Ostkirche wird er nach wie vor verehrt – und wohl auch in der Esoterik, wie man mir erzählt hat. In der Überlieferung gilt Uriel als Hüter der Gesetze und als derjenige unter den Engeln Gottes, der die Ungerechtigkeit unter den Menschen bestraft.»

«Verstehe», meinte Paolo – während er sich gleichzeitig fragte, ob dies für den Fall von Bedeutung sein mochte.

Abrupt stand Don Andrea auf und trat ans Fenster, hielt die Ikone in einen der schmalen Streifen fahlen Sonnenlichts, die durch die Lamellen der Fensterläden fielen. Wieder betrachtete er den kleinen Gegenstand von allen Seiten, klopfte ihn behutsam mit einem Finger ab und horchte sogar daran, ehe er wieder zurückkehrte auf seinen Sessel.

«Tut mir leid», sagte er und stellte das Bild wieder vor sich auf den Tisch, ebenso behutsam, wie er es an sich genommen hatte, «aber es ist kein Original.»

«Eine Fälschung?»

«Sozusagen – aber nicht im kriminellen Sinn.» Don Andrea nahm die Pfeife aus dem Mund und blies abermals blauen Rauch aus. «Es ist eine Replik, wie sie in vielen Souvenirläden angeboten wird. Der Verkaufspreis dürfte bei etwa vierzig Euro liegen, die Herstellungskosten weit darunter. Oft kommen Waren wie diese aus Asien, wo sie sehr günstig hergestellt werden können.»

«Verstehe», sagte Paolo wieder und kniff die Lippen zusammen.

«Tut mir leid, dass ich dich enttäuschen muss. Aber die Wahrscheinlichkeit, dass es sich um ein Original handelt, war ohnehin nicht besonders groß.»

«Warum nicht?»

Wieder lächelte Don Andrea. «Weil es meines Wissens kaum noch Originale auf dem Markt gibt. Damals, nach dem Zusammenbruch der Sowjetunion, ist das anders gewesen. Es waren Zeiten wirtschaftlicher Not, sodass sich viele Menschen von Erbstücken trennen mussten, die sich teils über Jahrhunderte im Besitz ihrer Familien befunden hatten. Der Sammlermarkt wurde mit orthodoxen Ikonendarstellungen förmlich überschwemmt, der Schwarzhandel blühte, ganz besonders mit Triptychen wie diesem – was allerdings auch die Beteiligung einiger ziemlich unerfreulicher Zeitgenossen einschloss», fügte der alte Pfarrer zwischen zwei tiefen Pfeifenzügen hinzu. «Ich danke dem Herrn dafür, dass diese Zeiten vorbei sind.»

Paolo nickte nur, während er sich gleichzeitig fragte, ob das die Art von Geschäften gewesen sein mochte, in die Bernasconi verwickelt gewesen war – und damit wohl auch Felix. Andererseits, der Fall des Eisernen Vorhangs war bereits Ende der 1980er-Jahre erfolgt, zeitlich schien das nicht ins Bild zu passen …

«Ist Ihnen sonst etwas an der Ikone aufgefallen, *monsignore*?», fragte Paolo. «Wenn das gute Stück im Grunde wertlos ist, welchen Grund könnte dann jemand haben, es viele Jahre lang in einem Bankschließfach aufzubewahren?»

Don Andrea blickte auf. Es war das erste Mal, dass Paolo Näheres zur Herkunft der Ikone verlauten ließ, und es hätte sicher manches zu fragen gegeben. Doch der Pfarrer tat es nicht, was Paolo ihm hoch anrechnete.

Don Andrea nahm die Pfeife aus dem Mund und betrachtete das kleine Triptychon nachdenklich. «Dafür könnte es eine Vielzahl von Gründen geben, persönliche zum Beispiel. Vielleicht hat das Bild für jemanden einen hohen ideellen Wert. Oder», fügte er hinzu, während er sich im Sessel zurücksinken ließ und sich die Pfeife wieder zwischen die Lippen schob, «es liegt an dem Gegenstand, der sich *in* dem Bild befindet.»

«Wie bitte?»

«Der Rahmen», wurde Don Andrea deutlicher und zeigte mit dem Mundstück der Pfeife auf die entsprechende Stelle. «Es scheint dort eine hohle Stelle zu geben.»

«Und das sagen Sie mir erst jetzt?» Paolo schnappte sich das Triptychon, klopfte es nun seinerseits ab, horchte daran, während er es behutsam schüttelte. Tatsächlich, etwas schien sich im Inneren zu befinden, eingeschlossen im goldfarben bemalten Holz.

Paolo trat ans Fenster. Wenn man genau hinsah, konnte man im einfallenden Licht erkennen, dass es an der Unterkante des Bildes eine Stelle gab, wo die Farbe ein wenig dicker war. Gerade so, als wäre sie dort öfter aufgetragen worden – oder als würde sich noch eine Schicht Kitt darunter befinden, den man gebraucht hatte, um etwas zu verschließen ...

Paolo fackelte nicht lange.

Mit Daumen und Zeigefinger nahm er die betreffende Stelle in den Zangengriff und rüttelte daran. Ein verblüffter Ausruf entfuhr ihm, als sich ein rund zwei Zentimeter langes Stückchen Holz von der Kante löste – und aus dem Inneren des Rahmens etwas herausglitt und geradewegs in Paolos halb geöffnete Hand fiel.

Etwas, das man ganz und gar nicht in einer vorgeblich alten Ikone vermutet hätte.

Es war eine SD-Speicherkarte.

Eines von den Dingern, die man in digitalen Kameras verwendete, klein, dünn und mit abgeschrägter Ecke. Die darauf vermerkte Speicherkapazität von bescheidenen 2 GB ließ erahnen, dass das Ding schon älter war – kein Wunder, hatte es doch ein ganzes Jahrzehnt in diesem Schließfach geschlummert ...

«Bisweilen», kommentierte Don Andrea mit genüsslicher Ruhe vom Sessel aus, «bewahrt der Herr seine Geheimnisse unser ganzes Leben lang – und dann legt er sie plötzlich offen. Und wir, denen Wahrheit offenbart wird, müssen entscheiden, was wir damit anfangen.»

«Da-das werde ich», erwiderte Paolo, noch immer auf die Speicherkarte starrend. Dieser Fall war wahrlich reich an unerwarteten Wendungen ...

«Kann ich sonst noch etwas für dich tun, Sohn?»

Paolo schüttelte den Kopf. Er schob die SD-Karte in ihr Versteck in der Ikone zurück und ließ beides wieder in seinem Jackett verschwinden. Dann nahm er seinen Hut, den er auf dem Sofa abgelegt hatte. «Sie haben mir wirklich sehr geholfen. Vielen Dank, *monsignore*.»

«Andrea», verbesserte der Pfarrer paffend.

Paolo nickte und verabschiedete sich, und Don Andrea stand auf, um ihn zur Tür zu bringen. Auf der Schwelle blieb Paolo stehen und wandte sich noch einmal um.

«*Monsignore* ...»

«Andrea.»

«... dürfte ich Sie noch um einen Gefallen bitten?», fragte Paolo leise und ein wenig beschämt.

«Um welchen?»

Paolo befeuchtete seine trocken gewordenen Lippen und blickte zu Boden. «Ich wäre sehr dankbar, wenn ... wenn Sie Lucia nichts erzählen würden. Von der Speicherkarte, meine ich.»

Don Andrea sah ihn prüfend an, seine buschigen Brauen zogen sich fragend zusammen. «Warum nicht?»

«Weil sie sich Sorgen machen würde. Und ich möchte nicht, dass sie sich Sorgen macht, verstehen Sie das?»

Der prüfende Blick des alten Pfarrers blieb bestehen. Doch schließlich nickte Don Andrea. «Das verstehe ich sehr gut.»

«Also?»

«Ich werde ihr nichts sagen. Das wirst du selbst tun, wenn die Zeit gekommen ist.»

«Einverstanden.» Paolo nickte.

«Ist sonst noch etwas?» Der Blick der dunklen Augen intensivierte sich.

«Nein», versicherte Paolo schnell. «Ich denke nicht ...»

«Du kannst immer zu mir kommen, Sohn», versicherte Don Andrea, wobei er Paolo mit einem seltsamen Blick bedachte. «Meine Tür steht dir offen – und übrigens auch die des Herrn. Täglich um acht Uhr morgens.»

«Danke», erwiderte Paolo – und während er die Stufen zum Ausgang hinunterging, fragte er sich einmal mehr, was Lucia dem alten Pfarrer erzählt hatte.

KAPITEL 18

Der Rückweg zum Hotel führte Paolo am Strand vorbei. Nicht, weil das die kürzeste Strecke gewesen wäre, im Grunde bedeutete es sogar einen ziemlichen Umweg. Sondern weil er es nicht erwarten konnte, einen ersten Blick auf den Inhalt des Chips zu werfen, der in der Ikone versteckt gewesen war. Und weil er das am Strand auf denkbar unverfänglichere Weise tun konnte und ohne, dass Lucia etwas davon mitbekam.

Im «Bagno Tinino» herrschte Hochbetrieb.

Nahezu alle Liegen unter den in Reih und Glied in den Sand gepflanzten Schirmen waren belegt, dazwischen bauten Kinder Burgen oder spielten Boccia. Wenn er früher Urlaub in Cervia gemacht hatte, hatte Paolo nie darüber nachgedacht, welch schweißtreibende Arbeit es sein mochte, solch ein Strandbad zu führen – heute war es ihm nur zu bewusst. Allein das Aufspannen der Schirme am Morgen beziehungsweise deren Schließen am Abend, dazu das Zurechtmachen der *lettini*, nahm in Anbetracht der schieren Menge viel Zeit und Muskelkraft in Anspruch: Zwanzig Reihen à acht Schirme ergaben nicht weniger als 160 Schirme zuzüglich doppelt so vieler Liegen, die täglich von Sand gereinigt, eingeklappt und wieder zurechtgerückt werden mussten ... Es war kein Wunder, dass Tino, der für diese Aufgaben zuständig war, ebenso sonnengebräunt wie durchtrainiert war. Und es verwunderte ebenso wenig, dass er eigentlich lieber etwas anderes machen und eine Bar eröffnen wollte. Doch da die Familie das *bagno* schon seit vielen Jahren führte und es zudem seinem früh verstorbenen Vater gehört hatte, wollte Mamma Gianna von diesen Plänen nichts wissen. Wann immer die Sprache darauf kam, war heftiger, lautstarker Streit vorprogrammiert.

Als Paolo im Strandbad ankam, war Tino gerade dabei, im Schweiße seines Angesichts die Dusche zu reparieren, die sich in einer Nische zwischen den bunt gestrichenen Umkleidekabinen befand. Der ständige Kampf gegen Salz, Sand und Korrosion gehörte ebenfalls zu den Aufgaben eines Strandbadbetreibers.

«*Ciao, Tino!*»

«Paolo!» Tinos Züge hellten sich erkennbar auf, bereitwillig ließ er die Rohrzange sinken. «Wie geht's?»

«Gut, danke», log Paolo. «Und dir?»

«Viel Arbeit», sagte er achselzuckend. Nach den beiden Jahren der Pandemie schien es Lobpreis und Klage zugleich zu sein. «Und da ist dieser Kerl aus Mailand ... immerzu muss er sich über irgendetwas beschweren. Wie nennst du solche Leute immer? *Leuchtärmel*», fügte er seinem melodiösen Italienisch ein vermeintlich deutsches Wort hinzu.

«Armleuchter», verbesserte Paolo nickend – er hatte den betreffenden Hotelgast ja auch schon kennengelernt. «Tino, kann ich kurz dein Notebook benutzen?»

«Sicher, es ist drin bei Mamma.» Er deutete nach dem verglasten Flachbau, der den kleinen Vorgarten vom eigentlichen Strandbad trennte. Darin befanden sich die Rezeption des Bads und eine kleine Bar, in der auch Piadina und andere Snacks angeboten wurden, außerdem ein kleines Büro sowie eine Küche, in der Mamma Gianna die uneingeschränkte Herrscherin war. «Darf man fragen, wozu du es brauchst?»

«Äh – um mir ein paar Bilder anzusehen.»

«Und Lucia soll nichts davon mitbekommen, richtig?» Tino zwinkerte ihm verschwörerisch zu. «Solche Bilder also.»

«*Nonsenso*», wehrte Paolo unwirsch ab. Er war froh, dass er die Sonnenbrille trug, die zumindest einen Teil seines Gesichts bedeckte. Sonst hätte Tino vermutlich gesehen, wie er errötete.

«Ich mach doch nur Spaß.» Tino winkte ab. «Geh nur hinein. Mamma wird sich freuen, dich zu sehen.»

«Danke, Tino.» Paolo nickte und wollte bereits weitergehen, jetzt erst recht verlegen, als er es sich spontan anders überlegte und sich noch einmal umdrehte. «Eine Frage ... hat Felix dir gegenüber je den Namen Franco Celi erwähnt?»

«Franco wie?»

«Celi.»

Tino schürzte die Lippen, wiederholte den Namen mehrmals, während er angestrengt nachzudenken schien. «Warum willst du das wissen?», fragte er dann.

«Hat er oder hat er nicht?»

«Nein.» Tino schüttelte den Kopf. «Jedenfalls kann ich mich nicht daran erinnern.»

Paolo bedankte sich abermals, dann wandte er sich ab und ging in den kleinen Pavillon. Ein großer Ventilator hing unter der Decke und quirlte die warme Luft, die Brise tat gut. Durch einen Vorhang aus bunten Plastikstreifen, der unerwünschte Insekten fernhalten sollte, betrat Paolo die Küche. Hier war Mamma Giannas Reich, über das sie ebenso schwitzend wie temperamentvoll regierte, angetan mit einer dunkelblauen Kleiderschürze.

«*Ciao, Paolo!*»

«*Ciao, Mamma Gianna.*»

«Du siehst hungrig aus», stellte sie mit ehrlicher Besorgnis fest. «Was kann ich dir machen? Ein Panino? Spaghetti?»

«Danke, nichts», wehrte Paolo ab. «Ich muss nur kurz Tinos Computer benutzen. Er hat es mir erlaubt.»

«Bitte», sagte Mamma Gianna leicht beleidigt und deutete auf den Durchgang hinter sich. Es abzulehnen, wenn sie etwas kochen wollte, kam immer einem kleinen Affront gleich, aber Paolo hatte einfach keinen Hunger, jedenfalls nicht auf Spaghetti. Sein Appetit auf Informationen hingegen war beträchtlich.

Er schlüpfte in das winzige Büro, das mit dem Schreibtisch, der darin stand, im Grunde schon überfüllt war. Paolo setzte sich auf den dazugehörigen Korbstuhl und wühlte sich durch den Berg von Papierkram, der sich auf der Tischplatte stapelte. Endlich fand er das Notebook, klappte es auf und schaltete es ein. Sein Pulsschlag steigerte sich, als er in die Innentasche seines Jacketts griff, die SD-Karte hervorholte und sie in den dafür vorgesehenen Schlitz an der Seite des Computers schob.

Er wartete, bis das System die Speicherkarte erkannt hatte, dann rief er das Dateiverzeichnis auf, um zu sehen, was sich auf dem Chip befand ...

ACCESS DENIED
ENTER PASSWORD

stand im nächsten Moment in nüchternen Lettern auf dem Bildschirm zu lesen. Darunter war das Symbol eines Schlüssels abgebildet, unter dem ein Cursor blinkte und ungeduldig auf die Eingabe des Passworts wartete.

«Mist», knurrte Paolo.

Die Daten waren verschlüsselt.

Natürlich waren sie das.

Wer solche Anstrengungen unternahm, um den Schlüssel zu

verbergen, der zu einem Bankschließfach passte, in dem wiederum dieser Speicherchip versteckt war, der präsentierte die Daten darauf nicht wie den Wetterbericht zu den Nachrichten.

Paolo überlegte. Zuerst versuchte er es mit Namen, gab sowohl «Franco Celi» als auch «Lauro Bernasconi» in den verschiedensten Kombinationen ein. Und schließlich, als das nichts half, versuchte er es widerstrebend auch mit dem Namen seines Bruders. Doch das Ergebnis blieb stets dasselbe, der Zugang zu den Daten wurde verweigert. Wieder und wieder ...

«Also so was!» Als Mamma Gianna den runden Kopf in das kleine Büro steckte, traf Paolo vor Schreck fast der Schlag. «Da sitzt er und arbeitet – und vergisst dabei ganz zu essen», stellte sie fest und schüttelte dabei so verständnislos den Kopf, dass die goldenen Creolen in ihren Ohrläppchen nur so flogen.

«Da-das macht doch nichts», stieß Paolo hervor, während er gleichzeitig das Display des Notebooks mit dem Körper abzuschirmen versuchte. Doch Mamma Gianna interessierte sich ohnehin nicht für das, was darauf zu sehen war, ihre einzige Sorge galt Paolos leiblichem Wohlergehen – und so stand im nächsten Moment ein Teller mit einem kross gebackenen, mit Schinken und Käse belegten *panino* vor ihm auf der Tastatur.

«Danke», sagte er verblüfft.

«Keine Ursache.» Sie tätschelte ihm den Kopf wie einem Dreikäsehoch und war im nächsten Moment wieder verschwunden.

Paolo atmete tief ein und aus. Wieso, in aller Welt, hatte er das Gefühl, etwas Verbotenes zu tun? Zu seinem eigenen Verdruss fielen ihm gleich mehrere mögliche Antworten ein: weil er sich zu diesem Schließfach widerrechtlich Zugang verschafft hatte; weil es nicht seine Speicherkarte war, die er hier mit laienhaften Mitteln zu knacken versuchte; und weil er es ohne Lucias Wissen und Zustimmung tat ...

Da das Panino nun schon einmal da war und es eine Schande gewesen wäre, es wegzuwerfen, griff er danach und biss davon ab. Es schmeckte köstlich, wie alles, was Mamma Giannas Küche verließ – der Kochschinken war am Rand knusprig, der geschmolzene Mozzarella hatte genau die richtige Konsistenz. Kauend versuchte Paolo ein paar weitere Passwort-Kombinationen, die jedoch alle nicht das gewünschte Ergebnis brachten.

Natürlich hätte er die SD-Karte in ein Briefkuvert stecken und nach Deutschland schicken können – beim Landeskriminalamt gab es Spezialisten, die den Schutz sehr viel schneller und wirkungsvoller knacken konnten als er. Aber erstens arbeitete er nun einmal nicht mehr für das LKA, sodass er in ziemliche Erklärungsnot gekommen wäre. Und zweitens hätte er dann Kontakt zu Julia aufnehmen müssen, und das wollte er aus verschiedenen Gründen lieber vermeiden – wobei der Hauptgrund schwarzes Haar und dunkle Augen hatte und auf derlei Dinge maßlos eifersüchtig reagieren konnte.

Sein Panino betreffend machte Paolo sehr viel raschere Fortschritte. Innerhalb von Minuten hatte er es vertilgt, offenbar war er hungriger gewesen, als ihm klar gewesen war. Danach startete er nur noch zwei halbherzige Versuche, gab «sanmarino» und «ilcavaliere» ein, doch bei beiden blieb der Bildschirm unverändert.

Frustriert klappte er Tinos Computer zu, zog die Speicherkarte heraus und verstaute sie wieder. Dann wandte er sich zum Gehen. Bei Mamma Gianna bedankte er sich für die Mahlzeit, bei Tino für die Benutzung des Notebooks.

Schließlich ging er zurück zum Hotel.

Anders als sonst störten ihn die Massen der Sonnenhungrigen, die ihm Richtung Strand entgegenkamen, nicht. Gedankenversunken, wie er war, nahm er sie nicht einmal wirklich wahr.

Ebenso wenig, wie er bemerkte, dass er erneut beobachtet wurde.

KAPITEL 19

«*Che peccato!* Wirklich schade!»

Lucia schien ehrlich enttäuscht darüber, dass die Ikone kein Original und damit auch sehr viel weniger wert war, als es auf den ersten Blick den Anschein gehabt hatte. «Und Don Andrea ist wirklich ganz sicher?»

«Völlig», beteuerte Paolo. «Macht aber nichts. Genau genommen hätten wir das Bild ohnehin nicht behalten dürfen.»

«*Perché no?* Die Glaskugel gehörte Felix, richtig? Und alles, was drin war, ebenfalls.»

«Aber es war nicht Felix' Schließfach», wandte Paolo ein. «Hoffe ich jedenfalls», fügte er halblaut hinzu.

Lucia, die gerade dabei war, einen gewaltigen Berg *melanzane* in Scheiben zu schneiden, ließ von ihrer Arbeit ab. Sie legte das Messer beiseite und wischte sich die Hände an einem Geschirrtuch ab. «Was ist wirklich los?», wollte sie dann wissen und sah Paolo fragend an. Sie kannte ihn zu gut ...

«Ich bin verwirrt», gab Paolo zu. «Das alles passt nicht zusammen. Lauro Bernasconi war offensichtlich in kriminelle Machenschaften verstrickt, und irgendwie hat er Felix hineingezogen – und damit auch das Hotel.»

«Aber das alles ist lange her, niemand wird sich mehr dafür interessieren», wandte Lucia ein. «Außerdem hat das Hotel einen neuen Besitzer.»

Paolo nickte. «Trotzdem ...»

«Es geht nicht um das Hotel, *non è vero?*» Ihr Lächeln verschwand. «Es geht um deine Erinnerungen. Du hast Angst, dass sie nicht wahr sein könnten.»

«Meine Erinnerungen sind immer wahr», wandte Paolo ein. «Vergiss nicht, dass ich mich an alles entsinnen kann, an jede kleinste Kleinigkeit ...»

«Sì», räumte sie ein. «Und ich habe viele *ricette* im Kopf, jede Zutat ganz genau. Trotzdem schmeckt es jedes Mal ein wenig anders.»

«Was willst du damit sagen?»

«*È abbastanza semplice:* dass es nicht die Zutaten sind, die das Gericht ausmachen. Es ist der Koch.»

«Und?»

«Du befürchtest ... *che il piatto non vi piaccia più*», sagte sie in Ermangelung der deutschen Worte. Zwar war ihr Deutsch gut und flüssig geworden, doch in emotionalen Momenten oder solchen der Unsicherheit pflegte sie auf ihre Muttersprache zurückzugreifen.

«Dass mir nicht mehr zusagen könnte, was ich aus den Zutaten mache?», übersetzte Paolo stirnrunzelnd.

Lucia nickte nur.

«Unsinn, ich ...» Er brach ab.

Er hatte lange gebraucht, um die Vergangenheit hinter sich zu lassen und ohne Schmerz und Bitterkeit an seinen Bruder denken zu können. Und nun fragte er sich, ob das, woran er sich erinnerte, auch der *echte* Felix Ritter gewesen war.

Warum hatte Bernasconi – oder Celi – den Schlüssel bei Felix deponiert? Hatte dieser überhaupt davon gewusst? Warum war Bernasconi offenbar nicht lange danach untergetaucht? Und was hatte es mit der Speicherkarte auf sich, von der Paolo Lucia noch nicht einmal erzählt hatte? Ein Gefühl sagte ihm, dass sie es nicht besonders gut aufgenommen hätte ...

«Bestimmt hast du viele Fragen», räumte sie ein, als könnte sie seine Gedanken lesen, «aber jetzt gibt es andere Dinge zu tun. Ich muss hier weitermachen, das Catering für den Empfang in der Bücherei ...»

«Ich weiß», versicherte Paolo. «*Pizette di melanzane, cipolline all'aceto balsamico* und *focacccia al rosmarino*, und das alles für hundertfünfzig Personen ...»

«... und Chiara hat frei, und Giuseppina hat angerufen, dass sie erst später kommen kann», fügte Lucia hinzu. «Ich brauche dich auf Deck, *signor il capitano. Al tuo posto.*» Sie griff nach dem Revers seines Jacketts und rückte es zurecht.

«Zu Befehl», versicherte er.

Lucia stellte sich auf die Zehenspitzen und küsste ihn, dann wandte sie sich wieder ihrer Arbeit zu, als wäre nichts gewesen. Paolo verließ die Küche, um wie versprochen seinen Posten zu besetzen. Wie jeden Tag gab es Dinge im Büro zu erledigen, und da Chiara ihren freien Nachmittag hatte, musste er auch die Rezeption im Auge behalten. Chiara freute sich über die Ablösung und zog mit wehendem Sommerkleid davon, vermutlich, um sich in eines ihrer amourösen Abenteuer zu stürzen, die nach wie vor stets in Tränen endeten. Paolo widmete sich der Arbeit in der Hoffnung, dass es ihn ein wenig ablenken würde, und tatsächlich dachte er den Nachmittag über kaum an Bernasconi, den Speicherchip oder Felix.

Eine Familie aus Köln musste überstürzt abreisen, weil sich die Oma zu Hause ein Bein gebrochen hatte; einer älteren Dame aus Graz, die dringend eine Zuflucht vor der sengenden Hitze suchte, empfahl er einen Besuch im *Museo del Sale*, das in einem ehemaligen Salzspeicher eingerichtet worden war und Cervias Geschichte als Zentrum der Salzgewinnung von der Antike bis zur Neuzeit beleuchtete; und einen auf Eis versessenen Herrn aus Esslingen empfahl er die malerisch am *canale* gelegene Gelateria «Borgomarina», wo nach Paolos Dafürhalten das beste Eis der Stadt verkauft wurde und das Verhältnis von Preis und Leistung – für deutsche Touristen besonders wichtig – stimmte.

Und schließlich war da noch der vielleicht vierzehnjährige Knabe, der wie ein geprügelter Hund durch die Lobby schlich und ein Gesicht machte, als wäre der Rest der Ferien abgesagt. Paolo war kein Kommunikationsgenie, und belanglosen Smalltalk hasste er, trotzdem konnte er nicht anders, als den Jungen zu fragen, was los sei. Da schüttete dieser ihm sein Herz aus – dass Lena, das deutsche Mädchen, das im Hotel nebenan wohne und für das er einen «totalen Crush» habe, ihn soeben sitzengelassen hätte, zugunsten einer ganzen Gruppe italienischer Jungs, von denen jeder ein «pervers fähiger» Basketballspieler sei. In seiner Not bat er Paolo um einen guten Rat, wie er Lenas wankelmütiges Herz wieder für sich gewinnen könne.

Paolo hatte keinen blassen Schimmer, was er ihm raten sollte. Und wenn er es gewusst hätte, wäre ihm keine passende Formulierung eingefallen.

Seiner Fähigkeit zum Trotz – oder vielleicht auch gerade deswegen – war er nie der Typ gewesen, der die Aufmerksamkeit des weiblichen Geschlechts geweckt oder gar gefesselt hätte. Mit all seinen Eigenheiten und seinen Vorlieben für TV-Serien und Comichefte war er eher das gewesen, was man heute gemeinhin einen Nerd nannte. Anders als Felix, der immer im Mittelpunkt der Aufmerksamkeit gestanden hatte und dem die Herzen nur so zugeflogen waren. Dank seiner Gabe konnte sich Paolo an Dutzende Gelegenheiten erinnern, in denen er seinen Bruder inmitten ganzer Schwärme von Mädchen erblickt hatte, ein immer strahlender Siegertyp ...

«Du fragst den falschen Bruder», murmelte er. Er hatte es eigentlich gar nicht aussprechen wollen, es aber doch getan, entsprechend zweifelnd sah ihn der Junge jetzt an.

«Alter», erwiderte er kopfschüttelnd, «Sie sind ja noch mehr depri als ich. Danke für nichts, Mann!» Damit wandte er sich ab und ging durch die Lobby hinaus zum Pool. Paolo hatte für einen Moment das Gefühl, in diesem dürren Jungen mit den hängenden Schultern und dem schleppenden Gang sich selbst zu erblicken, vor einer gefühlten Ewigkeit. Wie sehr er sich seither geändert hatte, war selbst für ihn kaum zu …

Plötzlich stutzte er.

Denn draußen, im Vorgarten des Hotels, stand eine Gestalt.

Sie war schlank und sportlich und trotz der Nachmittagshitze in einen schwarzen Hoodie gehüllt, die Kapuze hochgeschlagen. Das Gesicht lag im Schatten darunter, statt der Augen waren nur die verspiegelten Gläser einer Sonnenbrille zu sehen, die das grelle Licht reflektierten. Der Rest wurde wiederum von einer rabenschwarzen FFP2-Maske bedeckt.

Für einen Augenblick machte Paolos Verstand Pause. Dann fragte er sich, ob die Gestalt dort draußen wirklich war oder nur eine Einbildung, eine Reflexion der Erinnerung an seinen Verfolger in San Marino. Doch in diesem Moment kamen vom Strand zurückkehrende Hotelgäste durch das Rosenspalier in den Garten, und da der Kerl mitten im Weg stand, breitbeinig und mit vor der Brust verschränkten Armen, mussten die Leute ihm ausweichen.

Paolo stieß eine Verwünschung aus.

Der Vermummte war so echt, wie er nur sein konnte – und im nächsten Moment war Paolo in Bewegung.

Mit einer Mischung aus Wut und Empörung sprang er hinter der Theke der Rezeption hervor, stürmte durch die Lobby zur Eingangstür und platzte nach draußen, als der Vermummte hinter den Rosen verschwand.

«Halt!», rief Paolo ungeachtet der Gäste, die den Pool umlagerten und nun zu ihm herübersahen. Natürlich dachte der Kapuzenmann nicht daran, der Aufforderung nachzukommen.

Paolo sprintete los, so schnell die Leinenschuhe mit den dünnen Sohlen es erlaubten, die Stufen des Eingangs hinab und durch den Garten hinaus auf die Straße. Adrenalin pumpte durch seine Adern.

Doch der Kerl mit der Kapuze war verschwunden.

Paolo sah in beide Richtungen, lief auf die Straße, um einen Blick hinter die Bäume werfen zu können, die sich entlang der Allee reihten.

Nichts.

Niemand.

KAPITEL 20

Er war wieder in San Marino.
Die Suche nach weiteren Antworten, nach der Wahrheit, die sich auf dem geheimnisvollen Speicherchip finden mochte, hatte Paolo erneut auf den Monte Titano geführt – und wieder war er nicht allein. *Er* war ihm auf den Fersen.

Der Vermummte, der ihn bereits einmal durch die Burgstadt verfolgt hatte, der gestern gar vor dem Hotel aufgetaucht war, hatte ihn erneut aufgespürt, inmitten der Flut gesichtsloser, in bunte Kleider gehüllter, unentwegt fotografierender und an Eistüten leckender Menschen, die durch die engen Gassen strömten. Ihr genaues Ziel war nicht festzustellen, doch schien sie alle derselbe Hunger anzutreiben, dieselbe ungestillte Sehnsucht nach Ferne und Erholung. Paolo hingegen dürstete es nach Wissen. Gefährlichem Wissen, wie es den Anschein hatte ...

Der Verfolger holte auf.

Wann immer Paolo über die Schulter blickte und inmitten der Masse einen Blick auf ihn erheischte, war er ein Stück näher. Das Gesicht unter der hochgeschlagenen Kapuze des Hoodies war abermals nicht zu sehen, nur die Gläser der Sonnenbrille, die wie bizarre Insektenaugen in der Schwärze schillerten.

«*Scusami ... scusami*», murmelte Paolo immerzu, während er sich einen Weg bahnte, anfangs noch rücksichtsvoll, dann immer mehr unter Einsatz seiner Ellbogen. Sein Pulsschlag hatte sich gesteigert, das Herz schlug ihm bis zum Hals. Der hässliche Verdacht, dass es womöglich kein Entkommen gab vor dem unheimlichen Verfolger, stieg aus dem Hintergrund seines

Bewusstseins auf und ließ sich nicht mehr verdrängen. Gerade so, als ob es eine seiner unauslöschlichen Erinnerungen wäre – nur dass es sich diesmal um die Erinnerung an etwas handelte, das noch gar nicht geschehen war.

Paolo wollte fort, so rasch und so weit weg wie möglich. Sich weiter einen Weg durch die bunte Masse bahnend, stand er plötzlich vor einer von grün lackiertem Metall umrandeten Glastür, die einen Fluchtweg versprach. *Ingresso* stand in nüchternen Buchstaben darüber zu lesen.

Der Eingang zur Seilbahn, dämmerte es Paolo.

Hierhin hatte der Strom der Menschen ihn getragen.

Gehetzt blickte er sich nach seinem Verfolger um. Der war inzwischen so nahe, dass Paolo sich im Spiegel der Sonnenbrillengläser sehen konnte. Namenlose Furcht packte ihn, nicht nur vor dem Vermummten, sondern auch vor dem, was er sein und wofür er stehen mochte, und sie war größer als alle Angst vor der Höhe und davor, sein Leben seelenloser Mechanik anzuvertrauen. Als sich die Pforte mit leisem Zischen öffnete, tat Paolo einen hastigen Schritt nach vorn, taumelte mehr, als er ging, der Gondel entgegen, deren Tür weit offen stand.

Paolo stürzte hinein. Dass der Boden unter ihm schwankte, nahm er kaum wahr, ebenso wenig, wie dass er trotz all der Massen dort draußen der einzige Fahrgast war. Mit vor Anspannung laut pochendem Herzen wartete er nur darauf, dass die Gondel endlich abfahren möge, fort von seinem Verfolger.

Im nächsten Moment ist es so weit.

Das Gefährt setzt sich in Bewegung, Paolo will erleichtert aufatmen. Doch im letzten Augenblick schießt eine rabenschwarze Gestalt durch die noch immer offene Tür.

Der Verfolger!

Paolo stößt einen Schrei aus und weicht zurück, als der Unheimliche ihn bereits angreift. Blitzschnell kommt er auf ihn zu, packt ihn und reißt ihn herum, während die Gondel die Bergstation verlässt und an ihrem lächerlich dünnen Seil dem Abgrund entgegenschaukelt.

Paolo will schreien, aber er kann nicht. Die Hände des anderen liegen um seine Kehle und drücken zu, rauben ihm den Atem. Mehr als ein Stöhnen kommt nicht über seine Lippen, verzweifelt versucht er, Widerstand zu leisten, doch in den Pranken seines Häschers ist er nur ein Spielzeug.

Der Vermummte schleppt ihn in Richtung der offenen Tür. Paolo erheischt einen Blick in den Abgrund, auf den schroffen Fels und die Bäume, über denen die Gondel schwebt. Rücklings hängt er über der gähnenden Tiefe, die Füße noch auf festem Boden, der Rest nur noch von den Händen gehalten, die ihn im Würgegriff haben. Das Gesicht seines Häschers taucht über ihm auf, nicht länger werden seine Züge vom Dunkel der Kapuze verhüllt – und es wird wahr, was Paolo insgeheim bereits die ganze Zeit über vermutet hat.

Felix, stößt er hervor.

In diesem Moment löst der andere seinen Griff um Paolos Kehle, und er stürzt rücklings in die Tiefe, den Felsen und Bäumen entgegen. *Blutergüsse*, hört er Tenente Girottis Stimme in seinem Kopf, *Platzwunden, gebrochene Knochen, abgerissene ...*

«*Felix, nein!*»

Mit einem Aufschrei schoss Paolo in die Höhe. Schweiß stand ihm auf der Stirn, keuchend rang er nach Atem, griff sich an den Hals, der sich tatsächlich so anfühlte, als hätte ihn jemand mit aller Kraft gewürgt – allerdings nur Augenblicke lang. Dann wurde Paolo klar, dass nichts davon wahr gewesen war.

Er war nicht in San Marino, sondern zu Hause in seinem

Bett, Mondlicht fiel in schmalen Streifen durch die Jalousie und beleuchtete das kleine Apartment.

«Schlecht geträumt?»

Lucia neben ihm war aufgewacht, vermutlich, weil er im Schlaf geschrien hatte.

Paolo nickte nur. «Bitte entschuldige.»

«*Niente*», sagte sie nur. Sie schlug das Leintuch zurück und setzte sich ebenfalls auf. Als Nachthemd trug sie eins seiner T-Shirts, die sie manchmal für sich zweckentfremdete. Im Halbdunkel griff sie nach seiner Hand. «Du zitterst ja richtig. War es so schlimm?»

«Schon», gab Paolo zu. Sein Herzschlag ging noch immer heftig. Er erinnerte sich an jede Einzelheit des Traums. Wenn er derart intensiv träumte, machte es für sein Gedächtnis keinen Unterschied, ob es real gewesen war oder nur ein Albdruck. Was er gesehen hatte, blieb bei ihm ...

Sie neigte sich zu ihm herüber und schmiegte sich an ihn. Es beruhigte ihn, ihre Nähe zu spüren und den Duft ihres Haars zu riechen.

«Willst du es mir erzählen?», fragte sie leise.

«Lieber nicht.»

«Es ... hatte etwas mit Felix zu tun. Wenn du im Schlaf redest, dann hat es immer mit deiner Familie zu tun.»

«I-ich rede im Schlaf?»

«*A volte.*» Sie nickte.

«Und ... was sage ich dann?»

«Nicht viel. Meist rufst du nach deinen Eltern ...»

«... oder nach Felix», ergänzte er.

«*Esatto.*»

Paolo biss sich auf die Lippen. Er hatte Lucia alles über sich und seine Vergangenheit erzählt. Dennoch fühlte er sich in diesem Moment unangenehm berührt. Vermutlich, weil er ihr all diese Dinge bewusst erzählt hatte, es war seine Entscheidung gewesen ... im Schlaf hatte er keine Kontrolle darüber, was er über sich verriet.

«Kommt das ... in letzter Zeit häufiger vor? Dass ich im Schlaf spreche?»

Wieder sah sie ihn aus ihren dunklen Augen an. «Ich frage dich noch einmal: Was ist los?»

Paolo seufzte. «Es ist dieser Fall.» Er fuhr sich durch das wirre, ein wenig schütter gewordene Haar. «Irgendetwas daran stimmt nicht.»

«Du meinst, wegen Felix?»

Paolo nickte und sah sie direkt an. «Ich werde den Brief öffnen, Lucia.»

«*La lettera?* Ich dachte, das hättest du längst getan! Warum zögerst du?»

«Weil ...» Er verstummte, als ihm die passenden Worte nicht einfallen mochten. Oder vielleicht wollten sie auch nur nicht über seine Lippen. «Vielleicht hattest du recht, Lucia», gestand er stattdessen leise. «Vielleicht befürchte ich wirklich, dass das Gericht, das ich all die Jahre gekocht habe, mir nicht mehr richtig schmecken könnte, wenn ich den Brief gelesen habe.»

«*Perché?*», fragte sie und schmiegte sich noch enger an ihn, so als wollte sie ihn in seinem Mut zur Selbsterkenntnis bestärken.

«Ich weiß es nicht. Aber es muss einen Grund dafür geben, dass dieser Brief jahrelang in einem Bankschließfach eingeschlossen war.»

Lucia nickte. «Du fürchtest, etwas über Felix herauszufinden, das dir nicht gefällt.»

Oder vielleicht, sagte er sich, war es in Wahrheit ja sogar noch schlimmer.

Womöglich fürchtete er sich davor, etwas zu finden, was er Felix nicht mehr vergeben konnte.

KAPITEL 21

Als Paolo am nächsten Morgen den obligatorischen Rundgang unternahm, führte ihn dieser nicht ans Meer, sondern auf den Friedhof.

Vom Hotel aus war es ein Weg von einer knappen halben Stunde, der geradewegs durch Cervias Zentrum führte. Der historische Kern lag um diese Zeit noch in tiefem Schlummer, nur die Kaffeebars hatten bereits geöffnet. Im «Dolceamaro» an der Viale Roma trank er seinen Cappuccino, auf das obligatorische Cornetto verzichtete er, er hatte keinen Appetit an diesem Morgen. Gedankenverloren setzte er seinen Weg fort und erwog ein halbes Dutzend Male, endlich das zu tun, was er Lucia ohnehin versprochen hatte: Interpol anzurufen, Girotti alles zu erzählen, was er bislang zusammentragen hatte, und ihm die Fundstücke aus dem Schließfach zu übergeben – und damit auch die Verantwortung.

Mehrmals hielt er das Smartphone bereits in der Hand, in dessen Speicher er die Nummer eingegeben hatte, die der fesche Tenente ihnen gegeben hatte. Doch im letzten Moment entschied er sich jedes Mal dagegen. Es gab keinen wirklichen Grund dafür, nur ein Bauchgefühl, das ihn davon abhielt, diesen Schritt zu gehen. Und er war Lucia dankbar dafür, dass sie trotz seines Albtraumes von vergangener Nacht nicht darauf bestand, dass er zur Polizei ging. Sie schien zu ahnen, dass es besser für ihn war, vertraute auf sein Urteilsvermögen ... Paolo wünschte nur, er hätte sich selbst so vertrauen können.

Das Chaos in seinem Inneren war selbst für ihn kaum zu durchblicken, eine düstere Melange aus Erinnerungen und Befürchtungen, aus Vergangenheit und Gegenwart. Und wann immer der Geist Bernasconis auftauchte und sich ungefragt einmischte, wurde alles nur noch schlimmer.

An diesem Morgen immerhin hatte das Abbild des Toten ihn noch nicht behelligt. Dafür war Paolo dankbar, denn er hatte vor, einen anderen Geist aus seiner Erinnerung herbeizurufen, einen anderen Schatten der Vergangenheit.

Den Weg durch das Friedhofsportal und an den steinernen Mausoleen entlang kannte er inzwischen auswendig. Paolo wusste noch gut, wie er das erste Mal hier gewesen war und wie viel Überwindung es ihn gekostet hatte. Erst gut drei Jahre war das her, aber trotz seiner Gabe kam es ihm vor, als wäre seither eine Ewigkeit verstrichen. Nicht, weil er irgendetwas vergessen hätte, die Ereignisse wie auch die Empfindungen jener Tage waren ihm jederzeit gegenwärtig; sondern weil sich seither so viel für ihn verändert hatte – Lucia, das Hotel, sein neues Leben in Italien ... Und auch wenn Paolo es nicht direkt begründen konnte, hatte er das dumpfe Gefühl, dass all dies plötzlich bedroht war.

Im grün schimmernden Zwielicht, das unter den Kiefern herrschte, sah er sich argwöhnisch um. Vorhin auf der Straße hatte er wieder für einen Moment das Gefühl gehabt, beobachtet zu werden, doch er hatte niemanden entdeckt. Die Stille und Einsamkeit, die auf dem *cimitero* herrschten, beruhigten ihn ein wenig, doch er blieb wachsam.

Endlich erreichte er die lange Front mit den Kolumbarien, den Schiebegräbern, die hier im Süden durchaus üblich waren. Die Deckplatte war ebenso knapp wie nüchtern beschriftet:

FELIX RITTER
1974–2018

In der kleinen Metallvase, die seitlich an der steinernen Platte befestigt war, steckte wie so oft eine frische rote Rose. Paolo wusste nicht, wer das Andenken an seinen Bruder auf diese Weise ehrte. Er hatte im Freundeskreis herumgefragt, weil er sich in Felix' Namen hatte bedanken wollen, jedoch nur abschlägige Antworten bekommen. Dass es folglich jemand sein musste, den Paolo gar nicht kannte, hatte ihn gewundert, aber bislang nicht weiter gestört. Im Licht der jüngsten Ereignisse allerdings fühlte es sich plötzlich verdächtig an. Die Frage, wie gut – oder schlecht – er seinen Bruder gekannt hatte, drängte sich ihm einmal mehr auf.

Paolo nahm den Borsalino ab und senkte das Haupt, schloss die Augen hinter der Sonnenbrille und konzentrierte sich.

«Felix?»

Er hatte sich angewöhnt, seine inneren Dialoge lautlos zu führen, doch in diesem Fall sprach er den Namen seines Bruders laut aus im Bemühen, eine deutliche Verbindung zu seinen Erinnerungen herzustellen ... jenen Erinnerungen, die ihn früher ungefragt und bei den unpassendsten Gelegenheiten verfolgt hatten und die nun auf sich warten ließen.

«Wir müssen reden», murmelte Paolo. «Wir müssen wirklich ...»

Erneut blieb es still. Nicht nur, dass Felix nicht vor seinem geistigen Auge auftauchte, weder in der Inkarnation des kleinen Jungen mit der knallroten Badehose noch in irgendeiner anderen. Er konnte auch seine Stimme nicht vernehmen, nicht einmal die kleinste Silbe. Es war, wie wenn man am nächtlichen Himmel den Blick auf einen bestimmten Stern fixierte und dieser daraufhin verblasste: Je intensiver sich Paolo bemühte, je mehr er seine Erinnerungen dazu bringen wollte, sich zu verselbstständigen und zu ihm zu sprechen, desto weiter schienen sie sich von ihm zu entfernen ... bis er plötzlich den Eindruck hatte, sich *überhaupt nicht mehr* an Felix zu erinnern.

Es war ein Schock.

Seit seiner Kindheit war Paolo anders gewesen als alle anderen, und daran hatte sich bis zum heutigen Tag nichts geändert. Er hatte gelernt, damit zu leben, andererseits aber auch, seine Gabe zu seinem Vorteil zu nutzen. So viele Probleme sie ihm auch eingetragen haben mochte und sooft er in ihr auch mehr einen Fluch als einen Segen gesehen hatte – der Gedanke, sie zu verlieren und sich auf einen Schlag nicht mehr an jeden einzelnen Tag, an jede Stunde und jeden Augenblick seines Lebens erinnern zu können, brachte ihn an den Rand der Panik. Ihm wurde schwindlig in der Wärme des frühen Morgens. Mit einer Hand stützte er sich an der Gräberwand ab, mit der anderen schwang er den Hut und fächelte sich Luft zu. Irgendwann beruhigte er sich wieder etwas.

Doch Felix blieb verschwunden.

Etwas Bedeutsames – und dergleichen war noch nie vorgekommen, noch nicht einmal in den dunkelsten Stunden seines Lebens – schien sein Erinnerungsvermögen zu trüben. Nach zwei weiteren gescheiterten Versuchen schlug seine Besorgnis in Ärger um.

«Na schön», knurrte er, «dann sprichst du nicht mit mir, hast du früher ja auch nicht getan. Werde ich eben reden, okay? Ich weiß nicht, was du getan hast oder warum dein Name auf diesem verdammten Kuvert steht. Aber ich muss es herausfinden, kannst du das verstehen?»

Seine Worte verhallten in der dumpfen Stille, und er lachte

über sich selbst. Warum, in aller Welt, bat er Felix um Erlaubnis? Gewiss, der Brief war an seinen Bruder adressiert gewesen, aber er war nicht mehr am Leben, und einmal mehr war es Paolo überlassen, die Scherben aufzukehren, die sein Bruder hinterlassen hatte. In einem jähen Entschluss griff er in die Innentasche seines Jacketts und zog das Kuvert hervor.

«Du lässt mir keine andere Wahl», stellte er klar, während er sich bereits abwandte, den Hut wieder aufsetzte und die Gräberwand verließ. Entschlossen, sich irgendwo niederzulassen und in Ruhe den Brief zu lesen, ließ er sich über den Friedhof treiben, vorbei an weiteren Kolumbarien und Familiengräbern, bis er irgendwann gar nicht mehr wusste, wo genau er sich befand. In diesem Teil des Friedhofs war er tatsächlich noch nie gewesen. Im Schatten einer knorrigen alten Kiefer entdeckte er eine Bank. Und nachdem er sich mit einem Rundumblick vergewissert hatte, dass niemand in der Nähe war, holte er den Brief aus der Tasche, gab sich einen Ruck und öffnete mit bebenden Händen das Kuvert.

Zwei Dinge befanden sich darin:

Ein Foto und ein handgeschriebener Brief.

Beim Betrachten des Bildes verspürte Paolo einen Stich, denn Felix war darauf zu sehen, zusammen mit einem anderen Mann. Die Aufnahme musste in ziemlicher Weinseligkeit entstanden sein, denn beide waren erkennbar angeheitert und hatten jenen Glanz in den Augen, der gerne dann entsteht, wenn man über den Durst trinkt.

Vor halb geleerten Gläsern saßen sie an einem schmucklosen Holztisch. Die Wand hinter ihnen bestand aus grob aneinandergefügten Natursteinen. Die Kleidung der beiden war zumindest eigenartig. Weit geschnittene Hemden aus naturfarbenem Leinen mit dunkelgrünen Krägen darüber ließen sie wie Komparsen aus einem zur Ritterzeit spielenden Kostümfilm aussehen.

Doch das war es nicht, was Paolo an dem Bild befremdete – es war Felix selbst. Die letzte Fotografie, die Paolo von seinem Bruder erhalten hatte und auf der er in Jeans und weißem Hemd zu sehen gewesen war, vor Kraft und Agilität nur so strotzend, musste noch deutlich vor der Diagnose entstanden sein. Diese Aufnahme hier war hingegen offenbar später gemacht worden: Felix war blass, um seine Augen lagen dunkle Ränder, und seine Wangen wirkten eingefallen, obschon er ein breites Lächeln im Gesicht hatte, so als wollte er dem Schicksal trotzen.

Der andere Mann mochte etwas älter als Felix sein. Auch er lachte und wirkte angeheitert, hatte freundschaftlich einen Arm um Felix' Schulter gelegt. Seine Gesichtszüge waren füllig, was durch das Lachen noch unterstrichen wurde, das rabenschwarze Haar war gelockt. Ein ebenso schwarzer Vollbart verbarg das Kinn des Mannes und ließ ihn noch ein wenig massiver erscheinen, als er vermutlich gewesen war.

Paolo war überzeugt, diesem Mann noch nie zuvor begegnet zu sein, dennoch hatte er das seltsame Gefühl, ihn zu kennen ...

In Gedanken überlagerte er die Aufnahme mit einem Bild aus seiner Erinnerung – und hielt den Atem an.

Natürlich. Er war kein anderer als die jüngere Ausgabe Lauro Bernasconis!

Sein Haar war damals noch nicht grau gewesen, er hatte gut vierzig Kilo mehr auf die Waage gebracht und einen Vollbart statt des manierierten Oberlippenbärtchens getragen. Dennoch war Paolo sicher, sich keinem anderen als dem Ermordeten gegenüberzusehen, der Gesichtsausdruck verriet es, besonders um die Mundpartie ...

«Nun?», sagte plötzlich jemand neben ihm. «Haben Sie die Wahrheit endlich erkannt?»

Paolo fuhr hoch. Doch es war kein Wesen aus Fleisch und Blut, das sich ungefragt zu ihm auf die Bank gesetzt hatte. «Welche Wahrheit?», fragte er genervt. «Dass Sie mich belogen haben? Dass Sie in Wirklichkeit Franco Celi hießen und meinen Bruder nicht nur aus dem Hotel kannten?»

Der Blick von Bernasconis dunklen Augen blieb auf ihm haften, bohrend, beinahe anklagend. «Sie verstehen es noch immer nicht. Wie viele Hinweise brauchen Sie eigentlich noch? Paolo Ritter, der große Ermittler!» Er lachte spöttisch auf.

«Hören Sie auf damit», knurrte Paolo – was widersinnig war, denn es waren ja seine eigenen, geheimen Gedanken, die der andere so unverblümt äußerte.

«In Wahrheit hegen Sie doch längst einen Verdacht», stichelte Bernasconi weiter, «und das schon seit geraumer Zeit ... aber Sie fürchten sich davor, ihm nachzugehen.»

«Aufhören, habe ich gesagt.»

Bernasconi beugte sich so weit zu ihm, dass er den Eindruck hatte, den Duft seines Rasierwassers zu riechen, Valentino ... «Wovor haben Sie Angst, Paolo? Wovor?»

Paolo blieb eine Antwort schuldig. Stattdessen entfaltete er wortlos den handgeschriebenen Brief und begann zu lesen ...

KAPITEL 22

«Nun? Gibt es Neuigkeiten?»
Erneut verschaffte die elektronisch verzerrte Stimme dem Anrufer eine Gänsehaut. Zum ungezählten Mal fragte er sich, weshalb er sich auf diese Sache eingelassen hatte – und im selben Moment stand ihm die Antwort vor Augen.
Diese eine Sache.
Diese eine verdammte Sache ...
«Nein, keine Neuigkeiten», gab er missmutig bekannt. «Der Deutsche hängt immer noch auf dem Friedhof herum. Weiß der Himmel, was er dort so lange macht.»
«Sein Bruder liegt dort begraben.»
«Na und? Mein alter Herr liegt auch auf einem Friedhof, trotzdem quatsche ich nicht stundenlang mit ihm.»
«Du hast auch kein hyperthymestisches Gedächtnis. Und wenn ich den Artikeln glauben darf, die ich darüber gelesen habe, macht das den Betroffenen ziemlich zu schaffen.»
«Was soll ich tun?», fragte der Anrufer. Paolo Ritters Gedächtnis war ihm herzlich gleichgültig.
«Bleib an ihm dran. Ich will über jeden seiner Schritte informiert werden.»
«Soll ich mich wieder zu erkennen geben?» Der Anrufer schnaubte geräuschvoll in sein Smartphone. «Das letzte Mal hat nicht viel gefehlt, und er hätte mich geschnappt ...»
Die Stimme schwieg für einen Moment, nur leise Atemzüge waren zu hören. «Nein», entschied sie dann, «vorläufig nicht. Ich denke, er hat verstanden, was ich ihm mitteilen wollte,

nämlich dass er nicht der Einzige ist, der von der Existenz des Schlüssels und des Schließfachs weiß. Ich wollte ihn damit unter Druck setzen und ihn zum Handeln zwingen – und ein Gefühl sagt mir, dass dies gelungen ist ...»

KAPITEL 23

«*Hast du es gewusst?*»
Schweren Schrittes trat Paolo in die Küche des *Cavaliere*, geradewegs zum Herd, wo Lucia stand, in ihrer weißen Schürze und mit der dazugehörigen Haube auf dem Kopf.

«*Cosa?*», fragte sie und sah ihn verständnislos an.

«Ob du es gewusst hast, würde ich gerne wissen.»

«Was meinst du?»

Statt zu antworten, legte Paolo ihr nur schweigend das Foto hin. Lucia warf einen vorsichtigen Blick darauf – und lächelte erleichtert.

«Aber natürlich, jeder hat es gewusst. Felix hatte eine große Vorliebe für das *medioevo*, für *cavalieri e briganti* ... liegt wahrscheinlich an eurem Namen. Das Bild muss aus der Zeit stammen, als er an den *Giornate Medioevali* teilgenommen hat. Das ist ein großes Mittelalterfest, das die San Marineser im Sommer ausrichten. Das heißt, während der *pandemia* ist es ausgefallen, aber jetzt ...»

«Das meine ich nicht, und ich nehme an, das weißt du auch», fiel er ihr ins Wort.

«*Allora*, was meinst du dann?» Auf Lucias Stirn bildete sich eine leichte Zornesfalte. «Aber mach rasch, ich muss arbeiten!»

«Offen gestanden interessiert mich das im Augenblick nicht! Ich will reden, Lucia! Jetzt gleich», sagte er. Er bebte innerlich, sein Mund war trocken.

«Paolo, *mio caro*», sagte Lucia, nun mehr besorgt als wütend.

In einer so eigenartigen Stimmung hatte sie ihn noch nie erlebt, was auch kein Wunder war – das letzte Mal hatte er sich so gefühlt, als Julia ihm eröffnet hatte, dass sie schwanger war, nur leider nicht von ihm. Im Augenblick fühlte er sich ganz ähnlich wie damals.

Um die Wahrheit betrogen ...

Lucia bedachte ihn mit einem prüfenden Blick. «*Va bene*», erklärte sie sich dann einverstanden. Sie legte das Messer beiseite, mit dem sie Zwiebeln gehackt hatte, zog sich die Haube vom Kopf und nahm die Schürze ab. «Reden wir.»

Sie verließen die Küche und gingen in ihr Apartment. Die Gäste in der Lobby nahm Paolo nur unterschwellig wahr. Er war in seiner eigenen Blase, von Stimmen aus der Vergangenheit umgeben.

«*Allora?*», sagte Lucia. Sie setzte sich auf das noch ungemachte Bett und sah ihn fragend an. «Warum bist du so ... anders? Was ist passiert?»

Paolo schloss die Tür hinter sich. Dann trat er wortlos auf sie zu und gab ihr den Brief.

Er selbst brauchte ihn nicht noch einmal zu lesen. Er hatte den Wortlaut noch genau im Kopf, und sein hyperthymestisches Gedächtnis würde dafür sorgen, dass er ihn niemals wieder vergaß. Vor allem die letzten Zeilen hallten noch immer in seinem Bewusstsein nach, schwer wie ein Glockenschlag:

Sei un dono del cielo, vorrei stare sempre con te. Sei nella mia anima ... Zu Deutsch: Du bist ein Geschenk des Himmels, immer will ich bei dir sein, du wohnst in meiner Seele.

Paolo ließ ihr gerade genug Zeit, um den Brief zu überfliegen. «Hast du es gewusst?», fragte er dann wieder. «Und bitte sag jetzt nicht wieder, dass du keine Ahnung hättest, wovon ich rede!»

Lucia ließ den Brief sinken und sah ihn an. Gewöhnlich reagierte sie mit Temperamentsausbrüchen, wenn sie derart in die Enge getrieben wurde, und vielleicht war es sogar das, worauf Paolo insgeheim aus war.

Doch Lucia blieb gelassen.

Weder kehrte die Zornesfalte auf ihre Stirn zurück, noch erhob sie ihre Stimme. «Wovon genau redest du?», fragte sie, jedes Wort betonend. «Willst du es nicht wenigstens einmal sagen?»

«Wenn du darauf bestehst – ich spreche davon, dass mein Bruder ganz offensichtlich ein Verhältnis hatte mit diesem Mann.» Es war befreiend, es laut auszusprechen – sehr viel besser fühlte er sich allerdings nicht. «Hast du es gewusst?», fragte er noch einmal, fast flüsternd diesmal.

Einen quälenden Augenblick lang blieb Lucia eine Antwort schuldig.

«Nein», eröffnete sie dann kopfschüttelnd. «Felix hat nie über solche Dinge gesprochen.»

«Aber?»

Lucia zögerte, seufzte. «*Allora*», sagte sie dann. «Du hast ihn gekannt. Er war blond und groß und gut aussehend, *un uomo vero* ... und er war sehr nett. Also habe ich mit ihm ... *flirtato?*»

«Geflirtet», übersetzte Paolo. Die westlichen Sprachen unterschieden sich in dieser Hinsicht nicht sehr.

«*Sí*, aber er hatte kein Interesse. Und ich bilde mir nicht genug auf mein Aussehen ein, um deshalb gleich andere Dinge zu vermuten.» Sie lächelte verlegen und strich sich eine Strähne ihres dunklen Haars aus dem Gesicht. «Später hat es allerdings auch Chiara versucht, und du kennst sie ja ...»

«Allerdings.» Paolo nickte. Er kannte Chiaras Vorliebe für blond gefärbtes Haar und Kleider, die bisweilen mehr offenbarten, als sie verhüllten. Und ihr instinktives Talent dafür, Männern genau das zu sagen, was diese gerne hören wollten ...

«Felix hat ihr Lächeln erwidert, er hat ihr Komplimente gemacht und manchmal auch kleine Geschenke. Aber sie waren nie wirklich zusammen, und in all den Jahren, die ich ihn kannte, habe ich ihn auch mit keiner anderen Frau gesehen – und auch mit keinem Mann, falls du das fragen willst», fügte sie hinzu, noch bevor Paolo etwas erwidern konnte. «Einmal haben wir den Abend bei Mamma Gianna und Tino verbracht und viel von ihrem Nocino getrunken», fuhr sie fort – Paolo wusste nur zu gut, wovon sie sprach. Die verheerende, die Zunge lösende Wirkung des Nusslikörs hatte auch er schon am eigenen Leib erfahren.

«Und?», hakte er gespannt nach.

«Auf dem Nachhauseweg habe ich Felix gefragt.»

«Ihn was gefragt?»

«Warum er nicht mit Chiara zusammen ist. Warum er überhaupt mit niemandem zusammen ist.»

«Und?»

Lucia schüttelte den Kopf und blickte zu Boden. «Er ist sehr böse geworden und sagte, dass mich das nichts anginge. Danach haben wir nie mehr darüber gesprochen.» Sie sah wieder auf, ihre Augen glänzten. «Er wollte es so, und ich habe es akzeptiert. Es war ... *il prezzo della nostra amicizia*.»

«Der Preis eurer Freundschaft?»

«Sì.» Lucia nickte. «Jede Freundschaft hat einen, oder nicht?»

«Vermutlich.» Paolo hob das Foto hoch und zeigte es ihr. «Hast du Felix je mit diesem Mann zusammen gesehen?»

Lucia nahm das Bild entgegen. Sie knipste die Nachttischlampe an und betrachtete es in ihrem Schein. «*No*», sagte sie dann kopfschüttelnd. «Diesen Mann habe ich noch nie gesehen.»

«Falsch», sagte Paolo tonlos. «Sieh genau hin – es ist Lauro Bernasconi. Oder vielmehr Franco Celi, wie er damals noch hieß.»

«*Cosa?*» Sie beugte sich noch tiefer über das Bild und besah es ganz genau. «*Sì ... la bocca*», sagte sie dann. «An seinem Mund kann man es sehen.»

«Er hat mich belogen», stellte Paolo fest. «Er hat behauptet, Felix flüchtig gekannt zu haben, weil er vor Jahren mal im *Cavaliere* übernachtet habe, dabei waren die beiden ein Paar!»

Plötzlich fühlte Paolo sich erschöpft und müde. Seufzend ließ er sich neben Lucia auf die Bettkante sinken.

«*Mio caro*», sagte sie leise und berührte ihn sanft am Arm.

«Es war eine Lüge», flüsterte Paolo.

«Was meinst du?»

«Einfach alles.» Er rang sich ein freudloses Lächeln ab. «Weißt du, wie ich Felix in Erinnerung habe? Als Siegertyp, als Frauenschwarm – und nun stellt sich heraus, dass das alles nur Fassade gewesen ist. Weißt du, wie sich das für jemanden anfühlt, der sich an jede Kleinigkeit erinnern kann, als wäre es erst gestern gewesen?»

«Nein», gab Lucia offen zu, «das weiß ich nicht. Aber ganz offenbar bist du nicht der Einzige, den Felix getäuscht hat. Er wollte so gesehen werden. Es war seine Entscheidung, und das solltest du akzeptieren, so, wie ich es damals akzeptiert habe. Du solltest nicht reagieren wie ... *eccessivamente.*»

«Du findest, dass ich überreagiere?»

«*Un po'*», gestand sie nickend, mit Daumen und Zeigefinger eine winzige Menge andeutend. «Er war dein Bruder. Du solltest ihm einfach vergeben.»

«Ich sollte ihm vergeben?» Paolo sah sie befremdet an. «Du verstehst mich nicht, Lucia. Es ist genau umgekehrt! Felix hat nur getan, was er seiner Ansicht nach tun musste, um sich in seiner Familie angenommen und geliebt zu fühlen. Wenn sich hier jemand Vorwürfe machen muss, dann bin ich das, verstehst du?»

Plötzlich hielt er es in der Enge des Apartments nicht mehr aus. Er stand auf und verließ das Schlafzimmer, trat hinaus in den Wohnraum.

«Paolo», rief Lucia ihm hinterher, «was ...?»

Er antwortete nicht, er ging einfach weiter, den Gang hinab durch die Lobby und hinaus ins Freie. Seit langer Zeit hatte kein solches Chaos an Gefühlen mehr in ihm geherrscht. Dieses Bild, dieser Brief ... sie zogen alles in Zweifel. Die Vergangenheit, seine Kindheit und Jugend, sogar ihre Familie. Sein ganzes Leben lang war er der Überzeugung gewesen, dass er derjenige gewesen war, dem die Akzeptanz ihrer Eltern versagt geblieben war, der sich nie so hatte geben dürfen, wie er tatsächlich war ... und nun plötzlich sollte alles anders gewesen sein? War Felix derjenige gewesen, der ein Versteckspiel betreiben musste, um sich in seiner Familie angenommen zu fühlen? Es war so unerhört, wie es beschämend war.

Warum, so fragte sich Paolo immer wieder, hatte er das nicht kommen sehen, trotz seiner Gabe, seiner vermeintlichen Superkraft? Warum hatte sie ihn nicht gewarnt? Oder hatte sie ihn gewarnt, und er hatte es nur nicht wahrhaben wollen? War sie die Ursache für das miese Gefühl, für die dunkle Ahnung, die ihn schon seit Beginn dieses Falles begleitete? Für die bissigen Kommentare, mit denen Bernasconis Geist ihn bedachte?

Überrascht nahm Paolo wahr, dass seine an sich ziellosen Schritte ihn zum Strand geführt hatten. Ein strahlend blauer

Mittagshimmel spannte sich über der Promenade und den Pavillons der *bagni*, bunte Fahnen und Wimpel wehten darüber im Wind. Jenseits davon war das blaue Band des Meeres auszumachen, begleitet von einem leisen, gleichmäßigen Rauschen.

Paolo setzte sich auf die nächstbeste freie Bank. Sie stand im grellen Sonnenlicht, und da er in der Eile den Borsalino nicht mitgenommen hatte, brannte es ihm erbarmungslos auf den Kopf.

Paolo scherte sich nicht darum, seine Gedanken gehörten dem Brief und seinem Inhalt. Es war eine Liebeserklärung, von der ersten bis zur letzten Zeile, und die Beziehung, die darin beschrieben wurde, war die von zwei Menschen, die einander innig und aufrichtig geliebt hatten.

Paolo konnte es noch immer nicht glauben.

Es passte einfach nicht.

Nicht zu Felix.

Oder vielmehr nicht zu dem Bild, das er sich von seinem Bruder gemacht hatte. Das *sie alle* sich von Felix gemacht hatten ...

«Mittags in der prallen Sonne zu sitzen, ist keine gute Idee», sagte jemand neben ihm. «Ist nicht gut für die Gesundheit.»

Paolo stöhnte. Ein Ratschlag Bernasconis war jetzt so ziemlich das Letzte, was er brauchte. Überhaupt war der Schweizer derjenige, an den sich Paolo im Augenblick am allerwenigsten erinnern wollte ...

«Jetzt nicht», knurrte er, leise und barsch.

«Kein Problem, ich wollte nicht stören.»

Paolo blickte auf. Im Gegenlicht der Sonne sah er die Silhouette einer untersetzten Gestalt.

«Don Andrea», entfuhr es ihm überrascht.

«Andrea für meine Freunde.» Der Pfarrer lachte leise.

«Tu-tut mir leid», beteuerte Paolo, «ich habe Sie für jemand anderen gehalten ...»

«Du siehst nicht gut aus, Sohn», stellte Don Andrea unverblümt fest. «Ist alles in Ordnung?»

Paolo sah ihn an, einen tapferen Moment lang bestrebt, die Fassade aufrechtzuerhalten und zu behaupten, dass alles ganz wunderbar sei ... aber er tat es nicht.

«Nein», gab er kopfschüttelnd zu. «Nichts ist in Ordnung. Ehrlich gesagt habe ich gerade das Gefühl, so ziemlich alles falsch zu machen.»

«Hm», machte Don Andrea nur. «Darf ich mich zu dir setzen?»

Paolo nickte nur und rückte zur Seite, worauf sich der alte Pfarrer neben ihm niederließ. Eine eigentümliche Mischung aus Weihrauch- und Tabakgeruch stieg Paolo in die Nase. Eine Weile lang saßen sie so, beide schweigend in der prallen Sonne, während Passanten vor ihnen vorüberzogen, in Flip-Flops und kurzen Hosen.

«Wir alle haben solche Momente, weißt du», sagte Don Andrea schließlich, «besonders in diesen Zeiten. Ist es das Hotel, das dir Sorge bereitet? Du wärst nicht der Einzige ...»

«Nein.» Paolo lachte freudlos auf. «Nicht das Hotel. Es ist die Familie.»

«Die Familie.» Don Andrea nickte wissend. «Es gibt keinen Ort, an dem wir mehr geliebt werden – und mehr verletzt.»

«Es geht um meinen Bruder.»

«Um Felix?» Don Andrea sah ihn an. Über Lucia war auch er mit Felix befreundet gewesen, hatte ihm zuletzt sogar die Sterbesakramente gespendet, worüber Paolo sich ziemlich gewundert hatte. Er hatte seinen Bruder nie als besonders religiösen Menschen empfunden. Aber vielleicht war es anders, wenn man der Endlichkeit des eigenen Daseins unabänderlich ins Auge blickte.

Paolo nickte. Unwillkürlich fragte er sich, ob der alte Pfarrer von Felix' Doppelleben – denn so musste man es wohl nennen – gewusst hatte, aber es wäre ihm unangemessen vorgekommen, sich direkt danach zu erkundigen. «Haben Sie schon einmal feststellen müssen», sagte er stattdessen, «dass Sie jemandem Unrecht zugefügt haben?»

«Natürlich, wer hat das nicht?»

Paolo nickte und blickte geradeaus Richtung Meer. «Mein Bruder und ich haben uns nicht sehr nah gestanden, wissen Sie. Wir waren sehr verschieden ...»

«Das denke ich nicht.»

Paolo sah den Pfarrer fragend an. «Was soll das heißen?»

«Dass es sicher Unterschiede zwischen euch beiden gegeben haben mag, aber auch eine große Gemeinsamkeit: Ihr beide habt stets versucht, euren Platz im Leben zu finden.»

«Tun denn das nicht alle Menschen?»

«Ja. Aber die einen geben sich schnell zufrieden, während andere ihr Leben lang auf der Suche sind. Dein Bruder hat zu ihnen gehört – und du, Sohn, suchst bis zum heutigen Tag.»

Paolo schnitt eine Grimasse. «Ist das so offensichtlich?»

«So offensichtlich, wie es bei deinem Bruder gewesen ist.»

«Seltsam.» Paolo schüttelte den Kopf. «Ich hatte immer den Eindruck, dass Felix ganz genau wusste, was er vom Leben wollte. Erst heute erkenne ich, wie falsch dieser Eindruck gewesen ist.» Er wandte den Blick und sah den alten Pfarrer direkt an. «Ich fürchte, ich bin ihm niemals wirklich gerecht geworden. Die ganze Familie nicht.»

«Nun.» Don Andrea lächelte milde. «Vielleicht wollte Felix

diesen Eindruck ja auch vermitteln. Aber ich glaube, in Wahrheit hat er bis zum Ende nicht aufgehört zu suchen.»

«Und hat er gefunden, wonach er gesucht hat?»

Der alte Pfarrer sah Paolo prüfend von der Seite an. «Du solltest mit ihm sprechen», schlug er vor. «Ihr beide habt offenbar einiges miteinander zu klären.»

«Ich weiß.» Paolo schnaubte. «Aber er spricht nicht mehr mit mir.»

«Du meinst, weil er nicht mehr unter uns ist? Unsere lieben Verstorbenen sprechen auf manche Weise zu uns ...»

«Nein, das ist es nicht.» Paolo schüttelte den Kopf und konnte nicht verhindern, dass sich seine Augen mit Tränen füllten. Wegen der trockenen Hitze brannten sie wie Feuer. «Sondern weil ich nicht mehr weiß, *wie* ich mich an ihn erinnern soll. Alles ist plötzlich verschwommen ...»

«Dann finde es heraus, Sohn», sagte Don Andrea und legte ihm tröstend eine Hand auf die Schulter – um sie im nächsten Moment als Stütze zu gebrauchen und sich stöhnend aufzurichten. «Ich muss dringend aus der Sonne», gab er bekannt.

«Das ist alles?» Paolo sah ihn fragend an. «Sie sagen mir, dass ich mit meinem toten Bruder reden soll, und lassen mich dann einfach sitzen?»

Der alte Pfarrer nickte. «Es gibt viele Arten, die Vergangenheit zu befragen, Sohn», beschied er Paolo lächelnd. «Gerade du solltest das wissen.»

Und damit wandte er sich endgültig ab und ging.

KAPITEL 24

Über die letzten Worte Don Andreas hatte Paolo noch eine ganze Weile nachdenken müssen – bis er irgendwann begriffen hatte, dass der alte Pfarrer ihm im Grunde dazu geraten hatte, genau das zu tun, was Paolo, seinem neuen Beruf zum Trotz, nun einmal am besten konnte: nämlich zu ermitteln. Und mit jeder Antwort, die er erhielt, würde sich auch sein Verhältnis zu Felix wieder klären.

Zumindest war das seine Hoffnung.

Er vermied es, Lucia zu begegnen, als er zurück ins Hotel schlich, rasch ein paar Sachen zusammensuchte und sich dann wieder davonmachte, nicht ohne auf dem Bett eine ebenso knappe wie erschöpfende Nachricht zu hinterlassen:

Unterwegs, um nachzudenken.
Dein Paolo

Es mochte nicht so eloquent sein wie das, was Franco Celi geschrieben hatte, aber es war alles enthalten, was nach Paolos Dafürhalten notwendig war.

Dann verließ er das Hotel und ging Richtung Bahnhof, wo um diese Zeit immer Taxen standen, stieg in eine davon ein und ließ sich nach San Marino fahren.

Am hellen Nachmittag dort anzukommen, noch dazu bei schönstem Wetter, war ein wenig so, als würde man mit Anlauf in einen Termitenhügel springen. Die Burgstadt pulsierte von Leben, überall wuselte es, und das bei sengender Hitze. Die

Bankgeschäfte mochten nicht mehr ganz so gut laufen wie einst, aber zumindest in Sachen Tourismus schien sich San Marino nicht beklagen zu können. Die Aussichtsplattformen quollen über, die Cafés und Restaurants waren bis auf den letzten Platz belegt, die Souvenirshops verkauften massenweise Ansichtskarten, Lederwaren und Waffenrepliken, von denen manche erschreckend echt wirkten. Und in all der Betriebsamkeit errichteten die Zimmerleute und Arbeiter der Gemeinde unbeirrt weiter hölzerne Stände und Tribünen – inzwischen wusste Paolo ja, wozu sie gut sein würden: für die *Giornate Medioevali*, die Ende Juli stattfinden und vermutlich noch mehr Besucher auf den Monte Titano locken würden.

Paolo war froh, dass er seinen Weg bereits kannte und ihn im Getümmel nicht erst suchen musste. Don Andreas' Aufforderung folgend, hatte er sich noch einmal die Fotografie mit Felix und Franco Celi genau angesehen. Und dank seiner Gabe, die es ihm erlaubte, solche Aufnahmen bis ins Detail mit eigenen Erinnerungen abzugleichen, war ihm prompt etwas aufgefallen, das er zuvor noch nicht bemerkt hatte, nicht zuletzt deshalb, weil andere Gedanken ihn abgelenkt hatten. Paolo hatte deshalb beschlossen, diese einstweilen beiseitezulassen und die Dinge so sachlich wie möglich zu betrachten.

Er hatte keine Mühe, in den belebten Gassen den etwas unscheinbaren Kellereingang zum Restaurant *Il Cavaliere* wiederzufinden – ein weiterer Vorteil, wenn man ein episodisches Gedächtnis hatte. Diesmal war ungleich mehr los als bei seinem letzten Besuch, zahlreiche Besucher schienen sich durch das mittelalterlich-morbide Ambiente angezogen zu fühlen – oder vielleicht waren sie auch nur froh, der stechenden Sonne für eine Weile zu entkommen. Vorbei an der rostigen Rüstung, die den Eingang bewachte, stieg Paolo in die Katakombe hinab, die diesmal erfüllt war von Stimmengewirr und Gelächter. Tatsächlich waren die allermeisten der rustikalen Holztische besetzt, ebenso wie die Nischen unter den steinernen Bögen.

Paolo wartete nicht, bis der Kellner kam, um ihm einen Platz zuzuweisen. Stattdessen ging er direkt zu dem auf alten Weinfässern ruhenden Tresen, hinter dem Oliviero Pavesi mit dem Abfüllen von Getränken beschäftigt war, diesmal mittelalterlich gekleidet und mit einer wildledernen Schürze versehen.

«*Buongiorno, signor Pavesi.*»

Der andere blickte auf, die Hand behielt er jedoch am Zapfhahn, sodass sich der steinerne Krug weiter füllte.

«Haben Sie reserviert?»

«Ich bin nicht hier, um zu speisen», versicherte Paolo. «Erinnern Sie sich nicht an mich? Ich war neulich schon einmal hier und habe mich nach Lauro Bernasconi erkundigt ...»

Pavesi musterte ihn, dabei zog er geringschätzig die Oberlippe mit dem Schnauzbart hoch, sodass die Zahnlücke zwischen den Schneidezähnen sichtbar wurde. «Bedaure», erklärte er dann.

«Schade, dass Sie sich nicht entsinnen.» Paolo zuckte mit den Schultern. «Aber ihr Gedächtnis scheint überhaupt recht lückenhaft zu sein – sonst hätten Sie sich vielleicht entsinnen können, dass Signor Bernasconi früher auf den Namen Franco Celi hörte ...»

Pavesi hatte nicht bemerkt, dass der Krug bereits voll war. Mit einem gurgelnden Geräusch spritzten Gerstensaft und Schaum nach allen Seiten, besudelten Pavesi und den Tresen und hätten auch Paolo getroffen, wenn er nicht rechtzeitig einen Schritt beiseite gemacht hätte.

«*Cazzo di merda*», stieß der Wirt halblaut hervor und wischte sich mit dem Ärmel das Bier aus dem Gesicht.

«Das tut mir leid», versicherte Paolo trotz allem. «Was also besagten Signor Celi betrifft – ich weiß, dass er auch schon früher hier gewesen ist. Und dass Sie ihn sehr viel besser kannten, als Sie mir gegenüber zugegeben haben.»

«Verdammt, ich habe Ihnen doch schon gesagt, dass ich nichts weiß», entgegnete Pavesi halblaut, wobei er argwöhnisch nach den umliegenden Tischen schielte. Doch die Gäste dort waren zu sehr mit ihrem Essen und sich selbst beschäftigt, als dass sie auf ihn geachtet hätten.

«Sie erinnern sich also doch.»

«Mag schon sein ... Wie kommen Sie überhaupt auf den Gedanken, dass ich diesen Signor ... wie war sein Name?»

«Celi», half Paolo aus.

«... dass ich diesen Signor Celi kenne?»

«Ganz einfach», erwiderte Paolo, holte das Foto aus dem Kuvert aus der Innentasche seines Jacketts und hielt es ihm hin – es auf den Tresen zu legen, verbot sich infolge des schillernden Biersees, der sich dort gebildet hatte. «Weil mir zufällig diese Aufnahme in die Hände gefallen ist, die vor etwa elf Jahren entstanden sein dürfte. Wenn Sie bitte so freundlich sein möchten, Ihre Aufmerksamkeit auf die Tischplatte aus Eichenholz und das Muster der Steine an der Wand zu richten, so werden Sie feststellen, dass das Foto hier im Lokal gemacht wurde. Genau gesagt: Dort drüben in der Nische. Und aus dem Internet habe ich erfahren, dass Ihnen das *Cavaliere* auch damals schon gehörte.»

«Na und?» Pavesi sah ihn an.

«Deshalb waren Sie überrascht, als ich Ihnen bei meinem letzten Besuch das Bild des jüngst verstorbenen Signor Bernasconi zeigte – Sie hatten ihn bei seinem Besuch wiedererkannt, nicht wahr? Und Sie wussten auch, dass er seinen Namen geändert hatte. Schließlich waren Sie beide früher einmal – wie soll ich es nennen? – Geschäftspartner.»

Es war nur ein Versuch aufs Geratewohl, Paolo hatte nicht einen einzigen Beweis dafür, dass Pavesi in Bernasconis krumme Touren verwickelt gewesen war. Dafür aber mehrere Hinweise, angefangen von Pavesis verblüffter Reaktion auf das Porträt in dem kopierten Reisepass bis hin zu seiner offenkundig falschen Behauptung, Bernasconi nicht zu kennen. Warum, so hatte sich Paolo gefragt, sollte der Wirt sich so verhalten? Doch nur aus einem Grund ...

«Das reicht jetzt», kündigte Pavesi schnaubend an. «Ich werde Sie hinauswerfen lassen.» Er war schon dabei, sich nach dem Studenten umzusehen, der bei ihm als Aushilfskellner arbeitete.

«Das würde ich an Ihrer Stelle nicht tun», warnte Paolo ihn. «Denn erstens würde das unter Ihren Gästen für Unruhe sorgen, und zweitens bin ich noch nicht bei der Polizei gewesen, kann das aber gerne nachholen, wenn Sie darauf bestehen.»

Er sah dem Wirt fest ins Gesicht, in dem sich nun erste Anzeichen von Panik zeigten.

«Was wollen Sie?», ächzte Pavesi.

«Nur reden. Ein paar Antworten, nichts weiter.»

«Na schön. Fünf Minuten, nicht mehr.» Der andere warf den biertriefenden Lappen, mit dem er den Tresen gewischt hatte, in die Spüle. Und indem er dem Kellner zurief, dass er gleich wieder zurück sein werde, bedeutete er Paolo, hinter den Tresen zu kommen.

An den von einem Vorhang verhüllten Durchgang schloss sich ein kleiner Raum an, in dem sich Kartons und Getränkekisten stapelten. Mehrere Türen zweigten ab, eine führte ins Büro, eine andere in den Kühlraum. Stirnseitig ging es in die Küche, aus der würziger Bratenduft und verhaltener, ziemlich schräger Gesang drangen. Nur am wiederholten «Figaro» erkannte Paolo das *Largo Al Factotum* aus «Der Barbier von Sevilla».

Inmitten der Bierkisten blieb Pavesi stehen. «Also, was wollen Sie wissen?»

«Sie haben Franco Celi also gekannt.»

«Ja, aber nicht sehr gut.»

«Woher?»

«Vom Festival.»

«*Giornate Medioevali?*», fragte Paolo.

«Ganz recht. Celi wohnte damals hier in San Marino, und wir haben uns beide für das Mittelalter interessiert. Nur, dass sein Interesse mehr geschäftlich war.»

«Inwiefern?»

«Er war ein Händler, und ein ziemlich erfolgreicher. Mit Gütern, die aus dem Osten kamen ...»

«Sie sprechen von Kunstgegenständen», mutmaßte Paolo. Und im Hinblick auf seinen Schließfachfund fügte er spontan hinzu: «Ikonenbilder?»

«Auch, aber nicht ausschließlich. Es waren auch andere Objekte dabei, meist aus orthodoxen Kirchen, manche aus Gold und mit Edelsteinen besetzt ... In den Jahren vor der Jahrtausendwende kam ziemlich viel davon auf den Markt.»

«Sie meinen, nach dem Zerfall der Sowjetunion», erwiderte Paolo in Erinnerung an das, was Don Andrea ihm erklärt hatte.

«Genau. Die Russen haben in ihrer Not alles verkauft, was nicht niet- und nagelfest war. Und im Westen gab es vermögende Sammler, die bereit waren, gut dafür zu bezahlen – dass das Zeug oft illegal erworben war, dass es ohne jede Einfuhrgenehmigung über die Grenze kam und der Zoll nie davon Kenntnis genommen hat, war ihnen einerlei.»

«Eine Win-win-Situation.»

«Viele haben gut daran verdient», bestätigte Pavesi.

«Sie auch?», wollte Paolo wissen.

«Ich habe nur getan, was auch andere getan haben, nämlich in Celis Auftrag ab und zu Ware übergeben. Aber ich wusste nie, was genau sich in den Paketen befand.»

«Natürlich nicht.» Paolo schnitt eine Grimasse. «Es gab also mehr von diesen Kurieren?»

«Ein ganzes Netzwerk, nehme ich an.»

Paolo nickte. Dann zeigte er Pavesi abermals die Fotografie von Felix und Celi. «Sind Sie dem anderen Mann je begegnet?», fragte er, um Beiläufigkeit in der Stimme bemüht.

Der Wirt betrachtete erneut die Aufnahme. «Wer soll das sein?»

«Beantworten Sie nur meine Frage», beharrte Paolo.

«Kann schon sein.» Pavesi zuckte mit den schmalen Schultern. «Auf dem Festival wimmelt es von Besuchern, deshalb hat Celi es ja für die Übergabe der Ware ausgewählt. Es war wunderbar unauffällig.»

«Verstehe.» Paolo nickte, während er sich gleichzeitig fragte, ob Felix wohl auch als Kurier für Celi unterwegs gewesen war. «War Ihnen klar, dass all diese Kunstgegenstände auf illegalem Weg ins Land gelangt waren?»

«Darüber habe ich nicht nachgedacht. Ich war damals noch keine dreißig und hatte gerade das Lokal hier aufgemacht. Ich konnte das Geld gut brauchen, also nahm ich es.»

«Wie lange ging das so?»

«Eine Weile.» Pavesi zuckte mit den Schultern. «Bis Celi irgendwann von heute auf morgen verschwand.»

«Wann war das?»

«Vor ziemlich genau zehn Jahren.»

«Wissen Sie, wieso er so plötzlich verschwunden ist?»
«Vermutlich musste er untertauchen.»
«Wegen der Polizei?» Paolo hob die Brauen.
«Möglich. Damals änderten sich einige Dinge in San Marino, wissen Sie ...»
«Habe ich schon gehört.» Paolo nickte. «Haben Sie danach je wieder von Franco Celi gehört?»
«Eine lange Zeit nicht mehr.» Pavesi schüttelte entschieden den Kopf. «Bis er vergangene Woche in meinem Lokal aufgetaucht ist.»
«Was genau ist passiert?»
«Er kam während der Mittagszeit und hat sich an einen der kleinen Tische gesetzt.»
«Haben Sie ihn sofort erkannt?»
«Nicht gleich, ist schließlich alles schon eine Weile her, zumal er sich ziemlich verändert hatte – seine Figur, die Haarfarbe, der Bart ... sogar die Augen.»
«Seine Augen?»
Pavesi entblößte seine Zahnlücke in einem wissenden Lächeln. «Franco Celi hatte blaue Augen – der Kerl, der vergangene Woche hier war, hatte dunkle.»
Paolo warf einen Blick auf das Foto, aber die Aufnahme ließ keine Überprüfung zu. Dennoch erschien es nicht ausgeschlossen, dass Bernasconi seine Augenfarbe durch das Tragen entsprechender Kontaktlinsen verändert hatte. Oder auch durch das Einnehmen von Präparaten, die die Pigmentierung der Iris veränderten. Auch das war möglich, wie Paolo von seiner früheren Arbeit wusste.
«Sie können mir glauben», versicherte der Wirt. «Celi hat alles getan, um sich zu tarnen. Sogar einen Schweizer Akzent hat er sich zugelegt. Aber so leicht bin ich nicht zu täuschen.»

«Haben Sie sich anmerken lassen, dass Sie ihn erkannt haben?»

«Nein. Ich habe ihn bedient wie jeden anderen Gast und war froh, als er mein Lokal wieder verließ. Ich habe kein Interesse mehr an seinen Geschäften.»

«Glauben Sie, er ist deswegen zurückgekehrt? Wegen neuer Geschäfte?»

«Was sonst?» Pavesi grinste so breit, dass sich selbst seine Zahnlücke zu weiten schien. «Um der alten Zeiten willen?»

«Haben Sie jemandem davon erzählt?», erkundigte sich Paolo.

«Nein.»

«Haben Sie gewusst, dass Celi homosexuell war?»

Pavesi prustete durch die Nase.

«Warum lachen Sie?»

«Weil niemand *irgendetwas* über diesen Mann wusste. Selbst jetzt, da er nicht mehr unter uns weilt, ist er immer noch für eine Überraschung gut.»

«Sie wussten es also nicht?»

«Wieso sollte ich? Es interessiert mich auch nicht.» Pavesi klang gereizt.

«Sie werden das mit den Verkäufen doch für sich behalten?»

«Natürlich», versicherte Paolo – dass es sich bei Pavesis Vergehen um einen Fall von Hehlerei gehandelt hatte, der auch nach italienischem Recht vermutlich längst verjährt war, behielt er geflissentlich für sich. Die Erfahrung hatte ihn gelehrt, dass es durchaus von Vorteil sein konnte, wenn Zeugen ein schlechtes Gewissen plagte ... «Doch ich muss noch mehr über diese Geschäfte erfahren.»

«Wie ich schon sagte, weiß ich ohnehin nicht viel. In den staatlichen Museen gibt es Leute, die sich ausführlich mit dem

Thema beschäftigt haben. Fragen Sie nach Dr. Da Silva, wenn Sie mehr darüber wissen wollen ... aber Sie wissen das nicht von mir.»

«Einverstanden», sagte Paolo und ließ den Wirt stehen.

Auf dem Weg durch das Lokal folgte ihm noch ein weiteres, neugieriges Augenpaar.

KAPITEL 25

Nach seinem Besuch bei Pavesi war Paolos Hunger nach Informationen nicht gestillt, im Gegenteil.
War Franco Celi tatsächlich ein dicker Fisch im Kunstschmuggel gewesen? Ein Hehler, der im großen Stil Artefakte zweifelhafter Herkunft ins Land gebracht und dann meistbietend verhökert hatte? Standen die Daten auf der Speicherkarte damit in Verbindung, und hatte Felix ihm womöglich dabei geholfen? Und wenn ja, war Paolos Bruder so wie Pavesi nur ein Rädchen im kriminellen Getriebe, oder war er aufgrund seiner Beziehung zu Celi tiefer darin eingebunden gewesen?

Paolo lenkte seine Schritte zur Piazzetta del Titano, wo sich der *Palazzo Pergami Belluzzi* befand, der Hauptsitz des *museo di stato*. Wie eine freundliche Empfangsdame ihm mitteilte, weilte *dottore* Da Silva jedoch nicht im Haus, sondern im *Castello della Guaita*, der oberen Burg, die zugleich auch ein Museum und eine Zweigstelle des *museo di stato* war. Paolo stieg die engen Gassen und steilen Stufen also wieder hinauf, nicht ohne sich in einer Kaffeebar noch mit einem Espresso und einem Glas Wasser zu stärken.

Die Burg thronte mit ihrem «la Rocca» genannten Hauptturm auf 738 Metern Höhe, überragte die Stadt und den Berg. Durch das hohe, in einen steinernen Turm eingelassene Burgtor gelangte Paolo an die Kasse und löste ganz regulär ein Ticket, schon um keine langen Erklärungen abgeben zu müssen. So gelangte er in den begrünten, von Mauern und Zinnen umgebenen Innenhof der Burg, wo es eine Kapelle und einen alten Brunnen gab und allerhand mittelalterliche Gerätschaften ausgestellt waren. Auch hier waren Arbeiter damit beschäftigt, Stände und Bühnen zu errichten.

Obwohl die Sonne jetzt am frühen Nachmittag gnadenlos in den Burghof brannte, tummelten sich zahlreiche Besucher auf den Wehrgängen und Wachtürmen, von denen aus man auf die Stadt hinuntersehen konnte. Vom Söller am südöstlichen Ende bot sich zudem ein spektakulärer Blick auf den Hexenpass und die anderen Türme San Marinos.

Wie in jenen Zeiten üblich – laut einer Tafel reichte der Festungsbau bis ins elfte Jahrhundert zurück – gab es innerhalb des äußeren Mauerrings noch eine zweite Burg mit noch höheren Mauern, zu deren Eingang ein steiler Aufstieg führte. Dort oben, am Eingang zum eigentlichen Burgturm, entdeckte Paolo einen jungen Mann im hellblauen Polohemd, der offenbar für das Museum arbeitete. Mit einer Kladde in der Armbeuge inspizierte er die Außenmauer und machte handschriftliche Notizen, während ein paar Kinder um ihn herum Fangen spielten – oder *cavalieri e briganti*, wie Lucia es ausgedrückt hätte. Den Borsalino auf dem Haupt und sich mit einem Taschentuch den Schweiß von den Schläfen tupfend, stieg Paolo die Stufen hinauf.

«*Dottore da Silva?*», sprach er den jungen Mann an.

«*No, signore*», erwiderte der, «ich mache hier nur ein Praktikum. Der Doktor ist im Inneren.»

Paolo bedankte sich und passierte den Durchgang, der wiederum in einen entsprechend kleineren Hof führte. Mehrere Hinweistafeln verwiesen auf mittelalterliche Waffen und andere Ausstellungsstücke, die man in den alten Hallen und Kavernen untergebracht hatte. Auf der rechten Seite des kleinen Burghofs befand sich der eigentliche Hauptturm, ein mächtiges

Bauwerk, das auf halber Höhe von einem Wehrgang umgeben wurde, der es noch wuchtiger erscheinen ließ, als es ohnehin schon war. Der Zugang war mit rot-weiß gestreiften Bauzäunen abgesperrt, an einem Zugang in mehreren Metern Höhe lehnte eine Leiter, die zu einer in luftiger Höhe angebrachten hölzernen Tür führte. Eine große, sportlich wirkende Frau Mitte vierzig war soeben dabei, diese Leiter zu erklimmen. Wie der junge Mann vorn am Eingang trug auch sie ein blaues Polohemd – der *dottore* war kein Mann ...

«*Dottore da Silva?*», fragte er.

«Wer will das wissen?» Ihre Stimme war rau und weniger elfenhaft, als ihr zum Pixie Cut getrimmtes Haar hätte vermuten lassen. Sie nahm den Rahmen der alten Tür in Augenschein und machte mit dem Handy ein paar Aufnahmen davon.

«Mein Name ist Paolo Ritter. Ich ...» Er zögerte.

«Nun? Was wollen Sie ihr sagen?» Bernasconi stand plötzlich neben ihm und sah ihn vorwurfsvoll von der Seite an. «Doch nicht etwa die Wahrheit?»

Paolo überlegte einen Moment – und entschloss sich, es mit der ältesten aller Ausreden zu versuchen ... «Ich komme aus Deutschland und recherchiere für einen neuen Roman.»

«Nicht Ihr Ernst», empörte sich Bernasconi.

«Lassen Sie mich raten.» Da Silva ging weiter ihrer Arbeit nach, sah noch nicht einmal zu ihm herab. «Eine Liebesschnulze aus dem Mittelalter.»

«Nicht ganz», gestand Paolo. «Eher ein Krimi, Hintergrund ist der illegale Kunstmarkt in den Neunzigerjahren ... und Sie wurden mir als Kapazität auf diesem Gebiet empfohlen.»

«Soll das ein Scherz sein? Das kauft sie Ihnen doch niemals ab», verlieh Bernasconi Paolos tatsächlichen Bedenken Ausdruck.

«Von wem denn?» Erstmals wandte die Wissenschaftlerin jetzt den Blick, wenn auch mit gerümpfter Nase und in unverhohlener Geringschätzung.

«I-Internet», stammelte Paolo ins Blaue hinein, zu Bernasconis sichtlichem Verdruss. Die Historikerin jedoch schien mit dieser Antwort zufrieden zu sein. Und irrte er sich, oder wurde ihr Blick daraufhin ein wenig weicher?

«Sie sind also Schriftsteller», sagte sie, halb amüsiert.

«Genau», log Paolo.

Von ihrem hohen Posten aus taxierte sie ihn – besonders seinen Bauchansatz – und lächelte dann. «Sieht man», erklärte sie.

«Würden Sie mir ein paar Fragen beantworten?»

Mit einem Blick auf die alte Bausubstanz, die sie offenbar zu prüfen hatte, zögerte sie. Doch gab sie sich einen Ruck. «Warum nicht, es ist ohnehin zu heiß», sagte sie und stieg die Sprossen wieder herab. Instinktiv hielt Paolo die Leiter fest, die in seinen Augen bedenklich wackelte.

«Danke.» Sie nickte und sprang von der vorletzten Sprosse. «*Carla da Silva, dottore di ricerca*», stellte sie sich dann vor und hielt ihm die Hand hin.

«Paolo Ritter», sagte er noch einmal, verzichtete aber auf den Handschlag.

«Sie kommen wohl nicht so oft weg von Ihrem Schreibtisch?» Da Silva ging zu einem Rucksack, der in einer schattigen Mauernische abgestellt war, griff hinein und zog eine Flasche Mineralwasser heraus, aus der sie einige Schlucke trank.

Paolo mochte so aussehen, wie sie sich einen Schriftsteller ausmalte, dafür entsprach sie so ganz und gar nicht seinen Vorstellungen von einer Geschichtswissenschaftlerin: Ihre Gesichtszüge waren energisch und sonnengebräunt und auf eine herbe Weise attraktiv, der Pixie Cut ihrer dunklen Haare war der perfekte Rahmen dafür. Ihre langen Beine steckten in engen Jeans, den Bund ihres blauen Polohemds hatte sie vorn zusammengeknotet und das uniforme Kleidungsstück damit sehr viel körperbetonter gemacht. «Also», sagte sie, während sie eine Sonnenbrille aufsetzte und sich das dunkle Haar aus der Stirn strich, «was kann ich für Sie tun?»

«Wie gesagt, ich schreibe einen Roman über illegalen Kunsthandel in den späten Neunzigern. San Marino soll eine berüchtigte Drehscheibe dafür gewesen sein.»

«So?» Sie lächelte und nahm noch einen Schluck.

«Ist es wahr oder sind es nur Gerüchte?»

«Es ist wahr», gab sie zu, «aber um die Gründe zu verstehen, muss man die Geschichte San Marinos kennen. Wissen Sie, wie weit diese Geschichte in die Vergangenheit reicht, Signor Ritter? Rund 1700 Jahre!»

«Eine lange Zeitspanne.»

«In der Tat. Ein dalmatischer Steinmetz namens Marinus, der sich zum christlichen Glauben bekannte, soll sich auf den Monte Titano geflüchtet haben, um der Verfolgung durch Kaiser Diokletian zu entgehen. Dort scharte er zahlreiche Anhänger um sich, die schließlich noch im Jahr seines Todes die Republik San Marino gründeten, was diesen kleinen Staat übrigens zur ältesten noch bestehenden Republik der Welt macht. Marinus als ihr Schutzpatron und Namensgeber wurde später heiliggesprochen. Sein Gedenktag ist der dritte September, der zugleich auch der hiesige Nationalfeiertag ist.»

«Eine schöne Geschichte», stellte Paolo fest.

«Allerdings kann ich sie aus wissenschaftlicher Sicht leider nicht bestätigen. Die frühesten Hinweise für eine Siedlung auf dem Titano, die wir gefunden haben, stammen aus dem frühen sechsten Jahrhundert. Aber so ist es ja häufig mit Geschichten, nicht wahr? Diejenigen, die sich nicht sklavisch an die Wahrheit halten und der Fantasie freien Raum lassen, erzählen sich einfach schöner. Als Autor wissen Sie das natürlich am besten.»

«Gewissermaßen», sagte Paolo. «Und was hat das mit dem Kunsthandel zu tun?»

«Gar nichts», erwiderte Carla da Silva lächelnd, «aber mit dem Selbstverständnis San Marinos dafür sehr viel. Wie es heißt, waren Marinus' letzte Worte: ‹Relinquo vos liberos ab utroque homine.› Das ist Latein und bedeutet ...»

«... etwa so viel wie: ‹Ich lasse euch zurück in Freiheit von diesem und von jenem Menschen›», übersetzte Paolo.

Die schmalen Brauen hinter der Sonnenbrille hoben sich. «Sie können Latein.»

«Hab's in der Schule gelernt und erinnere mich noch an jedes Wort», bestätigte Paolo trocken.

«Mit jenen beiden Menschen waren Papst und Kaiser gemeint, aber man kann es natürlich auch ganz allgemein als Unabhängigkeitsbekenntnis sowohl von weltlicher als auch geistlicher Macht verstehen. Und dieses Selbstverständnis hat nicht nur die Politik San Marinos in den darauffolgenden Jahrhunderten geprägt, sondern auch seine Bewohner. Über das gesamte Mittelalter hinweg und bis in die Neuzeit hinein hat man es verstanden, sich sowohl durch seine besondere geografische Lage als auch durch kluge Bündnispolitik zu behaupten. Man hat den Machthunger der Malatestas und Borgias ebenso überstanden wie die napoleonischen Kriege und die Wirren der italienischen Freiheitskämpfe. Und in all dieser Zeit hat man es geschafft, sich keinem fremden Herren zu unterwerfen und gewissermaßen zwischen den Welten zu leben ...»

«... wie die sprichwörtliche Made im Speck», ergänzte Paolo.

«Zutreffend, aber nicht sehr charmant», konstatierte sie.

«Ich bin Deutscher», erklärte Paolo, als würde das alles erklären. «Und dieses besondere Selbstverständnis San Marinos ...»

«... hat wohl auch dazu geführt, dass man hier begonnen hat, Recht und Gesetz auf eigene Art zu deuten», fuhr da Silva fort. Sie war so in ihrem Element, dass sie gar nicht zu bemerken schien, wie in ihrem Rücken ein Kind durch die Absperrung schlüpfte und sich anschickte, die Leiter hinaufzuklettern. «Beispielsweise hat San Marino im Jahr 1865 als erstes Land Europas die Todesstrafe verboten.»

«Das ist beachtlich», gab Paolo zu. Sein eigenes Land hatte dazu sehr viel länger gebraucht, und so manche als fortschrittlich geltende Nation hielt bis zum heutigen Tag daran fest.

«Auf der anderen Seite», schränkte die Historikerin ein, «hat sich dadurch auch eine gewisse ... Unempfindlichkeit ... gegenüber Gesetzen und Regelungen unserer Nachbarländer ergeben.»

«Sie sprechen von der Steuergesetzgebung», nahm Paolo an.

«So ist es. Bis in die Zweitausenderjahre hinein galt San Marino offiziell als Steueroase in Europa.»

«Uns bekannt, anderen unbekannt», zitierte Paolo.

Da Silva nickte. «Für die Banken San Marinos war dieser Grundsatz ein ungeschriebenes Gesetz und lockte entsprechend viele Kunden aus dem In- und Ausland an. Allerdings nicht nur legale – und an diesem Punkt kommt nun der Handel mit eingeführten Kunstobjekten ins Spiel.»

«Inwiefern?», wollte Paolo wissen, während er zunehmend von dem Geschehen im Hintergrund abgelenkt war. Das Kind, ein Mädchen von vielleicht zehn Jahren, hatte inzwischen die Hälfte der Leiter erklommen, und das Ding wackelte wie ein verflixter Kuhschwanz.

«Es war ein einfaches, aber sehr erfolgreiches Geschäftsmodell: Die Kunden brachten in ihrem Heimatland unversteuerte Gelder nach San Marino, um vor Ort nicht registrierte Kunstgegenstände zu erwerben, ohne Kontrolle und ohne Limit. Und oft genug deponierten sie sie vor Ort in den Schließfächern der Banken, sodass jeder etwas vom Kuchen abbekam.»

«Und um was für Kunstobjekte handelte es sich genau?»

«Religiöse Objekte zumeist, mehrere Hundert Jahre alte Devotionalien aus ehemals russischem Besitz, die in den Jahren nach dem Ende der Sowjetunion auf den Schwarzmarkt gelangten und über Armenien, die Türkei und schließlich Bulgarien ihren Weg nach Westeuropa fanden. Zuletzt in solchem Umfang, dass der Staat nicht länger die Augen davor verschließen konnte.»

«Die schwarze Liste», sagte Paolo in Erinnerung an das, was Girotti ihm berichtet hatte.

«Ganz recht. Es ging dabei nicht nur um Kunstschmuggel, sondern auch um eine ganze Reihe anderer Praktiken auf dem Gebiet der Steuerhinterziehung, die unseren europäischen Nachbarn verständlicherweise ein Dorn im Auge waren.»

«Was also ist geschehen?»

«Der Sumpf wurde trockengelegt. Auf Druck vor allem der italienischen Regierung wurden Ermittlungen aufgenommen, und es gab einige Verurteilungen wegen krimineller Verschwörung. Der Schwarzhandel mit Ikonen und anderen Kunstgegenständen kam praktisch zum Erliegen.»

«Und die Hehler?»

«Haben die Zeichen der Zeit erkannt und sich aus dem Staub gemacht, nachdem zuletzt die Libanesen ...»

In diesem Moment war es so weit.

Aus den Augenwinkeln nahm Paolo wahr, wie das Mädchen,

das das obere Ende der Leiter erreicht hatte, hektisch mit den Armen ruderte.

«Vorsicht!», schrie in diesem Moment auch Bernasconi, der schweigend dabeigestanden und die Unterhaltung verfolgt hatte – vermutlich seinetwegen reagierte Paolo schneller, als er es sich zugetraut hätte. Mit großen Schritten war er bei der Leiter, gerade noch rechtzeitig, um das Kind aufzufangen, das ihm aus rund drei Metern Höhe schreiend entgegenpurzelte.

Es war gut, dass die Kleine barfüßig war, mit Stiefeln an den Füßen hätte sie Paolo wahrscheinlich verletzt. Den Ruck, der durch seine Bandscheiben ging, als er das Kind auffing, merkte er dennoch recht deutlich. Ein erstickter Schrei entfuhr ihm, und er ging stöhnend in die Knie.

Die Kleine schien in Ordnung zu sein. Im einen Moment noch stand ihr der Schrecken ins Gesicht geschrieben, im nächsten grinste sie breit und ließ Paolo ihr lückenhaftes Gebiss sehen. Ihre Stirn und die Augenpartie kamen ihm irgendwie bekannt vor. «Noch mal!», verlangte sie krähend.

«Nein danke», ächzte Paolo, sich die Lendenwirbelsäule massierend.

«Alessia Lorena da Silva!», ließ sich in diesem Moment die Historikerin vernehmen. Ihre Stimme überschlug sich fast. «Wie oft habe ich dir schon gesagt, dass du auf der Leiter nichts zu suchen hast?»

«E-entschuldige, Mama», stammelte das Mädchen.

«Ihre Tochter?», stieß Paolo hervor.

«Allerdings – und sie hat nichts als Unsinn im Kopf!», stellte Carla da Silva mit energisch in die Hüften gestemmten Armen fest.

«Genau wie du früher, sagst du immer», konterte das Mädchen und kicherte.

«Die großen Ferien», erklärte Carla da Silva an Paolo gewandt und verdrehte die Augen. «Sie sind praktisch endlos hier in Italien, und da ich alleinerziehend bin, bleibt mir nichts anders übrig, als meine Tochter zur Arbeit mitzunehmen – wo sie dann lauter Unfug anstellt.»

Das Mädchen zog einen Schmollmund.

«Ist ja nichts passiert», beschwichtigte Paolo, während er sich mit zusammengebissenen Zähnen langsam wieder aufrichtete.

«Aber nur, weil Sie zur Stelle waren», bestätigte die Wissenschaftlerin und nahm die Sonnenbrille ab, um ihm einen dankbaren Blick zu schenken. «Sie sind nicht nur ein Schriftsteller, sondern auch ein Held. Wer weiß, was sonst passiert wäre?»

«Kein Problem.» Paolo winkte ab. «Ich war nur im richtigen Moment am richtigen Ort.»

«Kann man wohl sagen. Wie können wir beide uns bei Ihnen bedanken? Vielleicht mit einer Einladung zum Abendessen?» In ihren Augen funkelte es nun, freundlich, aber für Paolos Geschmack ein wenig zu vertraulich ...

«Noch besser mit einer letzten Auskunft, die ich ... in meinem Buch verwerten kann», entgegnete er, griff in die Tasche und holte einmal mehr die Aufnahme von Felix und Franco Celi hervor. «Kennen Sie zufällig die Männer auf diesem Bild? Oder zumindest einen davon?»

Carla da Silva besah sich das Bild und die beiden Männer darauf genau. «Bedaure», sagte sie dann und gab es ihm zurück.

«Danke trotzdem», sagte er, «ich würde ...»

«Darf ich es auch sehen?», fragte das Mädchen in diesem Moment.

«Alessia», wies Carla da Silva ihre Tochter zurecht, «du hast für heute schon genug Ärger gemacht. Das Foto von dem

Herrn geht dich nichts an, du musst deine Nase nicht überall hinein...»

«Ist schon gut», meinte Paolo, der das Bild schon wieder hatte einstecken wollen, und hielt es dem Mädchen hin.

Alessia trat näher. Der Ausdruck in ihrem Gesicht, als sie es aufmerksam betrachtete, ähnelte dem ihrer Mutter.

«Der Mann da sieht traurig aus», stellte das Mädchen fest.

Paolo räusperte sich. «Ich weiß», bestätigte er mit gepresster Stimme, wobei er mit dem Zeigefinger auf Felix deutete, «dieser Mann war ziemlich krank, als die Aufnahme gemacht wurde.»

«Ich meine den anderen.»

«Findest du?» Paolo hob die Brauen. Es stimmte, wenn man Celi in die Augen sah, so entdeckte man darin eine gewisse Melancholie. Paolo hatte sie bislang mehr dem Alkohol zugeschrieben, aber vielleicht hatte das Mädchen ja recht, und da war auch noch etwas anderes ...

«Das genügt, der Herr muss jetzt weiter», stellte ihre Mutter nun klar, «und ich muss wieder zurück an meine Arbeit.»

KAPITEL 26

Als Paolo nach Cervia zurückkehrte, war es später Nachmittag, und Lucia und Giuseppina waren bereits damit beschäftigt, das Abendessen für die Gäste zuzubereiten.

Aus Erfahrung wusste Paolo, dass es besser war, den beiden nicht in die Quere zu kommen. Das galt schon für Tage, an denen Lucia und er *keinen* Streit gehabt hatten ... an diesem speziellen Tag wollte er erst recht keinen Fuß in die Küche setzen. Er übernahm seine abendliche Schicht an der Rezeption und zog sich danach ins Apartment zurück, wo er die Erkenntnisse und Gedanken des Tages zu sortieren versuchte, seinen zweiten Besuch bei Pavesi ebenso wie seine Unterhaltung mit Carla da Silva.

Auch wenn es ihm nicht gefiel – die Hinweise, dass Felix durch sein Verhältnis mit Franco Celi in verbrecherische Machenschaften verwickelt gewesen war, schienen eindeutig. Vielleicht war er genau wie Pavesi nur ein kleiner Fisch gewesen. Und noch immer wusste Paolo nicht zu sagen, was ihn mehr erschütterte: die Tatsache, dass sein Bruder nach all den Ereignissen, die letztlich zum Tod ihrer Eltern geführt hatten, erneut auf die schiefe Bahn geraten war, oder die Enthüllung, dass Felix offenbar sein Leben lang der Überzeugung gewesen war, seine sexuelle Orientierung geheim halten zu müssen.

Es war, als hätte er zwei Puzzleteile, die nicht nur ihrer Form nach nicht zusammenpassten, sondern auch aus unterschiedlichen Bildern stammten ... und keines davon hatte er sich von seinem Bruder gemacht. Entsprechend war Paolo nicht allein im Apartment. Celi/Bernasconi war bei ihm und bestürmte ihn mit Fragen, personifizierte seine Unwissenheit bezüglich der Vergangenheit und seine Zweifel bezüglich der Gegenwart.

An dem winzigen Schreibtisch sitzend, versuchte Paolo einmal mehr, den Code zu knacken, mit dem die Daten auf der Speicherkarte gesichert waren. Er recherchierte parallel im Internet, probierte Namen und Begriffe aus, die mit dem Mittelalter und der Geschichte San Marinos in Verbindung standen. Auch die Daten wichtiger Ereignisse zog er in Betracht, und er versuchte sein Glück auch mit dem wohl dämlichsten und unsichersten, aber auch meistverwendeten Passwort der Welt, das schlicht «password» lautete ... jedoch ohne Erfolg.

«Warum sind Sie so sicher, dass ich einen tatsächlich existierenden Begriff verwendet habe?», fragte Bernasconi, der hinter ihm durch das Halbdunkel geisterte. «Es könnte auch eine beliebige Kombination aus Zahlen und Buchstaben sein.»

«Könnte es», gab Paolo zu, «aber ich denke nicht. Erstens haben Sie den Speicherchip wohl zur Sicherheit bei meinem Bruder deponiert, als Backup sozusagen – da in dem Brief keine Rede davon ist, bin ich mir nicht einmal sicher, ob er überhaupt davon wusste. Sie rechneten folglich damit, den Speicher längere Zeit nicht zu Ihrer Verfügung zu haben, also haben Sie ein Passwort gewählt, das Sie sich auch über einen langen Zeitraum hinweg merken konnten. Außerdem», fügte Paolo schnaubend hinzu, «ist es auch eine Frage des Alters.»

«Sie verwenden ebenfalls Passwörter, die Sinn ergeben?»

«Als ob Sie mich das fragen müssten ...»

In diesem Moment waren vor der Tür Schritte zu hören. Paolo warf einen Blick auf die Zeitanzeige auf dem Display des Notebooks. Halb elf – Lucia hatte ihren Dienst beendet.

«Verschwinden Sie», wies Paolo Bernasconi an und klappte das Notebook zu. Nicht dass Lucia den toten Schweizer hätte sehen können, aber Paolo wollte auch nicht durch seine Anwesenheit abgelenkt sein. Nicht bei dem, was er mit Lucia zu bereden hatte. Dabei war es ihm gleich, wohin sich das Phantom verdrückte, von ihm aus hätte sich Bernasconi auch wie in einer schlechten Komödie in den Wandschrank flüchten können. Aber Bernasconi zog es vor, sich an Ort und Stelle aufzulösen, was Paolo noch lieber war. Denn schon im nächsten Moment wurde die Tür geöffnet.

Lucia trat ein. Haube und Schürze hatte sie bereits abgelegt, sie sah müde und abgekämpft aus. Im Gegenlicht des Hausgangs konnte Paolo ihre hängenden Schultern sehen. Mit einem Seufzen schaltete sie das Licht an – und gab einen halb erstickten Laut von sich, als sie ihn am Schreibtisch sitzen sah.

«Entschuldige», sagte er, «ich wollte dich nicht erschrecken.»

«Schon gut.» Sie zuckte mit den Schultern und machte deutlich, dass sie noch immer wütend auf ihn war. Ihm den Rücken zuwendend, zog sie ihre Schuhe aus.

«Kein Treffen mehr mit Tino und den anderen?»

«Heute nicht.» Sie schüttelte den Kopf und massierte ihre Schläfen. Ihr hochgestecktes Haar war in Unordnung, ein paar Strähnen waren widerspenstig herabgefallen. «Ich bin müde.»

«Kann ich gut verstehen.» Paolo nickte. «Können wir trotzdem kurz reden?»

«Eigentlich», erwiderte sie, während sie schon dabei war, ihr Kleid aufzuknöpfen, «wollte ich rasch unter die Dusche und dann ins Bett. Morgen ist wieder Catering. *Quattro portate.*»

«Ich weiß. Es dauert auch bestimmt nicht lange ...»

«*Va bene.*» Sie ließ von den Knöpfen ab. «*Allora?*»

«Ich möchte mich entschuldigen», erklärte Paolo.

«Wofür?»

«Wo soll ich anfangen? Dafür, dass ich so abweisend zu dir gewesen bin. Und dass ich einfach davongerannt bin, statt mit dir zu reden. Ich denke, ich kenne jetzt auch den Grund dafür: Ich habe Angst, Lucia. Große Angst sogar.»

«Wegen deiner Erinnerungen an Felix.»

«Nein, das ist es nicht.» Er schüttelte den Kopf. «Ich meine, anfangs dachte ich, es wäre so ... aber je mehr ich über die Sache erfahre, desto klarer wird mir, dass es in Wahrheit gar nicht um ihn geht, sondern um mich.»

Lucia hob die Brauen.

Paolo zögerte, suchte nach den passenden Worten. «Dieser Fall, diese ganze Geschichte ist für mich wie ... wie eine unfreiwillige Reise in die Vergangenheit. Ich meine, du weißt, dass die Vergangenheit für mich immer sehr viel lebendiger ist als für andere Leute, aber ich habe gelernt, damit zu leben. Doch jetzt weiß ich nicht, wie lange ich es noch kontrollieren kann. Ich habe Angst, dass es wieder Oberhand gewinnt, Lucia», gestand er in einer Offenheit, über die er sich selbst am meisten wunderte. «Dass ich wieder zu dem werden könnte, der ich früher einmal war.»

«Wäre das denn so schlimm?»

Paolo lachte auf. «Vermutlich hättest du mich damals nicht kennenlernen wollen. Ich war ein Sonderling, ein Außenseiter voller Ticks und Macken ...»

«Mein Herz», sagte Lucia mit mildem Lächeln und trat langsam auf ihn zu, «in vieler Hinsicht bist du noch immer ziemlich seltsam. Das ist einer der Gründe dafür, dass ich dich mag.»

«Dann ... verzeihst du mir meinen Ausbruch?»

Statt zu antworten, kam sie zu ihm, legte ihre Arme um seine Schultern und zog ihn an sich. Paolos Gesicht versank in dem geblümten Stoff, der ihren Busen bedeckte, er roch den Duft ihrer Lotion, vermischt mit dem von Tomaten und Basilikum.

«Es tut mir leid», murmelte er.

«*Anche a me dispiace*», versicherte sie und küsste ihn sanft auf den spärlich behaarten Scheitel. «Wo bist du heute gewesen?»

«In San Marino», erwiderte er, nachdem sie ihn wieder aus ihrer Umarmung entlassen hatte. «Und ich habe ein paar Antworten gefunden – etwa dass Lauro Bernasconi nicht nur Felix' Geliebter gewesen ist. Die beiden haben auch zusammengearbeitet. Es hatte wohl etwas mit Kunstschmuggel zu tun. Offenbar hatte Bernasconi einen schwunghaften Handel mit illegal eingeführten Ikonenbildern und anderen Kunstgegenständen aus ehemals russischem Besitz am Laufen. Und Felix scheint irgendwie darin verstrickt gewesen zu sein, auch wenn ich noch nicht weiß, in welchem Umfang.»

«Und dieser Schlüssel?»

«Ich nehme an, dass es sich dabei um eine Art Rückversicherung handelte, die Bernasconi bei Felix hinterlegte für den Fall, dass er irgendwann in Bedrängnis geriet.»

«Was denn für eine Rückversicherung?» Lucia hatte Schwierigkeiten, das Wort ohne Zungenbruch hervorzubringen. «Meinst du dieses Ikonenbild, das nur ein Souvenir für Touristen ist?»

«Äh … nicht ganz», gab Paolo zu und errötete ein wenig. «Ich fürchte, ich habe dir noch nicht alles erzählt …»

«Nein?» Jetzt trat sie einen Schritt zurück und verschränkte die Arme vor der Brust. «*Allora?*»

«Don Andrea hat noch etwas anderes entdeckt, als ich bei ihm war», eröffnete er, wandte sich zum Notebook um, ließ die Speicherkarte auswerfen und hielt sie mit Daumen und Zeigefinger hoch. «Nämlich das hier.»

«Was ist das?»

«Ein Speicherchip, der im Inneren des Ikonenbilds versteckt war. Sein Inhalt ist durch ein Codewort gesichert, und es ist mir bislang nicht gelungen, es zu knacken. Aber angesichts des Aufwands, den Bernasconi getrieben hat, um das Ding zu verstecken, nehme ich an, dass der Inhalt von ziemlicher Brisanz ist.»

«*Dio mio!*», flüsterte Lucia. «Womöglich musste er deshalb sterben ...»

«Vielleicht brauchte er die Daten, weil jemand hinter ihm her war», stimmte Paolo zu. «Das würde erklären, warum er auch nicht vor Einbruch zurückschreckte, um sie in seinen Besitz zu bringen.»

«Und Felix? Was hatte er damit zu tun?»

«Wie ich schon sagte», meinte Paolo grimmig, «wie mein Bruder in die Geschichte passt, kann ich bislang nur vermuten. Ich bin mir auch gar nicht sicher, ob Felix überhaupt von der Existenz des Schlüssels und des Bankschließfachs wusste, von dem Speicherchip ganz zu schweigen. Wie es aussieht, unterhielt Bernasconi ein ganzes Netzwerk von Kurieren, die die Ware an seine Kunden übergaben, mit diesem Mittelalter-Festival als Tarnung.»

«Den *Giornate Medioevali*», half Lucia aus.

«Genau. Hat er jemals irgendetwas darüber gesagt? Ich meine, außer dass er gerne Ritter und Räuber spielt?»

«Nein.» Lucia schüttelte den Kopf, schien jedoch angestrengt in sich hineinzuhorchen, beinahe wie Paolo, wenn er die Geister der Vergangenheit bemühte. «Es ist nur ...»

«Was?»

«*Niente*», versicherte sie kopfschüttelnd, «es hat sicher gar nichts zu bedeuten. Aber du weißt ja, dass dein Bruder kein sehr guter *uomo d'affari* war, er konnte einfach nicht mit Geld umgehen. Einmal – er hatte gerade ein kleines Vermögen für einen ganz besonderen *liquore* ausgegeben, den er unseren Gästen servieren wollte – fragte ich ihn, wie es ihm früher nur gelungen sein mochte, das Hotel ohne mich zu führen. Da entgegnete er, dass er damals noch einen zweiten Job gehabt hätte. *Molto proficuo*», fügte sie hinzu, wobei sie demonstrativ beide Hände hob und Daumen und Zeigefinger aneinanderrieb.

«Ein einträglicher Nebenjob?» Paolo sah sie entgeistert an. «Und das erwähnst du erst jetzt?»

«Mein Gedächtnis ist nicht wie deins, ich hatte es fast vergessen», verteidigte sie sich. «Damals habe ich mir doch nichts dabei gedacht.»

«Ich verstehe.»

«Außerdem hast du mir auch nicht alles gesagt», fügte sie leiser hinzu, auf den Speicherchip deutend.

«Das ist wahr», musste Paolo zugeben.

Sie trat wieder auf ihn zu und schloss seine Wangen in ihre Hände. «Au. Du stachelst.»

«Entschuldige.» Er lächelte matt. «Ich sollte mich dringend rasieren.»

«*Sì*, aber vor allem solltest du zur Polizei gehen. Erzähle ihnen, was du herausgefunden hast, und dann gib die Sache ab, bevor sie zu groß für uns wird.»

Paolo überlegte, dann nickte er.

«Einverstanden. Mir ist nur wichtig, dass wir beide wieder im selben Boot sind.»

«Du willst mit mir in einem Boot fahren?» Sie sah ihn zweifelnd an. «*In una barca? Adesso?*»

«Nur ein Sprichwort», versicherte er lächelnd und erhob sich, und nun war er es, der sie in seine Arme zog.

«*Ti amo, stolto*», wisperte sie, während sie ihn mit ihren großen dunklen Augen ansah.

Ein wenig zögernd, so als fürchtete er, sie könnte sich jeden Augenblick abwenden und die Flucht ergreifen, beugte er sich zu ihr hinab und küsste sie. Ihre Lippen waren warm und weich und erwiderten seine Zärtlichkeit.

«Wie sieht's aus?», hauchte Lucia ihm ins Ohr. «Willst du mitkommen unter die Dusche? *Puoi anche lavarmi la schiena …*»

Als Antwort küsste Paolo sie abermals.

Wie gerne er mit ihr unter die Dusche kommen und alles um sich herum vergessen wollte. Wie gerne er ihr gehauchtes Versprechen, ihr den Rücken einseifen zu dürfen, wahr machen wollte …

Aber irgendetwas ließ ihn nicht.

Es war, als hätte jemand die Tür des Kühlschranks offen gelassen. Irgendetwas wühlte und nagte im Hintergrund von Paolos Bewusstsein, setzte eine Assoziationskette in Gang, die er nicht abstellen konnte. Nicht dass dies ein Einzelfall gewesen wäre, solche Ketten ratterten täglich zu Hunderten durch sein Bewusstsein, Eilzügen gleich, die sich nicht stoppen ließen. Er hatte mühsam lernen müssen, sie einfach fahren zu lassen, ohne bei der Verfolgung all dieser unwillkürlichen Gedanken den Verstand zu verlieren … Doch in diesem Fall hatte er das Gefühl, dass diese spezielle Assoziation zu etwas führte.

La schiena.

Der Rücken.

Das Kreuz.

Das Kreuz des Südens …

Es war ein Gedankenblitz, der Paolo durchfuhr, so heftig, als würde er von einer elektrischen Entladung getroffen. Er zuckte zusammen, Lucia prallte erschrocken zurück.

«*Santo cielo*», rief sie aus. «*Qual è il problema?*»

«Kein Problem, nur eine Idee», versicherte er, während er sich mit weichen Beinen von ihr abwandte und zurück auf den Schreibtischstuhl sinken ließ. Mit bebender Hand klappte er das Notebook wieder auf, dessen Bildschirm leuchtend ansprang, und steckte den Speicherchip erneut ein.

Wie all die anderen Male zuvor erschien die Eingabemaske für das Passwort auf dem Schirm.

Und Paolo tippte.

Crocedelsud.

Zusammen mit Lucia, die sich zu ihm gesellt hatte und ihm gespannt über die Schulter blickte, hielt er den Atem an, als er die Return-Taste betätigte.

Einen quälenden Augenblick lang geschah nichts.

Dann sprang die Anzeige von Rot auf Grün um.

«Das ist es», flüsterte Paolo.

Im nächsten Moment änderte sich die Anzeige erneut, und eine schematische Übersicht der auf der Karte gespeicherten Dateiordner erschien, alle hübsch aufgereiht und mit Namen versehen.

«Was ist das?», fragte Lucia atemlos.

«Weiß ich nicht», gab er zu und klickte in das erstbeste Verzeichnis. Die Anzeige wechselte wieder, statt der Ordner waren jetzt die einzelnen Dateien zu sehen, die meisten davon im alten .xls-Format, Tabellen und Verzeichnisse. Auch einige Textdateien waren darunter, von denen Paolo wahllos eine öffnete.

Das Dokument enthielt Namen.

Und schon die ersten, die Paolo las, machten ihm klar, dass

dies nicht irgendeine Liste war – sondern eine, für die manche Menschen viel Geld bezahlen würden.

Und andere vermutlich töten ...

«Scheiße», flüsterte er, während ein eisiger Schauder seinen Rücken hinabkroch.

«*Perqué?*», fragte Lucia. «Was bedeutet das?»

«Ärger», erwiderte Paolo nur.

Dann griff er zu seinem Smartphone und rief die Nummer Tenente Girottis an.

KAPITEL 27

Paolo saß wieder am gleichen Tisch an der zinnenbewehrten Mauer. Durch die dunkel getönten Gläser der Sonnenbrille ließ er den Blick über den Belvedere schweifen, die weite Aussichtsplattform an der Bergstation der *funivia*, auf dem sich auch heute wieder die Touristen drängten. Unwillkürlich musste Paolo an die unfreiwillige Gesellschaft denken, die er bei seinem letzten Besuch hier erhalten hatte, an den Unbekannten, der ihm gefolgt war. Diesmal war seine Begleitung sehr viel angenehmer ...

«*È in ritardo*», stellte Lucia fest, die ihm an dem Tischchen gegenübersaß. «Bist du sicher, dass er kommen wird?» Sie trug eines ihrer geblümten Kleider – diesmal das mit den Rosen – und sah ihn fragend an. Nach allem, was er ihr erzählt hatte, hatte sie es sich nicht nehmen lassen, ihn zu begleiten, trotz des Vier-Gänge-Menüs, das sie am Nachmittag für das Catering würde zubereiten müssen.

«Ziemlich sicher», erwiderte Paolo nickend und nahm einen Schluck von seinem Espresso.

«*Buongiorno.*»

Paolo fuhr herum – um sich der imposanten Gestalt Tenente Girottis gegenüberzusehen. Zu Jeans und weißem T-Shirt trug er diesmal ein naturfarbenes Leinensakko, dessen Ärmel er hochgeschoben hatte wie weiland Don Johnson in «Miami Vice». Und schon wieder nahm Paolos empfindliche Nase einen satten Hauch «007» wahr ...

«Signorina Camaro, Signor Ritter.» Er nickte beiden zur Begrüßung zu, und Lucia bekam obendrein ein Lächeln, das sie freundlich erwiderte. «Sie sehen heute wieder bezaubernd aus, Signora Camaro.»

«Und Sie sind ziemlich spät dran», versetzte Paolo, ehe Lucia etwas erwidern konnte.

«Genau wie Sie gestern.» Girotti trat an einen der anderen Tische und borgte sich einen freien Stuhl, den er an Paolos und Lucias Zweiertisch heranrückte. «Immerhin war es schon beinahe Mitternacht ...»

«‹Tag oder Nacht, ganz egal› – das waren Ihre Worte.» Paolo grinste freudlos. «Tut mir leid, wenn ich Sie um Ihren Schlaf gebracht habe. Aber ich dachte mir, dass Sie das sicher interessieren würde.»

«Sie haben also etwas für mich.» Girotti sah sich nach dem Wirt um und winkte ihn zu sich, bestellte sich einen Doppio.

«Ich denke schon.» Paolo nahm die Sonnenbrille ab und legte sie vor sich auf den Tisch. «Ich habe Lauro Bernasconis frühere – und vermutlich wahre – Identität herausgefunden. Sein richtiger Name war Franco Celi, und er lebte damals offenbar hier in San Marino.»

Girotti sah ihn an. Weder sein Mienenspiel noch seine Augen verrieten einen Hauch von Überraschung.

«Sie wussten es bereits.» Paolo gab sich Mühe, seine Enttäuschung hinter einer Fassade der Nüchternheit zu verbergen.

«Wir haben die letzten Tage nicht mit süßem Nichtstun verbracht, Signor Ritter», entgegnete der Polizist lächelnd. «Ich erklärte Ihnen ja, dass Interpol in dem Fall ermittelt. Wir wissen inzwischen, dass Franco Celi in internationalen Kunstschmuggel verwickelt war. Eine Zeit lang liefen die Geschäfte für ihn ganz gut, aber dann wurde er wohl zu gierig. Er musste untertauchen und änderte seinen Namen, allerdings unterliefen ihm dabei so viele Fehler, dass wir seine wahre Identität rasch aufklären konnten.»

«Nicht nur Sie», brachte Paolo in Erinnerung. «Mir ist es auch gelungen – und womöglich auch anderen. Vielleicht ist das der Grund, warum er sterben musste.»

«Anzunehmen.» Girotti nickte.

«Haben Sie denn herausgefunden, weshalb genau Bernasconi damals so plötzlich untertauchen musste?»

«Noch nicht», gestand der Tenente, wobei er einmal mehr ein verbindliches Lächeln in Lucias Richtung schickte. «Aber wir werden es noch herausfinden, glauben Sie mir. Also, was haben Sie sonst noch für mich? Am Telefon vergangene Nacht sprachen Sie von Informationen, die dem Fall eine neue Wendung geben könnten ...»

Paolo kniff die Lippen zusammen. Es stimmte, das hatte er gesagt – aber jetzt hätte er sich am liebsten dafür geohrfeigt. Eigentlich hätte Paolo nur in die Tasche seines Jacketts zu greifen und Girotti die Speicherkarte zu übergeben brauchen. Doch plötzlich hatte er wieder Vorbehalte ... Es war nur ein Gefühl, aber etwas an Girottis Reaktion ließ Paolo argwöhnen, dass der Tenente Bernasconis wahre Identität auch schon bei ihrem letzten Gespräch gekannt und sie ihm bewusst verschwiegen hatte.

Aus welchem Grund?

Auch Paolo hatte im Zuge seiner Arbeit für das LKA bei Zeugenbefragungen nicht immer mit offenen Karten gespielt, aber er hatte die Leute nicht für dumm verkauft. Girotti hingegen schien genau das zu versuchen, und das ärgerte ihn ... Oder war es nur die Art und Weise, wie Lucia auf den feschen Interpol-Agenten und seine offenkundige Ausstrahlung reagierte, die Paolos inneren Widerstand erregte?

Ganz gleich, ob es nur kindische Eifersucht war oder berechtigter Vorbehalt – sobald Paolo die Speicherkarte aus den Händen gab, verlor er damit auch jede Möglichkeit, in diesem Fall zu handeln ...

Er merkte, wie Girottis Blick drängender wurde, auch Lucia sah ihn jetzt fragend von der Seite an.

«Nehmen wir an, Sie hätten recht und da wäre tatsächlich noch mehr», begann Paolo gedehnt, «dann würde ich als Gegenleistung für diese Informationen etwas haben wollen.»

Girotti schüttelte leicht den Kopf. «Sie meinen aber nicht Geld, hoffe ich.»

«Den Abschlussbericht von Lauro Bernasconis Autopsie.»

«Wie bitte?»

«Bei unserem letzten Zusammentreffen erwähnten Sie, dass die gerichtsmedizinische Untersuchung noch andauere. Inzwischen wird sie wohl abgeschlossen sein, wie ich annehme.»

«Natürlich, aber was wollen Sie damit?»

«Mich informieren», erklärte Paolo schlicht. «Je intensiver ich mich mit diesem Fall beschäftige, desto mehr beginnt er mich zu interessieren.»

Girotti starrte ihn an. Was hinter den ebenmäßigen Gesichtszügen und den graublauen Augen vor sich ging, war nicht zu erkennen. «Ich bedaure», gab er schließlich zur Antwort, «aber das kann ich nicht tun.»

«Dann», entgegnete Paolo, «werden Sie leider auch keine weiteren Auskünfte erhalten, und ich habe Sie wirklich ganz umsonst geweckt.»

«Sie wissen, dass ich Sie dazu zwingen kann? Dass Sie dabei sind, eine Straftat zu begehen?»

«Wenn ich für eine polizeiliche Ermittlung notwendiges Beweismaterial absichtlich zurückhalten würde, dann wäre das möglicherweise eine Straftat», räumte Paolo ein und hielt seinem bohrenden Blick dabei weiter stand. «Aber wenn ich mich einfach nur geirrt und die Dinge falsch eingeschätzt habe ...»

«Ich verstehe», sagte Girotti hölzern. Seine Gesichtszüge waren eingefroren. Abrupt stand er auf. «Ich werde sehen, was sich machen lässt», knurrte er – und war im nächsten Moment im Fluss der vorbeiströmenden Touristen verschwunden.

Nur einen Herzschlag später erschien der Wirt, in seiner Hand ein kleines Tablett mit dem bestellten Espresso Doppio darauf.

«Wo ist er denn hin?»

«Schon gegangen», sagte Paolo nur.

«Diese Touristen», sinnierte der Mann mit dem Schnauzbart kopfschüttelnd, «immer in Eile!»

KAPITEL 28

«Warum hast du es ihm nicht gesagt?» Paolo hinterdrein hastete Lucia die steilen Stufen hinauf. Sie hatte Mühe, mit ihm Schritt zu halten. «Und warum hast du das blöde Ding nicht dem Tenente gegeben?»

Paolo blieb stehen und wandte sich zu ihr um. Die Gasse zwischen den steinernen Hauswänden war so eng, dass sie nur hintereinanderlaufen konnten. Dafür war es angenehm kühl, die Sonnenstrahlen reichten nicht bis auf den Grund. «Weil das blöde Ding, wie du es nennst, alles ist, was wir noch in der Hand haben.»

«Um was zu tun?» Lucia sah ihn zweifelnd an. «Das ist nicht dein Fall, *mio caro*. Du musst ihn nicht lösen.»

«Ich weiß», gab Paolo zu. «Aber irgendetwas stimmt hier nicht, das kann ich fühlen.»

«*Sentire?*», hakte sie nach. «Wirklich? Und es hat nichts damit zu tun, dass Tenente Girotti freundlich zu mir ist? Du weißt, es ist Sommer, und du bist in *Italia* ...»

«Das ist es nicht.» Paolo schüttelte den Kopf. «Jedenfalls nicht nur ...»

«Und warum ausgerechnet *la relazione dell'autopsia*? Was versprichst du dir davon?»

«Ich wollte wissen, wie sehr Girotti die Informationen haben will, die ich ihm in Aussicht gestellt habe. Also habe ich ihn aufgefordert, etwas zu tun, bei dem er über seinen Schatten springen muss. Ich hätte ihn auch bitten können, unsere Strafzettel verschwinden zu lassen.»

«Wir haben keine Strafzettel hier in San Marino.»
Paolo schnitt eine Grimasse. «Deshalb der Autopsiebericht. Wenn Girotti ihn mir gibt, weiß ich, dass er im Dunkeln tappt, was den oder die Täter betrifft.»

«*Santo cielo!* Das ist ganz schön … wie sagt man?»

«Schlau?», half Paolo aus. «Raffiniert?»

«Hinterhältig», fand sie endlich das Wort, nach dem sie gesucht hatte.

«Ein wenig, vielleicht. Aber nur so bekomme ich heraus, was Girotti über diesen ganzen Fall weiß. Und über Felix' Rolle darin.»

«*Ecco dov'è il problema.*» Lucia nickte. «Also darum geht es. Was auch immer Felix getan hat, es war seine Entscheidung.»

«War es das?» Von unter der Krempe des Borsalinos sah Paolo sie zweifelnd an. «Ehrlich gesagt bin ich mir da nicht so sicher.»

«*Sì*, wahrscheinlich hast du recht.» Lucia nickte. «‹*L'amore rende ciechi*›, heißt es bei uns.»

Paolo schürzte die Lippen.

Liebe macht blind.

«Das Sprichwort gibt es in Deutschland auch», versicherte er. «Oder vielleicht war Felix auch nur einsam.»

«Wie meinst du das?»

Paolo zögerte. «Nun ja, nach allem, was wir wissen, ist er Bernasconi ziemlich genau zu der Zeit begegnet, als ich jeden Kontakt mit ihm abgebrochen habe. Er hatte mir eine Mail mit einem Bild von sich geschickt und einer Einladung, ihn in Cervia zu besuchen, aber nach allem, was geschehen war, konnte ich mich dazu einfach nicht überwinden. Ich habe die Mail nie beantwortet. Erst Jahre später erfuhr ich, dass er kurz zuvor seine Diagnose erhalten hatte. Er wollte sich mit mir aussöhnen und sich mir anvertrauen, mir, seinem Bruder. Aber ich ...» Seine Stimme war kurz davor zu versagen, also verstummte er. Lucia hatte auch so verstanden.

«Du meinst, dass er Bernasconi womöglich nie begegnet wäre, wenn du damals nach Cervia gekommen wärst?»

«So ungefähr.» Er nickte.

«*Forse, forse no*», erwiderte sie und zuckte mit den Schultern. «Aber *primo* scheint Felix in jener Zeit glücklich gewesen zu sein, *e secundo* ist auch das seine Entscheidung gewesen und nicht deine. Du musst endlich aufhören, ihn beschützen zu wollen.»

Es wurde still in der schmalen Gasse, nur der ferne Lärm vorbeiziehender Touristen war zu hören.

Paolo wusste nichts zu erwidern.

Lucia hatte recht.

So absurd es sein mochte – schließlich war sein Bruder schon seit vier Jahren tot –, fühlte er sich noch in einer gewissen Weise für ihn verantwortlich ...

«*Allora*», schloss Lucia und stemmte energisch die Arme in die Hüften. «Was tun wir hier? Warum rennen wir diese Gasse hinauf?»

Paolo besann sich einen Moment. «Weil ... weil ich etwas überprüfen möchte. Auch wenn Girotti ziemlich geizig mit Informationen ist, hat er uns doch eines verraten. Nämlich dass Bernasconi damals nicht wegen der Polizei untertauchen musste.»

«*E perché allora?*»

«Das ist die Frage – und es gibt jemanden, der es mir vielleicht sagen kann.»

«Jemanden?», rief Lucia ihm hinterher, während er sich bereits wieder in Bewegung setzte.

«Eine Historikerin, eine gewisse *dottore* da Silva», erklärte Paolo und nahm wie zuvor gleich mehrere Treppenstufen auf einmal.

Die Gasse mündete auf die Salita alla Rocca, die wiederum zum Burgtor führte. Vorbei an Verkaufsständen, an denen es nach Ledertaschen und frischem Espresso roch, gelangten sie zum Haupttor. Die lange Besucherschlange, die sich an der Kasse gebildet hatte, verstörte Paolo geradezu. Als er eine Mitarbeiterin im hellblauen Polo des *museo di stato* erblickte, sprach er sie an und erkundigte sich nach Dr. da Silva, worauf sich die junge Frau freundlicherweise bereit erklärte, Lucia und ihn zum Diensteingang einzulassen und zu ihrer Vorgesetzten zu bringen.

Im Gegensatz zum Vortag war Carla da Silva diesmal damit beschäftigt, im Innenhof ein altertümliches Geschütz zu inspizieren. Erneut waren Absperrungen errichtet worden, die die Besucher ein wenig auf Distanz halten sollten, gleich nebenan waren Aufbauarbeiten für das Festival im Gang. Da Silvas Tochter war ebenfalls wieder mit von der Partie – diesmal hatte sie einen Haufen Bausand erklommen, auf dem sie kauerte, während sie kleine Plastikförmchen füllte.

«*Buongiorno!*», rief das Mädchen und winkte.

«*Buongiorno*», erwiderte Lucia freundlich. «Wer bist du denn?»

«Alessia. Und wie heißt du?»

«Lucia», stellte diese sich vor und deutete auf ihren Begleiter. «Und das ist Paolo.»

«Den komischen Mann kenne ich schon», sagte das Kind und schnitt eine Grimasse. «Der hat Fotos von traurigen Leuten dabei, die er immer meiner Mama und mir zeigt.»

«Tatsächlich?» Lucia sandte Paolo einen tadelnden Blick.

«Und was hast du da in deinen Förmchen? Doch nicht etwa Eiscreme?»

«Nö, bloß Sand.» Alessia schüttelte den Kopf. «Du musst nicht so tun, als ob ich noch klein wäre. Ich werde schon elf.»

«Oh.» Lucia schürzte anerkennend die Lippen. «Und wenn mir das egal wäre und ich einfach nur mit dir Eisessen spielen wollte?»

Alessia überlegte einen Moment. «Ich habe drei Sorten», erklärte sie dann feierlich. «Erdbeer, Minze und Schokolade.»

«Meine Lieblingssorten», erwiderte Lucia ebenso feierlich, «sind Erdbeer, Minze und ... lass mich überlegen ... Schokolade. Bitte also von jedem etwas.» Während sich das Mädchen mit Feuereifer daranmachte, die Bestellung auszuführen, trat Paolo unter das Dach mit dem Geschütz. *Dottore* da Silva wandte ihm den Rücken zu und war offenbar so in ihre Arbeit vertieft, dass sie ihn noch gar nicht bemerkt hatte.

«Noch immer Schulferien in Italien?», fragte er.

Jetzt wandte sie sich um, und ein Grinsen huschte über ihr Gesicht, als sie ihn erkannte. «Ja, leider», feixte sie. «Sie wollen einfach nicht zu Ende gehen. Als ob ...» Ihr Blick fiel auf Lucia, die jetzt am Fuß des Sandbergs kauerte und Alessias Eis «probierte». «Ich sehe schon, diesmal haben Sie Verstärkung mitgebracht. Sollte ich Sie bei unserem letzten Treffen eingeschüchtert haben?»

«Aber nein!», versicherte Paolo. «Signora Camaro ist lediglich meine ...»

«Kindergärtnerin?»

«Sekretärin», verbesserte Paolo steif. «Sie begleitet mich auf meiner Recherche.»

«Wenn Sie es sagen.» Die Historikerin schnitt eine Grimasse. «Was kann ich also für Sie tun? Haben Sie noch mehr Fragen?»

«Eigentlich nur eine», gestand Paolo. «Sie betrifft etwas, das Sie ganz am Ende unseres letzten Gesprächs sagten.»

«Nämlich?»

«Dass sich am Ende Libanesen in den Kunsthandel eingemischt hätten. Wie haben Sie das gemeint?»

Da Silva sah ihn an, als wäre sie einen Moment unschlüssig, ob sie ihm die Zeit widmen solle oder nicht. Dann steckte sie ihr Handy weg, mit dem sie die Aufnahmen gemacht hatte, und holte sich Zigaretten aus ihrem Rucksack. Sie bot Paolo eine an, der jedoch ablehnte. Da Silva steckte sich eine Zigarette an, nahm einen tiefen Zug, legte dann den Kopf in den Nacken und atmete den blauen Dunst zur Unterseite der Überdachung hinauf.

«Ich meinte damit», kam sie auf seine Frage zurück, «dass im Lauf der Zeit auch andere Interessenten auf den Handel mit Kunstobjekten aus dem Osten aufmerksam wurden. Und da die Warenwege über die Türkei führten, waren die Libanesen ganz vorn mit dabei.»

«Verstehe.» Libanesische Kartelle hatte Paolo auch im Zuge seiner Arbeit für das LKA kennengelernt. Sie betrieben die verschiedensten Geschäfte, vom Handel mit Drogen bis hin zu dem mit in Europa für wohltätige Zwecke gespendeten Kleidern, die sie nach Afrika verkauften. Es war nicht schwer, sich vorzustellen, dass sie beim illegalen Kunsthandel ihre Hände im Spiel hatten.

«Ihr Netzwerk ist international und für die Polizei kaum zu durchdringen», fuhr da Silva zwischen zwei weiteren Zügen fort. «Und wenn ihnen jemand in die Quere kommt, sind sie nicht zimperlich.»

Paolo biss sich auf die Lippen. Davon konnte Bernasconi vermutlich ein Liedchen singen ...

«Sind diese Leute hier in San Marino noch aktiv?»

«Eigentlich nicht. Nachdem der große Boom vorbei war und die Regierung den Laden dichtgemacht hat, haben die sich auf andere Geschäftsfelder verlegt, von denen manche noch sehr viel mehr Gewinn versprachen. Denken Sie nur an den Krieg in Syrien.»

«Sie meinen Waffenhandel?»

Die Historikerin nickte. «Jedoch ...»

«Ja?», hakte Paolo nach.

Sie sah sich um, als wollte sie sich vergewissern, dass kein anderer Staatsbediensteter in der Nähe sei, und fuhr dann mit gesenkter Stimme fort: «Sagen Sie nicht, dass Sie den Hinweis von mir bekommen haben, in Ordnung? Aber es gibt Anzeichen dafür, dass der Handel mit illegal ins Land gebrachten Kunstobjekten in jüngster Zeit wieder ansteigt ...»

«Wieso das?»

«Aus demselben Grund wie damals. Denken Sie nach, Signor Ritter.»

Paolo überlegte kurz, dann wurde es ihm klar. «Der Krieg in der Ukraine», mutmaßte er.

«Wieder sind Menschen in Not und trennen sich von Erbstücken, die sich viele Jahre im Besitz ihrer Familien befunden haben. Und wieder werden Kirchen und Privathäuser geplündert, und es gelangt Beute auf den Schwarzmarkt. Und die alten Wege und Verbindungen sind vermutlich noch immer vorhanden.»

Diese Erkenntnis war Paolo neu, aber sie fügte sich nahtlos in das Puzzle. Wenn diese Leute – mochten es die Libanesen sein oder andere – ein Interesse daran hatten, illegale Kunstobjekte zu verkaufen, war eine Liste potenzieller Kunden für sie unerlässlich. War es das gewesen, wohinter sie her gewesen waren? Die Liste, die Bernasconi so peinlich gehütet hatte? Und hatte er sterben müssen, weil er sie ihnen nicht gegeben hatte?

«Angenommen, es wären tatsächlich dieselben Leute wie damals», überlegte Paolo laut, «denken Sie, die würden einen Mord begehen, um ihren Willen durchzusetzen?»

Da Silva sah ihn ein wenig belustigt an. «Gibt es einen plausibleren Grund dafür, jemanden zu töten?»

«Als Geld? Vermutlich nicht.» Paolo schüttelte den Kopf. «Sind damals auch Leute gestorben?»

«Einer. Ein Sammler aus Rom, der ein einschlägig bekannter Hehler war. Man fand seine Überreste auf dem Grund eines Brunnens, der übrigens seither vergittert ist. Die Polizei hat den Fall untersucht, die Ermittlungen dann aber eingestellt – doch jeder, der damit zu tun hatte, wusste, dass es eine Warnung gewesen war. Daraufhin haben die lokalen Hehler die Fahnen gestrichen.» Wieder nahm sie einen Zug. Das Ende der Zigarette glomm hell auf, sie war fast aufgeraucht. «Feiglinge», fügte sie spöttisch hinzu.

«Können Sie sich an einen bestimmten Fall erinnern?»

Sie schüttelte den Kopf und stieß die Zigarette an der metallenen Lafette des alten Geschützes aus. «Aber wenn Sie mehr darüber wissen wollen, sollten Sie bei Ihrer Recherche die Vereine einbeziehen.»

«Welche Vereine?»

«Die Mittelalter- und Kostümvereine, die das Festival organisieren helfen. Einige der Hehler hatten sich damals in diese Vereine eingeschlichen und sie als Tarnung missbraucht.»

«Interessant», meinte Paolo. «Können Sie mir einen Ansprechpartner nennen?»

«Natürlich.» Erneut zückte sie ihr Smartphone. «Geben Sie mir Ihre Nummer, dann schicke ich Ihnen die Kontaktdaten eines Bekannten von mir, der auch im Veranstaltungskomitee sitzt.»

Paolo nickte und gab ihr seine Nummer, nur Augenblicke später hatte er den Namen des Mannes auf dem Display …

«Pavesi?», fragte er. «Etwa Oliviero Pavesi? Der Wirt des Restaurants *Il Cavaliere*?»

«Kennen Sie ihn etwa?»

«Flüchtig», erwiderte Paolo lakonisch. «Ich habe neulich bei ihm gegessen.»

«Er hat einen eigenen Verein, der sich ‹Die goldenen Schwerter› nennt. Schon ziemlich lange, soviel ich weiß.»

Paolo brummte eine Erwiderung.

Die goldenen Schwerter.

Le spade dorate.

Offenbar hatte Pavesi nicht nur einen ausgeprägten Hang zum Kitsch, sondern Paolo auch erneut an der Nase herumgeführt …

«*Grazie mille, dottore da Silva*», bedankte er sich.

«Carla», korrigierte sie ihn lächelnd.

«Sie haben mir wirklich sehr geholfen.»

«War mir ein Vergnügen», versicherte sie. Und mit Blick auf Lucia, die ihren Besuch in Alessias Eisdiele offenbar beendet hatte, fügte sie lächelnd hinzu: «Ihren Begleitschutz haben Sie noch nicht einmal gebraucht.»

«Si-Signora Camaro ist mir als Sekretärin wirklich eine große Hilfe», versicherte er und merkte, wie er rot wurde. Er wollte deshalb schleunigst aufbrechen, doch im Gehen kam ihm noch ein Gedanke, und er wandte sich noch einmal um. «Carla?»

«Ja?»

«Ist eigentlich die Polizei schon bei Ihnen gewesen und hat Ihnen vielleicht ähnliche Fragen gestellt? Ein gewisser Tenente Girotti von Interpol vielleicht?»

«Nein, natürlich nicht.» Sie runzelte die Stirn, als wäre es die absurdeste Frage der Welt. «Warum? Schreibt der ebenfalls ein Buch?»

«Nein, nein», versicherte Paolo. Dass die italienischen Ermittler die Dinge anders angingen als er, hatte er schon damals in Parma erfahren müssen, als sein italienisches Abenteuer seinen Anfang genommen hatte. Er nahm sich vor, dem keine weitere Bedeutung beizumessen, und ging zurück zu Lucia, und gemeinsam verließen sie das *Castello della Guaita*.

«Deine Sekretärin also», spie Lucia aus, kaum dass sie das Burgtor passiert hatten. «*La tua segretaria? Sei serio?*»

«Entschuldige», gab Paolo zurück, «ich dachte nicht, dass du es hören würdest ...»

«*Ho un ottimo udito, grazie*», versicherte sie giftig.

«Ich weiß, dass mit deinem Gehör alles bestens ist. Aber bei meinem letzten Besuch habe ich Carla gegenüber behauptet, dass ich ...»

«Carla?»

«Dr. da Silva», verbesserte Paolo sich schnell. «Ich habe ihr weisgemacht, dass ich ein deutscher Schriftsteller sei und an einem Buch über Kunstschmuggel arbeite. Wie hätte ich dich also sonst vorstellen sollen?»

«Na ja, vielleicht als deine ...»

«Als was, Lucia?», hakte er nach, als sie plötzlich verstummte.

«*Niente*», sagte sie leise und schüttelte den Kopf.

«Immerhin haben wir weitere Hinweise bekommen. Erstens spricht einiges dafür, dass Bernasconi Ärger mit libanesischen Ganoven hatte. Und zweitens wissen wir jetzt, dass auch Pavesi nicht alle Karten auf den Tisch gelegt hat und womöglich tiefer in der Sache drinsteckt, als er bislang zugegeben hat. Als Nächstes sollten wir ihm auf den Zahn fühlen ...»

«*Sì*», räumte Lucia ein, «aber das musst du allein tun. Deine Sekretärin muss jetzt nämlich zurück ins Hotel und ein Menü kochen. *Quattro portate!*»

KAPITEL 29

Paolo erwog zunächst, tatsächlich allein in San Marino zu bleiben und vor Ort weiter zu ermitteln, entschied sich dann aber dagegen und verbrachte den Rest des Nachmittags damit, die auf der Speicherkarte befindlichen Daten zu sichten.

Und je mehr er davon zu sehen bekam, desto klarer wurde ihm, wie brisant diese Namen, Zahlen und Fakten waren.

Das Display des Notebooks erhellte das abgedunkelte Apartment mit fahlem Licht, und obschon die Klimaanlage auf Hochtouren lief, bildeten sich Schweißperlen auf Paolos Stirn.

Er kannte sich nicht sehr gut mit italienischer Lokalpolitik oder gar mit Gesellschaftsklatsch aus, und erst recht nicht mit dem, der zehn Jahre zurücklag. Die allermeisten der in den Ordnern enthaltenen Namen sagten ihm nichts. Doch hin und wieder fand sich einer darunter, der auch heute noch Klang besaß und selbst ihm, dem *tedesco*, bekannt war: Politiker, die im Verlauf des vergangenen Jahrzehnts Karriere gemacht hatten, aber auch Schauspieler und Musikschaffende, deren Namen er im TV oder im Radio aufgeschnappt hatte und wie so vieles nicht mehr hatte vergessen können.

Manche waren mit einem kompletten Datensatz vertreten, der neben dem Namen auch die seinerzeitige Adresse enthielt sowie eine Aufzählung all dessen, was der oder die Betreffende alles erstanden hatte. Bei der Aufzählung hatte sich Bernasconi einer eigenen Systematik bedient, Kombinationen von Zahlen und Buchstaben, in die Paolo nach einiger Zeit zumindest teilweise Einsicht gewann; so schien sich das Kürzel IXO auf Ikonendarstellungen zu beziehen, die Zahlen dahinter die zeitliche und geografische Herkunft anzugeben. Die Abkürzung CAS meinte religiöse Kultgegenstände, andere Zeichenfolgen konnte Paolo nicht entziffern.

Auch waren nicht alle Käuferinnen und Käufer mit Klarnamen angegeben. Einige hatten wohl Pseudonyme benutzt, entsprechend waren ihre Adressen nur bruchstückhaft oder gar nicht bekannt; weitere hatten offenbar Strohmänner eingesetzt, bei wieder anderen Kunden waren lediglich der oder die verkauften Artikel angegeben, die entsprechenden Felder für Namen und Adressen jedoch leer geblieben. Und ganz vereinzelt fanden sich auch deutsch klingende Namen darunter, vermutlich vermögende Südtiroler, Österreicher, Schweizer oder Bundesdeutsche. Die Liste, in all ihrer Ausführlichkeit, war im Grunde der Verrat all dessen, was Bernasconi seinen Käufern sicherlich fest zugesagt hatte, nämlich Diskretion.

Nicht dass Paolo Mitleid empfunden hätte – jede einzelne der aufgeführten Personen hatte ihr Geld bewusst an der Steuer vorbeigelenkt und sich vor allem keinen Deut darum geschert, woher die erstandenen Artefakte stammten. Doch was auch immer sie angetrieben hatte, ob Sammlertrieb oder reine Habgier, sie alle hatten in den Handel eingewilligt und mit Bernasconi Geschäfte gemacht, viele von ihnen auch mehrfach – und Bernasconi hatte im Verborgenen Nachforschungen über ihre Identität angestellt und mit den Daten, die er auf diese Weise zusammengetragen hatte, ein geheimes Dossier angelegt ...

«Ganz schön gerissen, das müssen Sie zugeben.»

Bernasconi saß plötzlich neben ihm.

«Wäre die Polizei mir auf die Schliche gekommen, hätte ich

nur ein paar Anrufe zu tätigen und einige meiner Kunden in Unruhe zu versetzen brauchen», führte er aus. «Die Erkenntnis, dass mit meinem Untergang auch der ihre verbunden gewesen wäre, hätte zweifellos dazu geführt, dass man mäßigend auf die Behörden eingewirkt hätte ...»

«... und Sie wären straffrei davongekommen», folgerte Paolo. «Es dürfte Sie einige Mühe gekostet haben, all diese Daten zu sammeln.»

«Das war es, und die Liste ist auch nicht ganz vollständig. Aber ich bin – ich meine war – eben ein vorsichtiger Typ. Und die eigene Sicherheit sollte einem ein wenig Aufwand doch wert sein, oder nicht?»

«Hat nur nichts genutzt», wandte Paolo ein, «denn am Ende war es nicht die Polizei, die hinter Ihnen her war.»

«Das ist wahr.» Die Begeisterung verschwand aus Bernasconis Zügen. «Diese verdammten Libanesen waren der Grund dafür, dass ich verschwinden musste.»

Paolo sah ihn zweifelnd an. «Warum sagen Sie mir das? Weil ich mich an das Gespräch mit Dr. da Silva erinnere? Oder ist es meine eigene Überzeugung, die aus Ihnen spricht?» Bisweilen war es gar nicht so einfach, aus seinen Erinnerungen schlau zu werden ...

«Ich bin tot», brachte Bernasconi in Erinnerung. «Ist das Antwort genug?»

«Was uns zur nächsten Frage bringt», fuhr Paolo in seinen Überlegungen fort. «Als Sie damals untertauchten, taten Sie das offenbar sehr konsequent, denn für ganze zehn Jahre verschwanden sie von der Bildfläche und interessierten sich nicht mehr für die Daten. Mehr noch, Sie scheinen Ihnen in dieser Zeit herzlich egal gewesen zu sein. Warum dann jetzt diese Kehrtwende? Warum sind Sie nach San Marino zurückgekehrt?»

«Ich weiß, was Sie quält – Sie wollen wissen, ob es etwas mit Ihrem Bruder zu tun hatte. Ich denke, in dieser Hinsicht kann ich Sie beruhigen. Ihr Bruder und ich hatten nach jener Zeit keinen Kontakt mehr. Andernfalls wäre es Signora Camaro sicher aufgefallen, oder denken Sie nicht?»

Paolo nickte. Andere mochten die beiden getäuscht haben, aber bei Lucia war es etwas anderes. Ihre Fähigkeit zur Empathie war sehr ausgeprägt, woher auch ihr großes Herz und ihre Hilfsbereitschaft rührten. Schwer vorstellbar, dass Felix eine laufende Beziehung vor ihr hätte geheim halten können.

«Warum also dann?», wollte Paolo wissen. «Hatten Sie Furcht vor Entdeckung durch die Polizei?»

«Auch das nicht.» Bernasconi schüttelte den Kopf. «Erstens sind die meisten der Straftaten, derer man die Personen auf den Datenlisten beschuldigen könnte, längst verjährt – was ich übrigens von Ihnen weiß. Ihre Kompetenz in derlei Dingen ist ziemlich ausgeprägt.»

«Danke für das Kompliment», erwiderte Paolo trocken. «Und zweitens?»

«Würde ich mich dann wohl kaum in die Höhle des Löwen begeben haben und in San Marino auftauchen, wo Interpol eine Niederlassung unterhält.»

«Ebenfalls richtig», räumte Paolo ein. «Bleiben in meinen Augen nur noch zwei plausible Möglichkeiten.»

«Nun bin ich gespannt.»

«Entweder Sie wollten mit der Vergangenheit abschließen und die Liste vernichten, ehe sie in falsche Hände fällt – wobei sich auch hier immer noch die Frage stellt, weshalb Sie so lange damit gewartet haben.»

Bernasconi lächelte geheimnisvoll. «Oder?»

«Oder aber, Sie hatten vor, angesichts der aktuellen internationalen Entwicklungen die alten Verbindungen wieder aufleben zu lassen und erneut aktiv in den Handel mit illegalen Kunstobjekten einzusteigen. Das würde erklären, warum Interpol hinter Ihnen her gewesen ist.»

«Zwei Möglichkeiten», fasste Bernasconi zusammen. «Für welche von beiden werden Sie sich entscheiden? Falls Sie zweifeln, gibt es im Grunde nur eine einzige Frage, die Sie sich stellen müssen, Signor Ritter: Was trauen Sie dem Mann zu, der Ihren Bruder von Herzen geliebt hat und den Ihr Bruder von Herzen liebte?»

Paolo musste zugeben, dass dies tatsächlich die Frage war, von der alles andere abhing. Die wenigen Male, bei denen er Lauro Bernasconi – oder Franco Celi – begegnet war, und die spärlichen Erinnerungen, die er entsprechend an ihn hatte, reichten bei Weitem nicht aus, um ein vollständiges Bild von ihm zu zeichnen. Paolos Unterbewusstsein pflegte solche Lücken mit Dingen zu füllen, die er anderswo erfahren hatte, durch Beschreibungen Dritter oder deren Aussagen. Den Rest besorgte die Intuition, und es war nicht von der Hand zu weisen, dass diese sich gewandelt hatte, seit Paolo von der Beziehung zwischen seinem Bruder und Bernasconi wusste. Einerseits war da die instinktive Befürchtung, dass Bernasconi Felix ausgenutzt, ihn womöglich sogar auf die schiefe Bahn gebracht haben könnte ... andererseits aber auch die Erkenntnis, dass Bernasconi sich um Felix gekümmert hatte, als er selbst nichts von ihm hatte wissen wollen, in Zeiten, in denen er Zuspruch sicher gut hatte brauchen können.

Die Meinung, die Paolo über Lauro Bernasconi hatte, war entsprechend zwiespältig. Er dachte den Rest des Tages darüber nach, und es beschäftigte ihn auch dann noch, als er spätabends endlich im Bett lag und eigentlich schlafen wollte.

Lucia lag neben ihm, einmal mehr in einem seiner T-Shirts, und schlief bereits tief und fest. Anders als er hatte sie kein Problem damit, Ruhe zu finden, zumal nicht nach sieben anstrengenden Stunden in der Küche. Immer wieder spähte Paolo zu ihr hinüber. Er konnte sehen, wie sich das dünne Laken unter ihren Atemzügen hob und senkte, ihr schwarzes Haar lag wie ein Fächer auf dem Kissen. Ihre Gesichtszüge waren im einfallenden Mondlicht zu sehen, entspannt und wunderschön und selbst im Schlaf noch mild und freundlich. Manchmal, wenn sie träumte, bildete sich für einen Moment die berühmte Falte auf ihrer Stirn, oder ihre Mundwinkel regten sich, so als ob sie etwas sagen wollte.

Paolo hatte ihr nie erzählt, dass er sie manchmal im Schlaf beobachtete, dass er jede Regung, jeden Muskel und jeden Winkel ihres Gesichts genau kannte ... und dass er sich in diesen Momenten oft fragte, was diese Frau mit einem Kerl wie ihm wollte, eigentümlich, wie er nun einmal war ...

Mit einem dieser tiefschürfenden Gedanken musste Paolo irgendwann eingeschlummert sein. Als er erwachte, war das Mondlicht von Lucias Gesicht verschwunden, und ihr Haar lag anders. Er wusste nicht, wie viel Zeit verstrichen war, aber ihm war klar, was ihn aus dem Schlaf gerissen hatte.

Ein scharrendes Geräusch!

Es war nur kurz zu hören gewesen, sodass er sich schon im nächsten Augenblick nicht mehr ganz sicher war, ob er es nicht vielleicht nur im Traum wahrgenommen hatte ... doch in diesem Moment wiederholte es sich.

Ein leises Scharren, das aus dem angrenzenden Zimmer drang, durch die angelehnte Tür ...

Plötzlich sah Paolo im Halbdunkel Licht aufblitzen, den Lichtkegel einer Taschenlampe, der flüchtig über den Türspalt wischte. Entsetzen packte ihn, Adrenalin schoss in seine Adern.

Jemand war in ihrem Apartment!

Paolo konnte sein eigenes Herz schlagen hören. Er schlug das Laken zurück und schwang sich aus dem Bett, sah sich im spärlichen Licht nach einer Waffe um. Er fand nichts, das sich auch nur annähernd dazu geeignet hätte, zumal die Nachttischlampen fest an der Wand montiert waren. Und einen Einbrecher mit einem Kopfkissen oder einer Armbanduhr zu bewerfen, würde wohl kaum die gewünschte Wirkung erzielen.

Paolo blieb nichts, als die Fäuste zu ballen und sich an das zu erinnern, was ihm in den Selbstverteidigungskursen des LKA beigebracht worden war. Natürlich entsann er sich auch hier an jede Einzelheit – die Lektionen in praktische Aktion umzusetzen, würde allerdings eine andere Sache sein.

Die Bodenfliesen waren kalt unter seinen Füßen, er fröstelte. Vorsichtig spähte er durch den Türspalt – und konnte tatsächlich eine schemenhafte Gestalt erkennen, die im Lichtschein einer Taschenlampe dabei war, die Schubladen des Schreibtischs zu durchwühlen.

Paolos Puls pochte drängend. Schweiß stieg ihm auf die Stirn, während er sich fragte, was er tun sollte. Den Einbrecher einfach gewähren lassen? Sicher nicht. Nach allem, was geschehen war und was er herausgefunden hatte, war es kein Zufall, dass bei ihnen eingebrochen wurde. Wer immer der Kerl war, er war fraglos hinter dem Speicherchip her, den Paolo sicherheitshalber über Nacht in den Zimmersafe gelegt hatte. Und den hatte der Eindringling bislang noch nicht gefunden ...

Paolo straffte sich, ballte die rechte Hand zur Faust, während er mit der linken durch den Türspalt griff und nach dem Lichtschalter tastete. Im nächsten Moment hatte er ihn gefunden, und als die Deckenbeleuchtung ansprang, stieß er gleichzeitig die Tür auf.

«Suchen Sie etwas Bestimmtes?»

Der Eindringling, der ihm den Rücken zugewandt hatte, gab einen ächzenden Laut von sich und fuhr erschrocken herum – doch Paolo war kaum weniger entsetzt. Nicht nur, weil er sich dem Einbrecher nun leibhaftig gegenübersah und dieser nur wenige Schritte vor ihm stand. Sondern auch, weil er den Eindringling kannte.

Es war sein Verfolger.

Der Typ mit dem Hoodie!

Auch jetzt trug er den schwarzen Pullover wieder, die Kapuze hatte er wie immer übergezogen. Dennoch erheischte Paolo für einen Sekundenbruchteil einen Blick auf sein Gesicht, denn auf die Maske hatte der Kerl diesmal verzichtet. Helle Haut war zu sehen, und ein furchtsames Augenpaar blitzte, dann stürzte der andere schon zum Fenster. Aber Paolo hatte nicht vor, ihn so einfach entkommen zu lassen.

«Hiergeblieben!», rief er auf Deutsch, weil es ihm im Eifer des Augenblicks schneller in den Sinn kam, und sprang vor, um sich auf den Einbrecher zu stürzen.

Tatsächlich bekam Paolo den Flüchtenden zu fassen, kurz bevor dieser das offen stehende Fenster erreichte. Der andere stieß eine halblaute italienische Verwünschung aus und hieb mit der Taschenlampe um sich, traf Paolo damit hart in die Rippen. Er stöhnte schmerzvoll auf und lockerte kurz seinen Griff, was der andere nutzte. Er riss sich los und wollte weiter, Paolo griff geistesgegenwärtig nach, bekam jedoch nur noch den Stoff der Kapuze zu fassen. Er riss daran, und dunkles Haar wurde sichtbar – doch in diesem Moment hatte der Einbrecher das

Fenster erreicht und sprang in einem todesmutigen Manöver kopfüber hinaus.

Taumelnd von der Wucht, die er in seinen Angriff gelegt hatte, krachte Paolo gegen die Wand neben dem Fenster, von der er wiederum abprallte wie ein Gummiball. Vergeblich versuchte er, das Gleichgewicht zu bewahren, seine Beine verhedderten sich, und er ging rücklings zu Boden, fiel auf den kleinen Couchtisch, der mit lautem Bersten unter ihm zusammenbrach.

«*Paolo!*» Das war Lucia von nebenan.

«Hier», stöhnte er, während er versuchte, sich inmitten der Trümmer des Tischchens wieder auf die Beine zu rappeln, schwerfällig wie ein Käfer, der auf dem Rücken lag.

Sie erschien im offenen Durchgang, in seinem T-Shirt, das ihr bis zu den Oberschenkeln reichte, und mit einem entsetzten Ausdruck in ihrem von wirrem schwarzem Haar umrahmten Gesicht.

«Er ist entwischt!», stieß Paolo hervor. Endlich kam er wieder hoch, und gemeinsam stürzten sie zum offenen Fenster, spähten hinaus in den nächtlichen Garten – doch von dem Einbrecher war nichts mehr zu sehen. Offenbar war er nach seinem filmreifen Stunt Hals über Kopf getürmt.

Paolo ließ es sich dennoch nicht nehmen, durch das Fenster nach draußen zu klettern, auch wenn er dafür sehr viel länger brauchte als der Einbrecher, erst recht in Anbetracht seiner schmerzenden Rippen. Barfuß humpelte er durch das Gras, durchquerte den Garten bis zum Zaun und spähte hinaus auf die Straße – doch von dem anderen war weit und breit nichts mehr zu sehen.

Es mochte zwischen drei oder vier Uhr sein. Die Allee lag still und verlassen, weder Passanten noch Fahrzeuge waren um diese Zeit unterwegs – und das war ganz gut so.

Denn in diesem Moment, während er sich keuchend auf den Gartenzaun stützte und hinaus in die Dunkelheit starrte, wurde Paolo Ritter, dem Manager des Hotels *Il Cavaliere*, bewusst, dass er nur mit Unterhosen bekleidet war.

KAPITEL 30

"Du kennst diesen *ladro*? Diesen *scassinatore*?»
Paolo hätte manches darum gegeben, in Lucias Gesicht jene freundliche Milde zu sehen, die er so an ihr mochte. Doch davon war sie jetzt weit entfernt.

In ihrem Bademantel aus dunkelgrünem Frottee stand sie vor ihm, die Arme vor der Brust verschränkt, während er auf der kleinen Couch kauerte, noch immer in Unterwäsche, das Kinn auf die Fäuste gestützt wie ein Lausejunge, der etwas ausgefressen hatte. Und was sein schlechtes Gewissen anging, fühlte er sich auch genau so ...

«Dass ich ihn kenne, wäre zu viel gesagt», verteidigte er sich.

«Aber du bist ihm schon begegnet», hakte sie nach.

Paolo nickte. «In San Marino. Und auch hier in Cervia ...»

«Wann?»

«Vor zwei Tagen.»

«Und du hast kein Wort gesagt?»

«Ich dachte nicht, dass es wichtig wäre, deshalb ...»

«*Silenzio! Non una parola di più!*», fiel sie ihm wütend ins Wort. «Das ist nicht der Grund! Du wolltest mich nicht beunruhigen, deshalb hast du es mir nicht erzählt!»

Paolo seufzte.

«Wir wollten ehrlich zueinander sein, *ricordi*? Uns alles erzählen. *Nessun segreto.*»

Paolo nickte. «Ich weiß.»

«Geheimnisse sind nicht gut», wies Lucia ihn zurecht. «Auch nicht, um Rücksicht zu nehmen. Siehst du nicht, wohin es uns gebracht hat? Ein Einbrecher in unserer Wohnung! Mitten in der Nacht!»

«Lucia, ich ...», versuchte er, sie zu beruhigen, doch mit einer energischen Geste brachte sie ihn erneut zum Schweigen.

«Ich will nichts mehr hören! Keine Einwände, keine Ausflüchte. Du wirst die Polizei anrufen, und zwar jetzt gleich! Und dann wirst du Tenente Girotti alles erzählen – von dem Schlüssel, den geheimen Daten ... einfach alles!»

«Und riskieren, dass er hier mit einer Streife aufkreuzt und das ganze Hotel aufweckt?»

«Du verstehst es immer noch nicht, oder?», fragte sie. Tränen glänzten jetzt in ihren Augen. «Dieser Mann, dieser *scassinatore* ... hätte uns alles Mögliche antun können! Er hätte uns im Schlaf erstechen können. Und erzähl mir nicht, dass ich alles falsch verstehe und diese Leute harmlos sind. Ich habe Angst, Paolo! *Ho paura!*»

Paolo blieb eine Antwort schuldig.

Er hätte gerne widersprochen, aber das konnte er nicht, ohne erneut zu lügen, denn natürlich hatte Lucia recht. Angenommen es steckte tatsächlich ein libanesisches Kartell hinter alldem, dann waren diese Leute tatsächlich höchst gefährlich. Dass sie auch vor Mord nicht zurückschreckten, hatte Bernasconi vermutlich am eigenen Leib erfahren ...

«Du rufst die Polizei, oder ich tu's», kündigte Lucia an und hielt ihr Smartphone hoch.

«Lucia, ich verstehe sehr gut, dass du Angst hast», versicherte Paolo, «und ich weiß auch, dass ich einen Fehler gemacht habe. Ich hätte dir von dem Verfolger erzählen sollen, und es tut mir wirklich leid, dass ich es nicht getan habe. Aber bevor wir den nächsten Schritt gehen, lass uns ...»

Sie wählte bereits den Notruf.

«Lucia, bitte ...»

«Mein Name ist Lucia Camaro», diktierte sie mit tonloser Stimme auf Italienisch und nannte Wohnort und Adresse, während sie Paolo aus tränenglänzenden Augen taxierte. «Ich habe einen wichtigen Hinweis für eine laufende Ermittlung. Bitte verbinden Sie mich mit Interpol ...»

«Lucia, es ist nicht notwendig, so viel Staub aufzuwirbeln. Girotti hat uns seine persönliche Nummer gegeben, wir können ...»

«*Grazie*», sagte sie in das Handy – und streckte es Paolo entgegen. Ihr Blick schien ihm dabei ein stummes Versprechen zu geben: Wenn du nicht mit Interpol redest, spreche ich niemals wieder mit *dir* ...

Paolo erhob sich und nahm das Telefon entgegen, dann ließ er sich resignierend wieder auf die Couch sinken.

«NCB San Marino», ließ sich die Stimme einer jungen Frau am anderen Ende der Verbindung vernehmen. «Sie sprechen mit dem Bereitschaftsdienst. Wie kann ich Ihnen helfen?»

«Das ... äh ...» Paolo besann sich, auch der kritischen Blicke wegen, mit denen Lucia ihn bedachte. «Mein Name ist Paolo Ritter», stellte er sich schließlich vor. «Ich bin im Besitz von Informationen, die für laufende Ermittlungen der Mordkommission von Bedeutung sein könnten.»

«Der Mordkommission?»

«Sehr richtig.»

«Aber Signore ... es gibt keine Mordkommission hier bei Interpol!»

«Entschuldigung, was bitte?», hörte Paolo sich fragen, während die Stimme der Beamtin wie ein Echo in seinem Bewusstsein nachhallte.

Nessuna squadra omicidi.

Keine Mordkommission ...

«Tötungsdelikte werden von den lokalen und staatlichen Polizeidiensten bearbeitet», erklärte sie. «Wenn Sie möchten, kann ich Sie gerne mit der entsprechenden Stelle verb...»

«Aber ... das kann nicht sein», fiel Paolo ihr ins Wort. «Tenente Girotti hat gesagt, dass ...»

«Tenente Salvio Girotti?»

«Das nehme ich an», bestätigte Paolo in Erinnerung an das «S. Girotti», das er auf dem Ausweis des Polizisten gesehen hatte.

«Tenente Girotti arbeitet in der Abteilung zur Bekämpfung internationaler Betrugs- und Fälschungsdelikte – haben Sie das vielleicht verwechselt?»

Paolo blieb stumm.

Die Zahnräder in seinem Kopf schienen leer zu drehen. Es dauerte einen Moment, bis er sich gefasst hatte und sie wieder ineinandergriffen. Dann allerdings kam er sich vor wie ein Idiot, wie er so auf der Couch saß, halb nackt und mit Lucias Smartphone in der Hand, und es fiel ihm wie Schuppen von den Augen.

Wie in aller Welt hatte er nur so dämlich sein können?

Die ganze Zeit über hatte er gespürt, dass etwas nicht stimmte, dass etwas nicht ins Bild passte, aber er war immer davon ausgegangen, dass es mit Felix zu tun hatte und mit dem, was er über ihn und seine Vergangenheit herausgefunden hatte. Doch jetzt musste er erkennen, dass es sich in Wahrheit ganz anders verhielt ...

«Signore? Sind Sie noch dran?», fragte die Beamtin.

«Bin ich», versicherte er mit tonloser Stimme. «Ich fürchte, es handelt sich um ein Missverständnis, bitte entschuldigen Sie ... Nur eine Frage noch: Hat es in letzter Zeit in San Marino einen Mord gegeben?»

«Wie bitte?»

«Ich muss wissen, ob es vor wenigen Tagen einen Mord gegeben hat.» Sein Mund war trocken, und seine Stimme bebte, so sehr fürchtete er sich vor der Antwort. Zumal er das Gefühl hatte, sie bereits zu kennen ...

«Natürlich nicht, wo denken Sie hin?» Die Beamtin lachte auf. «San Marino ist ein schönes Land, ein Paradies für Touristen!»

«Das eine hat mit dem anderen nichts zu tun», stellte Paolo klar. «Und was war am letzten Wochenende? Der Fall, von dem im Radio berichtet wurde?»

«Haben Sie die Meldung nicht bis zum Ende gehört? Es war ein Selbstmörder, der sich vom Burgfelsen zu Tode gestürzt hat. Das kommt leider hin und wieder vor ...»

«... selbst im Paradies», fügte Paolo hinzu.

«*Come?*»

«Vergessen Sie's.» Er schnaubte. «Ich hatte gedacht, das wäre nur ein Vorwand, um die Presse abzulenken ...»

«Sie sehen zu viele Filme im Fernsehen», beschied ihm die Polizistin, deren Tonfall nun allmählich eine gewisse Ungeduld anzumerken war. «Kann ich Ihnen sonst noch irgendwie helfen?»

«Nein», versicherte Paolo, nur um halblaut hinzuzufügen, dass ihm vermutlich nicht mehr zu helfen war.

Ein wenig indigniert beendete die Beamtin daraufhin das Gespräch, und Paolo reichte das Handy an Lucia zurück.

«Was ist los?», wollte sie wissen.

«Nichts», erwiderte er mit einer resignierenden Handbewegung. «Und alles.»

«Was soll das nun wieder heißen?» Sie kam um die jämmerlichen Überreste des Couchtischs herum und setzte sich zu ihm auf das kleine Sofa. Sie schien ihm anzusehen, dass etwas ganz und gar nicht stimmte, was sie wiederum ein wenig zu besänftigen schien.

«Wir wurden getäuscht, Lucia, die ganze Zeit», sagte Paolo leise. «Der Wirt des *Cavaliere* war offenbar nicht der Einzige, der nicht die Wahrheit gesagt hat. Auch dieser Girotti hat uns an der Nase herumgeführt.»

Lucia zog die Brauen zusammen. «Inwiefern?»

Paolo lachte freudlos auf. «Es fängt schon damit an, dass er nicht für das Morddezernat arbeitet. So etwas gibt es beim hiesigen NCB nämlich offenbar gar nicht ...»

«Nein? Aber ...»

«... und es geht damit weiter, dass Lauro Bernasconi wohl gar nicht ermordet wurde, sondern tatsächlich Selbstmord begangen hat», fuhr Paolo fort. «Auch wenn es mir offen gestanden noch immer schwerfällt, das zu glauben. Aber immerhin wird mir jetzt klar, warum Girotti uns seine persönliche Nummer gegeben hat und unbedingt wollte, dass wir direkt bei ihm anrufen. In deiner verständlichen Wut hast du dich nicht daran gehalten ...»

«*Mi dispiace*», sagte sie.

«Dazu gibt es keinen Grund.» Paolo rang sich ein Lächeln ab. «So haben wir sein Lügenspiel endlich durchschaut.»

«Aber wenn es kein Mord war ... warum hat Tenente Girotti es dann behauptet?» Lucia sah Paolo verständnislos an. «Warum hat er uns weisgemacht, dass Bernasconi von jemandem umgebracht wurde, wenn er in Wirklichkeit selbst gesprungen ist?»

«Eine sehr berechtigte Frage», räumte Paolo ein. Andersherum war es ihm im Lauf seiner Tätigkeit für die Polizei mehrfach untergekommen, dass Mörder ihre Tat als Selbstmord zu tarnen versuchten. Hier jedoch schien es keinen Sinn zu ergeben ... «Ganz offenbar wollte er, dass wir – und nur wir – von einem Mord ausgehen. Und das wiederum kann nur bedeuten, dass er uns beeinflussen und in irgendeinem Sinn manipulieren wollte.»

«Nicht uns.» Lucia lächelte. «Dich. Paolo Ritter, den berühmten *investigatore* ...»

Paolo errötete ein wenig. Es sprach tatsächlich einiges dafür, dass Girotti den ganzen Mummenschanz – einschließlich eines gefälschten Ausweises – in Wahrheit nur seinetwegen getrieben hatte ...

«Girotti hat zwar so getan, als würde er mich nicht kennen, aber womöglich war auch das eine Täuschung. Vielleicht hatte er ja aus der Zeitung von mir erfahren oder über Kollegen aus Rimini. Ganz offenbar *wollte* er, dass ich meine Nase in diesen Fall stecke und Nachforschungen anstelle.»

«Meinst du?» Lucia hob beide Brauen.

«Sollte es so gewesen sein, dann hat es vor allem mit Felix zu tun. Wenn Girotti in Wahrheit in der Abteilung zur Bekämpfung von internationalen Betrugs- und Fälschungsdelikten arbeitet, ist er wohl schon länger hinter Bernasconi her und hatte wohl auch einiges über ihn herausgefunden. Deshalb war er auch nicht weiter überrascht, als ich ihm Bernasconis eigentlichen Namen nannte. Und vermutlich hatte er auch herausbekommen, dass Felix in Bernasconis Machenschaften verstrickt war.»

«Aber wieso hat er uns nichts davon gesagt?»

Paolo schürzte die Lippen. Die Antwort, die ihm in den Sinn kam, gefiel ihm nicht. «Vielleicht, weil er mich ebenfalls verdächtigt», schlug er vor. «Zumindest nimmt er an, dass ich mehr weiß, als ich ihm verraten habe.»

«Was ja auch stimmt», wandte Lucia ein. «Aber das erklärt noch nicht, warum Girotti behauptet hat, dass Bernasconi ermordet wurde. Oder weshalb er vorgegeben hat, für eine andere Abteilung zu arbeiten.»

Paolo überlegte weiter, während er auf dem Sofa vor- und zurückwippte. Es war beinahe unerträglich heiß in dem kleinen Wohnzimmer, trotz seiner spärlichen Bekleidung und der Klimaanlage, die lauthals summend ihr Bestes gab. «Womöglich wollte er ablenken», mutmaßte er.

«Wovon?»

«Von dem, wonach er eigentlich suchte.» Paolo stand auf, ging zum Zimmersafe und öffnete ihn. Die Speicherkarte lag unversehrt darin. Paolo holte sie hervor, legte sie auf seine Handfläche und betrachtete sie. «Alle scheinen es darauf abgesehen zu haben», überlegte er laut. «Zunächst Bernasconi selbst, nun dieser Vermummte ... warum nicht auch Girotti? Erinnerst du dich, wie er sich nach Bernasconis Gepäck erkundigt hat?»

«Sì, certo ... aber warum all diese Lügen? Er ist ein *agente Interpol* – warum hat er nicht ganz offiziell nach der Speicherkarte gefragt?»

Paolo schüttelte den Kopf. «Ich weiß es nicht, Lucia ... aber es ist kein gutes Zeichen. Ich hatte von Anfang an kein besonders gutes Gefühl bei diesem Girotti. Irgendetwas passte nicht ins Bild – ich wusste nur nicht, was das war.»

«Und ich dachte, du wärst eifersüchtig.»

«Auf einen Typen, der zehn Jahre jünger ist als ich, aussieht wie James Bond und auch noch so riecht?» Paolo schnitt eine Grimasse. «Wieso sollte ich?»

«Trotzdem müssen wir das melden», war Lucia überzeugt. «Es der Polizei sagen ...»

«Welcher Polizei, Lucia?» Paolo setzte sich wieder zu ihr

auf die kleine Couch. «Girotti *ist* die Polizei, deshalb wissen wir im Augenblick nicht, wem wir trauen können und wem nicht. Zumal wir keine Ahnung haben, was genau er im Schilde führt oder was er mit diesen Daten anstellen würde, wenn er sie hätte.»

«*Sì, capisco.*» Lucia nickte langsam. Ihrem verkniffenen Gesichtsausdruck war zu entnehmen, dass ihr die Sache nicht gefiel, aber sie widersprach auch nicht. «*Allora*, was werden wir tun?»

«Ich weiß es noch nicht», gab Paolo offen zu. «Nur zwei Dinge sind mir klar: dass bei dieser verflixten Sache viele falschspielen. Und dass wir ganz auf uns gestellt sind.»

«*No*», widersprach sie und schüttelte entschieden den Kopf. «Das ist nicht wahr. Wir sind nicht allein.»

Er sah sie fragend an. «Was meinst du?»

«*Abbiamo degli amici*», erklärte Lucia lächelnd. «Wir haben Freunde, Paolo. Das darfst du nie vergessen ...»

KAPITEL 31

Nun? Hast du es?»
Der Stimme war ihre Ungeduld anzumerken. Ebenso wie der nur mühsam zurückgehaltene Zorn.
«Nein», gestand der Anrufer leise.
«Verdammt, warum nicht?»
«Ich ... er ist plötzlich aufgewacht ... es gab einen Kampf ...»
«Hat er dich erkannt?»
«I-ich denke nicht, nein ... es war dunkel.»
«Du elender Stümper! Und dafür verlangst du eine Gegenleistung von mir?»
«Nein», widersprach der Anrufer in einem kurzen Anfall von Rückgrat, «die will ich dafür, dass ich Ritter im Auge behalte, dass ich ihn ein wenig einschüchtere ... Einbruch war niemals Teil unserer Abmachung.»
Eine Pause entstand, in der er seinen Auftraggeber atmen hörte, rasch und keuchend zunächst, langsamer dann, als er sich wieder etwas zu beruhigen schien. «Was Teil unserer Abmachung ist und was nicht, bestimme ich, mein Freund», sagte er dann.
«Das können Sie nicht», war der Anrufer überzeugt.
«Nein? Mit Verlaub, was willst du dagegen tun?»
«Ich könnte zur Polizei gehen.»
«Und dich damit nur noch tiefer in die Scheiße reiten? Du kennst doch noch nicht einmal meine Identität – ich hingegen weiß alles über dich, mein naiver junger Freund. Und du kannst mir glauben, dass es mit diesem Wissen kein Problem

ist, dich für die nächsten zehn Jahre hinter Gitter zu bringen. Also komm nicht auf den dämlichen Gedanken, rebellisch zu werden. Nicht jetzt!»

«Verstanden», stieß der Anrufer gepresst hervor, jetzt wieder im alten Modus zwischen Ergebenheit und Panik.

«Denkst du, dass Ritter die Daten hat?»

«I-ich weiß es nicht ... Ich war gerade dabei, seinen Schreibtisch zu durchsuchen, als er mir in die Quere kam.»

«Ich will diese Daten», erklärte die Stimme zum ungezählten Mal. «Ich brauche sie.»

«E-erwarten Sie, dass ich es noch einmal versuche? Zweimal in einer Nacht ...?»

«Nein, heute nicht mehr», erklärte die Stimme gnädig. «Wir warten die nächste Gelegenheit ab. Aber ich warne dich – dies war das letzte Mal, dass ich es straflos hinnehme, dass du mich enttäuschst. Das nächste Mal wird es für dich nicht so glimpflich abgehen.»

«Verstanden», sagte der Anrufer wieder.

Und nicht zum ersten Mal dämmerte ihm der Gedanke, dass er sich auf diesen Handel, auf dieses ungleiche Arrangement, niemals hätte einlassen dürfen.

KAPITEL 32

«Und ... das ist es?»
Mamma Giannas Augen waren geweitet, sie sah Paolo fragend an.
Es war eine surreale Szenerie – und das nicht nur, weil Mamma Gianna ihren Morgenmantel trug und Lockenwickler statt ihrer goldenen Creolen. Die ganze Situation mutete aberwitzig an angesichts der Tatsache, dass es sechs Uhr morgens war, draußen noch tiefe Dunkelheit herrschte und sie in der halb dunklen Enge des Apartments beisammenkauerten wie Verschwörer, die einen Staatsstreich planten.
Paolo hatte die Zeit immerhin genutzt, um in halbwegs vorzeigbare Kleider zu schlüpfen, ebenso wie Lucia. Tino, der bereits auf dem Weg zum *bagno* gewesen war, um das Strandbad für die Ankunft der Gäste vorzubereiten, war mit T-Shirt und Shorts angetan, Chiara trug – morgens um sechs – ein schwarzes und ziemlich enges Cocktailkleid, Paolo wollte lieber gar nicht wissen, wo und unter welchen Bedingungen Lucias Nachricht sie ereilt hatte; Mamma Gianna war so gekommen, wie der Hilferuf ihrer Freunde sie erreicht hatte, lediglich in ihren Morgenmantel war sie geschlüpft. Giuseppina hingegen trug einen pinkfarbenen Gymnastikanzug aus Frottee und war ihrem Bekunden nach gerade bei ihren morgendlichen Yogaübungen gewesen, als ihr Telefon geklingelt hatte. Doch der Punkt war nicht, in welchem Zustand Paolos und Lucias Freunde dicht gedrängt um den zertrümmerten Couchtisch saßen; sondern dass keiner von ihnen auch nur einen einzigen Augenblick gezögert

hatte, alles stehen und liegen zu lassen und sich sofort im Hotel *Il Cavaliere* einzufinden ...

«Das ist alles», bestätigte Paolo.

Auf Lucias Drängen hin hatte er einmal mehr etwas getan, das seinem vorsichtigen und auf Kontrolle bedachten Naturell ganz und gar nicht entsprach – nämlich die Geheimniskrämerei beendet und ihren Freunden alles erzählt, was sich bislang in diesem eigenartigen Fall zugetragen hatte. Und obwohl es seinem Wesen eigentlich zuwiderlief und er sich früher wohl lieber aus dem Fenster im dritten Stock gestürzt hätte, als sich auf solch kompromisslose Weise zu offenbaren, musste er zugeben, dass er nun eine gewisse Erleichterung verspürte. Auch wenn noch äußerst zweifelhaft war, wie ihre Freunde auf seinen Vorschlag reagieren würden ...

«Und Felix war tatsächlich mit diesem ... Franco Bernasconi zusammen?», fragte Chiara.

«Franco *Celi*», verbesserte Paolo, während er gleichzeitig nickte, «oder *Lauro* Bernasconi. Ja, die beiden waren ein Paar, vor etwa zehn Jahren. Für wie lange, weiß ich nicht genau, aber ein paar Monate werden es sicherlich gewesen sein.»

«Und ich habe mich immer gewundert, warum er nicht mit mir ausgehen wollte», meinte Chiara.

«Kann ich das Bild noch mal sehen?», fragte Tino, der lässig auf dem Schreibtischstuhl saß, verkehrt herum, mit der Lehne vorn. Paolo reichte ihm das Foto, das Felix und Celi zeigte. Tino betrachtete es eine Weile. «Und Felix hat bei dem Kunstschmuggel mitgemacht?», fragte er schließlich.

«Es sieht ganz danach aus», bestätigte Paolo, «allerdings weiß ich nicht, in welchem Umfang. Es kann gut sein, dass er lediglich als Kurier fungierte, wenn es darum ging, Ikonenbilder oder andere Kunstgegenstände an die Käufer zu übergeben und das Geld entgegenzunehmen. Davon, dass Bernasconi den Datenspeicher bei ihm versteckt hatte, hat er vermutlich nichts gewusst – oder er hat es schlicht sehr gut verheimlicht.»

«Dass Felix an den *Giornate Medioevali* teilgenommen hat, wussten wir», fügte Mamma Gianna nickend hinzu. «Das andere nicht.»

«Jeder scheint das gewusst zu haben außer mir», versicherte Paolo mit einem Seitenblick auf Lucia, die an dem kleinen Schreibtisch lehnte. Er selbst ging in dem kleinen Wohnraum auf und ab, unruhig wie ein Raubtier, das man in einen Käfig gesperrt hatte.

«Und bei all dem Durcheinander ging es immer nur um diese Liste?», fragte Giuseppina. Zusammen mit Mamma Gianna thronte sie auf der Couch und gab sich erst gar keine Mühe, ihre schlechte Laune zu verhehlen. Allerdings war nicht zu erkennen, ob sich diese auf die frühe Stunde oder die verbrecherischen Machenschaften bezog, von denen sie so unverhofft erfahren hatte.

«Ich denke, ja», bestätigte Paolo. «Es sind sehr brisante Daten, Namen und Adressen von Leuten, die von Bernasconi beliefert wurden, viele davon öfter. Bernasconi war der Erste, der die Liste haben wollte, und dieser Einbrecher wollte sie ebenfalls. Und zuletzt musste ich nun erfahren, dass es auch dem ermittelnden Polizeibeamten offenbar um nichts anderes geht.»

«Dieser Tenente Girotti spielt also sein eigenes Spiel», folgerte Tino. Beim Mordfall in Rimini hatte Paolo ihn damals schon einmal um Hilfe gebeten, und er genoss es sichtlich, erneut den Detektiv zu spielen.

«Davon müssen wir ausgehen», bestätigte Paolo, «deshalb kann ich nicht einfach zu ihm gehen und ihm von der Sache erzählen.»

«Dann halt jemand anderem bei der Polizei», schnarrte Giuseppina. Eigentlich fehlte nur noch, dass sie wieder ihre Tarot-Karten aus der Tasche zog und Paolo einmal mehr weissagte, was für ein Narr er war.

«Das würde ich gerne, aber im Augenblick wissen Lucia und ich nicht, wem wir dort trauen können und wem nicht», stellte Paolo klar.

«Was also wirst du mit dem Speicherchip anfangen?», fragte Tino.

«Wirf ihn doch einfach ins Meer und Schluss», schlug Mamma Gianna vor.

«Glaub mir», versicherte Paolo, «nichts würde ich lieber tun – aber solange es keinen wirklichen Beleg dafür gibt, dass der Speicherchip vernichtet wurde, wird es mir niemand glauben. Es wäre also nichts gewonnen. Die finsteren Typen wären nicht immer dahinter her, und ich hätte kein Druckmittel mehr in der Hand.»

«Und wenn du die Daten einfach veröffentlichst?», fragte Chiara. «Mein neuer Freund, den ich gestern kennengelernt habe, ist supererfolgreich im Internet. Er ist ein Influencer und hat einen eigenen *YouTube*-Kanal, auf dem er …»

«Danke, aber nein», sagte Paolo freundlich. – Was Chiaras Männerbekanntschaften betraf, war er grundsätzlich skeptisch. Auch wenn sie im Grunde nicht unrecht hatte, die Daten zu veröffentlichen, war tatsächlich eine Möglichkeit – allerdings auch eine, die Lucia und ihn womöglich erst recht in Gefahr bringen würde … «Es muss uns irgendwie gelingen, die Speicherkarte so loszuwerden, dass kein Zweifel daran besteht, dass wir sie nicht mehr haben. Und da», eröffnete er ihren versammelten Freunden, «kommt ihr ins Spiel.»

«Was soll das heißen?», schnappte Giuseppina.

«Paolo hat einen Plan entwickelt, in den er euch gerne einweihen würde», erklärte Lucia. «Deshalb haben wir euch um diese frühe Zeit hergerufen ...»

«... und wir sind natürlich dankbar, dass ihr alle gekommen seid», fügte Paolo hinzu.

«Und ich dachte, es gäbe Frühstück für alle», brummte Giuseppina.

«Was ist das für ein Plan?», wollte Tino wissen.

«Ich werde Tenente Girotti die Daten übergeben», eröffnete Paolo.

«Was? Aber gerade sagtest du doch, dass ...»

«Natürlich nicht einfach so», schränkte Paolo ein, «sondern vor vielen Zeugen und so, dass auch seine Kollegen es mitbekommen. An einem Ort, der so öffentlich ist, dass die Polizei es nicht so einfach unter den Tisch kehren kann.»

«Wo?», wollte Chiara wissen. «Und wie?»

«Auf den *Giornate Medioevali*», erklärte Lucia feierlich. «Wir werden hingehen und Girotti dort eine Falle stellen.»

«Allerdings will ich nicht verhehlen, dass die Aktion auch ein gewisses ... Gefahrenpotenzial birgt», fügte Paolo leise hinzu.

«Was bedeutet das nun wieder?» Giuseppina sah ihn direkt an.

«Dass es auch brenzlig werden könnte», wurde Paolo deutlicher. «Ihr wisst, dass Bernasconi tot ist ...»

«Hast du nicht gesagt, es wäre in Wirklichkeit Selbstmord gewesen?», fragte Mamma Gianna schaudernd nach.

«Die Polizei geht davon aus», bestätigte Paolo. «Aber auch ein Selbstmörder springt nicht einfach so vom Hexenpass in die Tiefe. Irgendetwas – oder jemand – hat Bernasconi an einen Punkt getrieben, an dem er keinen anderen Ausweg mehr gesehen hat. Das könnte auch mit dem libanesischen Kartell zu tun haben, das angeblich in die Sache verwickelt ist. Es ist gut möglich, dass auch der Einbrecher für diese Leute gearbeitet hat. Wenn jemand von euch also aussteigen will, würden Lucia und ich das absolut verstehen ...»

«Absolut», bestätigte Lucia. Sie gab ihren Platz am Schreibtisch auf und trat neben ihn. Fragend sahen beide in die Runde, doch niemand wich ihrem Blick aus.

«Redet keinen Unsinn, natürlich helfen wir euch», versicherte Mamma Gianna.

«Klar», fügte Tino hinzu, «wozu sind Freunde schließlich da?»

Niemand widersprach.

Auch Giuseppina nicht.

«Danke», sagte Paolo leise.

Er merkte, wie Lucia ihn von der Seite ansah. Sie hatte ihm vorausgesagt, dass es so kommen würde, doch der Skeptiker in ihm hatte Zweifel gehabt ...

«Und wie wollen wir es anfangen?», fragte Tino, der vor Tatendrang zu strotzen schien, selbst zu dieser frühen Tageszeit.

«Ganz einfach», verriet Paolo mit einem selten verwegenen Lächeln. «Der gute Tenente Girotti weiß noch nicht, dass er aufgeflogen ist – und genau da setzen wir an.»

KAPITEL 33

«Signor Pavesi?»
Zu behaupten, dass der Wirt des *Cavaliere* überrascht war, als Paolo das düstere Gewölbe seines Lokals betrat, wäre eine Untertreibung gewesen. Pavesi zuckte zusammen wie ein Dieb, den man auf frischer Tat ertappt hatte. Wie von der Tarantel gestochen fuhr er von der Tischplatte noch, die er mit *coperto* für die Gäste versehen hatte, und kreiselte herum.

«Sie schon wieder», entfuhr es ihm, «was ...?»

«Ich weiß, Sie haben noch nicht geöffnet», sagte Paolo arglos, auf seine Armbanduhr deutend – es war erst kurz nach zehn. «Aber ich bin auch nicht hier, weil ich Hunger habe. Sondern weil ich Sie etwas fragen möchte.»

«Ach ja? Haben Sie mich nicht schon genug gefragt? Ich meine auch angedeutet zu haben, dass ich allmählich genug davon habe ...»

«Hatten Sie», versicherte Paolo gelassen, während er ihm zum Tresen folgte und sich dabei demonstrativ im Schankraum umblickte. «Wo ist denn Ihr sportlicher junger Mitarbeiter heute Morgen?»

«Er hat angerufen und gesagt, dass es ihm nicht gut geht. Er kommt später.»

«Umso besser.» Paolo nickte. «Was wir zu besprechen haben, braucht sonst niemand mitzubekommen.»

«Ehrlich gesagt wüsste ich nicht, was wir noch zu besprechen hätten. Wir waren uns doch einig.» Hinter dem massiven, aus alten Fässern bestehenden Tresen stehend, schien Pavesi wieder an Selbstbeherrschung zu gewinnen.

Paolo lächelte matt, dann sah er ihn durchdringend an. «Warum haben Sie mir nicht gesagt, dass Sie in die Organisation des Festivals eingebunden sind? Dass Sie sogar Vorsitzender Ihres eigenen Vereins sind?»

«Warum hätte ich das tun sollen? Inwiefern ist das wichtig?»

Statt zu antworten, zog Paolo das Bild von Felix und Bernasconi aus der Tasche und hielt es ihm hin. «Diese beiden waren Mitglieder in Ihrem Verein.»

«Und wenn?»

Paolo seufzte. «Ich habe Sie gefragt, ob Sie den anderen Mann kennen. Sie haben das verneint ...»

«Also, erstens kann ich mich nicht entsinnen, dass ich Ihnen gegenüber zur Auskunft verpflichtet wäre», wandte der Wirt ein. «Und zweitens wäre ‹kennen› zu viel gesagt. Er kam wohl ab und zu in Francos Begleitung, ein Deutscher wie Sie, wenn ich mich richtig entsinne. Aber ich habe ihn nie nach seinem Namen gefragt ...»

«... weil Sie Franco Celi nicht in Verlegenheit bringen wollten, richtig? Sie wussten, dass die beiden ein Paar waren.»

Pavesi schnitt eine Grimasse und sah auf die Theke, während er mit einem feuchten Lappen darüberwischte. «Die beiden haben sich nie etwas anmerken lassen, aber ... ich hatte so eine Ahnung. Wieso interessiert Sie das so? Sind Sie eifersüchtig? Hatten Sie zu Hause in Deutschland vielleicht was mit dem Kerl?»

«Dieser Kerl», erklärte Paolo, «war mein Bruder.»

«Tatsächlich?» Pavesi nickte. «Das ergibt Sinn, deswegen also stellen Sie mir all diese Fragen ... Und wieso kommt Ihr Bruder nicht selbst, um die Sache zu klären?»

«Weil er ebenso tot ist wie Bernasconi», erwiderte Paolo. Er erschrak selbst darüber, wie hart und gefühllos ihm die Worte über die Lippen kamen. «Ich habe es mir zur Aufgabe gemacht, herauszufinden, was damals genau geschehen ist.»

«Dann viel Vergnügen.» Pavesi wischte weiter.

«Sie haben Celi ziemlich gut gekannt, nicht wahr? Jedenfalls sehr viel besser, als Sie bei unserem letzten Gespräch behauptet haben. Wieso sonst hätten Sie wohl auf seine Befindlichkeiten Rücksicht genommen? Und Sie sind auch nicht nur ein einfacher Kurier für ihn gewesen, wie Sie behauptet haben. Ihre geschäftlichen Verbindungen waren sehr viel weitreichender.»

«Wissen Sie», knurrte Pavesi, «langsam wird mir das hier zu dumm. Weder muss ich Ihnen irgendetwas erzählen, noch haben Sie das Recht, Ihre Nase in meine Angelegenheiten zu stecken. Vielleicht», meinte er, warf den Lappen weg und schickte sich an, um den Tresen herumzukommen, «sollte ich das Gespräch jetzt einfach beenden und Sie aus meinem Restaurant werfen!»

Paolo hob abwehrend die Hände und trat einen Schritt zurück. «In diesem Fall», erwiderte er, «sollte ich Ihnen fairerweise mitteilen, dass ich heute nicht allein gekommen bin. Ein guter Freund von mir hält am oberen Ende der Treppe Wache und wartet nur darauf, mir zu Hilfe zu kommen. Er ist übrigens ein sehr athletischer Typ, ungefähr doppelt so groß wie Sie …»

Pavesi hielt hinter dem Tresen inne, sein Zorn schien jäh zu verpuffen. «Gut, reden wir», erklärte er sich bereit. «Aber warum fragen Sie mich das alles? Warum graben Sie diese alten Geschichten wieder aus?»

«Weil diese alten Geschichten noch nicht abgeschlossen sind.»

«Was soll das heißen? Versuchen Sie, mir etwas anzuhängen?»

«Das muss ich gar nicht, Sie haben schon genug auf dem Kerbholz. Mit Ihrem Verein konnten Sie Bernasconis Aktivitäten tarnen, konnten ihm Alibis verschaffen und im Zuge des Festivals Treffen mit Kunden organisieren, ohne dass es irgendjemandem aufgefallen wäre, nicht wahr?»

«Ich wusste nie, um was für Waren es dabei tatsächlich ging», betonte Pavesi. «Franco hat mir nur erklärt, wie und wann er sie übergeben will und wie die Bezahlung erfolgen soll, und ich habe es für ihn möglich gemacht. Die Geschäfte angeleiert hat er, er war derjenige mit den Beziehungen.»

«Das würde ich an Ihrer Stelle auch behaupten, der gute Franco kann schließlich nicht mehr widersprechen.» Paolo schnitt eine Grimasse.

«Aber es ist die Wahrheit!»

«Hat er Sie wenigstens gut bezahlt?», wollte Paolo wissen.

«Was soll das jetzt wieder? Versuchen Sie, mir ein schlechtes Gewissen zu machen nach all den Jahren? Wir haben weder Waffen noch Drogen verkauft, in Ordnung? Es war nur irgendwelches altes Zeug, niemand kam dadurch zu Schaden.»

«Das hört man häufig von Schmugglern und Steuerhinterziehern», hielt Paolo ihm entgegen.

Pavesi stand vor ihm und starrte ihn an, trotz der kühlen Temperaturen in seinem Keller hatten sich Schweißperlen auf seiner hohen Stirn gebildet.

«Sie wissen nicht, wie das war, damals», begann er leise. «Viele haben zu jener Zeit irgendetwas gedreht, allen voran die Banken. Es war wie im Wilden Westen, verstehen Sie?»

Paolo hob die Brauen. «Ich dachte, Sie hielten es eher mit Rittern und Minnesang als mit den Cowboys?»

«Ich wollte das doch alles nicht, bin da so reingerutscht», gestand Pavesi, jetzt zunehmend zerknirscht. Es war fast, als hätte er all die Jahre nur auf eine Gelegenheit gewartet, sich diese Dinge von der Seele zu reden – vielleicht, dachte Paolo, hätte er lieber Don Andrea vorbeischicken sollen. «Ich hatte gerade erst dieses Restaurant übernommen – das heißt, damals war es noch kein Restaurant, sondern ein alter Weinkeller, in dem Ratten und Spinnen hausten, und zwar zu Hunderten ...»

Paolo ließ es sich nicht anmerken, aber die Vorstellung von all den vier- und achtbeinigen Bewohnern, die sich einst in diesem Gewölbe herumgetrieben haben mochten, behagte ihm nicht. Verstohlen griff er in die Tasche des Jacketts und desinfizierte sich nebenbei die Hände, das half ein wenig.

«Ich hatte keine Hilfe und musste alles selbst machen», fuhr der Wirt fort, «nicht mal einen Kammerjäger konnte ich mir leisten. Ich habe jedes von diesen elenden Viechern einzeln ...»

«Kommen Sie zum Punkt, bitte.»

«Ich musste Möbel kaufen und Geschirr, hatte eine Küche einzurichten, von den Gebühren ganz zu schweigen. Haben Sie eine Ahnung, wie viel das alles kostet?»

«Habe ich», versicherte Paolo trocken, «sogar eine ziemlich präzise. Aber es gibt auch andere Möglichkeiten, sich Geld zu beschaffen. Sie hätten einen Kredit aufnehmen können oder sich etwas von Freunden leihen ...»

«Die Banken winkten nur ab, als ich ihnen mein Konzept vorstellte: ‹Speisen wie im Mittelalter›. Die dachten, sie hätten es mit einem Verrückten zu tun. Das Festival steckte damals noch in den Kinderschuhen, wissen Sie?»

«Was ist mit Freunden?»

Pavesi lächelte dünn. «Die sind plötzlich rar, wenn man etwas von ihnen braucht. Andererseits muss man auf niemanden Rücksicht nehmen, wenn man allein ist. Meine Entscheidung, meine Verantwortung.»

«Hören Sie», sagte Paolo, «an sich ist mir gleichgültig, was Sie damals getrieben haben. Wenn Sie mich nach meiner Meinung fragen ...»

«Tu ich nicht», versicherte Pavesi schnell.

«... halte ich Sie für einen verlogenen Opportunisten», fuhr Paolo dennoch fort, «aber was die rechtliche Seite angeht, sind Ihre Vergehen von damals längst verjährt.»

«*Prescritto?*», wiederholte der Wirt das italienische Wort, als hörte er es zum allerersten Mal.

«So ist es. Von der Polizei haben Sie also nichts zu befürchten, genau wie auch Franco Celi im Grunde keine Strafverfolgung mehr zu fürchten brauchte. Was uns zu der Frage bringt, warum er nicht mehr unter den Lebenden weilt.»

«Was hat das eine denn mit dem anderen zu tun? Es war Selbstmord, oder nicht?»

«Woher wissen Sie das? Wenn ich mich recht entsinne – und das tue ich eigentlich immer –, habe ich die Todesursache Ihnen gegenüber nie erwähnt.»

«Nun ...» Pavesi zögerte. «Signor Ritter, wenn die Tagesbesucher am Abend die Burgstadt verlassen, bleiben nicht sehr viele Menschen übrig, und zieht man die Übernachtungsgäste in den Hotels ab, sind es noch weniger. Unter den paar Einheimischen, die dann noch verbleiben, spricht es sich schnell herum, wenn hier etwas passiert. Kurz darauf sind Sie bei mir aufgetaucht und haben nach Franco Celi gefragt, also habe ich irgendwann meine Folgerungen gezogen.»

«Verstehe. Und wann genau haben Sie gefolgert, dass es Bernasconi war, der sich vom Felsen gestürzt hat?»

«Vor ein paar Tagen.» Pavesi zuckte mit den Schultern. «Ich weiß es nicht mehr genau.»

Paolo nickte. «Sie haben recht, die Polizei geht tatsächlich von Selbstmord aus. Irgendetwas scheint Bernasconi dazu getrieben zu haben, sich von jenem Felsen zu stürzen, und es gibt nicht sehr viele Dinge, die in der Lage sind, Menschen zu so etwas zu treiben. Angst gehört jedoch unbestreitbar dazu ...»

«Vor wem?»

«Eben das ist die Frage», räumte Paolo ein. «Ist Ihnen je der Gedanke gekommen, dass es nicht die Polizei war, deretwegen Celi damals untertauchen musste?»

«Weswegen sonst?»

«Wie man hört, gab es damals auch Konkurrenten auf dem Markt, unter anderem ein libanesisches Kartell, das im Handel mit geschmuggelten Artefakten mitmischen wollte und dabei offenbar nicht gerade zimperlich vorging.»

«Von solchen Dingen weiß ich nichts. Ich weiß nur, dass Franco von einem Tag zum anderen verschwunden war.»

«Das ist vermutlich Ihr Glück gewesen, denn früher oder später wären Sie sicher auch auf dem Radar dieser Leute aufgetaucht. Aber es geht nicht um das, was damals geschehen ist, Signor Pavesi, sondern um das Hier und Heute. Es sieht nämlich ganz danach aus, als wollten die Libanesen die Geschäftsbeziehungen von damals wieder aufleben lassen. Ich denke, sie hatten Bernasconi trotz seiner Typveränderung und des Namenswechsels bereits ausfindig gemacht oder standen kurz davor – und er war hier, um entweder die Spuren von damals zu beseitigen oder seinen ehemaligen Konkurrenten einen Handel vorzuschlagen.»

«Einen Handel womit?», wollte Pavesi wissen.

«Hiermit.» Paolo hielt eine Speicherkarte hoch, die er zwischen Daumen und Zeigefinger hielt. Es war natürlich nicht die echte, sondern lediglich ein Exemplar desselben Typs. Chiara hatte es in einer alten Digitalkamera gefunden, die ein verblichener Lover irgendwann bei ihr vergessen hatte ... Die Fotos, die sich noch darauf befunden hatten, hatten Paolo die Schamröte ins Gesicht getrieben, und er hatte sie rasch gelöscht.

«Was soll das sein?», fragte Pavesi.

«Das weiß ich nicht», behauptete Paolo, ohne mit der Wimper zu zucken. «Die Daten darauf sind durch ein geheimes Passwort geschützt, aber es gibt Leute, die sehr wohl in der Lage sind, diesen Schutz zu knacken. Trotz der damit verbundenen Risiken war Bernasconi zurückgekehrt, um diese Karte in seinen Besitz zu bringen. Als es ihm nicht gelungen ist, hat ihn das derart in Verzweiflung gestürzt, dass er es vorgezogen hat, den Freitod zu suchen.»

«Klingt schräg», meinte Pavesi nickend. «Aber das würde zu Franco passen. Er war immer ein Überraschungspaket.»

«Ich bin weder hier, um sein Handeln zu beurteilen noch das Ihre», erwiderte Paolo, «sondern um gemeinsam mit Ihnen darüber nachzudenken, wie es weitergehen soll.»

Pavesi atmete tief ein und aus, die Geduld schien ihm wieder einmal auszugehen. «Was soll das nun wieder heißen?», erkundigte er sich, die angewinkelten Arme auf den Tresen gestützt.

«Nun, wie ich schon sagte, sind die Libanesen ebenfalls auf der Suche nach diesen Daten und zudem äußerst gut informiert. Was denken Sie wohl, wohin ihre Suche sie als Nächstes führen wird?»

Pavesi starrte ihn an. «Sie ... Sie denken ... dass diese Leute ... dass sie hierher ...?»

«Das steht zu befürchten. Sehen Sie, ich bin ja auch auf die

Verbindung zwischen Ihnen und Bernasconi gekommen und brauchte dafür nicht einmal besonders lange zu recherchieren. Also werden das auch andere schaffen», fügte Paolo hinzu und gab sich Mühe, dabei nicht hämisch zu klingen. «Früher oder später werden diese Leute hier auftauchen. Vielleicht erst nächste Woche, vielleicht in einer Stunde. Und an die Polizei können Sie sich in diesem Fall nicht wenden.»

«Wieso nicht? Wenn die Geschichten von damals inzwischen verjährt sind ...»

«Das schon. Aber unglücklicherweise hat sich herausgestellt, dass mindestens einer der Interpol-Agenten ein falsches Spiel treibt, und es ist nicht auszuschließen, dass er mit den Ganoven unter einer Decke steckt, also ...»

«Sie können mir viel erzählen», begehrte der Wirt auf. «Wer sagt mir, dass Sie sich das nicht alles ausgedacht haben?»

«Niemand», gab Paolo zu. «Sie können meine Warnungen natürlich auch in den Wind schlagen und volles Risiko gehen, wie Bernasconi es getan hat.»

«Aber ... wenn ich niemandem trauen und mit der ganzen Scheiße nicht mal zur Polizei gehen kann ...»

«... dann stehen Sie ziemlich allein da», folgerte Paolo. «Aber das ist Ihnen ja am liebsten so, richtig? Ihre Entscheidung, Ihre Verantwortung.»

«A-aber ... ich wusste doch nichts von dem verdammten Chip! Und ich habe keine Ahnung, was darauf sein könnte!»

«Ich glaube Ihnen», versicherte Paolo. «Aber ob die Libanesen das ebenfalls tun werden, ist eher fraglich.»

«Da-dann müssen wir es ihnen irgendwie sagen.»

«Sehen Sie, genau da kommen wir nun weiter», versicherte Paolo, nun einen etwas versöhnlicheren Tonfall anschlagend. «Ich bin nämlich auch nicht erpicht darauf, dass mir diese

Leute zu Leibe rücken, mir mein Hotel über dem Kopf anzünden oder sonst etwas Verrücktes tun. Mir ist daran gelegen, das Ding loszuwerden, aber das müssen wir auf kluge Weise tun und uns selbst dabei helfen.»

«U-und wie?»

Pavesi sah ihn an. Der Widerstand war weitgehend aus dem Blick des wackeren Wirts gewichen, Panik stand dafür jetzt in seinen kleinen Augen. Er war bereit für den Plan, fand Paolo.

«Mit etwas Geschick gelingt es uns, dem betreffenden Polizisten eine Falle zu stellen, und wir alle kommen unversehrt aus der Sache raus. Aber dazu brauche ich Ihre Hilfe.»

«Was soll ich tun?» Pavesi verzog das Gesicht. «Lassen Sie mich raten, ich soll den Lockvogel spielen.»

«Sie sehen zu viele Filme», beschied Paolo ihm und hielt demonstrativ den Speicherchip hoch. «Außerdem haben wir ja bereits einen Köder. Es geht mir darum, die Übergabe an einem Ort stattfinden zu lassen, wo wir die Dinge kontrollieren und dem Betreffenden eine Falle stellen können, ohne dass er es gleich bemerkt – ein Ort übrigens, den auch Signor Bernasconi schon zu seinen Zwecken genutzt hat ...»

«Das Festival», stieß Pavesi hervor.

Paolo nickte. «Wenn ich richtig informiert bin, beginnt es in wenigen Tagen ...»

«So ist es, und es werden viele Besucher von überallher erwartet. Sie können einfach hingehen, dazu brauchen Sie mich nicht.»

«Nein», gab Paolo zu. «Aber als einer der Organisatoren haben Sie Zugang zu Bereichen, die anderen verschlossen bleiben, einschließlich des Kontrollraumes der Überwachungskameras, die es bei einem Event dieser Größenordnung fraglos geben wird. Schleusen Sie uns in die Security ein, und wir werden versuchen, das Problem aus der Welt zu schaffen, für Sie und für mich.»

Pavesis Äuglein glänzten noch immer, er widersprach aber nicht. «Wer ist ‹wir›?», wollte er wissen.

«Ich selbst und drei gute Freunde.»

«Auch Ihr athletischer Aufpasser auf der Treppe?»

«Der auch.» Paolo nickte.

Pavesi schien einen Augenblick nachzudenken. Dann schüttelte er den Kopf. «Das klappt nicht», war er überzeugt. «Man wird Fragen stellen, wenn plötzlich lauter neue Security-Leute da sind. So etwas fällt auf.»

«Dann lassen Sie sich etwas einfallen», beharrte Paolo. «Entweder wir machen es so, oder Sie werden in Kürze Besuch bekommen ...»

«Schon gut!» Pavesi riss die Hände hoch, als hätte er sie sich am Tresen verbrannt. «Ich werde sehen, was ich tun kann.»

«Sie machen es möglich?»

«Das muss ich wohl.» Der Wirt schnaubte. «Wann?»

«An welchem Tag sind die meisten Leute auf dem Festival?»

«Am Sonntag, am Abend des Turniers der Armbrustschützen.»

«*Perfetto*», erwiderte Paolo mit einem Lächeln, «ich erwarte Ihren Anruf.»

Damit wandte er sich ab und verließ das Lokal so unvermittelt, wie er es betreten hatte, Pavesi blieb niedergeschlagen hinter dem Tresen zurück.

Mit jedem Schritt, den Paolo die Stufen emporstieg, wurde es wärmer und heller, bis er schließlich wieder ins gleißende Tageslicht trat. Tino Rossi war es nicht, der ihn oben erwartete – was das betraf, hatte Paolo ein wenig gepokert, schließlich hatte Tino im Strandbad alle Hände voll zu tun. Dafür wartete ein gut gekleideter Herr mit grau meliertem Haar und vornehmem Oberlippenbärtchen auf Paolo.

Oder zumindest die höchst lebhafte Erinnerung an ihn ...

«Das glauben Sie nicht wirklich, Ritter?», fragte Bernasconi sichtlich aufgebracht und heftig gestikulierend. «Ich soll mich zu Tode gestürzt haben aus lauter Angst?»

«Das ist, was die Polizei sagt», erwiderte Paolo.

«*Sono un mucchio di stronzate*», maulte die Erinnerung an Lauro Bernasconi, und Paolo gab ihr recht.

Das war ein Haufen Mist.

KAPITEL 34

Es dauerte nicht lange, bis Pavesi sich meldete, schon kurz nach Mittag rief er Paolo an und sagte, er hätte eine Möglichkeit gefunden, seine Begleiter und ihn in den Festivalbetrieb einzuschleusen – allerdings hätten sie sich noch am Nachmittag bei einer Adresse in San Marino einzufinden, wo es Vorbereitungen zu treffen gäbe, über deren Natur Pavesi sich allerdings in Schweigen hüllte.

Paolo überprüfte die Adresse im Internet. Sie befand sich nicht in der Burgstadt, sondern im benachbarten Borgo Maggiore. Der Straßenansicht zufolge handelte es sich um ein ziemlich altes Lagerhaus, dessen genauerer Verwendungszweck nicht festzustellen war. Natürlich erwachte Paolos Argwohn – nicht nur, weil Pavesi es ihm gegenüber mit der Wahrheit nicht so genau genommen hatte und er dem etwas zwielichtigen Restaurantbetreiber nicht über den Weg traute; sondern auch, weil er sich schließlich nicht allein zu jener Adresse begeben würde – Lucia, Tino und Giuseppina würden ihn begleiten (Letztere, obwohl er es ihr mindestens ein Dutzend Mal auszureden versucht hatte). Sich selbst in Gefahr zu begeben war eine Sache, eine solche Verantwortung für seine Freunde zu übernehmen noch mal etwas ganz anderes.

Als er Lucia von seinen Bedenken erzählte, erwiderte sie etwas, das ihm zu denken gab: «Es ist nicht deine Entscheidung, *mio caro*», sagte sie. «Jeder von uns ist erwachsen und entscheidet selbst, was er tut. Du kannst es uns nicht erlauben, und du kannst es uns nicht verbieten. So ist es nun einmal.»

Paolo beschloss trotzdem, weiter zu recherchieren. Er fand heraus, dass das Lagerhaus zwar schäbig aussehen mochte, sich jedoch in einem durchaus belebten Viertel befand, unweit eines *centro commerciale*, wie Einkaufszentren in Italien gemeinhin genannt wurden, vom Mega-Supermarkt bis zur Shopping Mall nach amerikanischem Vorbild. Außerdem würde das Treffen am hellen Nachmittag stattfinden.

Er beschloss also, es zu riskieren. Und Lucia und die anderen beschlossen, ihn zu begleiten.

Während Chiara und Mamma Gianna in Cervia die Stellung hielten – die eine im Hotel, die andere im Strandbad –, fuhren die anderen mit dem Lieferwagen nach San Marino. Einmal mehr war es ein heißer Tag, die Luft über dem Asphalt der *strada statale* 72 flirrte. Zudem hatte Giuseppina zu Mittag in Knoblauchöl marinierte *melanzane* gegessen, was die Fahrt zusätzlich erschwerte. Immerhin zeigte sich bei Erreichen der angegebenen Adresse, dass Paolos Bedenken unbegründet gewesen waren. Anders als auf den Bildern im Netz war das Lagerhaus keineswegs verlassen, ein Dutzend Lieferwagen und Apes parkten davor.

Lucia stellte den Talento ab, und sie gingen hinüber. Die großen Tore waren verschlossen, eine rostige Metalltür, auf die jemand ganz polyglott die Worte «*solo staff*» gepinselt hatte, stand dagegen offen. Aus dem Halbdunkel, das dahinter herrschte, trat ihnen ein erwachsener Mann entgegen, der nur seine Unterhosen trug, auf dem Kopf dafür eine metallene Haube mit buntem Federbusch. Ihm folgten zwei kichernde Hofdamen.

«Was ist das hier?», brummte Giuseppina halb laut. «Ein Panoptikum? Ich hätte meine Karten einstecken sollen.»

Im Inneren der Halle war ein riesiges Zelt errichtet, in das sie durch einen weiteren Durchgang gelangten – und im nächsten Moment hatten alle vier das Gefühl, im Fundus einer großen Filmproduktion gelandet zu sein.

Kleiderständer mit Kostümen reihten sich in zahllosen Gassen, entlang der Wände standen mehrere Meter hohe Regale, in denen sich Requisiten stapelten: Fahnen und Banner, Schwerter und Lanzen, aber auch Helme und Wappenschilde in allen möglichen und unmöglichen Formen. Dazwischen eilten geschäftig Leute umher, die teils mittelalterlich, teils modern und teils nur mit Unterwäsche bekleidet waren, was eine ziemlich eigentümliche und auch etwas verrückte Mischung ergab.

«*Dio mio*», rief Giuseppina aus.

«Da sind Sie ja!», sagte plötzlich eine Stimme hinter ihnen, die Paolo sofort bekannt vorkam. Er wandte sich um, nur um sich Carla da Silva gegenüberzusehen. Sie war vollständig sowie modern mit Jeans und Bluse bekleidet und hatte eine Sonnenbrille auf der Stirn. Ihre Tochter hatte sie diesmal nicht dabei, dafür folgte ihr ein junger Mann, der ein aufgeschlagenes Notebook auf dem Arm hatte und ihr zu assistieren schien. Offenbar hatte die promovierte Historikerin nicht nur im Museum, sondern auch an diesem seltsamen Ort etwas zu sagen …

«Dr. da Silva», stieß Paolo hervor. Er errötete ein wenig ob der unerwarteten Begegnung. «Was – äh – tun Sie hier? Was ist das für ein seltsamer Ort?»

«Was denken Sie denn?» In einer präsentierenden Geste breitete sie die Arme aus. «Die Requisitenkammer des Festivals natürlich. Oliviero hat mir eine Nachricht geschickt und mich gebeten, mich um Sie und Ihre Begleiter zu kümmern.»

«Oliviero? Sie meinen Pavesi?» Paolo zog die Brauen hoch. Natürlich, die beiden kannten sich …

«Genau der.» Da Silva lächelte. «Er sagte mir, dass Sie den Wunsch hätten, beim Festival mitzuwirken.»

«Mitzuwirken?», echote Paolo. «Offen gestanden weiß ich nicht, ob das der richtige ...»

«Auf diese Weise habe ich allerdings auch erfahren, dass Sie in Wirklichkeit gar kein Schriftsteller sind», fügte sie mit tadelndem Augenaufschlag hinzu. «Und Sie», sagte sie mit einem Seitenblick auf Lucia, «sind vermutlich auch nicht seine Sekretärin.»

«Nein, allerdings nicht», bekräftigte Lucia.

«Ich habe es ohnehin nie wirklich geglaubt», meinte die Historikerin mit einem säuerlichen Lächeln. «Schriftsteller sind im Allgemeinen nicht so ... vergessen Sie's. Fangen wir an.»

«Und womit?», fragte Paolo stirnrunzelnd.

«Damit, Sie alle einzukleiden natürlich», beschied ihm da Silva achselzuckend. «Oliviero erklärte, Sie wollten sich beim Festival unerkannt unters Volk mischen – das hier ist die beste Chance, die Sie bekommen werden.»

«Wir ... sollen uns aber nicht verkleiden.» Paolo hoffte immer noch, das hier lief auf etwas anderes heraus.

«Warum nicht?», meinte Tino achselzuckend. «Wir tragen unser ganzes Leben lang irgendwelche Masken. Warum also nicht auch hier?»

«Gut gesprochen.» Carla da Silva lächelte wieder und warf einen Blick auf die Uhr, die sie an einem ledernen Armband am Handgelenk trug. «Wenn wir nun bitte mit der Anprobe beginnen könnten? Bei Ihrem großen Auftritt soll schließlich alles ordentlich sitzen.»

«Ist das denn wirklich notwendig?», fragte Paolo.

Das Konzept der Maskerade war ihm unangenehm. Zugegeben, als kleiner Junge hatte er es geliebt, sich als jemand anderes zu verkleiden und als Pirat der sieben Weltmeere oder sein erklärter Lieblingssuperheld «Spinne» seine Fantasien auszuleben. Spätestens mit dem Einsetzen der Pubertät hatte ihm jedoch gedämmert, wie sinnlos solche Spiele waren, schließlich blieb man im Inneren stets derselbe. Es war müßig festzustellen, dass er sich auch in diesem Punkt grundlegend von Felix unterschieden hatte, der es nicht nur als Junge genoss, sich zu Fasching zu verkleiden, sondern auch später noch – nicht von ungefähr hatte er offenbar mit großer Leidenschaft an diesem mittelalterlichen Mummenschanz teilgenommen. Für Paolo hingegen war das beinahe so übel, wie wenn man ihn dazu zwang, in ein Riesenrad zu steigen oder mit nassen Füßen über den Strand von Cervia zu gehen. Alles in ihm sträubte sich dagegen, er empfand körperlichen Widerwillen.

«Wollen Sie nun auf das Fest oder nicht?», fragte da Silva ungeduldig.

«Komm schon, das wird bestimmt lustig», redete Lucia Paolo zu.

«Ganz bestimmt», brummte Giuseppina und verdrehte die Augen.

«Ich denke auch, dass wir es tun sollten», pflichtete Tino bei. «Außerdem ist es unsere einzige Möglichkeit, oder?»

«*D'accordo*», sagte Paolo schließlich und nickte.

«Sehr schön. Dann würde ich vorschlagen, dass wir gleich mit diesem Prachtexemplar von einem Mann hier anfangen», sagte da Silva. Sie hielt plötzlich ein Maßband in den Händen, mit dem sie ganz ungeniert Tinos Armlänge und Brustumfang ermittelte.

«*Le misure di un eroe!*», konstatierte sie mit fachmännischem Blick, um dann in Richtung ihres Begleiters zu diktieren: «Wir machen einen Junker aus ihm, einen jungen Edelmann … gib ihm die A67, falls sie passt. Und ein schönes langes Schwert dazu», fügte sie mit, wie Paolo fand, ein wenig schmutzigem Lächeln hinzu.

Als Nächste war Giuseppina an der Reihe.

«Eine ziemlich schwierige Aufgabe», stellte Carla da Silva fest. Sie trat einen Schritt zurück, als ob sie sich in einem Museum befände und etwas Abstand nehmen müsse, um das Kunstwerk in seiner Gesamtwirkung zu betrachten.

«Was soll daran denn schwierig sein?», schnarrte Giuseppina achselzuckend. «Ich bin eine Wahrsagerin, was sonst?»

Da Silvas schmale Miene verriet Verblüffung, dann Zustimmung. «Aber natürlich, das ist perfekt.» Sie nickte ihrem Helfer zu. «*Numero C17 – la cartomante.*»

Lucia war die Nächste.

«Nun? Als was würden Sie gerne zum Festival gehen?», fragte die Historikerin sie, wie es Paolo erschien, ein wenig lauernd.

«Na ja», erwiderte Lucia ein wenig verlegen, «ehrlich gesagt habe ich immer davon geträumt, einmal das Burgfräulein spielen zu dürfen, mit einem schönen Kleid und so einem Hut mit einem Schleier daran ...» Mit den Unterarmen formte sie eine Spitze über ihrem Kopf, um zu demonstrieren, was sie meinte.

«Was?» Da Silva zog die Nase kraus und musterte Lucia von Kopf bis Fuß. «Wie alt sind Sie denn?»

«Wieso ist das wichtig?»

«Unsere Burgfräuleins sind alle unter fünfundzwanzig – Sie hingegen scheinen mir ...»

«Schon gut», fiel Lucia ihr ins Wort. Paolo konnte sehen, dass die Zornesfalte auf ihrer Stirn erschienen war. «Dann eben etwas anderes.»

Da Silva nickte und trat hinter sie, maß grob ihre Körpergröße. «Ich habe eher an eine Stallmagd gedacht ... oder eine Marketenderin.»

«Wie bitte?», ächzte Lucia noch – da wurde die Bestellung bereits aufgegeben.

«V21 für die Dame», ordnete Carla da Silva an, worauf ihr Begleiter wieder fleißig in sein Notebook tippte, «das dürfte auch um die Hüften passen.»

«*Che cosa ...?*», wollte Lucia sich ereifern, als sich die Historikerin bereits Paolo zuwandte.

«Und ich?», fragte er vorsichtig. «Was haben Sie für mich vorgesehen?»

Auf Carla da Silvas Lippe erschien ein undeutbares Lächeln, das Absolution oder Verdammnis ankündigen mochte. «Seltsam, dass Sie fragen, Signor Ritter. Sie werden natürlich den Hofnarren spielen.»

«*Il giullare di corte?*», wiederholte Paolo in der Hoffnung, dass er nicht richtig verstanden hatte. «Ich soll mich als Narr kostümieren?»

«Natürlich, was sonst?», raunte Giuseppina ihm von der Seite zu. «Die Karten haben es geweissagt.»

«Nun denn», musste Paolo seufzend beipflichten.

«*Vero*», stimmte Lucia verdrossen zu.

«*Signore, non è un costume!*», ließ sich nun erstmals Carla da Silvas bislang stummer Begleiter vernehmen. Das Notebook hatte er auf dem einen Arm, den anderen hatte er mit belehrend ausgestrecktem Zeigefinger erhoben. «*È un abito!*»

KAPITEL 35

Es ist kein Kostüm, sondern eine Gewandung.
Paolo hätte es wissen müssen.
Dank seiner Gabe erinnerte er sich genau an einen Tag in der Vergangenheit. Es war der 20. Juli 1986 gewesen, ein Sonntag, als Felix und seine Eltern ihn mehr oder weniger gegen seinen Willen nach Kaltenberg geschleppt hatten, einen kleinen Ort in der Nähe von München, wo alljährlich ein Ritterturnier veranstaltet wurde. Vor dem Turnier hatte eine Parade stattgefunden, und obwohl Paolo fest entschlossen gewesen war, sich von schimmernden Rüstungen und prächtigen Roben nicht beeindrucken zu lassen, hatte er sich doch dazu hinreißen lassen, auf einen der Ritter zu zeigen und ihm ein schönes Kostüm zu bescheinigen ... woraufhin der Kämpe sein Schlachtross gewendet und Paolo hörbar gekränkt erklärt hatte, dass es sich nicht um ein schnödes Kostüm, sondern um eine *Gewandung* handle. In diesem Punkt schienen sich deutsche und italienische Mittelalter-Fans also nicht zu unterscheiden.

Was andere Dinge betraf, konnte Paolo es schlicht nicht beurteilen, denn dieser sonntägliche Abstecher nach Kaltenberg war bis zum heutigen Tag seine letzte und einzige Begegnung mit der Welt des Reenactment gewesen, wie man das möglichst genaue Nachstellen historischer Vergangenheit nannte – oder der *rievocazione*, wie das für Paolos Empfinden recht exzentrische Hobby hier in Italien hieß.

Da seine Freunde und er nun also zum Heer der *rievocatori*

gehören würden, die durch ihre Mitwirkung dafür sorgten, dass das Festival noch ein wenig bunter, lebendiger und authentischer wurde, bestellte Carla da Silva sie für den nächsten Tag zur Anprobe ein. Wobei Paolo die Authentizität betreffend gewisse Zweifel hegte, als er in den Spiegel blickte und sich zum ersten Mal in seiner Gewandung als Hofnarr sah.

Das Hemd, das er trug, hatte weit geschnittene Ärmel, war aus naturfarbenem Leinen und kratzte wie eine Stahlbürste auf der Haut. Er hatte erwogen, ein T-Shirt aus Baumwolle darunterzutragen, aber in Anbetracht der herrschenden Temperaturen verbot sich dies, denn über dem Hemd trug er einen ärmellosen, mit rot-gelben Rauten gemusterten Rock, der bis etwas über die Leibesmitte reichte und nach unten hin in mit Glöckchen versehenen Zacken auslief.

Die Beinkleider bestanden aus gelben, eng anliegenden Strumpfhosen, über denen er weite, gelb-rot gestreifte Pluderhosen trug, die nur etwas bis über die Knie reichten. Die Krönung des Aufzugs waren Schuhe aus rotem Filz, die eine geradezu groteske Größe besaßen und zur Spitze hin aufgebogen waren wie der Bug eines Schiffes, mit einem Glöckchen auf jeder Seite, das bei jedem Schritt bimmelte. Paolo kam sich schon jetzt vor wie ein ausgemachter Trottel – und dabei hatte er die Schellenkappe noch nicht einmal aufgesetzt.

Sein einziger Trost war, dass es sich in der Tat um eine verblüffend gute Tarnung handelte, die es ihm erlauben würde, sich unauffällig im Getümmel zu bewegen. Und da sie frei waren von irgendwelchen Pflichten, würden sie wachsam bleiben und die Augen offen halten können. Solange sie nicht wussten, was genau der zwielichtige Tenente Girotti im Schilde führte oder für wen er tatsächlich arbeitete, konnten sie nicht vorsichtig genug sein.

Zur Vorbereitung auf das Festival gehörte auch, dass sie alle so etwas wie ein Schauspieltraining bekamen, das es ihnen erleichtern sollte, mit den übrigen *rievocatori* zu verschmelzen. So bekam Tino von einem schlacksigen jungen Mann, der Wikingerbart und Hornbrille trug, tatsächlich die Grundbegriffe des Schwertkampfs beigebracht, und eine ältere Dame erklärte Lucia und einigen weiteren Marketenderinnen, wie sie zum Rhythmus eines Tamburins tanzen und dabei mit aufreizendem Hüftschwung Aufmerksamkeit erregen konnten. Paolo ertappte sich dabei, dass ihm dies missfiel. Nicht nur, weil die bunten Kleider der Marketenderinnen allesamt recht tief ausgeschnitten waren, sondern auch, weil Lucia am Tanzunterricht regelrechte Freude zu haben schien. Aber das war wohl das Opfer, das man bringen musste.

Bei Giuseppina verhielt es sich genau umgekehrt. Kaum hatte ein Mitarbeiter in einem blauen T-Shirt des *museo di stato* ihr zu erklären begonnen, wie abergläubisch die Menschen des Mittelalters doch gewesen seien und was sie bei der authentischen Darstellung einer Wahrsagerin zu beachten habe, drehte sie den Spieß um und übernahm selbst das Ruder. Im nächsten Moment war sie auch schon dabei, dem armen Kerl, der gar nicht recht wusste, wie ihm geschah, die Karten zu legen.

Paolo wartete erst gar nicht auf seinen Instrukteur, sondern ergriff gleich nach der Anprobe die Flucht. Es brauchte ihm niemand zu erklären, wie er sich als Narr zu benehmen hatte – wie ein Volltrottel kam er sich ja ohnehin schon vor. Auf leisen Sohlen – was bei diesen Schuhen nicht unbedingt einfach war – stahl er sich aus dem Lagerhaus. Gleißend helles Sonnenlicht empfing ihn draußen, es war früher Nachmittag. Kurzerhand setzte er seine Sonnenbrille auf, was in Anbetracht seines übrigen Outfits recht abenteuerlich aussah.

Den Talento hatte Lucia dankenswerterweise auf der Schattenseite des Lagerhauses abgestellt. Paolo stieg ein, setzte sich auf den Beifahrersitz und atmete tief durch.

Es war an der Zeit.

Von unter dem rautierten Rock beförderte er sein Smartphone zutage und rief Girottis Nummer aus dem Speicher ab. Nun, sagte er sich, wurde es ernst ...

«*Pronto*», erklang die Stimme des Tenente.

«Hier Ritter», erwiderte Paolo tonlos.

«Signor Ritter!», rief der andere. «Wie gut, dass Sie sich melden! Hören Sie, was den Autopsiebericht angeht – ich habe versucht, was möglich war, aber ich muss Ihnen leider sagen ...»

«Vergessen Sie ihn», sagte Paolo.

«Wie bitte?»

«Ich brauche ihn nicht mehr. Die Dinge haben sich geändert.»

«Inwiefern?»

«Insofern, dass ich inzwischen weiß, dass Sie nicht der sind, der Sie zu sein vorgeben, Tenente», antwortete Paolo so ruhig, wie er es vermochte.

Eine kurze Pause entstand.

«Wiederholen Sie das bitte.»

«Es gibt keine Mordkommission beim NCB von San Marino. Folglich können Sie auch nicht für sie arbeiten.»

Paolo konnte direkt hören, wie der andere nach einer Ausrede suchte. «Davon sollten Sie sich nicht irreführen lassen. Ich versichere Ihnen, dass ich für Interpol arbeite und ...»

«Ich weiß, Tenente», fiel Paolo ihm ins Wort, «und zwar in der Abteilung zur Bekämpfung internationaler Betrugs- und Fälschungsdelikte. Was mich zu der Frage veranlasst, warum Sie uns etwas vorgespielt und sich ein Amt angemaßt haben, das Sie gar nicht bekleiden.»

«Was wollen Sie tun? Mich melden?»

«Nein, denn mir ist bewusst, dass das nicht allzu viel Sinn hätte. Sie würden eine Möglichkeit finden, Ihr Vorgehen irgendwie zu rechtfertigen, und kämen mit einer dienstlichen Rüge davon.»

«Allenfalls», stimmte Girotti zu.

«Außerdem weiß ich bereits, weshalb Sie das ganze Theater veranstaltet haben. Und auch, worauf Sie es eigentlich abgesehen haben», fügte Paolo hinzu. «Die Speicherkarte.»

Wieder Schweigen.

«Sie haben die Speicherkarte?»

«Seit ich auf der Bank war und sie abgeholt habe», bestätigte Paolo, ohne zu zögern. «Und ich kann Ihnen versichern, dass die Karte sich im Augenblick an einem sehr sicheren Ort befindet.»

Girotti schwieg erneut.

Er schien noch zu überlegen, ob er alles abstreiten und Paolo eine Geschichte erzählen sollte, vielleicht über eine polizeiliche Geheimmission oder irgendwelchen anderen Blödsinn. Doch am Ende entschied er sich wohl, diesmal bei der Wahrheit zu bleiben.

«Was wollen Sie von mir?», fragte er nur. Seine Stimme klang ernüchtert. Vom Charme des jungen Sean Connery in der Rolle des 007 war nichts geblieben. Es war jetzt eher die Daniel-Craig-Variante.

«Einen Handel anregen», erwiderte Paolo.

Girotti atmete hörbar. «Habe ich Sie doch richtig eingeschätzt. Wie viel Geld wollen Sie?»

«Eine Viertelmillion.»

«Das ist eine viel zu hohe Summe», kam es prompt zurück – die Tatsache, dass Girotti so schnell antwortete, verriet Paolo, dass er zu tief gegriffen hatte. Dabei hatte er lange über die Höhe seiner Forderung nachgedacht, schließlich sollte sie glaubhaft wirken, Girottis Möglichkeiten aber auch nicht hoffnungslos überfordern. Doch nach der Reaktion des Polizisten zu urteilen, ging es dabei noch um entschieden mehr Geld, als Paolo bislang vermutet hatte ...

«Ja oder nein?», fragte er dennoch. Zum Nachverhandeln war es zu spät.

«Einverstanden», erklärte Girotti, ohne zu zögern. «Ich werde Ihnen anonyme Transferdaten schicken, an die Sie ...»

«Einen Augenblick, nicht so schnell», bat Paolo.

«Was ist noch?»

«Ich will eine persönliche Übergabe, ganz altmodisch.»

«Sie wollen einen Geldkoffer? Wie im Film?»

«Nur Bares ist Wahres», erklärte Paolo. Er grinste und stellte sich vor, wie das gerade aussehen mochte: ein erwachsener Mann, der im Narrengewand und mit Sonnenbrille auf der Nase in einem Lieferwagen telefonierte und dabei sardonisch lächelte. Surreal war noch die freundlichste Beschreibung ...

Girotti ließ einen verächtlichen Laut vernehmen. «Von mir aus. Bargeld gegen Karte. Wann und wo?»

«Sonntag. Auf dem Festival.»

«Auf dem verdammten Mittelalterfest? Warum?»

«Verdammt passend, oder nicht?», fragte Paolo dagegen, ohne auch nur im Ansatz eine Begründung zu liefern. «Die genaue Uhrzeit und den Treffpunkt lasse ich Sie wissen.»

Girotti schwieg zuerst, dann stieß er eine halblaute Verwünschung aus, irgendetwas mit Amateuren und dem wenig einladenden Ort, an den sie sich scheren sollten.

«Einverstanden», sagte er dann aber trotzdem, worauf Paolo das Gespräch beendete.

Und erst im nächsten Moment wurde ihm bewusst, wie heiß es trotz des Schattenplatzes in dem verflixten Kostüm war.

Korrektur: in der verflixten Gewandung.

KAPITEL 36

Paolo war auf dem Friedhof.
Schon wieder.
Mit dem vollbesetzten Hotel auf der einen und den weiteren Vorbereitungen für das Festival auf der anderen Seite war die Zeit wie im Flug verstrichen. Paolo konnte selbst kaum glauben, dass der Tag der Entscheidung bereits gekommen war. Noch heute Abend würde sich zeigen, ob sie diesen mysteriösen Fall so abschließen konnten, dass Lucia und er danach wieder ihre Ruhe haben würden, oder ob der dunkle Schatten, den sein Bruder auf sie geworfen hatte, sie auch noch weiterhin verfolgen würde, mit unvorhersehbarem Ausgang ...

«Ehrlich gesagt weiß ich selbst nicht, warum ich so schnell zurückgekehrt bin», murmelte Paolo, während er gesenkten Hauptes vor der steinernen Wand mit Felix' *colombario* stand. Die Rose in der Halterung war erneut ausgetauscht worden und verströmte lieblichen Duft in der Wärme des frühen Vormittags. «Schätze, ich wollte das heute Abend nicht tun, ohne noch mal mit dir zu sprechen ... oder zumindest den Versuch unternommen zu haben.»

Er hob den Kopf und lauschte, sah sich sogar verstohlen um. Doch die Erinnerung an seinen Bruder zeigte sich nicht.

Es war zum Verzweifeln.

Damals, vor drei Jahren, als Paolo mit Italien und alldem hier noch nichts am Hut gehabt hatte und der festen Überzeugung gewesen war, bis zum Rentenalter als ziviler Mitarbeiter des Landeskriminalamts zu arbeiten, mit Julia Wagner als der Frau an seiner Seite, da war die Erinnerung an seinen Bruder völlig ungebeten und wie aus dem Nichts aufgetaucht und hatte ihn nicht mehr in Ruhe gelassen, hatte sein Leben auf den Kopf gestellt. Und jetzt, da Paolo eigens den Friedhof aufsuchte, weil er das Gefühl hatte, sich hier am besten erinnern und auf Felix konzentrieren zu können, herrschte in der Echokammer seines Bewusstseins eisiges Schweigen.

Nicht dass Paolo keine Erinnerungen mehr gehabt hätte – natürlich entsann er sich nach wie vor an jede Einzelheit, an jedes Erlebnis und jedes Gespräch, das er mit Felix nach dem 11. August 1982 geführt hatte. Aber sie redeten nicht mit ihm, verselbstständigten sich nicht auf jene Art und Weise, wie es beispielsweise die Erinnerung an Lauro Bernasconi tat.

Der Tessiner mit der bewegten Vergangenheit hatte ihn während der vergangenen Tage unnachgiebig verfolgt, doch wann immer Paolo versucht hatte, Informationen von ihm zu bekommen, hatte er nur einsilbig mit dem geantwortet, was Paolo ohnehin schon wusste. Das war einerseits nur logisch, andererseits hatte Paolo durch die Zwiesprache mit der Erinnerung auch oft schon neue Erkenntnisse und Schlussfolgerungen gewonnen.

Aber nicht dieses Mal.

Die Vergangenheit schwieg.

Und sie schien entschlossen, dies auch weiterhin zu tun …

«Diese Sache heute Abend», fuhr er leise fort, «sie wäre nicht notwendig, wenn du nicht solchen Mist gebaut hättest. Wie konntest du das nur tun nach allem, was Mutter und Vater für dich getan hatten? Wie konntest du dich nur auf organisierte Kriminalität einlassen?» Er kniff die Lippen zusammen und sammelte sich. «Oder», fuhr er flüsternd fort, «hättest du es mir gesagt, wenn ich zugehört hätte? Ich weiß, ich habe den Kontakt einfach abgebrochen, weil ich …»

Die Stimme versagte ihm, und er brach ab. Hinter den Gläsern der Sonnenbrille brannten ungeweinte Tränen in seinen Augen. Paolo blinzelte und atmete tief ein und aus.

«Weißt du», begann er dann wieder, «ich wollte nichts mehr zu tun haben mit dir und Italien und unserer Familie – und nun bin ich hier. Es ist, als wärst du noch immer da und würdest Einfluss auf mein Leben nehmen und als müsste ich auf dich aufpassen.»

Paolo schüttelte den Kopf. Dann trat er einen Schritt zurück und setzte den Borsalino wieder auf.

«Ich verstehe dich nicht, mein lieber Bruder», gestand er. «Ich habe dich früher nicht verstanden, und ich tue es auch jetzt nicht. Ich weiß nicht, was genau du getan hast und wie du in diese Sache verwickelt warst, und eigentlich will ich es auch gar nicht wissen. Aber ich weiß, dass ich das irgendwie beenden muss, denn es bedroht Lucia und mich und alles, was wir uns aufgebaut haben. Ich glaube nicht, dass du das wolltest, aber ich weiß auch nicht, was du wolltest. Eigentlich», fügte Paolo zögernd hinzu, «wusste ich das nie so richtig. Wir waren einfach zu unterschiedlich ...»

Erneut verstummte er. Plötzlich kam es ihm seltsam vor, vor einem Grab zu stehen und mit einer Wand aus Stein zu reden. Mit einem letzten Blick in Richtung des *colombario* und der roten Rose wandte er sich ab. An den Schiebegräbern und Mausoleen entlang schlug er den Weg zurück zum Ausgang ein – nur um sich unerwartet einer ebenso athletischen wie vertrauten Gestalt gegenüberzusehen, die an einem Grab stand und ihm den Rücken zuwandte.

«Tino!», rief Paolo überrascht.

Der Angesprochene fuhr herum, einen Moment lang offenbar zu erschrocken, um etwas zu erwidern.

«Bitte entschuldige», sagte Paolo deshalb, «ich wollte dich nicht erschrecken ...»

«Nein, nein, schon gut.» Tino schüttelte den Kopf und winkte ab. «Ich habe nur nicht mit dir gerechnet, das ist alles. Hast du deinen Bruder besucht?»

«Sozusagen.» Paolo nickte. «Und du?»

«Papa», entgegnete Tino, auf das Familiengrab hinter sich deutend. Der an einen Obelisken gemahnende Stein war alt und verwittert, der Familienname Rossi stand darin eingraviert. «Siebzehn Jahre liegt er jetzt schon hier.»

Paolo nickte. In einer respektvollen Geste nahm er den Hut ab und wandte sich dem Grab zu. «Er fehlt dir sicher sehr.»

Tino nickte langsam. «Manchmal vergesse ich fast, wie er ausgesehen hat. Und seine Stimme ... er hatte eine ganz besondere Stimme, weißt du. Schade, dass ich mich nicht so gut erinnern kann wie du.»

«Das ist nicht immer ein Vorteil», versicherte Paolo achselzuckend. «Manchmal tut es einfach nur scheußlich weh.»

Sein Blick fiel auf die Inschrift, die zwischen dem Familiennamen und jenen der einzelnen Verstorbenen – da die Rossis schon lange in Cervia lebten, waren es entsprechend viele – in den Stein gemeißelt war. «*La felicità è come l'acqua*», las er leise vor.

«Eine alte Familienweisheit», erklärte Tino wehmütig. «Die Rossis müssen es wissen, schließlich betreiben wir das Strandbad in der dritten Generation, das Wasser ist unser Element.»

«Glück ist in der Tat wie Wasser», bestätigte Paolo nickend. «Genauso flüchtig.»

«Man kann es nicht festhalten», stimmte Tino zu. «Aber es kann dich auch tragen.»

Paolo nickte anerkennend. Nicht nur, weil er dem sonst eher

auf Strandsport und Barwesen spezialisierten Tino solche – wenn auch etwas kitschige – Tiefgründigkeit nicht zugetraut hätte. Es machte ihn auch nachdenklich, dass ihm die eine Analogie sofort in den Sinn gekommen war, die andere hingegen überhaupt nicht ... aber in seinem gegenwärtigen Zustand war das wohl auch nicht verwunderlich.

«Danke, Tino», sagte er.

«Wofür?»

«Für deine Freundschaft ... und für die deiner Mutter. Ihr beide seid stets da gewesen, wann immer Lucia oder ich euch gebraucht haben, und auch heute seid ihr es ...»

«Das ist wahr», versicherte Tino, «und deshalb muss ich dir das jetzt sagen.»

«Was denn?»

Tino lächelte verlegen, was nicht oft vorkam – angesichts seines unverschämt guten Aussehens war es meist eher die Damenwelt, die ihm gegenüber errötete. «Bitte verzeih, Paolo», sagte er, «du bist mein Freund, mein bester sogar ... aber Lucia ist auch meine Freundin, und sie kenne ich länger, als ich dich kenne ...»

«Worauf willst du hinaus?»

«Man müsste ein ziemlicher Trottel sein, um es nicht zu sehen. Lucia liebt dich, Paolo.»

Paolo wusste nicht, was er erwartet hatte, aber das jedenfalls nicht. «Natürlich, ich liebe sie auch», versicherte er, beinahe erleichtert.

«Das meine ich nicht. Sie liebt dich *wirklich*, mein Freund, von ganzem Herzen und so sehr, dass es wehtut ... und so etwas kommt nicht alle Tage vor, weißt du.» Tino nickte, überzeugt von der Wahrheit seiner Worte. «Man kann das Glück vielleicht nicht festhalten, aber man sollte es wenigstens versuchen.»

Paolo wusste nicht, was er darauf erwidern sollte. Einigermaßen verblüfft blickte er an der athletischen Gestalt des Freundes empor. «Danke, Tino.»

«Gern geschehen. Manchmal brauchen wir eine Stimme, die uns sagt, was wir tun sollen.»

«Natürlich», stimmte Paolo zu, damit endlich Ruhe war. «Wir sehen uns dann heute Abend? Wir holen dich ab wie vereinbart.»

«Junker Tino ist zur Stelle», versicherte Tino grinsend und deutete einen militärischen Gruß an.

Und auch wenn Paolo es weder benennen noch recht deuten konnte – etwas in Tinos Stimme und seinem Blick war anders als sonst.

KAPITEL 37

Die sieben Glocken, die von ihrem Gestühl im mächtigen Turm der Basilika San Marino aus über die Stadt wachten, blickten auf eine lange und bewegte Geschichte.

Sie hatten die Einwohner vor drohender Gefahr gewarnt, vor herannahenden Feinden, Unwetter und Sturm; sie hatten Geburten und Todesfälle verkündet, Gerichte einberufen und Festtage bejubelt; und bis zum heutigen Tag riefen sie die Gläubigen zur Messfeier. Doch an diesem Sonntagabend, dem letzten des Juli, lieferten sie vor allem die perfekte klangliche Kulisse zu dem archaischen, aus der Zeit gefallenen Schauspiel, das sich in der Burgstadt abspielte.

Schon im hellen Tageslicht mutete San Marino mit all seinen Türmen, den engen Gassen und zinnengekrönten Mauern mittelalterlich an. Doch nun, da die untergehende Sonne für magisch anmutendes Zwielicht sorgte und überall auf den Plätzen und in den Gassen Fackeln und Laternen entzündet wurden, während am dunkelnden Himmel die ersten Sterne aufblitzten, wurde die Stimmung geradezu unwirklich, zumal in Anbetracht der Gestalten, die sich auf Plätzen und Bühnen tummelten: Gaukler, Musikanten, Jongleure und Puppenspieler sorgten für Unterhaltung, Feuerschlucker und Fahnenschwinger stellten ihr Können unter Beweis, und Stelzenläufer staksten auf hölzernen Beinen durch die Menge der Besucher, die auch an diesem Abend – dem letzten der diesjährigen *Giornate Medievali* – nach San Marino gekommen waren.

Es gab Schaubuden, in denen Töpfer, Schmiede und andere Handwerker ihre Fertigkeiten so präsentierten, wie sie vor rund fünfhundert Jahren betrieben worden waren; Stände, an denen Waren zum Verkauf feilgeboten wurden, manche davon authentisch mittelalterlich und andere weniger; und natürlich wurden alle Arten von kulinarischen Verlockungen geboten, sodass von süß bis würzig die unterschiedlichsten Gerüche durch die Gassen zogen, stets unterlegt vom bitteren Odem der Holzfeuer. Und natürlich war hier und dort auch Schwertergeklirr zu hören, wenn Landsknechte und Junker traditionelles Fechthandwerk vorführten und dafür von kleinen und großen Jungen bestaunt wurden. Im alten Steinbruch, der sich zum Festival in eine Art Arena verwandelt hatte, gaben gerade die traditionellen Fahnenschwinger, die *spandieratori*, eine Kostprobe ihres Könnens: In bunte historische Gewänder gehüllt, warfen sie ihre an kurzen Stangen geführten Fahnen hoch in die Luft und fingen sie wieder auf, und das so formvollendet und synchron, dass den Besuchern vor Staunen die Münder offen stehen blieben. Auch Paolo konnte das Ausmaß an Geschick und Koordinationsfähigkeit, das die *spandieratori* an den Tag legten, nur bewundern – in seiner Schulzeit hatte er schon Probleme damit gehabt, einen Ball zu fangen.

Aber es war nicht nur die Mischung aus bunter Unterhaltung und lebendem Museum, die die Leute in Scharen in die Burgstadt lockte, es war auch der Schauplatz selbst. Zugegeben, die Seilbahn, die in festgelegtem Takt immer neue Besucher auf den Belvedere schaufelte, passte nicht so ganz ins Bild, aber das störte niemanden. Nach zwei Jahren pandemiebedingter Pause fand das Festival erstmals wieder statt, und das zum insgesamt fünfundzwanzigsten Mal, sodass die Begeisterung der Besucher kein Halten kannte. Zum Jubiläum, so hatte Paolo sich sagen lassen, hatten sich die Veranstalter etwas Besonderes einfallen lassen und den *Giornate Medievali* den Untertitel «1462 Il Patto» gegeben, weil sie zum Jubelfest an ein besonders wichtiges Datum in der Geschichte San Marinos erinnern wollten: den Pakt nämlich, den die San Marineser am 21. September 1462 mit dem Papsttum geschlossen hatten, um zu verhindern, dass sie von den machthungrigen Malatesta-Fürsten erobert und ihrem Herrschaftsbereich einverleibt wurden – eine ebenso kluge wie wegweisende Entscheidung, denn das infolge dieses Paktes festgelegte Staatsgebiet San Marinos hatte bis zum heutigen Tag Bestand.

Einen Pakt hatte auch Paolo geschlossen, allerdings war er sich keineswegs sicher, ob sich die andere Seite auch daran halten würde. Zwar hatte er Tenente Girotti Ort und Zeitpunkt des Zusammentreffens mitgeteilt – um 21 Uhr am oberen Ende der Salita alla Cesta, gar nicht so weit entfernt von jener Stelle, an der Lauro Bernasconis Leben ein so jähes Ende gefunden hatte –, doch war er nicht sicher, ob sich der Polizist auch dort einfinden würde. Eine Bestätigung hatte es jedenfalls nicht gegeben, vermutlich existierte die betreffende SIM-Karte bereits nicht mehr, und die Nummer führte ins Nirgendwo. Paolo konnte also nur hoffen, dass die Verlockung, den Speicherchip in seine Finger zu bekommen, größer sein würde als Girottis Vorsicht.

«Glaubst du, er wird kommen?» Tinos Stimme klang ein wenig blechern unter dem Helm, den Carla da Silva ihm verpasst hatte – einen sogenannten Schaller, der das Gesicht bis auf einen schmalen Sehschlitz komplett bedeckte und im Nacken spitz auslief. Dazu hatte man ihm ein Schwert mitgegeben, einen klobigen Zweihänder, den er über der Schulter trug wie ein Holzfäller die Axt. Entsprechend war er als Fotomotiv sehr begehrt – anders als Paolo, der in seinem gelb-roten Narrengewand kaum Selfie-Reflexe auszulösen schien. Was vielleicht auch an seiner sauertöpfischen Miene lag, die mit der ausgelassenen Rolle, die er eigentlich spielen sollte, so ganz und gar nicht harmonieren wollte. Zwar war unter der ausladenden Schellenkappe mit ihren unentwegt bimmelnden Glöckchen nicht wirklich viel davon zu sehen, doch eine verkniffene Mundpartie und ein miesepetrig dreinblickendes Augenpaar genügten, um den Leuten klarzumachen, dass zumindest mit diesem Narren nicht zu spaßen war.

Immerhin, sagte sich Paolo, war es eine brauchbare Tarnung. Auch wenn er sich vermutlich für den Rest seiner Tage Lucias sanften Spott dafür würde anhören müssen …

«Ich denke schon, dass er kommen wird», erwiderte er, während sie gemeinsam die Salita alla Cesta hinaufgingen, vorbei an Verkaufsständen und Gauklern, die ihre Künste darboten – und durch Reihen schaulustiger Touristen. «Den ersten Schrecken darüber, aufgeflogen zu sein, dürfte Girotti inzwischen verdaut haben. Jetzt kommt es nur noch darauf an, wie sehr er diesen Speicherchip haben will – und angesichts der Tatsache, dass er seine ganze dienstliche Karriere dafür aufs Spiel setzt, würde ich sagen, dass er sie *unbedingt* haben will.»

Die Trommelklänge, die der an diesem Abend kühle Wind zu ihnen herauftrug, verrieten, dass die *spandieratori* ihre Vorführung beendet hatten. Gleich würde im Steinbruch der Wettstreit der Armbrustschützen beginnen, der traditionelle Höhepunkt des Festivals. Bei all den Besuchern, die sich zu dieser Zeit in der Burgstadt drängten, war es so gut wie unmöglich, unbeobachtet zu bleiben, von den Kameras, die den öffentlichen Raum überwachten, ganz zu schweigen.

Obwohl sie als von Dr. da Silva eingekleidete *rievocatori* nun ganz offiziell zum Festival gehörten, hatte es einer üppigen Geldspende sowie Lucias ganzen Charmes bedurft, um ihr für eine Stunde Zutritt zum Überwachungsraum zu verschaffen. Dort saß sie nun, und Paolo war gleich aus mehreren Gründen dankbar dafür. Erstens, weil Lucia ihnen mit ihrer scharfen Beobachtungsgabe eine große Hilfe war; sobald sie Girotti auf dem Festivalgelände entdeckte, würde sie Paolo sofort informieren. Zweitens, weil sie auf diese Weise fernab vom Geschehen und in Sicherheit war und er sich nicht um sie zu sorgen brauchte.

«Siehst du etwas?», fragte Paolo über den kleinen Funksender, den er bei sich trug. Es war dasselbe Modell, das auch die Security-Leute hatten, nur dass es auf eine andere Frequenz eingestellt war – es an diesem Abend benutzen zu dürfen, hatte mit einer weiteren Geldspende zu Buche geschlagen. Es war alles in allem ein kostspieliger Abend, der am Ende jedoch hoffentlich nur Girotti teuer zu stehen kommen würde …

«Nein, nichts», drang Lucias Stimme aus dem winzigen Empfänger. Sie war aufgeregt und sprach schnell und laut, der kleine Schallwandler in Paolos Ohr übersteuerte.

«Halt die Augen offen», bat Paolo. «Ich habe Girotti allein zu unserem Treffen bestellt, aber wer kann schon sagen, ob er sich auch daran halten wird. Wenn du verdächtige Personen siehst, melde dich bitte sofort bei mir.»

«*D'accordo*», kam es zurück. «Im Augenblick sehe ich auf dem Schirm allerdings nur eine Person, die mir komisch vorkommt – einen Hofnarren, der sich in seiner Rolle ziemlich unwohl zu fühlen scheint.»

«Sehr witzig», knurrte Paolo.

«*Umorismo italiano*», konterte sie und schien sich ein Lachen verkneifen zu müssen.

«Lucia, nimm dich zusammen», ermahnte Paolo sie. «Ich bin sicher, Girotti ist bereits hier. Vielleicht ist er ebenfalls verkleidet.»

«Gewandet», verbesserte Giuseppina trocken, die zwei Schritte hinter ihm ging – obwohl man das, was sie am Leibe trug, nur mit viel Wohlwollen als Gewand bezeichnen konnte. Es war eher eine pittoreske Ansammlung von Lumpen, die man ihr als Wahrsagerin auf den Leib geschneidert hatte, dazu ein buntes Kopftuch und Creolen, die Mamma Gianna vor Neid hätten erblassen lassen. Tinos Mutter war in Cervia geblieben und als Köchin für das Abendessen im Hotel eingesprungen. Ohnehin war sie die Einzige, der Lucia gestattete, in ihrem Reich zu agieren.

Es blitzte grell, als entgegenkommende Besucher sie mit ihren Handys fotografierten, Paolos finsterer Miene zum Trotz. Vermutlich würden diese Leute irgendwann später beim Betrachten der Bilder feststellen, dass der Hofnarr eine Armbanduhr getragen und einen Stöpsel im Ohr gehabt hatte.

Noch bevor sie die Salita alla Cesta erreichten, trennten sie sich, wie sie es besprochen hatten. Giuseppina bog zu einem der Soldatenlager ab, um sich dort auf Abruf bereitzuhalten – sie war es auch, die den Speicherchip bei sich hatte. Tino dagegen schlug sich zur Linken des Weges in die Büsche, mitsamt der klobigen Klinge, die er bei sich trug.

Je weiter Paolo die steil ansteigende Straße hinaufging, die zur rechten Seite von hohem Mauerwerk, zur linken von üppiger Vegetation begrenzt wurde, desto weniger Stände säumten den Straßenrand, und auch die Zahl der Besucher nahm ab. Zumal das Waffenmuseum, zu dem der Weg führte, ja wegen Renovierung geschlossen war. Dennoch blieb Paolo in Ruf- und Sichtweite zahlreicher Gäste, zudem gab es eine an den

Mauerzinnen montierte Kamera, die das Geschehen fest im Blick hatte. Wann immer die Dinge außer Kontrolle zu geraten drohten, würde Lucia die Polizei verständigen. Bis dahin würde Girotti mit etwas Glück alles gestanden haben ...

Im Lichtkreis der Laterne, die am oberen Ende des Weges stand und dem Anlass zum Trotz mit neuzeitlicher Elektrizität funktionierte, blieb Paolo stehen. Die Glöckchen an seinem Gewand bimmelten leise. Gleichzeitig waren aus Richtung der Arena Fanfarenklänge zu hören. Das Turnier der *balestrieri* hatte begonnen.

Paolo schob den Ärmel seines Narrengewands zurück und warf einen Blick auf die Uhr, die er trotz ausdrücklichen Verbots am Handgelenk trug.

Kurz nach neun ...

«*Buona sera, Signor Ritter.*»

Paolo fuhr herum – nur um zu sehen, wie sich eine Gestalt aus der Böschung löste, die zur Linken des Weges anstieg.

Girotti.

Er trug wie immer Jeans und weißes Hemd, darüber eine Lederjacke. Ob er eine Waffe bei sich hatte, war auf den ersten Blick nicht festzustellen, Paolo ging vorsorglich davon aus.

«Auch Ihnen einen guten Abend», erwiderte er auf Italienisch und gab sich Mühe, dabei so abgeklärt wie möglich zu klingen. Er konnte nur hoffen, dass Lucia und die anderen auf der Hut sein und die Augen offen halten würden. Dass Girotti nicht über den Weg zu trauen war, hatte der Interpol-Mann hinlänglich bewiesen ...

«Was für eine aparte Verkleidung Sie sich ausgedacht haben», kommentierte Girotti mit breitem Grinsen. «Ich bin sicher, die gute Lucia findet die Glöckchen sehr sexy.»

«Es ist eine Gewandung», verbesserte Paolo. «Und was Signora Camaro sexy findet und was nicht, geht Sie überhaupt nichts an.»

«Warum so unfreundlich?», fragte Girotti. «Das letzte Mal haben wir uns gut verstanden.»

«Das letzte Mal», konterte Paolo, «wusste ich auch noch nicht, dass Sie uns bewusst getäuscht und sich für jemanden ausgegeben haben, der Sie gar nicht sind.»

«Mein Fehler», gab Girotti zu und deutete schuldbewusst auf sich. «Aber ist das ein Grund, so feindselig zu reagieren? Mich wie einen Ganoven hierherzubestellen?»

«Offen gestanden», erwiderte Paolo, «ist mir noch nie ein Ganove untergekommen, der sich selbst als einen bezeichnet hätte.»

«Der berühmte Paolo Ritter hat natürlich Erfahrung als Ermittler», erwiderte Girotti. «Schließlich sind Sie der gefeierte Held von Parma und Rimini, nicht wahr?»

Paolo gab sich Mühe, sich seine Genugtuung nicht anmerken zu lassen. Er hatte also richtig vermutet, Girotti war durch und durch im Bilde, was ihn betraf …

«Und Sie?», fragte er dagegen, um die Initiative des Gesprächs zurückzugewinnen. «Wer sind Sie wirklich, Tenente?»

«Das würden Sie gerne erfahren, nicht wahr?», fragte Girotti und trat nun ebenfalls ins Licht der Laterne. Nur noch wenige Schritte trennten sie jetzt, Paolo konnte 007 in der kühlen Abendluft riechen. «Dann will ich es Ihnen sagen: Jemand, der es gründlich satt geworden ist, nach der Pfeife anderer zu tanzen. Jahrelang musste ich zusehen, wie andere befördert wurden, während ich immer nur denselben Scheißdienst verrichten durfte, langweilige Routine, ohne Aussicht auf Erfolg oder ein bisschen Karriere. Doch plötzlich ergab sich eine Gelegenheit …»

«Bernasconi», mutmaßte Paolo.

«Ehrlich gesagt beschäftigt mich der Mistkerl bereits seit Jahren. Er war der erste Fall, der auf meinen Tisch kam, als ich frisch von der Polizeischule kam – da hieß er noch Franco Celi und hatte mit illegalem Kunsthandel ein paar hübsche Millionen gemacht. Ich versuchte, ihm das Handwerk zu legen, aber es gelang mir nicht, und plötzlich war er verschwunden ...»

«... bis er vor ein paar Tagen plötzlich wiederauftauchte», fügte Paolo hinzu.

«Stellen Sie sich meine Überraschung vor, als ich erfahre, dass Celi sich plötzlich wieder in San Marino aufhält, und das auch noch unter einem neuen Namen.»

«Wenn Sie das wussten, warum haben Sie ihn dann nicht gleich verhaftet?»

Girotti lachte auf. «Was hätte mir das gebracht? Eine Belobigung? Ich bin mir nicht einmal sicher, ob es nach all den Jahren noch zu einer Anklage gekommen wäre. Dafür hatte ich in der Zwischenzeit etwas anderes herausgefunden ...»

«Der Speicherchip», erwiderte Paolo. «Sie haben von der Existenz des Speicherchips erfahren, richtig?»

«Ich fand heraus, dass Celi eine Datenbank angelegt hatte», führte der andere nickend aus. «Vermutlich, um sich selbst abzusichern – eine Liste, die seine sämtlichen Geschäftskontakte genau vermerkte: Namen, Adressen, Waren.»

«Und diese Liste wollten Sie in Ihren Besitz bringen. Aber wozu? Um selbst ins Geschäft einzusteigen? Die Gelegenheit dazu wäre günstig, wie man hört.»

Girotti lachte nur, leise und spöttisch.

«Oder wollen Sie Celis einstige Kunden erpressen, indem Sie gegen sie zu ermitteln drohen? Die meisten dieser Vergehen dürften inzwischen doch längst verjährt sein.»

«Sie verstehen es nicht.» Girotti grinste. «Straftaten mögen verjähren, aber moralische Werte nicht. Die Menschen verlangen von ihren prominenten Vorbildern stets, dass sie sich besser verhalten als sie selbst. Ich bin sicher, dass die Betreffenden einiges springen lassen werden, um zu verhindern, dass diese Liste öffentlich wird.»

«Also doch.» Paolo lächelte dünn. «Sie sind ein mieser kleiner Erpresser, nichts weiter.»

«Jeder muss zusehen, wie er weiterkommt.»

«Die Daten sind verschlüsselt», beschied Paolo ihm, «sie werden Ihnen nichts nützen.»

«Ich kenne Leute, die so einen Schutz noch vor dem Frühstück knacken.» Girotti streckte verlangend die Hand aus. «Also los, händigen Sie mir die Speicherkarte aus, und ich werde vergessen, dass wir uns je begegnet sind.»

Paolo schürzte die Lippen und sah ihn prüfend an. «Seit wann hatten Sie mich im Visier?»

«Wer sagt, dass ich Sie im Visier hatte?»

Jetzt war es Paolo, der verächtlich lächelte.

«Also schön.» Girotti nickte und sah auf das fahl beleuchtete Kopfsteinpflaster zu seinen Füßen. «Im Lauf der vielen Jahre, in denen ich an dem verdammten Fall arbeitete, tauchte irgendwann der Name eines Deutschen auf, eines gewissen Felix Ritter.»

Paolo spürte einen Stich. «Und weiter?»

«Er war Besitzer eines Hotels in Cervia, und da er für Celi gearbeitet zu haben schien, lud ich ihn eines Tages zur Befragung in die Zentrale vor. Aber er schien nichts zu wissen und war außerdem todkrank, hatte nicht mehr lange zu leben.»

«Das ist wahr», sagte Paolo. Es tat weh, es aus dem Mund eines Fremden zu hören, gleichzeitig war er erleichtert darüber, dass Interpol nichts gegen Felix in der Hand gehabt zu haben schien.

«Damit hielt ich die Sache für erledigt», fuhr Girotti fort. «Doch als Celi dann wiederauftauchte und sich herausstellte, dass er in ebenjenem Hotel in Cervia abgestiegen war, da dämmerte mir, dass das kein Zufall sein konnte. Er war hinter etwas her ...»

«... und Sie nahmen an, dass es die Daten sein könnten.»

«Allerdings. Er hatte sie damals als eine Art Lebensversicherung gesammelt, der Schluss lag nahe, dass er irgendwann darauf zurückgreifen würde. Wie ich herausfand, war Felix Ritter inzwischen verstorben, stattdessen hatte sein Bruder das Hotel übernommen – Sie, mein Freund.»

«So sollten Sie mich nicht nennen.» Paolo schüttelte den Kopf.

«Stellen Sie sich meine Überraschung vor, als der Computer ein paar Informationen über Sie ausspuckte und ich herausfand, wer Sie tatsächlich sind!»

«Und da kam Ihnen der Gedanke, dass Sie mich einspannen könnten, um den Datenspeicher für Sie zu finden», folgerte Paolo.

«Mir war klar, dass ich es mit ein wenig Geschick so anstellen konnte, dass Sie loslaufen und das Rätsel für mich lösen würden», bestätigte der andere grinsend. «Zumal in Anbetracht Ihrer ganz besonderen ... Persönlichkeit.»

Paolos Augen verengten sich – dergleichen hatte er der Presse gegenüber natürlich nie erwähnt. «Wovon genau sprechen Sie?»

«Ach, ich habe nur ein wenig herumtelefonieren müssen, ein offenes Wort unter Kollegen, Sie wissen schon ...»

«Wer?», wollte Paolo wissen.

«Sagt Ihnen der Name Bibiana Gallo etwas?»

Paolo nickte. Mit Ispettore Gallo von der *squadra mobile* hatte er an dem Mordfall in Rimini gearbeitet ...

«Haben Sie der Dame das Herz gebrochen?», fuhr Girotti feixend fort. «Sie schien etwas gekränkt zu sein ...»

«Was Sie nicht sagen», erwiderte Paolo.

«Sie meinte auch, dass Sie gewisse ... Probleme hätten. Sie sagte, Sie würden sich unter Menschen eher unwohl fühlen und sich fortwährend die Hände desinfizieren.»

«Das tun viele in diesen Zeiten.»

«Und sie berichtete, dass Sie manchmal abwesend wirken und zu Selbstgesprächen neigen.»

Paolo schnaubte. Bibiana hatte tatsächlich ein Auge auf ihn geworfen und ihn das auch wissen lassen, und er hatte sie brüsk abgewiesen. Zwar hatten sich ihre Wege im Guten getrennt, doch dass sie nicht besonders gut auf ihn zu sprechen war und nicht gerade die Werbetrommel für ihn rührte, konnte er ihr nicht verdenken.

«In der Tat, also habe ich noch ein wenig weiterrecherchiert», fuhr Girotti fort. «Ich kenne nicht den lateinischen Fachbegriff für Ihre spezielle ... Begabung, aber offenbar sind Sie ziemlich verkorkst, Ritter. Keine Ahnung, was Bibiana an Ihnen gefunden hat, von der guten Lucia ganz zu schweigen. Vielleicht weckt jemand wie Sie ja mütterliche Instinkte.»

Paolo presste die Lippen aufeinander. Ihm war klar, dass der andere es nur darauf anlegte, ihn zu provozieren. Trotzdem funktionierte es, sein Pulsschlag beschleunigte sich, Zorn schoss ihm in die Adern. Ich muss mich zusammennehmen, sagte er sich, darf nicht die Kontrolle verlieren ...

Girotti lachte abermals. «Nachdem ich also erfahren hatte, was für ein komischer Kauz Sie sind, kam ich auf den Gedanken,

Sie für mich arbeiten zu lassen – und dass wir beide jetzt hier stehen, beweist, dass ich den richtigen Riecher hatte. Ich musste Ihnen nur einen Köder hinwerfen, Ihnen etwas liefern, das Ihr Interesse wecken und Sie aus der Reserve locken würde ...»

«... und das war der Mord an Lauro Bernasconi», ergänzte Paolo. Er kam sich dämlich vor und übervorteilt. Zwar war ihm irgendwann in den letzten Tagen klar geworden, dass Girotti ihn vorgeführt hatte, dass er ihn hatte vorspielen lassen wie beim Casting für einen Film und ihn für sich hatte arbeiten lassen. Doch dass es ein Plan solchen Ausmaßes gewesen war, hatte er nicht geahnt. «War es das wert?», fügte er wütend hinzu.

«Wovon sprechen Sie?»

«Bernasconi zu ermorden, nur um mich auf diesen verdammten Speicherchip anzusetzen.»

Girotti runzelte die Stirn und sah ihn an, als hätte er den Verstand verloren. «Was reden Sie da? Ich habe Ihnen doch gesagt, dass es keinen Mord gab. Der Idiot ist selbst gesprungen.»

«Aber ...»

«Sie haben es noch immer nicht verstanden. Das war das Allerbeste daran – ich brauchte keinen Mord zu begehen. Stellen Sie sich meine Überraschung vor, als ein Toter am Fuß des Felsens aufgefunden wird und sich dieser als Franco Celi erweist. Von da an musste ich es nur noch so aussehen lassen, als wäre es ein Mord gewesen!»

Paolo sah ihn an. Girotti war fraglos gut darin, andere zu täuschen, aber in diesem Augenblick schien er die Wahrheit zu sagen, seine Entrüstung und seine Besserwisserei waren so echt, wie sie es nur sein konnten. Aber warum sperrte sich noch immer alles in Paolo dagegen zu glauben, dass Celi/Bernasconi sich selbst getötet hatte? War es nur gekränkte Eitelkeit?

Irgendetwas daran stimmte noch immer nicht ...

«Warum sollte Bernasconi sich umbringen?», fragte er. «Gab es einen konkreten Anlass? Hat er einen Abschiedsbrief geschrieben?»

«Nein – aber Sie wissen so gut wie ich, dass das keine notwendige Voraussetzung ist. Außerdem, was interessiert es uns noch? Er ist tot, die Sache kommt zu den Akten – und Sie sind im Besitz seiner Daten, richtig?»

«Das stimmt», räumte Paolo ein.

«Geben Sie sie mir.»

«Darf ich Sie daran erinnern, dass wir einen Handel geschlossen haben? Wenn ich mich recht entsinne, haben wir für hier und jetzt die Übergabe einer Summe Geldes vereinbart ...»

«Nein», sagte Girotti nur, und der drohende Unterton, der plötzlich in seiner Stimme lag, machte Paolo klar, dass Gefahr im Verzug war.

«Was soll das heißen?»

«Das heißt, dass Sie kein Geld von mir bekommen werden. Nicht einen einzigen müden Cent.»

«Was haben Sie vor?» Paolo zeigte auf Girottis Hüfte. «Wollen Sie mich mit der Dienstwaffe bedrohen, die Sie vermutlich tragen? Das würde ich Ihnen nicht empfehlen, es gibt jede Menge Zeugen hier – Gaukler, Narren und Rittersleute. Und Dutzende von ihnen halten für mich die Augen offen», fügte er hinzu, was zwar nicht ganz der Wahrheit entsprach, doch genau das war der Plan – Girotti sollte buchstäblich in jedem der *rievocatori* einen potenziellen Gegner sehen. «Und wenn Sie Ihre Aufmerksamkeit dann noch auf die Kamera dort oben richten möchten», fügte Paolo hinzu, nach der Mauerkrone deutend, «die sehr interessiert beobachtet, was wir beide hier unten tun.»

«Und? Was tun wir denn? Ein Polizist unterhält sich mit einem Narren, na und? Haben Sie eine Ahnung, wie oft das im Lauf meiner Dienstzeit schon vorgekommen ist? Diese Kameras übertragen schließlich keinen Ton.»

«Ich weiß», versicherte Paolo gelassen. «Es gibt andere Möglichkeiten», fügte er im Hinblick auf die Funkverbindung mit Lucia hinzu, die noch immer aktiv war und über die jedes gesprochene Wort aufgezeichnet wurde.

«Sie haben an alles gedacht, nicht wahr?»

«Ich gebe mir Mühe.»

«Deutsche Gründlichkeit.» Girotti schürzte anerkennend die Lippen. Wenn er überrascht war, so verbarg er es gut, seine Selbstsicherheit schien nicht gespielt zu sein – und sie gefiel Paolo ganz und gar nicht.

«Ich würde Ihnen also raten, sich an unseren Deal zu halten», fasste er zusammen.

«Sie meinen die Viertelmillion?»

«Genau die.» Paolo nickte. «Wo ist das Geld?»

«Nirgends. Es gibt kein Geld», beschied Girotti ihm. «Sie und ich wissen beide, dass wir nicht deshalb hier sind. Ihnen ist lediglich bewusst geworden, dass Sie hier in etwas hineingeraten sind, das Sie nicht mehr kontrollieren können. In Wahrheit wollen Sie nur schadlos aus dieser Sache herauskommen, und ich bin der Schlüssel dazu. Wenn Sie mich und den Speicherchip meinen Kollegen übergeben, wird alles gut, denken Sie. Aber das ist ein Irrtum.»

«Wieso?», fragte Paolo, der merkte, wie ihn ein hässliches Gefühl beschlich. Das Gefühl nämlich, etwas Wichtiges übersehen oder außer Acht gelassen zu haben ...

In diesem Moment hörte er, wie Lucia am anderen Ende der Funkverbindung einen erstickten Laut von sich gab.

«Lucia?», fragte Paolo reflexhaft.

Es kam keine Antwort, noch nicht einmal ein Rauschen. Die Verbindung war plötzlich beendet worden. Girotti grinste nur, und Paolo fühlte ein leises Grauen.

In diesem Moment trillerte das Handy, das er unter seinem bunten Narrenrock versteckte.

Paolo erschrak bis ins Mark.

«Los doch», forderte Girotti ihn auf. «Gehen Sie ran.»

Paolo gehorchte widerwillig. Sein Mund war trocken, die Stimme versagte ihm fast, als er den Anruf entgegennahm.

«Ja?»

«Paolo», drang Lucias Stimme gepresst aus dem kleinen Lautsprecher. Ein Schluchzen lag darin. «Es ist etwas passiert …»

KAPITEL 38

«Was ist los, Lucia?», hörte Paolo sich selbst sagen. Seine Stimme war trocken und brüchig wie altes Pergament. «Geht es dir gut?»
Eine Pause entstand, in der Lucia nicht antwortete. Stattdessen konnte Paolo sie am anderen Ende der Verbindung leise weinen hören, und es drehte ihm den Magen um.
«Lucia?», fragte er erneut in das Smartphone, während er reglos im Licht der Straßenlaterne stand. Die Zeit schien stehengeblieben zu sein, die Welt hatte aufgehört, sich zu drehen.
«Nicht Lucia», drang eine fremde Stimme aus dem Gerät, so grauenvoll verzerrt, dass sie dazu angetan war, grässliche Assoziationen aus den Tiefen seines Unterbewusstseins zu rufen. «Aber ich kann Ihnen verraten, dass sie sich in meiner Gewalt befindet.»
Paolos Gesicht war heiß, seine Hände eiskalt. Manches Mal war er in Situationen gekommen, die für ihn selbst, für Leib und Leben nicht ungefährlich gewesen waren. Aber dies war anders und sehr viel schlimmer. Es ging um den Menschen, der ihm am wichtigsten war ...
«Was wollen Sie?», stieß er tonlos hervor, während er wie zur Salzsäule erstarrt dastand, in seinem rot-gelben Narrengewand, das Handy seitlich an die Schellenkappe pressend.
«Sie werden dem Tenente die Daten übergeben, und zwar auf der Stelle ...»
Paolo wandte den Blick, sah zu Girotti, der unbewegt vor

ihm stand, jedoch über sein ganzes sonnengebräuntes Gesicht grinste. «So schnell kann das Glück sich wenden, nicht wahr?»

«Mistkerl», würgte Paolo hervor. «Wenn Lucia auch nur ein Haar gekrümmt wird ...»

«Was dann? Wollen Sie mir jetzt drohen? Wirklich?»

Der andere schnalzte mitleidig mit der Zunge, und er hatte recht damit, Paolos Drohungen waren wenig glaubwürdig. Er musste versuchen, sich zusammenzunehmen und einen kühlen Kopf zu bewahren, auch wenn es ihm im Augenblick unmöglich erschien angesichts von Lucias Schluchzen. Er hatte Angst um sie. Schreckliche Angst.

«Sie haben gehört, was er gesagt hat», fasste Girotti zusammen und streckte verlangend die Hand aus. «Geben Sie mir den Speicherchip, und die Sache ist erledigt. Ihre Freundin wird freigelassen, und wir alle können wieder beruhigt nach Hause gehen.»

«Ich ... habe die Speicherkarte nicht», erwiderte Paolo.

«Natürlich nicht.» Girotti griff sich an die Schläfe und seufzte genervt. «Wo ist sie?»

«Eine Mitarbeiterin von mir hat sie bei sich.»

«Wollen Sie das wirklich tun?» In Girottis Augen funkelte es gefährlich. «Mit Lucias Leben spielen?»

«Das ist kein Spiel, ich sage die Wahrheit», versicherte Paolo. «Ihr Name ist Giuseppina. Sie ist leicht zu finden, denn sie ist als Wahrsagerin unterwegs.»

«Wollen Sie mich verarschen? Es gibt mindestens ein Dutzend Wahrsagerinnen auf diesem verdammten Festival! Und Hofnarren und was weiß ich noch alles.»

Paolo kniff trotzig die Lippen zusammen. Das war ein weiterer Grund dafür, dass sie alle diese lächerliche Maskerade trugen ...

«Ist mir egal», gab der abtrünnige Polizist kopfschüttelnd bekannt. «Sie beschaffen mir jetzt die Speicherkarte, oder Ihre Freundin wird es bitter bereuen.»

«Nein», sagte Paolo mit einer Festigkeit in der Stimme, die ihn selbst verblüffte. Beim LKA hatte er einige Fälle von erpresserischer Geiselnahme mitbekommen – und dabei auch gelernt, dass die Entführer bisweilen jegliches Interesse am Wohl der Geisel verloren, wenn sie erst bekommen hatten, was sie wollten. «Ich sage Ihnen, wie wir es machen. Wir treffen uns in zehn Minuten wieder. Dann übergebe ich Ihnen den Speicher – und Sie geben mir Lucia zurück. Und hat sie auch nur einen einzigen blauen Fleck, zertrete ich das verdammte Ding unter meinem Absatz.»

Girotti sah ihn an. Es schien, als setzte er seine ganze Erfahrung als Polizist ein, um herauszufinden, ob sein Gegenüber es ernst meinte oder nicht.

Paolo gab ihm keinen Anlass zu zweifeln.

«Also schön», gab er bekannt und streckte die Hand nach dem Handy aus. Paolo gab es ihm. «In fünf Minuten an der Seilbahn», diktierte er hinein.

«Das ist zu wenig Zeit», widersprach Paolo.

«Fünf», bestätigte Girotti, und ihm war anzusehen, dass dies sein letztes Wort in dieser Sache sein würde.

«Verstanden», drang die verzerrte Bestätigung aus dem Handy – wodurch zugleich auch erwiesen war, dass nicht Lucias unheimlicher Entführer, sondern der Interpol-Mann der Boss bei dieser Transaktion war.

Girotti nickte, beendete das Gespräch und warf Paolo das Smartphone zu. Da dieser noch nie besonders geschickt darin gewesen war, Dinge aufzufangen, ließ er es prompt fallen. Das Handy fiel zu Boden, das Display ging mit hässlichem Geräusch zu Bruch, was Girotti zu einem Ausbruch von Heiterkeit veranlasste – und ihn zugleich ablenkte.

Den Schatten, der sich jenseits des Lichtscheins der Straßenlaterne aus dem Gebüsch löste und in seinem Rücken auf ihn zu huschte, nahm er gar nicht wahr – den klobigen Schwertgriff, der pfeifend auf ihn niederging und mit der Wucht einer Keule auf sein Haupt krachte, dafür umso deutlicher.

Bewusstlos sackte er zusammen.

Hinter ihm stand Tino, in voller Gewandung.

«*Che stronzo*», stieß er trocken hervor.

«Ganz meine Meinung», bestätigte Paolo, während er auch schon herumfuhr und losrannte, dass die Glöckchen an seinen Schuhen nur so bimmelten. «Lass ihn nicht aus den Augen», rief er Tino über die Schulter zu, «ich muss zu Lucia!»

KAPITEL 39

Lucia ...

Sie war alles, woran Paolo denken konnte, während er atemlos durch die von Gauklern und Schaulustigen bevölkerten Straßen hastete. Einen Stelzenläufer, der ihm im Weg war, tunnelte er kurz entschlossen und rannte weiter.

Immerzu sagte er ihren Namen vor sich hin, seine Schritte und selbst sein Atem, heiser und stoßweise, folgten diesem Rhythmus. Und er sah sie vor sich, in ihrem geblümten Kleid, dem schwarzen mit den roten Rosen, ihr wunderschönes Gesicht und die Zuneigung in ihren Augen. Und er schalt sich dafür, was für ein erbärmlicher Idiot er gewesen war.

Warum hatte er ihr seine Liebe nie gestanden? Ihr nicht einfach gesagt, wie tief er für sie empfand? Vermutlich aus Furcht vor Enttäuschung, aus der Erinnerung an das heraus, was ihm damals mit Julia widerfahren war ... doch diese Sorge war winzig und geradezu lächerlich belanglos zu der Angst, die er jetzt verspürte. Lucias Leben war in Gefahr – und er trug verdammt noch mal die Schuld daran!

Das Klingeln der Glöckchen an seinem Gewand nahm er kaum wahr, ebenso wenig wie das Blitzlicht, das immer wieder auf ihn niederging, nicht zuletzt auch deshalb, weil die zu großen Schuhe ihn zu einer Lauftechnik zwangen, die auf den unbedarften Zuschauer wie eine spontane humoristische Einlage wirken musste. Die Leute lachten bei seinem Anblick, hielten seinen hektischen Lauf durch die Gassen für einen weiteren gelungenen Programmpunkt des Abends, so wie die Jongleurin mit den Glaskugeln und den Mann mit dem Elefanten. Dass er mehrmals über die Filzschuhe stolperte und ins Taumeln geriet, einmal sogar der Länge nach zu Boden schlug, verstärkte diesen Eindruck noch.

Paolo war es einerlei. Mit zusammengebissenen Zähnen raffte er sich wieder auf die Beine und hetzte weiter, passierte die Piazza della Libertà und stürmte die Contrada del Pianello entlang. Keuchend wie ein löchriger Blasebalg und der Erschöpfung nahe, erreichte er endlich den Belvedere. Nur wenige Besucher hielten sich auf der Aussichtsplattform auf, die meisten waren vorn in der Steinbruch-Arena, wo unter Trommelklang und immer wieder aufbrandendem Applaus die Armbrustschützen noch immer den besten unter ihresgleichen zu ermitteln suchten.

Mit pochendem Herzen blieb Paolo stehen und sah sich um. Sein Handy hatte er nicht mehr, aus dem Stöpsel in seinem Ohr drang nur noch dumpfes Rauschen.

«Lucia?», fragte er dennoch halb laut – und entdeckte sie drüben am Eingang zur Seilbahn, in ihrem bunten Marketenderinnen-Kleid, die Augen angstvoll aufgerissen. Der hagere Kerl, der wie ein Schatten dicht hinter ihr stand, trug einen schwarzen Mantel und eine scharlachrote Henkersmütze, die nur zwei schmale Sehschlitze und die Kinnpartie frei ließ und wahrhaft grässlich aussah, zumal in Anbetracht der Lage. Blankes Entsetzen wollte Paolo packen, doch dann wurde ihm klar, dass er diese Kinnpartie kannte. Der Henker war kein anderer als jener Mistkerl, der ihn mehrmals verfolgt und beobachtet hatte – und der unlängst in ihr Apartment eingebrochen war.

Paolo atmete heftig. Adrenalin pulste ohnehin schon durch

seine Adern, nun gesellte sich auch noch eine gehörige Portion Wut hinzu. Mit vor Anstrengung weichen Beinen stakste er auf Lucia und ihren Entführer zu, was wiederum die Aufmerksamkeit einiger Besucher erregte, die ihre Handys zückten – einen stinksauren Hofnarren bekam man ja schließlich nicht alle Tage zu sehen.

«Lassen Sie sie los!», verlangte er mit fester Stimme, während er weiter auf den Vermummten zuhielt. In Lucias verzweifeltem Blick keimte jähe Hoffnung. «Haben Sie nicht gehört, was ich gesagt habe? Sie sollen Sie loslassen!»

«Wo ... wo ist der Bulle?», drang es gehetzt unter der Kapuze hervor. Ohne Verzerrer hörte sich die Stimme des Entführers sehr viel weniger bedrohlich an, dafür sehr gehetzt, beinahe panisch. Und Paolo war sicher, sie schon einmal gehört zu haben ...

«Der ermittelt im Reich der Träume», knurrte er in seiner Wut. «Und jetzt lassen Sie endlich die Frau los, oder ich ...»

Er verstummte, als er sah, dass der Vermummte einen gekrümmten Dolch in seiner Rechten hielt, mit dem er Lucia bedrohte. Das Ding sah altertümlich aus, aber Paolo zweifelte nicht daran, dass es auch tödlich verwunden konnte. Jäh blieb er stehen, nur noch wenige Schritte von Lucia und ihrem Häscher entfernt.

«Die Speicherkarte», verlangte dieser, während er Lucia brutal an den Haaren packte und zurückriss. Sie schrie auf, was die Aufmerksamkeit einiger weiterer Besucher erregte – doch sie hielten es nur für eine weitere Darbietung: ein ruchloser Henkersmann, der eine wehrlose Marketenderin bedrohte, während ein mutiger Narr zu Hilfe eilte – eine Geschichte wie aus einem billigen Schundroman. Wieder flackerte Blitzlicht.

Wie bizarr.

«Sie werden die Karte bekommen», versicherte Paolo, «aber lassen Sie zuerst die Frau los.»

«So war es nicht vereinbart. Für wie dämlich halten Sie mich?»

Mit kleinen Schritten bewegte sich Paolo weiter auf den Mann zu. Die Schaulustigen, die sie aus sicherem Abstand mit ihren Smartphones verfolgten und darauf warteten, dass endlich die Action losging, konnten nicht hören, was gesprochen wurde. «Ihr Auftraggeber wurde überwältigt, das Spiel ist vorbei», stellte Paolo klar.

«Für ihn vielleicht, aber nicht für mich», krächzte der Vermummte.

«Was wollen Sie tun?» Paolo schüttelte den Kopf. «Es gibt hier Dutzende von Zeugen, und die Polizei wird jeden Augenblick hier sein.»

«Die vielleicht schon, aber ich nicht mehr», knurrte der andere, während er Lucia nach hinten zerrte, zum Eingang der Seilbahn, deren Glastür sich prompt mit leisem Zischen öffnete. Dafür gab es Szenenapplaus, wieder flackerten Blitze. «Beschaffen Sie mir die verdammten Daten, oder ich schwöre, dass ich die Tante in den Abgrund werfe!»

«Nein!», rief Paolo und streckte beschwichtigend eine Hand aus – während er mit der anderen die SD-Karte hervorholte. Das Original, wohlgemerkt, nicht die Attrappe. «Hier ist die Speicherkarte. Sie bekommen sie, wenn Sie Lucia loslassen.»

«Auf den Boden damit», verlangte der andere, und da er am längeren Hebel war, blieb Paolo nichts, als der Aufforderung nachzukommen. Es war ein Wagnis, das er eingehen musste, der Vermummte ließ ihm keine Wahl.

«Los, hol das verdammte Ding!», herrschte er Lucia an und gab ihr einen Stoß, sodass sie einige Schritte nach vorn taumelte und dann auf die Knie fiel. Sie griff nach dem Speicher, und er kam zu ihr und riss sie wieder zu sich empor, was alles in allem keine zehn Sekunden dauerte. Mit vor Gier zitternden Händen riss er Lucia die kleine Karte aus der Hand, betrachtete sie kurz und ließ sie in der Tasche seines ledernen Mantels verschwinden. Dann packte er Lucia und zog sich in die Seilbahnstation zurück.

«Sie haben jetzt, was Sie wollten», brachte Paolo in Erinnerung, der ihm vorsichtig über die Schwelle des Terminals folgte. Die Schaulustigen blieben hinter ihnen zurück, vielleicht dämmerte den Ersten inzwischen, dass dies keine Show war, sondern tödlicher Ernst. «Lassen Sie Ihre Geisel jetzt frei, so war es abgemacht.»

«Der Bulle hat das mit Ihnen abgemacht, nicht ich», stellte der Vermummte klar. Den linken Arm schlang er um Lucias Hals, mit dem anderen hielt er weiter die klobige Klinge. «Die Frau bleibt bei mir, bis ich die Talstation sicher erreicht habe. Dann sehen wir weiter.»

«Nein.» Paolos Blicke flogen zwischen Lucia und ihrem Entführer hin und her. Er konnte die Furcht in Lucias Augen sehen, aber auch die Zuneigung, mit der sie ihn ansah, ihre ungebrochene Hoffnung ... und fasste einen Entschluss. «Nehmen Sie mich an ihrer Stelle als Geisel», schlug er vor. «Ich verspreche Ihnen, dass ich keine Schwierigkeiten machen werde.»

Der Vermummte schien einen Moment nachzudenken. Vermutlich ging ihm auf, dass Paolo, der größer war als Lucia, im Zweifel eine bessere Deckung abgeben würde, sodass er schließlich nickte. «Also gut, kommen Sie mit», forderte er Paolo auf, während er sich mit vorsichtigen Rückwärtsschritten in Richtung der Seilbahngondel zurückzog. Die Station selbst war menschenleer, noch wollte niemand zu Tal fahren. Hinter dem Glas des Kassenschalters saß eine verschreckte Angestellte und starrte ungläubig nach draußen. Ihr Mund ging dabei auf und zu, sodass Paolo sich unwillkürlich an ein Aquarium erinnert fühlte.

In einer demonstrativen Geste nahm er die Hände hoch und nickte der Frau zu in der Hoffnung, dass sie ihn verstehen und die Polizei alarmieren würde, nur für den Fall, dass Tino und Giuseppina es nicht längst getan hatten.

Die Seilbahngondel, das blau lackierte Ungetüm, dessen bloßer Anblick noch vor wenigen Tagen genügt hatte, um Paolo in eine handfeste Panik zu stürzen, war zur Abfahrt bereit. Die Glastüren standen offen, der Vermummte zog Lucia zur Seite, um Paolo den Vortritt zu lassen.

«Los, worauf warten Sie?»

Paolo kämpfte die Panik nieder, die in ihm aufkommen wollte. Indem er für einen Moment die Augen schloss, überwand er sich und schritt über den winzigen Spalt hinweg, der die Gondel vom festen Boden trennte. Dann stand er auch schon in dem gläsernen, unter seinen Füßen schwankenden Ungetüm.

«Hier bin ich», erklärte er mit bebender Stimme. «Jetzt lassen Sie Lucia frei.»

Der Henkersmann, der immer noch draußen stand, schien erneut nachzudenken. Dann stieß er Lucia kurzerhand durch die Tür, Paolo entgegen, und setzte selbst hinterher.

Lucia gab einen erstickten Laut von sich. Paolo wollte sie auffangen, was ihm allerdings nicht recht gelang. Er taumelte zurück, und sie gingen zusammen nieder – wohl auch deswegen, weil die Seilbahn in diesem Moment anfuhr und aus der Geborgenheit der Station in den gähnenden Abgrund pendelte.

Auf allen vieren auf dem Boden kniend, spürte Paolo ein

Kribbeln im Bauch, beinahe wie damals auf dem Riesenrad. Mit dem Unterschied, dass Lucia ihm damals Mut gemacht hatte. Heute war sie es, die seine Hilfe brauchte, also musste er sich verdammt noch mal zusammennehmen!

«Alles in Ordnung?», raunte ihr zu.

Sie nickte, und sie halfen sich gegenseitig auf die Beine. Da es inzwischen Nacht war und die Gondel hell beleuchtet, war von dem Abgrund unter ihnen glücklicherweise nicht allzu viel zu sehen. Dafür spiegelten sie sich vielfach in den sie umgebenden Scheiben.

«So war das nicht vereinbart», knurrte Paolo.

«Dann habe ich die Vereinbarung eben geändert», schnauzte der Vermummte. Im nächsten Moment war er schon dabei, die Beleuchtung in der Gondel abzuschalten, damit sie von außen nicht mehr gesehen werden konnten – trotz aller Anspannung, unter der er fraglos stand, schien sein Verstand noch zu arbeiten.

Es flackerte, dann wurde es dunkel in der Gondel – und wie aus dem Nichts kehrte der Abgrund jenseits der Fensterscheiben zurück. Fast senkrecht und mit atemberaubendem Tempo glitt die Seilbahn in die Tiefe. Paolo musste an sich halten, um nicht aufzuschreien.

«Sie haben den Bullen also ausgeknockt?», fragte der Vermummte. Paolo hatte inzwischen genug Zeit in Italien verbracht, um herauszuhören, dass die Wortwahl des Mannes und seine Art zu reden nicht die eines Ungebildeten oder gar Kriminellen waren. Vielmehr sprach er wie jemand, der wie ein böser Junge *wirken* wollte ...

«In der Tat», bestätigte Paolo. Er hatte schützend einen Arm um Lucia gelegt, und sie schmiegte sich an ihn, offenbar zu verängstigt, um etwas zu sagen.

«Das geschieht dem Mistkerl recht, er hat mich die ganze Zeit nur schikaniert. Wie einen verdammten Sklaven hat er mich behandelt und mich mit diesem verdammten Stimmverzerrer traktiert ...»

«Moment», hakte Paolo ein. «Soll das heißen, dass Sie Girotti gar nicht kennen?»

«So heißt er also?» Der andere lachte auf, während er mit dem Dolch gestikulierte. «Ich wusste nur, dass das Arschloch bei der Polizei ist. Und dass er diese dämliche Drogengeschichte vom letzten Jahr ungeschehen macht, wenn ich für ihn arbeite.»

Paolo nickte, jetzt wurde ihm manches klar ...

«Sie brauchen das nicht zu tun», machte er dem Vermummten klar. «Girotti ist aus dem Spiel, er kann Sie nicht mehr unter Druck setzen.»

«Na und? Dann lande ich wegen Drogenmissbrauchs hinter Gittern, und dazu habe ich auch keine Lust, Signore, also hören Sie auf, mich vollzuquatschen!»

In diesem Moment traf es Paolo wie ein Hammerschlag.

Die Art, wie der junge Kerl «Signore» sagte.

Er erinnerte sich daran ...

«Jetzt weiß ich, wer Sie sind», stellte er rundheraus fest. «Sie sind der junge Mann aus dem *Cavaliere*, Pavesis Aushilfskellner ...»

«Was reden Sie da?»

«Gutes Personal ist dieser Tage wirklich schwer zu bekommen», fügte Paolo sarkastisch hinzu, dem schwankenden Boden und dem Abgrund darunter zum Trotz.

Der andere stieß eine Verwünschung aus und riss sich die Henkersmütze vom Kopf. Das bärtige Studentengesicht erschien darunter, das lange Haar trug er diesmal offen.

«Der Bulle wusste von der Verbindung zwischen Pavesi und Celi, also hat er mich dort eingeschleust, als seinen Spion. Und als Sie ins Spiel kamen, hat er mich auf Sie angesetzt. Ich glaube, er wollte ganz groß absahnen mit diesem Speicherchip, deshalb wollte er ihn unbedingt haben – nun werde ich eben damit reich.»

«Oder ein ziemlich jähes Ende finden», widersprach Paolo. «Sie haben keine Ahnung, womit Sie es hier zu tun haben. Wenn die falschen Leute von der Existenz dieser Speicherkarte Wind bekommen, sind Sie so gut wie tot.»

«Überlassen Sie das mir, alter Mann!», schrie der andere ihn an und fuchtelte wieder mit dem Dolch. Inzwischen hatte die Gondel bereits ein gutes Stück des Weges hinter sich gebracht. Die Talstation kam näher – und mit ihr auch die Einsatzwagen der Polizei, die vor ihr parkten und deren Blaulicht ein gespenstisches Flackern auf die umgebenden Häuser und Bäume warf.

«Verdammt!», keifte der andere panisch. «Die Bullen sind schon da!»

«Geben Sie auf», redete Paolo ihm zu, wobei er sich schützend vor Lucia stellte. Wenn der Jüngere die Nerven verlor und mit der blanken Klinge auf sie losging, dann sollte es zuerst ihn treffen. «Einbruch und gewaltsame Entführung gehen bereits auf Ihr Konto», fasste Paolo zusammen. «Sie sollten es nicht noch schlimmer machen.»

Es war schwer zu sagen, ob es Panik war, die in den Augen des Studenten flackerte, oder ob sich das Blaulicht der Streifenwagen darin spiegelte. Gehetzt sah er sich in der Gondel um. Plötzlich fiel sein Blick auf die Decke: auf den Wartungsausstieg, der darin eingelassen war, und auf die dazugehörige Leiter, die sich abklappen und ausfahren ließ.

«Bleibt, wo ihr seid!», schärfte er Paolo und Lucia ein und

schwang abermals den Dolch, dann streckte er sich, löste die Verriegelung der Leiter und zog sie zu sich herunter.

«Was haben Sie vor?», wollte Paolo wissen.

«Ich werde abspringen, bevor die Gondel die Station erreicht. In der Dunkelheit wird man mich nicht sehen. Die Frau nehme ich als Geisel mit.»

«Vergessen Sie's», sagte Paolo hart.

Inzwischen waren sie der Talstation bereits nahe. Nicht nur das Gebäude, auch die Einsatzwagen waren sprunghaft größer geworden und sahen jetzt nicht mehr wie Spielzeuge aus, sondern sehr viel bedrohlicher. Ebenso wie die uniformierten Beamten, die über den Vorplatz hasteten. In Blick und Stimme von Lucias Entführer schlich sich nackte Furcht. Er kletterte ein, zwei Sprossen hinauf, löste die Verriegelung der Dachluke und stieß sie nach oben auf. Kühler Fahrtwind strömte herein.

«Los, her zu mir!», herrschte er daraufhin Lucia an – und noch ehe Paolo widersprechen oder etwas unternehmen konnte, kam diese der Aufforderung nach und trat vor.

«Lucia, nicht!», rief Paolo entsetzt.

Was war nur los mit ihr? War sie so eingeschüchtert, dass sie alles tat, was ihr Entführer von ihr verlangte? Der stieß einen triumphierenden Schrei aus und packte sie so grob an der Schulter, dass der dünne Stoff des Kleides riss. Schon wollte er sie hinter sich her die Leiter hinaufzerren – doch Lucia spielte nicht mit.

Mit einer Bewegung, die so schnell war und geschickt, dass sie den Studenten völlig überrumpelte, entrang sie sich seinem Griff, und indem sie sich um ihre Achse drehte, schlüpfte sie auf die andere Seite der Leiter. Ihr Entführer, bebend vor Adrenalin, gab dem ersten Reflex nach und griff nach ihr, kurzerhand zwischen den Sprossen der Leiter hindurch. Lucia, die damit gerechnet hatte, wich der Attacke nicht nur mühelos aus, sie packte den Arm mit beiden Händen und zerrte mit ihrem ganzen Gewicht daran. Ihr Häscher, der darauf überhaupt nicht vorbereitet war, wurde nach vorn gerissen und knallte mit voller Wucht gegen eine der Leitersprossen. Das dabei entstehende Geräusch erinnerte Paolo an den Glockenschlag von San Marino.

Der Student wankte. Eine Platzwunde klaffte auf seiner Stirn, Blut rann über sein Gesicht. Die Lichter in seinen Augen flackerten, erloschen aber nicht – und noch immer umklammerte seine Rechte den Dolch.

«Paolo!», rief Lucia, die seinen anderen Arm festhielt.

Alles war so schnell gegangen, dass Paolo nur staunend zugesehen hatte. Erst jetzt kam wieder Leben in ihn, und er sprang Lucia bei, packte den Arm des Benommenen knapp unterhalb des Ellbogens. In Erinnerung an eine Lektion in Selbstverteidigung verdrehte er das Handgelenk, worauf es hässlich knackte. Ein Schrei erklang, und im nächsten Moment landete die Klinge mit hellem Klirren auf dem Boden der Gondel, der in diesem Moment besonders heftig schwankte.

Einen entsetzlichen Augenblick lang befürchtete Paolo, das Seil wäre gerissen und die Gondel würde ihren unaufhaltsamen und für sie alle tödlichen Weg in die Tiefe nehmen.

Aber das Gegenteil war der Fall.

Im Eifer des Handgemenges hatte keiner von ihnen bemerkt, dass die Gondel die Talstation inzwischen erreicht hatte und wohlbehalten in ihren Andockplatz eingeschwebt war, wo sie nun mit sanftem Schaukeln zum Stillstand kam.

Im nächsten Moment öffneten sich die automatischen Türen, und vier Beamte in der dunkelblauen Kleidung der Gendarmerie stürmten herein und nahmen sich des Studenten an, der blutüberströmt und winselnd nicht mehr viel mit dem gewalttätigen Verbrecher von vorhin gemein hatte. Paolo meinte gar, ihn schluchzen zu hören, während die Ordnungshüter ihn packten und hinausschleppten, um ihn zunächst zur Ambulanz und dann gleich zur Wache zum Verhör zu bringen. Und Paolo würde ein paar erhellende Fakten dazu beitragen können ...

«Sind Sie in Ordnung?», erkundigte sich einer der Gendarmen bei Paolo und Lucia.

Statt einer Antwort sahen beide einander nur an und nickten.

«Ich bin beeindruckt. Du ... warst klasse», sagte Paolo zu Lucia.

«*Grazie.*» Sie lächelte und sah einmal mehr wunderhübsch aus, trotz der Blutspritzer in ihrem Gesicht.

«Hattest du gar keine Angst? War alles nur gespielt?»

«Was denkst du? Natürlich hatte ich Angst, große sogar.» Sie zuckte mit den Schultern. «Aber dann sah ich diese Leiter und hatte plötzlich diese Idee ...»

«Ganz großes Kino», anerkannte Paolo – sehr viel mehr fiel ihm nicht dazu ein. Seine Knie waren weich, sein Pulsschlag flatterte, und sein Herz tanzte Mambo in seiner Brust. Der überstandenen Gefahr wegen, aber auch vor Erleichterung. «Lucia, es tut mir wirklich leid. Wenn ich gewusst hätte ...»

«*Niente.*» Sie winkte ab. «Du wolltest dich für mich gefangen nehmen lassen. Du bist für mich sogar in die *funivia* gestiegen ...»

«Natürlich», versicherte er und kratzte das spärliche Lächeln zusammen, zu dem er nach all der Aufregung noch in der Lage war. «Ich bin dein Ritter in schimmernder Rüstung.»

Sie erwiderte sein Lächeln und sah an ihm herab. «Wohl eher mein Narr in schimmernder Rüstung.»

Paolo lächelte – das Narrengewand hatte er fast völlig vergessen! Seufzend nahm er die Schellenkappe ab. Das Haar darunter klebte schweißnass an seinem Kopf. Die Glöckchen klingelten.

«Ich bin nicht der Held, der ich gerne wäre, Lucia», sagte er. «Aber ich liebe dich. Und», fügte er nach kurzem Zögern hinzu, «es tut mir leid, dass ich dir das nicht viel öfter sage.»

«Und ich liebe dich, *stupido*», erwiderte sie und trat auf ihn zu. «Und für mich bist du ein Held.»

Daraufhin schlang sie ihre Arme um seinen Nacken und zog ihn zu sich herab, und sie küssten einander so innig und leidenschaftlich, wie sie es schon lange nicht mehr getan hatten.

«Und jetzt?», fragte Lucia. «Was wird nun geschehen?»

«Na ja», meinte Paolo, «Girotti ist aufgeflogen, und bei allem, was vorgefallen ist, wird er sich nicht mehr aus der Sache herauswinden können – zumal sein Handlanger mit ziemlicher Sicherheit gegen ihn aussagen wird, weil er sich dadurch Strafminderung verspricht. Und wenn er schon dabei ist, wird er die Speicherkarte der Polizei übergeben – wir jedenfalls haben nichts mehr damit zu tun.»

«Genial.» Lucias dunkle Augen leuchteten in einer Bewunderung, von der Paolo das Gefühl hatte, sie nicht zu verdienen.

«Geht so», schränkte er ein. «Der Zufall hat auch noch eine wichtige Rolle dabei gespielt.»

«Dann ... ist der Fall gelöst?»

«Ich denke schon.» Paolo nickte. «Bis auf eine Kleinigkeit ...»

KAPITEL 40

Dürfen wir reinkommen?»
Paolo hatte die Tür von Carla da Silvas Büro einen Spalt weit geöffnet und spähte hinein. Die Historikerin, die an ihrem Schreibtisch saß und dabei war, einige Unterlagen zu sichten, nahm ihre Lesebrille ab und sah auf.

«Natürlich», versicherte sie, als sie Paolo erkannte, und bat ihn herein. Dass auch Lucia dabei war, nahm sie mit einem ernüchterten Seitenblick zur Kenntnis.

Es war das erste Mal, dass Paolo da Silva im Hauptgebäude des *Museo di Stato* an der Piazzetta del Titano besuchte. Da Silvas Büro im altehrwürdigen, von zwei mächtigen Aussichtstürmen flankierten Palazzo Pergami hatte selbst etwas Museales, vom gefliesten Boden bis zur mit dunklem Holz getäfelten Decke.

«Wir wollten die Kostüme – Verzeihung, die Gewandungen – zurückbringen», eröffnete Paolo, und sowohl er als auch Lucia breiteten ihre gereinigt auf Bügeln hängenden Kleider über da Silvas Schreibtisch.

«Danke», sagte sie ein wenig überrascht und wusste sichtlich nicht, was sie von dem vormittäglichen Überfall halten sollte. «Sie hätten Sie auch einfach zum Lagerhaus bringen können ...»

«Hätten wir», gab Paolo zu. «Aber wir wollten uns noch einmal für Ihre Unterstützung bedanken.»

«Gern geschehen», versicherte sie, ein flüchtiges Lächeln huschte über ihre Züge. «Ich hoffe, Sie hatten Erfolg mit was immer Sie auch auf dem Festival getrieben haben. Ich hörte von einem Polizeieinsatz an der Talstation der Seilbahn – hatten Sie etwas damit zu tun?»

«Mag sein», gab Paolo zu, während er sich mit ehrlichem Staunen in dem Büro umblickte. An zwei Wänden rankten sich mit Büchern vollgestopfte Regale bis zur Decke, Bildbände und Fachliteratur, das meiste davon in Italienisch, vieles in Englisch, manches in Latein. «Hübsch haben Sie's hier.»

«Danke.»

«Ist Ihre Tochter heute nicht hier?», fragte Lucia.

«Nein», schnarrte da Silva. «Wenn ich Bürodienst habe, ist sie bei einer Freundin.»

«Und?», fragte Paolo mit einem Blick aus dem Fenster. Unten in der Straße waren Reinigungskräfte der Gemeinde dabei, das Pflaster von Unrat aller Art zu reinigen – von Essensresten und weggeworfenen Verpackungen bis hin zu dem, was die Pferde beim Umritt hatten fallen lassen. «Sind Sie mit dem Verlauf des Festivals zufrieden?»

«Es war ein Erfolg», bestätigte da Silva nickend, die immer noch hinter ihrem Schreibtisch stand. «Für die nächste Saison würde ich mir allerdings noch mehr Besucher wünschen. Und einen weiteren Wunsch hätte ich, offen gestanden …»

«Welchen?», fragte Paolo.

«Dass Sie und Ihre Freunde sich im nächsten Jahr fernhalten», gab sie mit etwas säuerlichem Lächeln zur Antwort. «Es gab Beschwerden wegen eines Hofnarren, der ein Handy und eine moderne Armbanduhr trug. Ich fürchte, Sie eignen sich nicht für das Hobby der historischen Nachstellung.»

«Keine Sorge», versicherte Paolo, «es war ein einmaliger Vorgang, der sich nicht wiederholen wird. Jedenfalls hoffe ich das», fügte er ein wenig leiser hinzu.

«Gut.» Die Historikerin schien erleichtert. «Wenn Sie mich jetzt dann bitte entschuldigen möchten, ich habe zu arbeiten.»

«Natürlich, wir sind schon so gut wie weg», versicherte Paolo und wandte sich tatsächlich bereits Richtung Tür. «Eigentlich habe ich nur noch eine einzige Frage an Sie ...»

«Aber bitte schnell!»

Paolo drehte sich wieder zu ihr um und nickte. «Wann haben Sie beschlossen, Lauro Bernasconi zu ermorden? Oder ist es einfach nur im Affekt geschehen?»

Von hinter ihrem Schreibtisch sah Carla da Silva ihn an, als hätte er den Verstand verloren.

«Verzeihung», verbesserte sich Paolo rasch, «Sie kannten ihn ja noch unter seinem ursprünglichen Namen, Franco Celi ...»

«Was ... was reden Sie da?»

«Anfangs konnte ich es nicht erkennen», erläuterte Paolo mit einem Achselzucken, «weil da zu viel war, das mir die Sicht verstellte – familiäre Dinge, mit denen ich Sie jetzt nicht langweilen möchte. Aber auch Celis Doppelleben und seine zwielichtige Vergangenheit als Schwarzhändler. Und natürlich die Sache mit den Libanesen, von der Sie mir berichteten. Ich dachte, Celis Tod müsste irgendetwas damit zu tun haben, aber das war nicht der Fall.»

«Natürlich nicht.» Da Silva schüttelte den Kopf. «Es war Selbstmord.»

«Sie wissen von seinem Ableben?», hakte Paolo mit hochgezogenen Brauen nach. «Also kannten sie ihn?»

«Nur flüchtig», beteuerte sie.

«Tatsächlich? Warum gaben sie dann vor, ihn nicht zu kennen, als ich Ihnen das Foto von ihm zeigte?»

«Nun, ich ...» Errötend sank die Historikerin auf ihren Schreibtischstuhl zurück.

«Fairerweise sollte ich Ihnen verraten, dass ich mich mit dem guten Oliviero Pavesi unterhalten habe», fuhr Paolo fort. «Ich weiß daher, dass er Sie nach Bernasconis Besuch in seinem Restaurant darüber informierte, dass Franco Celi wieder in der Stadt weilte, wenn auch mit einer neuen Identität und unter einem anderen Namen, Lauro Bernasconi. Warum er in Pavesis Restaurant gegangen ist, kann ich tatsächlich nur vermuten. Vielleicht, um romantische Erinnerungen aufzufrischen. Vielleicht wollte er aber auch nur wissen, ob seine Tarnung noch funktioniert. Pavesi jedoch erkannte ihn und erzählte Ihnen davon, worauf Sie sich mit Bernasconi oben am Hexenpass verabredeten und ihn in die Tiefe stießen.»

«Hören Sie sich eigentlich selbst beim Reden zu?», fragte da Silva spöttisch. Ihre vorübergehende Unsicherheit hatte sich bereits wieder gelegt. «Es war Selbstmord, nicht mehr und nicht weniger. Fragen Sie die Polizei.»

«Leider», wandte Paolo mit verkniffener Miene ein, «ist die Polizei in diesem Fall nicht sehr verlässlich. Dafür verfüge ich über ein ziemlich gutes Gedächtnis, und meine Erinnerungen an den guten Signor Bernasconi wollten einfach nicht glauben, dass er der Typ Mann ist, der sich von einem Felsen zu Tode stürzt. Es war ein wenig, als ob mich Bernasconis Geist verfolgen würde, wissen Sie? Und dieser Geist sagte mir, dass etwas nicht stimmte, dass etwas Wichtiges übersehen wurde.»

«Sie reden von Geistern.» Da Silva schüttelte entrüstet den Kopf. «Sie sind ja völlig verrückt! Sie können nichts von dem, was Sie da sagen, beweisen!»

«Zunächst konnte ich das nicht», gab Paolo zu. «Anfangs war es nur ein Verdacht, der mich befiel und den ich nicht mehr loswurde, und ein ziemlich hässlicher obendrein. Aber in der Tat gab es viele kleine Hinweise, ich habe sie nur nicht zusammengefügt.»

«Sie werden mich ja doch nicht verschonen. Also, was für Hinweise?»

«Eins nach dem anderen. Das erste Mal, als ich Ihnen das Foto zeigte, da haben Sie Ihre Bestürzung gut verborgen. Aber als Ihre Tochter das Bild dann ebenfalls sehen wollte, reagierten Sie seltsam ablehnend. Gerade so, als wären die beiden Männer auf dem Bild Ihnen doch nicht ganz unbekannt und als wollten Sie nicht, dass Ihre Tochter sie zu sehen bekommt. Dieselbe Art widersprüchlicher Reaktion bemerkte ich später noch einmal bei Ihnen», fuhr Paolo in seinen Ausführungen fort, wobei er langsam vor ihrem Schreibtisch auf und ab ging. «Das war, als wir Sie auf der Burg besuchten und Lucia mit Ihrer Tochter spielte. Sie wirkten eifersüchtig wie jemand, der sich der Liebe seines Kindes nicht gewiss sein kann – aber vielleicht interpretiere ich auch zu viel hinein. Hier kommt unser gemeinsamer Bekannter Pavesi ins Spiel. Wissen Sie, als ich mich heute Morgen mit ihm unterhielt, sagte ich ihm nicht, dass ein Teil des Falles bereits gelöst ist. Weshalb er noch immer denkt, dass die Libanesen im Spiel wären, vor denen er eine Heidenangst hat. Also hat er ausgepackt – und siehe da, er hatte doch jemandem erzählt, dass Celi wieder in der Stadt ist, nämlich Ihnen. Und zwar genau zwei Tage bevor Lauro Bernasconis – Verzeihung: Franco Celis – Leben ein so jähes Ende fand.»

«So ein Unsinn», konterte da Silva, «welchen Grund sollte ich gehabt haben, Celi zu ermorden? Ich gebe zu, ich kannte ihn flüchtig, aber das ist es auch schon gewesen. Außerdem sagten Sie doch gerade selbst, dass er sich eine neue Identität zugelegt hatte – wie also hätte ich mich mit ihm in Verbindung setzen und verabreden sollen?»

«Das habe ich mich natürlich auch gefragt», beteuerte Paolo nickend, «und so seltsam es klingen mag, Bernasconi selbst hat mir die Antwort gegeben, indem er mir verriet, dass nicht Sie ihn angerufen haben, sondern er Sie. Und zwar hier im Büro.»

«Bernasconi hat Ihnen das verraten?» Und dann fragte sie spöttisch, an Lucia gewandt: «Hat er solche Anfälle öfter?»

«Natürlich nicht Bernasconi selbst, sondern meine Erinnerung an ihn», entgegnete Paolo und machte eine unbestimmte Handbewegung. «Ich kann es Ihnen jetzt nicht erklären. Aber ich fragte diese Erinnerung immer wieder, warum sich Bernasconi nach all den Jahren, in denen er erfolgreich untergetaucht war, wieder dem Risiko der Entdeckung ausgesetzt hat. Ging es ihm darum, die Geschäftsverbindungen von einst wieder aufleben zu lassen? Gelegenheit dazu gibt es, wie wir beide wissen. Was also führte er im Schilde, fragte ich mich – und schließlich verstand ich es.»

«Tatsächlich?» Da Silva verdrehte genervt die Augen.

«Den Ausschlag gab etwas, das Pavesi mir heute Morgen erzählte. Er sagte, dass Sie seinerzeit ein Auge auf Signor Celi geworfen hätten. Das sei auch der Grund, warum er Sie über seine Rückkehr verständigt habe ...»

«Das ... ist nicht wahr!»

«Es gibt allem eine ganz neue Wendung, wissen Sie», fuhr Paolo unbeirrt fort. «Weil es zu meiner Erinnerung an Lauro Bernasconi passt. Beziehungsweise zu dem, was ich später über ihn erfuhr.»

«Das ist verrückt!» Da Silvas empörter Blick ging von Paolo zu Lucia, in der sie wiederum eine Verbündete suchte. «Bitte sagen Sie ihm, dass das völlig verrückt ist! Selbst wenn es stimmen sollte, was er sagt – welches Motiv hätte ich, Franco Celi zu ermorden?»

«Ja, welches Motiv?» Paolo tippte sich an die Stirn. «Was ist es, das Sie beide miteinander verbindet? Warum hat er nach all den Jahren Ihre Nähe gesucht und Sie angerufen? Das habe ich mich natürlich auch gefragt ...»

«Und», spottete sie, «ist Ihnen etwas eingefallen? Mit irgendwelchen krummen Geschäften hatte ich jedenfalls nichts zu tun, falls Sie das denken!»

«Das möchte ich Ihnen auch nicht unterstellen – obwohl mir der Gedanke durchaus gekommen ist. Denn wie sich herausstellte, war Signor Celi nach San Marino zurückgekehrt, um sich Kontaktdaten von damals zu beschaffen, und natürlich lag es nahe, darin einen Zusammenhang zu seinem vorzeitigen Ableben zu vermuten. Doch diesen Zusammenhang gibt es nicht, das eine hat mit dem anderen nichts zu tun. Im Gegenteil denke ich inzwischen, dass er an diese Daten herankommen wollte, um sie zu vernichten.»

«Was Sie nicht sagen.»

«Es war ihm nicht von ungefähr gelungen, ein ganzes Jahrzehnt lang von der Bildfläche zu verschwinden. Ich denke, dass er ein feines Gespür für drohende Gefahren hatte – und dieses Gespür sagte ihm, dass man ihm auf den Fersen war. Vermutlich hat er die Libanesen verdächtigt oder irgendwelche anderen früheren Geschäftspartner, an einen abtrünnigen Polizisten hat er wohl nicht gedacht. Jedenfalls wollte er die Beweismittel von damals zerstören und das alles endgültig hinter sich lassen. Und er hatte einen guten Grund dafür», führte Paolo weiter aus.

«Welchen denn?»

Paolo sah da Silva direkt an. «Ihre Tochter Alessia ist im Frühjahr 2012 zur Welt gekommen, nicht wahr?»

«Und?»

«Etwa ein halbes Jahr zuvor hatte Franco Celi den Mann

kennengelernt, der auf jenem Foto zu sehen war, das ich Ihnen zeigte, und sich unsterblich in ihn verliebt. Just zu der Zeit, als Sie mit Alessia schwanger waren … von ihm.»

«Unfug!» Da Silva schlug mit der Faust auf die Unterlagen, die vor ihr auf dem Schreibtisch lagen, Zornesröte schoss ihr ins Gesicht.

«Sie hatten eine Affäre mit ihm, so geheim, dass niemand etwas davon wusste, auch Ihr Bekannter Pavesi nicht. Nichtsdestotrotz waren Sie mit Franco Celi für kurze Zeit zusammen.»

«Lüge! Nichts als Lüge!» Ihre Stimme überschlug sich.

«Vielleicht liege ich mit meiner Theorie falsch», gab Paolo zu. «Wenn es so ist, wäre sie durch einen DNA-Test leicht zu widerlegen. Aber ich fürchte, dass Sie zu einem solchen Test nicht bereit sein werden …»

«Auf keinen Fall!», krächzte da Silva. Mit den Händen fuhr sie durch ihren Pixie Cut und knetete ihn, ließ ihr kurz geschnittenes Haar wild und wirr zurück.

«… denn wenn er positiv ausfällt, und davon gehe ich aus, so würde das bedeuten, dass Sie sehr wohl ein Motiv hatten, Lauro Bernasconi alias Franco Celi zu ermorden, nämlich Rache. Bernasconi ist der Vater Ihres Kindes. 2011 hatten Sie eine Affäre mit ihm und wurden von ihm schwanger. Ich nehme an, als Sie es ihm sagten, reagierte er abweisend. Vielleicht wollte er Sie zu einer Abtreibung drängen, vielleicht auch nur einfach Geld geben, in jedem Fall wollte er nichts von einer Beziehung mit Ihnen wissen, denn etwa zur selben Zeit hatte er einen Mann kennengelernt, zu dem er sich ungleich mehr hingezogen fühlte. Das hat ihn selbst vermutlich ziemlich verwirrt, vielleicht aber auch sein wahres Selbst erst zum Vorschein gebracht. Viele von uns leben mit Masken, manche ihr ganzes Leben lang. Bernasconi jedenfalls beendete die Beziehung mit

Ihnen, und kurz darauf tauchte er unter aus Gründen, die Sie nicht nachvollziehen konnten», fuhr Paolo schließlich fort. «Sie blieben allein zurück, fühlten sich im Stich gelassen, verraten und gedemütigt, und Sie schworen sich, dass er, falls er irgendwann nach San Marino zurückkehren würde, dafür bezahlen sollte. Und so ist es schließlich auch gekommen. Wissen Sie, dass man in seinem Jackett ein Päckchen Gummibärchen gefunden hat?»

Da Silva schnaubte verächtlich. «Was hat das denn damit zu tun?»

«Das habe ich den Bernasconi aus meiner Erinnerung auch gefragt, er schien mir nicht der Typ Mann zu sein, der gerne heimlich nascht. Die Antwort ist einfach: Die Gummibärchen waren nicht für ihn bestimmt, sondern für Ihre Tochter, die auch seine Tochter war – und der Grund dafür, dass er nach all den Jahren nach San Marino zurückkehrte. Der Mann, den er liebte, war längst verstorben. Und vielleicht wollte Bernasconi etwas gutmachen. Als er Sie anrief, äußerte er den Wunsch, Alessia zu sehen. Wäre dieser Anruf für Sie aus heiterem Himmel gekommen, wären Sie vielleicht so perplex gewesen, dass Sie ihm entsprochen hätten. Aber so waren Sie durch Pavesi bereits vorgewarnt und hatten sich Ihren Racheplan zurechtgelegt. Nachdem Sie Überraschung und womöglich sogar etwas Wiedersehensfreude vorgetäuscht hatten, bestellten Sie Bernasconi zu jenem Aussichtspunkt auf dem Hexenpass, und überwältigt vom Wunsch, nach all den Jahren sein Kind zu sehen, willigte er ein. Vermutlich blickte er der allerersten Begegnung mit Alessia mit einiger Nervosität entgegen und traf schon etwas früher am Treffpunkt ein. Ihm war warm, also zog er sein Jackett aus, wartete … doch statt seiner Tochter kamen nur Sie zu dem Treffen. Vielleicht stellten Sie ihn zur Rede, vielleicht hat er auch versucht, sich Ihnen gegenüber zu erklären, aber das war Ihnen einerlei. Ihnen ging es nur darum, Ihren Rachedurst zu befriedigen – und genau das haben Sie schließlich auch getan. Ihn über die Brüstung zu stoßen war angesichts der niedrigen Mauer nicht sonderlich schwer, im Gegenteil, es war viel einfacher, als Sie angenommen hatten. Vielleicht befielen Sie im letzten Moment auch Zweifel – doch in dem Augenblick, da der Vater Ihrer Tochter über die Brüstung in den Abgrund stürzte, war es unumkehrbar, endgültig. Sie wurden zur Mörderin.»

Da Silva starrte ihn an.

Sie widersprach nicht mehr, saß nur hinter ihrem Schreibtisch, die Augen geweitet und mit geröteten Zügen – nur um plötzlich aufzuspringen und zur Tür zu eilen.

«Was versprechen Sie sich davon?», fragte Paolo, wobei weder er noch Lucia Anstalten machten, sich ihr in den Weg zu stellen. «Sie stehen in dringendem Verdacht, eine Mörderin zu sein, Dr. da Silva. Glauben Sie, die Polizei wird Sie einfach laufen lassen? Man wird nach Ihnen fahnden, Sie werden sich nirgendwo mehr unbeobachtet fühlen, werden stets auf der Flucht sein ...»

«Das ist kein Leben», fügte Lucia hinzu, ruhig und einfühlsam. «Sie müssen an Ihre Tochter denken.»

«Aber ... genau das tue ich doch.» Da Silva war an der Tür stehen geblieben. Eine Hand hatte sie an der Klinke, jetzt ließ sie sie resignierend sinken. Tränen rannen über ihre schmalen Wangen. «Wenn ich ins Gefängnis gehe, dann ist sie ganz allein. Sie hat niemanden außer mir.»

Paolo und Lucia wechselten Blicke. Da war diese Sache, die sie lange diskutiert hatten. Paolo mit der ihm eigenen leisen Sachlichkeit, Lucia laut und voller Temperament ...

«Hören Sie mir zu», sagte Paolo eindringlich. «Mord ist ein Verbrechen, das nicht verjährt, und das aus gutem Grund. Das Leben eines anderen Menschen aus niederen Gründen auszulöschen, darf nicht ungesühnt bleiben. Franco Celi mag alles andere als ein unbeschriebenes Blatt gewesen sein, aber ein Ende wie dieses hatte er nicht verdient, und das wissen Sie. Ihre Tat wird Sie Ihr Leben lang verfolgen und an jedem einzelnen Tag schwer auf Ihrem Gewissen lasten. Und wenn ich Sie richtig einschätze, so werden Sie diese Last irgendwann nicht mehr ertragen und das Bedürfnis verspüren, dafür zu büßen. Dann werden Sie zur Polizei gehen und sich stellen.»

«Aber bis dahin», fügte Lucia hinzu, «wird niemand davon erfahren.»

«Wa-was?» Aus ihren von Tränen geröteten Augen blickte da Silva auf, sah sie beide verständnislos an.

«Die Polizei ist momentan mit anderen Dingen beschäftigt», erklärte Paolo in Anspielung auf Girotti und den Speicherchip, «und sie hat Celis Tod als Selbstmord zu den Akten gelegt. Wir haben die Indizien, die etwas anderes sagen, aber wir werden sie der Polizei nicht übergeben ... noch nicht.»

«Ich habe meine Mutter verloren, als ich nur wenig älter war als Alessia jetzt», fügte Lucia leise und in einem Anflug von Traurigkeit hinzu. «Ich weiß, was das bedeutet – und es soll Ihrer Tochter nicht auch so ergehen. Alessia braucht Sie, viel mehr, als Ihnen vielleicht klar ist. Kümmern Sie sich um sie, bis sie volljährig ist, geben Sie ihr alle Liebe – und dann tun Sie, was Sie tun müssen.»

«Was wir an Hinweisen haben, werden wir im Schließfach einer Bank hinterlegen», fügte Paolo hinzu. «Den Schlüssel übergeben wir einem Notar mit der Weisung, es spätestens in zehn Jahren zu öffnen und den Inhalt der Polizei zu übergeben.

Bis dahin haben Sie Zeit, sich selbst zu stellen, was sich fraglos positiv auf Ihr Strafmaß auswirken wird.»

«Zehn Jahre», wiederholte Lucia. «Für Alessia.»

Carla da Silva nickte nur, die Tränen rannen jetzt ungehemmt über ihr Gesicht. Reue, Furcht und Erleichterung setzten ihr gleichzeitig zu und ließen sie die Fassung verlieren. Sie sagte etwas, aber es war kaum zu verstehen, vermutlich ein Dank an Lucia, den diese jedoch nicht wollte.

Es war keine leichte Entscheidung gewesen.

Wäre es nach Paolo gegangen, hätte es keinen Aufschub gegeben, immerhin begingen sie mit der – wenn auch nur vorübergehenden – Vertuschung eines Mordes auch selbst ein Verbrechen. Aber Lucia hatte dafür plädiert, es aus der Sicht der kleinen Alessia zu sehen, die ohne ihre Mutter und lebende Verwandte der staatlichen Obhut übergeben werden würde. Und Paolos innere Stimme hatte ihm gesagt, dass das Wohlergehen eines kleinen Mädchens wichtiger war und es auch Alessias Vater so gewollt hätte – die Erinnerung an Lauro Bernasconi hatte zugestimmt und war seither nicht mehr aufgetaucht.

Erneut wechselten Paolo und Lucia Blicke und wollten gehen, um da Silva sich selbst zu überlassen.

«Warum eigentlich?», flüsterte sie, als Paolo und Lucia bereits an der Tür waren. «Warum tun Sie das? Warum haben Sie sich überhaupt für diesen Fall interessiert?»

Paolo zögerte einen Moment. «Weil der Mann, den Bernasconi so innig geliebt hat», erklärte er dann, «mein Bruder war. Auf eine seltsame Weise», fügte er hinzu, «sind wir wohl alle mit diesem Fall verbunden.»

KAPITEL 41

«Warum hast du nie etwas gesagt?»
Paolo war auf dem Friedhof, stand vor dem Grab seines Bruders, das an diesem Tag nur eine welke Rose zierte.

«Seit ich das Kuvert geöffnet habe, seit ich erfahren habe, wer du in Wahrheit gewesen bist, wie du geliebt und empfunden hast», fuhr Paolo leise fort, an seinen verstorbenen Bruder gewandt, «habe ich mich immer wieder gefragt, warum es mich derart schwer getroffen hat. Ich meine, es war dein Leben, und du hattest jedes Recht, es so zu leben, wie du es für richtig hieltest – und doch verspürte ich diese ohnmächtige Wut. Und ich denke, ich weiß jetzt, warum das so gewesen ist.»

Paolo blickte vom Boden auf, auf den er betreten gestarrt hatte. Er betrachtete die in den Stein eingravierten Buchstaben und fuhr mit den Fingern darüber.

«Ich war nicht auf dich wütend, Bruder, sondern auf mich, auf uns, auf Mama und Papa. Denn ganz offenbar waren wir nicht die Familie, die du gebraucht hättest, haben dir nicht das Gefühl gegeben, dass du bei uns der sein darfst, der du warst. Du hast es uns nicht zugetraut, keinem von uns, und deshalb musstest du dieses Theater spielen, all die Jahre. Du hast den Schein gewahrt und die Rolle gespielt, in der wir alle dich sehen wollten ... und dafür schäme ich mich», flüsterte Paolo. «Ich verstehe jetzt, warum du so unbedingt von Deutschland fort musstest. Aber als ich diesen Brief las, da kam es mir vor, als ob ich dich noch einmal verlieren würde ... dabei habe ich dich niemals wirklich gehabt. Du hast mich für einen spießigen Kleingeist gehalten, und vermutlich hattest du auch noch recht damit ...»

«Sei nicht zu hart zu dir, Bruderherz.»

Paolo schreckte auf.

Da stand er.

Felix.

Natürlich nicht er selbst, aber ebenjene Erinnerung, die sich bislang so beharrlich geweigert hatte hervorzutreten ...

«Es tut mir leid», war das Erste, was Paolo in den Sinn kam, und er sprach es laut aus.

«Lass gut sein.» Felix feixte, wie er es früher oft getan hatte. Doch das Bild seines Bruders hatte sich in Paolos Erinnerung verändert. Obschon er wie meist Jeans und sein weißes Hemd trug, kam er Paolo nicht mehr wie der Macho vor, den er stets in ihm gesehen hatte, der sorglose Strahlemann. Felix wirkte ernster. «Es war meine Entscheidung, mein Leben. Ich durfte bestimmen, wie ihr mich betrachten sollt.»

«Es ist dir gelungen.» Paolo nickte.

«Anfangs wusste ich selbst nicht, was mit mir los war. Aus Verunsicherung fing ich an, eine Rolle zu spielen, von der ich wusste, dass sie den Menschen in meiner Umgebung gefiel. Und das habe ich so lange getan, dass ich irgendwann selbst nicht mehr wusste, was gespielt war und was nicht.»

«Dass du mir nichts verraten hast, verstehe ich. Aber unsere Eltern wussten auch nichts davon?»

Felix schüttelte den Kopf. «Ich war fest entschlossen, es ihnen zu sagen, damals, als sie nach Italien kamen, um mir vor Gericht beizustehen. Aber dann ging alles so schnell. Unmittelbar nach der Verhandlung reisten sie wieder ab, und dann ...»

Felix sprach nicht weiter. Der Schmerz, den Paolo bei diesen Erinnerungen empfand, hinderte ihn daran.

«Ich habe dich immer beneidet», gestand Paolo leise. «Ich dachte immer, dein Leben wäre viel leichter als meines.»

Sein Bruder lachte. «Weißt du was? Genau dasselbe habe ich immer von dir gedacht.»

Sie lachten beide. Dass die Situation absurd war, dass es in Wahrheit nur Paolo war, der allein auf diesem Friedhof in der Emilia-Romagna stand und lachte, dass alles, was sein Bruder sagte, nur zu einem gewissen Teil seinen Erinnerungen entsprang und zum anderen seinem Wunschdenken – all das war Paolo in diesem Augenblick gleichgültig. Er genoss nur die Erleichterung, die er verspürte, den Trost, der ihn nicht weniger wärmte als der Schein der südlichen Sonne. Zu gerne hätte er Felix in diesem Moment umarmt, doch dies ließ keine noch so intensive Erinnerung zu. Er musste zusehen, wie das Bild seines Bruders vor ihm verblasste, ohne es aufhalten zu können – und hörte plötzlich hinter sich ein Rascheln.

Er wandte sich um.

Es war Tino, groß und braungebrannter denn je, in T-Shirt, Jeans und Flip-Flops. Offenbar kam er direkt vom Strand.

«*Salve*», grüßte er und hob eine Hand zum flüchtigen Gruß. Die andere hielt er hinter seinem Rücken verborgen. «Lucia verriet mir, dass ich dich hier finden würde.»

«Wie ... wie lange stehst du schon da?»

«Eine Weile», versicherte Tino, ohne die Frage wirklich zu beantworten. «Ich glaube, du musst dir keine Sorgen machen, Paolo. Felix hat so gelebt, wie er es wollte. In jeder Hinsicht.»

Paolo horchte auf. «Hat ... hat Lucia mit dir darüber gesprochen?»

«Nein.» Tino schüttelte den Kopf und zog die Hand hervor, die er bislang hinter seinem Rücken verborgen gehalten hatte.

Darin hielt er eine rote Rose.

«Du ... du bist das?», fragte Paolo. «Du bist derjenige, der immer die frischen Rosen ans Grab bringt?»

«Das bin ich», bestätigte Tino. Er trat vor und tauschte die welke Blume gegen die frische aus. Dann trat er zurück, neigte das Haupt, bekreuzigte sich und sprach ein leises Gebet.

Paolo wartete respektvoll, bis Tino seine Andacht beendet hatte. «Die ganze Zeit machst du das schon?», wollte er dann wissen. «Auch neulich, als wir uns trafen?»

Tino nickte. «Da auch. Aber ich möchte es nicht länger heimlich tun müssen.» Er wischte sich flüchtig über die Augen, dann straffte er sich. «Felix war mein Freund, Paolo. Und noch viel mehr als das.»

Paolo sah ihn an. Nur ein kleiner Teil von ihm war überrascht. Der Rest war erleichtert. «Danke, dass du es mir erzählst», sagte er. «Aber warum erst jetzt?»

Tino lächelte dünn. «Mamma würde auf der Stelle tot umfallen, wenn sie davon erfahren würde. Für sie ist es schon schlimm genug, dass ihr Sohn in Cervia eine Bar eröffnen will.»

Paolo überlegte kurz. «Vielleicht unterschätzt du sie ja», gab er dann zu bedenken. «Gib ihr eine Chance.»

«Das werde ich, irgendwann ... aber nicht heute. Du bist der Erste, mit dem ich darüber sprechen will.» Tino richtete den Blick auf die in den Stein gravierten Buchstaben von Felix' Namen, so als gäbe ihm der Anblick Ruhe und Kraft. «Das mit Felix und mir ging nicht besonders lange», berichtete er dann mit belegter Stimme. «Wir kannten uns schon eine ganze Weile, weißt du, aber wir haben beide erst spät den Mut dazu gefunden – im Grunde erst, als Felix nichts mehr zu verlieren hatte.»

«Das alles ... tut mir so leid.»

«Warum sind wir Menschen manchmal derart dumm?», fragte Tino. «Wir warten und warten und warten – nur worauf?» Er wandte den Blick und sah Paolo an. «Wir hatten noch ein paar schöne Monate zusammen. Aber es hätte länger sein können. Viel länger.»

«Ich verstehe.» Paolo nickte. «Warst du bei Felix, als er ...?»

Tino nickte bedächtig. «Ich hab es dir schon mal gesagt, du musst dir keine Sorgen machen. Felix ist nicht allein gewesen, als er starb.»

«Weil du bei ihm warst», ergänzte Paolo.

Der andere erwiderte nichts, sondern lächelte nur, und Paolo konnte nicht anders, als Tino in seine Arme zu schließen.

Und ein bisschen war das, als würde er nach all den Jahren seinen Bruder umarmen.

EPILOG

15. August. Ferragosto.
Ein Feiertag, an dem die Katholiken der Aufnahme Mariens in das Himmelreich gedachten – und zugleich der Höhepunkt einer jeden Sommersaison.

Man ging zur Kirche und traf sich anschließend mit der Familie oder mit Freunden, fuhr ans Meer, um die Sonne und den Strand zu genießen. Es gab rauschende Sommerfeste und lärmende Beachpartys, und bei Einbruch der Dunkelheit wurden Laternen entzündet und Lagerfeuer entfacht, und Feuerwerke verwandelten mancherorts den nächtlichen Himmel in ein glitzerndes, Funken sprühendes Spektakel. Wenn die vorangegangenen Monate etwas wie ein Versprechen gewesen waren, so war *Ferragosto* die Erfüllung davon, der Inbegriff des italienischen Sommers. Es war ein Tag, der der Erholung diente und den man mit lieben Menschen verbrachte. So gut wie niemand arbeitete am 15. August – mit Ausnahme jener natürlich, deren Aufgabe darin bestand, all die Feste und Feiern und Ausflüge ans Meer zu ermöglichen.

Paolo, Lucia und ihre Freunde hatten sich damit abgefunden, dass sie zu jenen gehörten, die an diesem wichtigen Tag arbeiten mussten. Dennoch war es zur schönen Tradition geworden, sich zu vorgerückter Stunde im Strandbad zu treffen, wo Mamma Gianna ihre Kochkunst entfaltete und ihre berühmte *bomba di riso con piccioni* servierte, nach einem alten, streng geheimen Familienrezept.

Die «Reisbombe» – ein gestürzter Reisauflauf, der mit einem meist fleischhaltigen *ragù* gefüllt war – war das traditionelle Gericht, das zu *Ferragosto* in der Emilia-Romagna gereicht wurde. Die althergebrachte Variante, die auch Mamma Gianna bevorzugte, enthielt Taubenstückchen im Inneren, aber es gab auch andere Versionen mit Rindfleisch oder Pilzen, um die eine Art Kuchen aus mit Mozzarella- und Fontinakäse versetztem Carnaroli-Reis gebacken wurde. Die Namen der Gewürze, die Mamma Gianna in einer perfekt abgestimmten Kombination hinzufügte, hütete sie wie ein Staatsgeheimnis – mit einer Ausnahme: Sie hatte ihr Rezept an Lucia weitergegeben, damit sie die *bomba di riso alla Mamma Gianna* anlässlich des Feiertags auch den Gästen des Hotels servieren konnte.

Nun jedoch waren sie selbst an der Reihe, und so saßen sie alle an der langen Tafel, die Tino im Pavillon des Strandbads aufgestellt und die seine Mutter mit einem weißen Tischtuch und Stoffservietten eingedeckt hatte: Chiara und Giuseppina auf der einen Seite der Tafel, Paolo und Lucia auf der anderen. Auch Don Andrea war gekommen, nachdem er die Spätmesse zelebriert hatte. Tino und Mamma Gianna saßen als Gastgeber an den beiden Enden des Tisches. Das heißt, eigentlich saß nur Tino wirklich, während Mamma Gianna im Grunde die ganze Zeit über auf den Beinen war, um ihren Gästen jedweden Wunsch zu erfüllen, bevor sie ihn ausgesprochen hatten: «Noch etwas Reis, Paolo? Ein Schlückchen Wein, Lucia? Hier, noch etwas Fleisch, Chiara. Du bist sowieso viel zu dünn, Mädchen ...»

Wie alles, was Mamma Gianna in ihrer winzigen Strandküche zubereitete, schmeckte es auch heute wieder vorzüglich. Dazu hatte Tino einen Wein aus der benachbarten Toskana ausgewählt, einen vollmundigen und wunderbar fruchtigen Chianti Colli Senesi vom Weingut Poliziano, unter dessen Einfluss es ein heiterer Abend wurde, an dem die Freunde die erst zwei Wochen zurückliegenden dramatischen Ereignisse vergessen konnten.

Was Girotti betraf, so war es gekommen, wie Paolo es erwartet hatte: Man hatte ihn festgenommen und verhört, und natürlich hatte er versucht, sich aus der Sache herauszuwinden, sich dabei aber schnell in Widersprüche verstrickt. Als Paolo zu seiner Zeugenbefragung dann auch noch die beim Festival entstandenen Bild- und Tondokumente präsentierte, hatte das Lügengebäude des Tenente mächtig zu wackeln begonnen – das Geständnis seines studentischen Handlangers, der mit bürgerlichem Namen Stefano Fabri hieß, hatte es dann endgültig zum Einsturz gebracht.

Zwar war Fabri Girotti tatsächlich nie persönlich begegnet – der abtrünnige Interpol-Mann hatte ihn lediglich über Telefon und unter Benutzung der Stimmverzerrer-Technik kontaktiert, die Fabri später auch bei der Entführung Lucias benutzt hatte. Doch deckten sich seine Angaben derart mit den Vorwürfen, die gegen Girotti erhoben wurden, dass die Beweislast erdrückend war. Ganz abgesehen von der Speicherkarte, die man in Fabris Besitz fand und deren Auswertung die Polizei sicher noch eine ganze Weile beschäftigen würde. Während Fabris Anwalt, wie von Paolo vorausgesehen, einen Deal mit der Polizei aushandelte, würde Girotti angesichts der breiten Palette seiner Vergehen wohl für einige Zeit hinter Gitter wandern: Vom Amtsmissbrauch über die Anstiftung zu diversen Verbrechen bis hin zu Diebstahl und Erpressung reichte die Palette – der Mord an Lauro Bernasconi zählte immerhin nicht dazu.

Den hatte jemand anders begangen, auch wenn vorerst niemand etwas davon ahnte.

Paolo hatte noch eine Weile damit gehadert.

Immer wieder hatte er sich gefragt, ob sie die richtige Entscheidung getroffen hatten, ob es richtig gewesen war, eine überführte Mörderin, wenn auch nur vorübergehend, ungestraft davonkommen zu lassen. Am Ende hatte er beschlossen, nicht auf seinen Verstand zu hören, nicht auf die Logik der Justiz.

Sondern auf Lucia.

Sie saß auf dem Stuhl neben ihm, in einem neuen Kleid, das sie eigens für diesen Anlass gekauft hatte – einem hellblauen mit weißem Blumenmuster, das im Rücken gebunden wurde und in dem sie wunderschön aussah. Ihr schwarzes Haar hatte sie geflochten und hochgesteckt, nur an den Schläfen fielen kecke Strähnen herab, die ihr Gesicht umrahmten. Sie lachte über einen Scherz, den Don Andrea gemacht hatte. Ihre dunklen Augen sahen Paolo dabei an, heiter und voller Zuneigung – und auch mit etwas Glanz vom Wein.

Er wartete, bis Mamma Gianna ihren nicht weniger berühmten Nachtisch serviert hatte: ihre *ciambella di Romagna*, eine Art Krapfenbrot, zu dem Tino einen süßen Albana aus der Region kredenzte, der nach Aprikosen und Pfirsichen schmeckte. Danach fasste Paolo sich ein Herz, schlug mit dem Dessertlöffel an sein inzwischen leeres Glas und erhob sich, von der Kombination aus Chianti und Albana ein wenig schwankend, aber völlig klar im Kopf.

Er wusste, was er wollte.

Endlich.

«Willst du schon gehen?», fragte Mamma Gianna bestürzt. Gerade hatte sie sich zum ersten Mal an diesem Abend hingesetzt.

«Nein», widersprach Paolo, «ich möchte etwas sagen. Wenn ihr mir also kurz eure Aufmerksamkeit schenken wollt ...»

«Wenn's sein muss.» Giuseppina zuckte mit den Schultern.

Paolo ließ seinen Blick über die versammelte Freundesschar schweifen. Chiara und Mamma Gianna sahen ihn erwartungsvoll an, Don Andrea lächelte wissend. Giuseppina dagegen wirkte eher gelangweilt, vermutlich hatten ihr die Karten alles längst schon verraten. Paolos Herz schlug schneller. Er hatte lange über das nachgedacht, was er sagen wollte, doch nun, da es so weit war, erinnerte er sich kaum noch an die Worte ...

«Ich denke», begann er, «euch allen ist nicht entgangen, dass Lucia und ich ...» Er brach ab, schüttelte den Kopf und setzte neu an. «Lucia», wandte er sich direkt an sie, «wir kennen uns nun seit drei Jahren, und in dieser Zeit ...»

Er verstummte wieder.

Was hatte er noch mal sagen wollen? Wie konnte es sein, dass ausgerechnet er sich an etwas nicht erinnerte ...?

«Was willst du sagen, Junge?», rief Giuseppina dazwischen. «Komm zur Sache, ja? Ich würde es gerne noch erleben!»

«Wa-was ich sagen will», startete Paolo einen neuen Versuch, «ist, dass wir beide, Lucia, du und ich ...»

«Ja?», hakte sie erwartungsvoll nach.

«Du und ich», wiederholte Paolo, «wir ...»

In diesem Moment klopfte jemand von außen gegen das Glas des Pavillons. Da es draußen dunkel war, im Inneren aber Licht brannte, konnte man nicht erkennen, wer es war.

«Welcher dämliche Idiot ...», plärrte Giuseppina los.

«*Allora*», unterbrach sie Mamma Gianna, die Kraftausdrücke aller Art nicht leiden konnte. Energisch stieß sie ihren Stuhl zurück und erhob sich, um zu öffnen.

Die Schiebetür ging auf, und zu Paolos Verblüffung erschien ein vertrautes Gesicht mit Schnauzbart und breiter Zahnlücke.

Pavesi.

Mamma Gianna sprach kurz mit ihm. «Für dich, Paolo», sagte sie dann und ging an ihren Platz zurück, während Pavesi draußen wartete.

«Verzeiht, Freunde ... Lucia», entschuldigte sich Paolo und ging zur Tür, seinen Verdruss über die Störung kaum verbergend. «Pavesi, was in aller Welt tun Sie hier? Noch dazu um diese Zeit?»

«Verzeihen Sie, Signor Ritter, ich wollte nicht stören», versicherte der Wirt, den Paolo erstmals außerhalb seines mittelalterlichen Restaurants sah. Er wirkte weniger angestaubt und etwas bunter, aber vielleicht war das auch nur eine Täuschung. «Leider konnte ich nicht eher kommen, ich hatte noch Gäste im Lokal. Im Hotel sagte man mir, dass ich Sie hier finden würde ...»

«Schon gut.» Paolo winkte ab. «Nur Ihr Timing ist nicht besonders gut. Was gibt es?»

«Nichts weiter, ich ...» Er wich Paolos Blick aus und sah zu Boden, wo er von einem dünnen Bein auf das andere trat. «Ich wollte mich nur dafür bedanken, dass Sie meinen Namen bei der Polizei nicht erwähnt haben.»

«Kein Problem», sagte Paolo – die wahren Gründe für sein Schweigen hatte er Pavesi natürlich nicht auf die Nase gebunden. Die Polizei wusste schließlich nichts von dem Mord an Bernasconi, und das sollte vorerst auch so bleiben. Pavesi war kein gänzlich unbeschriebenes Blatt, aber in diesem konkreten Fall war er unschuldig. Er hatte Carla da Silva über Franco Celis Rückkehr informiert, das ja, aber weder hatte er von der Existenz des gemeinsamen Kindes gewusst, noch hatte er ahnen können, dass da Silva ihren Ex-Geliebten ermorden würde. Und dass Stefano Fabri, den er als Aushilfskellner eingestellt hatte, in Wahrheit für jemand anderen gearbeitet hatte, hatte er als Allerletzter erfahren ...

«Und ... die Libanesen?»

«Ist auch geklärt», versicherte Paolo. «Sie brauchen sich keine Sorgen mehr zu machen.»

Pavesi nickte und entblößte seine Zahnlücke, jetzt sichtlich erleichtert. «Signor Ritter, ich werde das niemals gutmachen können, aber ich möchte Ihnen gerne eine kleine Freude bereiten. Kommen Sie mit.»

«Wohin?» Paolo hob die Brauen. «Im Moment habe ich wirklich gar keine Zeit, ich ...»

«Nur ein paar Schritte, hier zu meinem Lieferwagen», sagte er und deutete zur Uferpromenade Grazia Deledda, wo ein alter Sprinter parkte. «Bitte, es dauert nicht lange.» Paolo blickte sich nach seinen Freunden um, die an der Tafel saßen und auf seine Rückkehr warteten, dann folgte er Pavesi widerwillig hinaus. Es war eine laue Nacht, Musik drang aus verschiedenen Richtungen, dazu Gesang und Gelächter.

Pavesi ging voraus, umrundete den Lieferwagen und öffnete die Hecktüren mit demselben Gesichtsausdruck, mit dem man einen Lotteriegewinn in Millionenhöhe verkündet. «Das ist für Sie, Signor Ritter, zum Dank für alles, was Sie getan haben!»

Paolo traute seinen Augen nicht.

Denn im Licht der Straßenbeleuchtung, das ins Innere des Sprinters fiel, stand ein waschechter Ritter!

Es war die Rüstung aus dem Eingangsbereich von Pavesis Restaurant. Mit einem halben Dutzend Zurrgurten und unzähligen Stricken hatte der Gastwirt sie aufrecht stehend auf eine Palette gebunden und in den Sprinter geladen, rostig, wie sie war, komplett mit dem Schwert und dem blau-weißen Federbusch auf dem Helm mit dem geschlossenen, grimmig aussehenden Visier.

«Was sagen Sie nun?», fragte Pavesi feierlich. Seine kleinen Augen blitzten vor Begeisterung.

«I-ich ... offen gestanden weiß ich nicht, was ich sagen soll», stammelte Paolo.

«Ich dachte mir, wo Sie doch ein Hotel haben, das genauso heißt wie mein Lokal! Und sogar Ihr Name bedeutet ins Italienische übersetzt ‹Ritter›, nicht wahr? Im Grunde passt die Rüstung viel besser zu Ihnen als zu mir. Sie wird ein wahrer Blickfang im Foyer Ihres Hotels sein.»

«Das fürchte ich auch», stimmte Paolo zu, der noch immer ungläubig an der eisernen Schönheit emporblickte, während er sich mit einem Taschentuch den kalten Schweiß von der Stirn tupfte. So, dachte er, bewahrheitete sich Bernasconis Vision. Treffender hätte es auch Giuseppina nicht voraussagen können ...

«Das ist das wenigste, das ich für Sie tun konnte», sagte Pavesi im Brustton der Überzeugung und mit jenem Tonfall, der signalisierte, dass der Schenkende eine Ablehnung der Gabe als tiefe Kränkung empfinden würde. Aber Paolo konnte ohnehin keinen klaren Gedanken mehr fassen, also hörte er sich einfach nur «*Grazie*» sagen.

Pavesi versprach begeistert, das gute Stück sofort im Hotel abzuliefern, wo es Paolo bereits bei seiner Rückkehr begrüßen würde. Dann fuhr er auch schon los, und Paolo kehrte zu seinen Freunden in den Pavillon zurück.

«Bitte entschuldigt», sagte er, «es war Pavesi. Er ist eigens aus San Marino gekommen, um ...»

«Was soll's, wen interessiert das?», unterbrach Giuseppina ihn barsch. «Du wolltest Lucia etwas sagen, schon vergessen?»

«Ja», stimmte diese zu und sah ihn herausfordernd an. «Was war das gleich noch mal?»

«I-ich wollte sagen, dass ich in letzter Zeit viel nachgedacht habe», erwiderte Paolo, «nicht nur über diesen Fall, sondern auch über das Leben ... ich meine, mein Leben ... *unser Leben*, Lucia. Zwei Freunde, deren Meinung mir wirklich sehr am Herzen liegt, haben mir geraten, auf ebendieses Herz zu hören, meine Zeit nicht zu verschwenden und keine Angst vor dem Leben zu haben. Man kann das Glück vielleicht nicht festhalten», sagte er in Anspielung auf die Inschrift auf dem Grabstein der Familie Rossi, worauf Mamma Gianna hörbar schniefte, «aber man kann es versuchen.»

In einem plötzlichen Entschluss gab Paolo alle Zurückhaltung auf und sank auf sein linkes Knie nieder, was von den anwesenden Damen mit einem verzückten «Ooooh» quittiert wurde. Mamma Gianna schnäuzte sich schon, bevor er erneut zu sprechen begann.

«Lucia Camaro», sagte Paolo feierlich, «ich knie hier vor dir, um dich zu fragen, ob du ...»

In diesem Moment beugte sie sich lächelnd vor und flüsterte ihm etwas ins Ohr. Etwas, das sie selbst erst an diesem Morgen herausgefunden hatte und das ihrer beider Leben in rund neun Monaten ziemlich auf den Kopf stellen würde ...

«*Adesso sì che ho paura*», gestand Paolo.

Jetzt hatte er doch Angst.

Und war gleichzeitig so glücklich wie noch nie.

Lucias frittata al basilico

Im Roman bereitet Lucia für die Gäste des «Cavaliere» die berühmte *frittata* zu, Italiens Antwort auf das Omelette. Da diese *frittata* zum Frühstück serviert wird, handelt es sich um eine besonders leichte Variante dieses berühmten Rezepts, die Lucia zudem mit für die Emilia-Romagna typischen Zutaten versehen hat. Das Ergebnis ist ihre *frittata al basilico*, die rasch zubereitet ist und nicht nur zum Frühstück schmeckt ...

Zutaten (für 4 Personen):
7 Eier
125 g Ricotta-Käse
50 g geriebener Parmesan
frisches Basilikum (ca. 20 g)
3–4 Scheiben Parmaschinken (für vegetarische Version einfach weglassen)
Salz
Pfeffer
Olivenöl

Zubereitung:

Die Basilikumblätter waschen und hacken. Die Eier in ein Gefäß schlagen, Eiweiß und Eigelb mit dem Rührgerät vermengen. Nach und nach Ricotta, Parmesan und Basilikum hinzufügen und zu einer homogenen Masse vermischen, mit Salz und Pfeffer würzen. Etwas Olivenöl in eine Pfanne geben und erhitzen, dann die Masse hineingeben. Pfanne mit Deckel verschließen und die *frittata* bei mittlerer Hitze ca. 8 Minuten backen lassen.

Dann den Deckel abnehmen, die Pfanne mit einem großen Teller abdecken und rasch wenden – die *frittata* fällt auf den Teller und wird kurz beiseitegestellt.

Nun den Parmaschinken in die noch heiße Pfanne legen (gegebenenfalls nochmals etwas Olivenöl zufügen) und kurz anbraten, dann die *frittata* darübergleiten lassen (gelingt mit etwas Übung problemlos). Noch 1–2 Minuten warten, bis der Schinken in das Ei eingebacken ist, dann erneut wenden. In gleichmäßig große «Kuchenstücke» schneiden und servieren.

Lucias Tipp: Für eine herzhaftere Variante, die zu Mittag, als Snack oder auch, erkaltet und in kleine Happen geschnitten, zum *aperitivo* serviert werden kann, der Eiermasse einfach eine halbe klein gehackte Zwiebel und/oder Paprika hinzufügen.

Buon appetito!

Weitere Titel

Ein Italien-Krimi
Mord in Parma
Tod in Rimini